Chère lectrice,

L'été touche bientôt à sa fin… Mais pas dans vos nouvelles Coup de Cœur ! Les aventures de nos héroïnes vous mèneront cette fois en plein cœur du désert, là où les passions, imprévisibles, brûlent aussi ardemment que le soleil… C'est le cas pour Silvia (*Favorite malgré elle*) qui n'imaginait pas tomber follement amoureuse de Munir, souverain de Djarah, qu'elle a été forcée d'épouser afin de sauver l'honneur [illegible] réputation de son père. Pour Kathleen (*Le secret des [illegible]*) qui s'est mise en grand danger dans l'espoir de retrouver sa sœur disparue, la passion a le visage de son ravisseur, l'énigmatique et troublant Sayeed.

Des aventures captivantes que vous aurez plaisir à partager. A condition de vous laisser envoûter par cette « magie d'Orient »…

Bonne lecture,

La responsable de collection

W0294134

MAGIE D'ORIENT

Favorite malgré elle

*

Un destin de princesse

*

Le secret des sables

*

La fiancée de Khumayrah

MARGUERITE KAYE

Favorite malgré elle

éditions HARLEQUIN

Collection : Coup de Cœur

Cet ouvrage a été publié en langue anglaise
sous le titre :
DESERT PRINCE, BARTERED BRIDE

Traduction française de
MARIE VILLANI

Photos de couverture
Couple : © GETTY IMAGES / BLEND IMAGES / ROYALTY FREE
Désert : © GETTY IMAGES / FLICK / ROYALTY FREE
Réalisation graphique couverture : V. ROCH

•

83-85, boulevard Vincent-Auriol, 75646 PARIS CEDEX 13.
Service Lectrices — Tél. : 01 45 82 47 47
www.harlequin.fr
ISBN 978-2-2802-8645-9 — ISSN 1159-4837

1.

Royaume de Djarah, Arabie, 1819

Silvia sentait son cœur battre la chamade. Rien d'étonnant, avec un tel enjeu ! Qu'arriverait-il si son plan échouait ?

Non, n'y pense même pas !

Même à cette heure matinale, la chaleur était déjà étouffante, mais l'enveloppant manteau et la coiffe qu'elle portait pour masquer son identité constituaient également une protection appréciable contre l'implacable brûlure du soleil. Autour d'elle, les échoppes du souk étaient ouvertes, embaumant l'air de fragrances d'épices, de parfums entêtants et d'arômes de viande grillée. En digne fille de diplomate, elle était habituée aux voyages. Pourtant, jamais elle n'avait rien vu d'aussi dépaysant, coloré et exotique à la fois.

Concentre-toi ! se morigéna-t-elle. Le temps n'était pas au tourisme. C'est la vie même de son père qui était en jeu.

Silvia raffermit sa prise sur les rênes passementées de son chameau, résistant à l'impulsion de s'agripper aux oreilles de la très haute selle qui tanguait de manière très déstabilisante.

Enfin, elle atteignit le majestueux portail du palais. Le sauf-conduit, rédigé d'une écriture élégante et estampillé du proéminent sceau royal, lui fit passer sans encombre les grilles de fer ouvragées et les gardes impassibles, armés de leurs impressionnants cimeterres. Un grand homme barbu d'une cinquantaine d'années environ l'accueillit, une expression de sévère désapprobation sur le visage.

— Je suis Bakri, le chef du Conseil de Son Altesse. Il vous attend, sir Francis, déclara-t-il impatiemment comme Silvia mettait pied à terre.

Tête baissée, elle le suivit à travers un labyrinthe de frais couloirs de marbre. Puis il passa une paire de lourds vantaux sculptés, au-delà desquels il s'inclina abruptement avant de s'éclipser. Le cœur de Silvia s'emballa dans sa poitrine, à tel point qu'elle pouvait à peine respirer. La bouche sèche, elle cligna les yeux dans la vive clarté multicolore que déversait dans la longue pièce un vitrail éclatant.

Une haute silhouette, vêtue de la traditionnelle tunique royale bleue tissée d'or, se tenait debout sur l'estrade à l'extrémité de la pièce. Le prince Munir al-Khashqar, souverain du royaume de Djarah.

La première impression qu'elle eut de l'homme entre les mains duquel reposait le sort de son père fut celle du pouvoir. Un pouvoir presque palpable. A l'évidence, c'était un homme habitué à régner, accoutumé à une obéissance aveugle. S'inclinant en une profonde révérence, elle le détailla subrepticement. Plus jeune qu'elle ne s'y attendait — un peu plus de la trentaine, estima-t-elle — et sans aucune trace de laisser-aller à en juger par son corps ferme, athlétique. Un léger frisson la parcourut. Le prince Munir était aussi farouchement attirant que le royaume désertique dont il était le souverain.

— Sir Francis, je vous souhaite la bienvenue, débuta-t-il.

— *As-salamu alaykum*, Votre Altesse. C'est un honneur, salua en retour Silvia d'un ton bourru destiné à masquer sa voix.

Il s'avança brusquement dans sa direction et, avant qu'elle ait pu cacher sa main, consciente que celle-ci la trahirait, il s'en empara en une poignée tout à fait inattendue. La teinte sombre de la peau du cheikh fit paraître la sienne d'un blanc excessivement laiteux, et incontestablement féminin. Un soudain picotement remonta le long de son bras à ce contact, et elle leva un regard surpris sur le sien. Les intenses yeux bruns pailletés d'or s'étrécirent de suspicion.

— Votre Altesse, je peux…

Trop tard. Le prince se saisit de l'*igal* qui retenait sa coiffe en place, tira dessus, et ses cheveux, lourde cascade d'or bruni, se déversèrent sur ses épaules.

— Expliquez cette traîtrise !

2.

Munir contempla avec la plus grande stupéfaction la séduisante jeune femme vêtue d'habits masculins. Cette personne n'était très certainement *pas* le diplomate britannique sir Francis Bruntsfield. Grande, mince, la peau crémeuse, elle n'eût pu former un contraste plus frappant avec les sulfureuses beautés orientales qui occupaient occasionnellement son harem, et pourtant il y avait néanmoins quelque chose de remarquablement attirant en elle. Peut-être ces immenses yeux noisette, très écartés, qui soutenaient son regard avec défi ? Ou bien le pincement de détermination de sa bouche ?

Quoi qu'il en soit, son comportement était outrageant !

— Qui êtes-vous ? Où est sir Francis ?

Silvia avait eu l'occasion d'être introduite dans un certain nombre de cours royales, et de rencontrer d'innombrables membres de l'aristocratie. Mais aucun ne l'avait impressionnée comme cet homme. Il y avait chez lui un aspect menaçant qui l'attirait et l'effrayait tout à la fois, pareil à la lame de son cimeterre, étincelante et mortelle. Le prince Munir pouvait être impitoyable au besoin, elle le savait. Les brigands qui avaient entraîné son père dans leur crime avaient tous été exécutés.

Il la toisa, sa bouche sensuelle formant un curieux contraste avec son intraitable froncement de sourcils.

Elle prit une profonde inspiration. Dieu merci, elle

pouvait compter sur sa longue expérience en tant qu'hôtesse diplomatique.

— Il y a une explication parfaitement rationnelle à tout cela, Votre Altesse. Je suis Silvia Bruntsfield, la fille de sir Francis. Malheureusement, mon père a été victime d'un brusque malaise aujourd'hui. Conscient qu'il était très miséricordieux de votre part de lui accorder une entrevue, il m'a dépêchée à sa place.

— Il est discourtois d'affecter une vulgaire femme à une si importante mission !

Il s'exprimait dans un anglais sans heurt, son accent aussi lisse que de la soie, mais son ton était indiscutablement empreint de menace. Ce fut cependant le contenu de ses paroles qui hérissa Silvia.

— Je ne doute pas que mon père estimerait encore plus discourtois de ne pas avoir pu tenir son engagement !

— Dois-je en déduire qu'il ne sait pas que vous êtes là ?

Silvia croisa le regard brun avec défi, puis déclara :

— Il était trop souffrant pour être consulté, mais il l'aurait attendu de ma part. Je ne suis pas une *vulgaire femme*. J'ai eu nombre de fois l'occasion d'agir en tant que son émissaire. Puisqu'il se trouve dans l'impossibilité de le faire, je suis venue plaider sa cause. Et rendre ceci.

Ecartant un des pans de son manteau, Silvia détacha la petite bourse de cuir fixée à la ceinture de sa tunique, puis la tendit au prince, en précisant :

— Je jure qu'il ignorait tout de son importance. Au cours de toutes les années pendant lesquelles il a servi son pays, jamais mon père ne s'est livré au pillage. A plus forte raison sur quelque chose d'aussi précieux. Il a cru que c'était un simple bibelot.

Munir ouvrit la bourse et en sortit l'idole. A la vue de l'énorme pierre jaune incrustée en son milieu, il devait reconnaître qu'un œil non exercé pouvait aisément prendre le diamant pour du verre.

— Il n'en demeure pas moins que votre père a bel

et bien volé un objet inestimable. Les hommes qui le lui ont vendu dans la cité en ruines de Djaradh-Laskit étaient des brigands, des pilleurs. Votre père aurait dû y réfléchir à deux fois avant d'emporter le moindre objet en provenance d'un endroit aussi sacré. Il y a encore dans mon royaume de nombreux sujets qui croient que cette cité était habitée par nos anciens dieux. Si son crime devait être rendu public, je ne pourrais moi-même garantir sa sécurité.

— C'était mal, et stupide de sa part, mais…

— Extrêmement stupide ! interrompit le prince. En conséquence de son action, j'ai l'intention d'annuler le traité qui devait accorder au gouvernement anglais les droits exclusifs d'utilisation de notre port. Je ne peux pas traiter avec des étrangers qui violeraient nos traditions !

— Je comprends cela, concéda calmement Silvia. C'est pourquoi je suis là. Laissez-moi une chance de vous faire changer d'avis.

3.

Munir arqua un sourcil inquisiteur.

— Me faire changer d'avis ? Et comment, je vous prie, comptez-vous vous y prendre ?

— J'avoue ne pas avoir vraiment réfléchi à cette partie du plan, confessa Silvia. En implorant votre clémence, très probablement.

Le prince rit. Un rire attrayant, profond et sonore, avec une très légère trace de malice.

— Ce qui présuppose que je sois capable de clémence. Vous rendez-vous compte que vous avez risqué votre vie en venant ici ?

— Si je n'étais pas venue, et si je ne parviens pas à vous convaincre, la vie de mon père ne vaudra plus la peine d'être vécue, déclara Silvia. Sa réputation sera ruinée, le titre de comte qui lui a été promis en remerciement de ses trente années de service dévoué à son pays lui sera dénié. Après tant de temps passé à l'étranger, il aspirait à retourner en Angleterre, à siéger au Parlement et à passer un peu de temps avec ma sœur et ses enfants. Mon père est un homme honorable, Votre Altesse, insista-t-elle. Ce crime non intentionnel pèse lourdement sur lui. De grâce, ne le punissez pas, ni lui ni son pays, et ne privez pas votre propre royaume de ce qui serait un partenariat profitable.

Munir ne put s'empêcher d'être impressionné par l'audace de sa visiteuse. Elle ne tomba pas à genoux, ni même ne baissa les yeux. Savait-elle qu'elle se montrait irrespectueuse en agissant de la sorte ? Il aurait pu appeler ses gardes et la faire jeter dehors. S'il avait écouté Bakri, son chef du Conseil, il n'eût même pas accordé d'audience à sir Francis. Mais ce contrat d'exclusivité avec les Anglais était bien trop lucratif pour qu'il s'en détournât sans y réfléchir. Son voisin, le prince Ramiz d'A'Qadiz, venait de conclure une telle alliance, et son royaume bénéficiait déjà des avantages non négligeables de ce commerce accru.

— Vous avez pris un grand risque, fit-il remarquer. Dites-moi, miss Bruntsfield, quel bénéfice en espérez-vous ?

Silvia se raidit.

— Je ne suis là que par égard pour mon père. Et ma sœur, sur laquelle une telle disgrâce rejaillirait, ajouta-t-elle car, malgré tout, elle ne souhaitait aucun mal à Louise.

Ni à Matthew, bien qu'elle eût d'amples motifs pour cela.

Une pensée, une scandaleuse pensée, commença à germer dans l'esprit de Munir alors qu'il détaillait de la tête aux pieds la courageuse fille de sir Francis. Elle était mince, mais la tunique d'homme qu'elle portait ne parvenait pas tout à fait à masquer le galbe de ses seins, la longueur de ses jambes et l'incurvation de sa taille. Une onde de désir le traversa. Sir Francis lui serait redevable, et pourrait s'avérer être le partenaire d'un pacte très intéressant et fructueux, notamment si la dette se trouvait cimentée par une alliance encore plus forte.

Nul doute que cette idée ulcérerait le Conseil. Etait-ce pure folie de risquer de se les aliéner, après avoir tant œuvré pour réparer les dommages causés par son père ? Ou, plus précisément, par Halimah ?

Non. Les membres du Conseil tempêteraient, comme toujours en présence d'une idée qui ne venait pas d'eux, mais une fois qu'ils en auraient compris les incontestables avantages, il ne doutait pas de les gagner à sa cause.

Son plan lui plaisait décidément de plus en plus.

Il laissa courir un doigt sur l'une des joues laiteuses de la jeune Anglaise.

— Etes-vous vierge ?

Elle s'écarta brusquement.

— Ça ne vous regarde pas !

Il sourit à la vue de la légère rougeur qui lui teintait la gorge. Cette réaction lui indiquait tout ce qu'il avait besoin de savoir sur son expérience ou plutôt, en l'occurrence, son manque d'expérience. Il émanait d'elle une douce fragrance de fleur. Une délicate rose anglaise transplantée dans la brûlante chaleur du désert. L'association pouvait s'avérer toxique. Et très certainement excitante.

— Ça me regarderait si vous deveniez mon épouse, nuança-t-il.

Exalté par la témérité plutôt inhabituelle de sa déclaration, il l'attira à lui.

4.

Se retrouver emprisonnée dans les bras du cheikh était, pour peu que ce soit possible, encore plus inattendu et choquant qu'entendre son outrageante proposition de mariage. Silvia en fut si stupéfaite que, le temps qu'elle songe à protester, il était déjà trop tard.

Le baiser de Munir al-Khashqar fut comme le désert : brûlant et exotique, vibrant d'une excitation pimentée de danger. En comparaison, ceux de Matthew paraissaient insipides. Alors que, de la langue, il effleurait l'intérieur soyeux de sa lèvre, elle fut parcourue d'un frisson de pur plaisir. Les mains viriles du prince étaient chaudes sur son dos, sa taille. Elle se sentait tendue, et tout à la fois cotonneuse. Le corps du cheikh était dur contre sa chair souple, solide. Jamais elle n'avait été si proche d'un homme. Pas même de Matthew.

Un peu tard, elle lutta pour se libérer.

— Comment osez-vous !

Munir la relâcha à contrecœur. Cette Anglaise hautaine dissimulait en elle une passion qui n'attendait que d'être enflammée. Il brûla soudain de la prendre là, sur l'estrade, de la combler ici même dans la salle du trône ! Bien qu'il fût établi qu'aucune femme ne pouvait à elle seule satisfaire un homme, il soupçonnait qu'il ne se lasserait pas aisément de celle-ci. C'était là un bonus vraiment inespéré et extrêmement troublant. Avec quelque difficulté, il se força à reporter ses pensées sur l'affaire en cours.

— Vous avez tout à fait raison. Il y a d'autres questions, bien plus cruciales, à traiter en priorité.

— Vous n'étiez tout de même pas sérieux à propos de cette histoire de mariage ! s'offusqua Silvia, non sans s'efforcer désespérément de rassembler ses pensées en un tout vaguement cohérent.

— Je ne dis jamais ce que je ne pense pas, rétorqua sèchement Munir.

Il parlait également rarement de manière aussi impétueuse, mais cela, nul besoin de l'admettre.

— Dites-moi, pourquoi n'êtes-vous pas encore mariée ?

— Je n'ai aucun désir de me marier, répliqua Silvia, tout en croisant les bras sur la poitrine.

Les pointes de ses seins s'étaient durcies contre les baleines de son corset. Elle éprouvait… elle n'eût pu décrire ce qu'elle éprouvait.

— Pourquoi ? insista Munir. J'ai du mal à croire qu'il y ait eu pénurie de prétendants.

Une véritable procession, très activement encouragée par l'obsession de mon père à dénicher à ses filles un parti avantageux ! songea amèrement Silvia.

S'avisant que tergiverser avec le cheikh ne l'avancerait à rien, elle opta pour la vérité.

— Je ne me suis jamais mariée parce que le seul homme que j'ai aimé, et qui disait m'aimer en retour, m'a préféré ma sœur aînée, déclara-t-elle abruptement. Louise était l'héritière de la fortune de notre mère, et disposait de meilleures relations dans la haute société grâce à son parrain. Mon père s'est fait un plaisir d'arranger cette union avec Matthew, je veux dire le comte d'Inverkip.

— Et en conséquence, vous avez depuis rejeté toutes les tentatives de votre père pour vous trouver un mari acceptable ?

Le sourire de Silvia fut un peu crispé.

— Voilà qui me fait paraître bien futile. La vraie raison est que je n'ai aucune intention de me ridiculiser de nouveau en m'éprenant d'un autre homme. Je n'ai aucun désir de m'exposer à cette douloureuse expérience plus d'une fois. Vous voyez donc que l'idée même que je puisse devenir votre épouse est vouée à l'échec.

Munir sourit.

— Dans mon royaume, décréta-t-il, ce que je veux, je l'obtiens.

5.

« Dans mon royaume, ce que je veux, je l'obtiens. »

Silvia serra les bras encore plus fermement sur la poitrine alors que l'intimidant cheikh emprisonnait son regard.

— Allez savoir pourquoi, je n'en doute pas, prince Munir, ironisa-t-elle. Aussi est-ce tout aussi bien que mon séjour dans votre royaume soit de très courte durée. Je retournerai en Angleterre avec mon père aussitôt que l'affaire qui explique ma présence ici sera réglée.

— Avez-vous hâte de rentrer chez vous ?

— Ayant passé la majeure partie de ma vie à voyager avec mon père dans le cadre de ses diverses affectations, je ne considère pas vraiment l'Angleterre comme chez moi, nuança Silvia.

— Où vivrez-vous ?

— Avec ma sœur et sa famille. Elle a quatre enfants. On attend certainement de moi que je l'assiste du mieux que je peux.

Elle n'avait pu gommer l'amertume de sa voix, et le cheikh s'exclama :

— Par Allah ! Vous ne pouvez tout de même pas souhaiter résider sous le même toit que l'homme qui vous a rejetée pour votre sœur !

— Je n'ai guère de choix.

— Mais vos réticences ne se limitent pas uniquement à ces arrangements domestiques, n'est-ce pas ?

Cette étonnante perspicacité incita Silvia à admettre ses peurs les plus profondes.

— A force d'évoluer dans les cercles diplomatiques aux côtés de mon père, je me suis accoutumée à beaucoup d'indépendance, de même qu'à apporter ma contribution. En Angleterre, ce sera... différent. J'avoue craindre de me retrouver un peu désœuvrée.

— Si vous m'épousez, votre contribution ne sera en rien négligeable, argua Munir. Vous aiderez à forger le lien entre nos deux pays, et vous serez la première, et donc la plus importante, de mes épouses. Vous régnerez sur le harem.

— La *première* !

Silvia n'avait pu contenir son indignation.

— Le fait est qu'aucune femme ne peut à elle seule satisfaire un homme. En Angleterre, vos compatriotes ont une épouse et plusieurs maîtresses, et il me semble que, dans ces circonstances, toutes ces femmes sont traitées irrespectueusement. Ici, à Djarah, nous respectons et honorons chacune de nos épouses.

Silvia se mordit la lèvre. Elle ne pouvait réfuter ce que le cheikh venait d'affirmer. Pas alors que tout ce qu'elle avait vu au cours de ses voyages, sans mentionner sa propre expérience, lui donnait raison. Persistait toutefois, enracinée au plus profond d'elle-même, l'illogique, romantique notion que l'amour véritable pouvait faire qu'une seule femme suffise amplement à un homme.

Quand bien même, elle ne serait jamais cette femme. Et le prince Munir, de son propre aveu, ne serait très certainement jamais cet homme. Elle déglutit péniblement. Qu'elle soit sa première ou sa vingtième épouse n'avait que peu d'importance. L'enjeu dans l'immédiat était la réputation de son père.

— Si j'accédais à votre invraisemblable requête, mon influence serait-elle confinée au harem ? s'enquit-elle avec circonspection. Vous n'envisageriez pas un rôle un peu plus officiel pour moi en tant que princesse consort ?

— En tant que prince, je dois aux yeux de tous régner seul. Un prince doit être invulnérable, infaillible, supérieur à tous les autres hommes, décréta le cheikh.

— Et à toutes les femmes aussi, apparemment, ironisa sèchement Silvia.

Munir songea à sa tante, Halimah qui, avec ses implacables manipulations, avait fait de son père un pantin. Il songea à la destruction que son ambition avait causée. Au sang versé.

— Et à toutes les femmes, confirma-t-il, un peu plus durement qu'il n'en avait l'intention.

Choquée par l'aigreur de son ton, la jeune Anglaise écarquilla légèrement les yeux. Il se calma d'une profonde inspiration, puis modéra son ton.

— Considérez les avantages. En tant que princesse, vous aurez votre propre palais, ici. Vous n'aurez pas à retourner à l'homme qui vous a humiliée. Vous aurez la satisfaction de savoir que vous avez sauvé la carrière de votre père, et serez en mesure d'aider à promouvoir la relation à long terme entre votre pays et le mien. Vous aurez de surcroît l'honneur de porter mes fils, conclut-il à voix basse, lui relevant le menton de manière qu'elle croise son regard.

— Et filles !

Munir rit, émoustillé par la lueur de défi qu'il décelait dans ses yeux. Epouser cette Anglaise le tentait décidément beaucoup.

— Fils et filles. Et ce sera un plaisir.

Cette fois, Silvia s'empourpra. Le désir planait entre eux, aussi enivrant qu'un parfum. Les doigts de Munir descendirent le long de son cou, provoquant en elle frissons et étincelles. Le regard brun pailleté d'or s'assombrit. Elle le vit, sous la soie de sa tunique, prendre une brusque inspiration. Son évidente excitation était provocante.

— Quelle est votre réponse, miss Bruntsfield ? murmura-t-il d'une voix séductrice. Serez-vous ma promise ?

6.

— Votre promise ? s'exclama Silvia. Vous ne pouvez tout de même pas exiger de moi que je donne une réponse immédiate à cette question, alors que je ne vous avais encore jamais rencontré auparavant !

— Oh ! Mais si. Est-ce vraiment si différent de l'union arrangée que votre père voudrait vous imposer ?

Sur son impitoyable lancée, Munir tenait à présent à ce que l'arrangement soit conclu avant que sir Francis ou son Conseil aient le temps de s'interposer. Djarah méritait la prospérité. Le royaume avait besoin d'un héritier. Qu'il désirât de surcroît cette femme n'était qu'un heureux hasard.

— Les termes sont simples : si vous acceptez ma proposition, je signerai le traité et je passerai sous silence l'imprudence de votre père. Nous nous marierons avant qu'il ne retourne en Angleterre où il sera accueilli en véritable héros. Dans le cas contraire, vous, votre père et votre pays devrez en subir les conséquences.

Munir étouffa le léger pincement de culpabilité que provoqua en lui cet ultimatum. Il exploitait impitoyablement la situation, aucun doute là-dessus.

La jeune femme parut lire dans ses pensées.

— C'est du chantage ! commenta-t-elle, d'un ton plein d'amertume.

L'expression de Munir se durcit.

— Non, c'est un échange, rectifia-t-il. Dois-je vous

rappeler que vous êtes venue ici sans y avoir été invitée, dans l'intention affichée de me faire changer d'avis ? Si je vous ai bien comprise, vous étiez prête à n'importe quoi pour préserver la réputation de votre père. Je vous en offre précisément l'occasion.

Silvia tressaillit. Cette cruelle alternative était effectivement de son fait. Son esprit s'activa à toute vitesse. Epouser un parfait inconnu, et s'engager à vivre dans un pays où elle suffoquerait et subirait peut-être encore plus de contraintes qu'en Angleterre, serait pure folie. Mais être forcée de vivre sous le même toit que son fiancé de jadis, le voir chaque jour se comporter en mari auprès de sa sœur, et n'avoir rien d'autre à quoi dépenser son énergie que de jouer les tantes bienveillantes à l'égard de leur progéniture grandissante… Non ! Ce n'était même pas envisageable. Epouser le cheikh était sans aucun doute, de ces deux maux, le moindre !

— Mais je ne sais rien de Djarah et de son peuple, objecta-t-elle en désespoir de cause. Je ne sais rien de vous.

— L'histoire de Djarah remonte plus loin que celle de n'importe lequel des Etats souverains d'Europe. Nos traditions et notre culture sont de loin bien plus riches que celles de la plupart des civilisations occidentales. Vous apprendrez à connaître l'une et l'autre avec le temps. En tant que mon épouse, vous ne manquerez de rien. Et pour ce qui est d'en savoir peu sur moi… je suis un prince, et un homme honorable. Je ne vous offre pas l'amour — nous sommes tous deux suffisamment avisés pour ne pas nous arrêter à d'aussi futiles considérations — mais je vous traiterai toujours avec respect. Combien d'épouses anglaises peuvent s'en prévaloir ?

Il ne l'aimait pas. Evidemment qu'il ne l'aimait pas, et jamais il ne l'aimerait. De plus, elle lui avait elle-même dit qu'elle avait perdu toutes ses illusions sur l'amour, ce qui était la stricte vérité. L'offre était tentante… Après tout, partager un harem avec ses autres épouses et leurs enfants serait-il si différent d'une existence en Angleterre avec Louise ?

Poutant, Silvia hésitait. Bien qu'elle n'aimât pas non plus Munir al-Khashqar, elle n'imaginait pas vivre ainsi. Elle n'avait aucun désir de partager son époux et, qui plus est, elle souhaitait que ledit époux l'estimât pour davantage que sa capacité à lui donner des héritiers. Cela étant, elle aurait tout le temps de lui prouver sa valeur et, ce faisant, de se forger un destin dans ce pays étranger. Pour peu qu'elle dispose d'une année, peut-être que…

L'idée la séduisait énormément, et elle n'appréciait jamais rien tant que de relever un défi. Certes, son estomac se soulevait à la pensée de ce qui pourrait se passer si elle échouait, mais sa décision était prise.

Elle sourit, non pas de son habituel sourire ironique, mais d'un *vrai* sourire qui éclaira son regard.

— Fort bien. Voici donc votre réponse, traduisit Munir.

7.

Silvia s'examina dans les longs carreaux de miroir qui formaient un des pans de mur de la salle des bains du harem. Après les bavardages et les gloussements excités de la cohorte de servantes qu'il avait fallu pour la parer de ses atours de mariage, le silence lui était un soulagement. Elle avait l'impression, au cours de la semaine écoulée, d'avoir été l'héroïne d'un conte des *Mille et Une Nuits* qui se serait déroulé à toute vitesse dans sa tête.

La colère initiale de son père lorsqu'il avait appris qu'elle s'apprêtait à épouser le prince de Djarah s'était rapidement muée en soulagement, puis en étonnement devant sa bonne fortune. Il ne pensait plus qu'accords et sphères d'influence, tellement exalté par les implications des stupéfiantes fiançailles de sa fille qu'il ne lui était même pas venu à l'esprit de s'interroger sur ses motivations. Il lui avait fait ses adieux ce matin après la signature officielle des contrats.

— Je suis très fier de toi, lui avait-il dit d'un ton bourru. Et l'Angleterre le sera aussi.

Après la cérémonie, il repartirait pour l'Angleterre, et le tout dernier lien de Silvia avec son ancienne vie serait définitivement rompu. Aujourd'hui, elle entrerait dans un tout autre monde.

La femme qui lui renvoyait son regard dans les miroirs était une séduisante créature. Sa peau était lisse, ointe d'huiles parfumées, et sa chevelure étincelait sur la soie cuivre de son caftan, lourd des pierres semi-précieuses incrustées dans la passementerie tissée d'or. Le pantalon, en dessous, était en organdi cramoisi, ample et plissé à la taille, presque transparent. Des clochettes dorées tintaient à ses poignets et à ses chevilles, ainsi que sur le bandeau qui tenait son voile de gaze en place. Ses mains et ses pieds étaient teints de henné, ses babouches brodées de perles. Autour de son cou pendait un collier d'or aux entrelacs très ouvragés, où brillaient de minuscules diamants. Un présent de Munir.

Munir… La coutume interdisait tout contact entre eux au cours du tourbillon qu'avaient été les préparatifs du mariage, aussi ne lui avait-elle parlé que trois fois depuis qu'il avait de très mauvaise grâce accepté ses conditions. Ce soir, il serait son mari. Et pour l'année à venir, elle lui avait fait promettre qu'elle serait son unique épouse.

— Une année pour me prouver que vous pouvez être l'unique femme dont j'aurai besoin ? J'ai hâte de voir ça, avait-il commenté avec un sourire narquois.

Alors qu'elle emboîtait le pas à la procession féminine qui la conduisait du harem au corps central du palais, une pensée perturbante se répercuta dans son esprit. Avant de commencer à éroder les barrières qui la confineraient dans le harem, il lui faudrait d'abord faire ses preuves à l'intérieur de celui-ci. Avant d'être utile, elle devait être désirable. Or elle n'avait aucune idée de la manière de procéder en la matière.

Les nerfs en pelote, elle ne put rien avaler du festin servi sur des assiettes en or. Au travers du moucharabieh qui sépara les hommes des femmes tout au long de l'étrange cérémonie, elle n'entendit qu'un sourd brouhaha de rires masculins. Lorsque, enfin, on la conduisit jusqu'à l'estrade où Munir l'attendait, superbe en bleu et or et encore plus farouchement attirant que dans son souvenir, elle sentit son cœur s'affoler.

Son humeur oscillait comme un pendule, de l'euphorie

à l'agitation, de l'anticipation à l'appréhension. Et, lorsque Munir lui glissa une alliance au doigt, la panique l'emporta. Qu'était-elle en train de faire ? Son regard accrocha désespérément le sien à travers le voile qui lui recouvrait le visage, en un message frénétique.

Arrêtez. Arrêtez !

Munir prit sa main puis, avec un sourire rassurant, l'ancra fermement à son côté.

— Sommes-nous mariés ? hasarda Silvia d'une voix mal assurée. Est-ce terminé ?

Il l'attira encore plus près de lui, puis chuchota d'une voix rauque :

— Ça vient à peine de commencer, car maintenant débute la lune de miel.

8.

Les étoiles scintillaient au-dessus de leurs têtes, épais tapis de diamants tissé sur le ciel d'un noir d'encre. Il était minuit. Silvia arrêta son chameau à côté de celui de Munir. Avant qu'elle ait pu s'extirper de sa selle, les mains de celui-ci l'agrippèrent par la taille, et il l'en souleva sans effort apparent.

— Qu'en pensez-vous ? s'enquit-il.

Silvia balaya du regard la fraîche et accueillante atmosphère de la profonde oasis en forme de croissant. Une immense tente éclairée de braseros avait été montée à l'ombre des palmiers, en bordure de l'eau.

— C'est d'une beauté à couper le souffle.

Un curieux silence régnait, aussi épais qu'une couverture, et elle s'étonna :

— Où sont-ils tous ?

Munir sourit.

— C'est notre nuit de noces. Il n'y a personne d'autre que nous.

— Oh.

Silvia sentit ses extrémités nerveuses la tirailler, tels de minuscules doigts crochus.

— Prince Munir, je…

— Juste Munir. Je suis votre mari à présent, Silvia.

— Hum… oui, en effet.

C'était la première fois qu'il prononçait son prénom, et jamais celui-ci n'avait eu cette résonnance dans la bouche de quiconque. Tout dépendait d'elle maintenant, il fallait absolument qu'elle ne commette aucun faux pas. Mais, tout à coup, elle désira aussi farouchement que ce soit spécial.

— Munir, je… j'ignore comment… Me direz-vous… ce que je dois faire ? Je voudrais que ce soit… je ne voudrais pas vous décevoir.

Rougissante, elle soutenait néanmoins son regard. Munir ne put qu'admirer son courage et son honnêteté. Il porta une main à ses lèvres.

— Vous ne me décevrez pas, Silvia, je vous le promets. Faites-moi confiance.

Il lui embrassa la paume, le bout de sa langue s'égarant sur le soyeux triangle de peau, entre chacun de ses doigts. Ses lèvres s'attardèrent ensuite sur le pouls qui battait follement à son poignet. Elle était exquise.

— Faites-*vous* confiance, reprit-il d'une voix rauque. Fiez-vous à vos instincts.

Toute sa vie, l'instinct de Silvia avait été de faire preuve de prudence. D'attendre. De réfléchir, évaluer. Ce ne devait toutefois pas être ce qu'il voulait dire.

Elle leva de nouveau les yeux vers lui. Le regard pailleté d'or étincelait, obscurci de ce qu'elle espéra être du désir. Elle souhaitait qu'il l'embrasse. Elle souhaitait le voir nu. Elle souhaitait…

Elle s'approcha, huma son odeur. Celle de la chaleur du désert. Quelque chose de très viril qui la rendit absurdement sans défense. Esclave.

— Munir…, lâcha-t-elle d'une voix qu'elle ne reconnut pas.

Elle repoussa son voile, puis tira sur la coiffe masculine. D'un noir de jais et très courts, ses cheveux soulignaient ses traits anguleux. Elle enroula les doigts autour de sa nuque, et il l'attira à lui. La plaquant contre les solides muscles de son corps, il lui caressa le dos, les reins, tout en réclamant urgemment sa bouche. Une onde de chaleur se déversa en elle, irradiant jusque dans son abdomen. Il la souleva dans ses bras comme si elle ne pesait pas plus lourd qu'une plume, puis l'emporta en direction de la tente.

Elle eut un très bref aperçu de somptueuses tentures alors qu'il la reposait à terre, puis oublia tout de son environnement comme Munir — Munir, son époux — devenait le centre de son univers.

9.

Il la dévêtit lentement, comme s'il déballait un cadeau précieux. Embrassant, effleurant, caressant chaque parcelle de son corps au fur et à mesure qu'il les exposait — son cou, ses bras, ses seins. Tout spécialement ses seins. De ses paumes, il les moula, de ses lèvres, il les lécha, les suça, et la fit gémir de plaisir, son qui lui était inconnu et qui l'exalta encore davantage.

En même temps, il se débarrassa lui aussi de ses vêtements et, lui ayant pris une main, lui montra comment le toucher, apprendre la géographie de son corps, les contours de ses épaules et de son torse, le creux de son abdomen.

A présent nue, elle résista à l'impulsion de s'envelopper de ses bras, et sut qu'elle avait fait le bon choix à la manière dont il la contempla, avec une lueur d'admiration, suivie d'une flatteuse flambée de désir qui lui enflamma les pommettes d'une teinte cramoisie. Son regard se fit plus intense. Lui aussi était nu, et elle risqua un bref coup d'œil en direction de la fière et ferme preuve de son excitation. Brûlante de désir, elle se demanda comment il pourrait… comment ils allaient…

— Touche-moi, lui enjoignit-il, se saisissant de nouveau de sa main et l'orientant sur sa verge dressée.

Dure, soyeuse, tellement différente de tout ce qu'elle avait imaginé. Et très, très excitante.

Il l'étendit sur un divan bas, puis lui écarta les cuisses et la caressa doucement. Exquis.

— Munir, que dois-je…

Il la bâillonna d'un baiser.

— Rien, répondit-il. Tu n'as rien à faire. Je suis ton mari, Silvia. C'est mon plaisir de t'apprendre le plaisir.

Il s'inclina sur elle. Sur sa bouche. Sa gorge. Ses seins. Son ventre, puis plus bas encore. La bouche sur le bouton de peau si tendre, entre ses cuisses, il la caressa de sa langue. Juste là !

Elle eut un hoquet de saisissement, choquée. Suivi d'une décharge, puis d'un vertige alors qu'il lui donnait des petits coups de langue, dessus et autour. Très vite, ce supplice savoureux lui devint insoutenable et, avec un cri, elle lâcha prise parce qu'elle ne pouvait plus tenir. Comme projetée en l'air, elle tournoya et tournoya encore, de plus en plus haut, et n'aspira plus qu'à cela : planer sans aucun effort.

Alors même qu'elle prenait son essor, Munir s'empara de nouveau de sa bouche, et s'étendit sur elle. L'inclinant en arrière, il profita du flux et reflux des vagues de sa jouissance pour se glisser en elle. Sa virginité consommée, il s'enfonça plus profondément encore. Là, il s'immobilisa, attendit. S'arquant contre lui, Silvia lui agrippa les fesses et vit, à la crispation de ses traits, qu'il aimait cela. Elle s'arqua plus encore.

Les mains sur les hanches de Silvia, Munir la plaqua contre lui. Silvia. Sa femme ! A lui ! Comme c'était étrange de se sentir si possessif. Et que ce soit tellement plus intense que tout ce qu'il avait jamais expérimenté, tellement plus que tout ce qu'il avait jamais imaginé.

Il plongea de nouveau en elle, enserré par son étroite moiteur. Plus loin, plus fort, jusqu'à ce qu'elle crie, après quoi il se déversa en elle avec une plainte sourde sans cesser de l'embrasser et de l'agripper, emporté comme il ne l'avait encore jamais été par la tempête déchaînée de sa jouissance.

10.

A l'exception des serviteurs mystérieusement invisibles qui leur apportaient régulièrement de quoi se sustenter, Silvia et Munir étaient entièrement seuls à l'oasis. S'écoulèrent sept jours de plaisirs enchanteurs, voluptueux. Ils se baignaient souvent nus dans les tièdes, apaisantes profondeurs du plan d'eau au clair de lune puis, étendus l'un contre l'autre sur le sable, léchés par le léger ressac de l'eau, ils se caressaient et s'aimaient jusque tard dans la nuit.

Exaltée par le pouvoir sensuel qu'elle détenait sur son tout nouvel époux, Silvia s'enhardit peu à peu dans ses caresses, offrant autant qu'elle recevait, son propre plaisir décuplé par celui qui se gravait sur le visage de Munir lorsqu'elle l'accueillait en elle.

— Nous devons rentrer au palais demain, lui annonça-t-il à la fin de la semaine, alors qu'ils étaient enlacés dans la fraîcheur de l'aube. Je suis déjà resté absent bien plus longtemps que je n'en avais l'intention.

— Le Conseil n'a-t-il pas autorité pour agir en ton absence ?

— L'autorité, mais pas la volonté. C'est là un héritage du règne de mon père.

Silvia se dressa sur un coude pour le dévisager. Pour la première fois depuis leur mariage, Munir affichait une expression austère, distante. Une semaine plus tôt, elle aurait hésité à l'interroger mais, aujourd'hui, son désir d'en apprendre davantage sur l'homme avec lequel elle allait passer le reste de sa vie l'emporta sur sa circonspection habituelle. Elle lui caressa la joue.

— Comment cela ?

Se redressant brusquement, il repoussa sa main.

— Silvia, je suis tout à fait conscient que tu espères mettre cette année à profit pour me convaincre de t'accorder un rôle en dehors du harem, mais ça ne se peut. Peut-être aurais-je dû te le faire comprendre plus clairement avant notre mariage, mais la vérité est que…

Il s'interrompit, se frictionna le front.

— … c'est un sujet pénible.

Ce fut son hésitation qui l'émut. Bien qu'elle sût que ce qu'il s'apprêtait à lui confier allait être désagréable à entendre, son désir de s'épancher malgré tout la bouleversa.

Elle lui prit la main.

— Dis-moi.

Munir ferma les yeux, un pli entre les sourcils. Puis il hocha la tête plusieurs fois, geste qui signifiait, avait-elle remarqué, qu'il avait pris sa décision.

— Mon père était un homme faible, débuta-t-il. Sa sœur, Halimah, était son aînée de cinq ans. Halimah signifie « indulgente ». Jamais femme n'a été plus mal prénommée. Elle était égoïste, ambitieuse, un tyran au féminin persuadée que son sang royal lui donnait le droit d'obtenir tout ce qu'elle souhaitait, et rien ne l'arrêtait. Mon père était sa marionnette, et le Conseil avait appris à ses dépens à ne pas intervenir. Les manigances d'Halimah ont dévasté le pays, et, depuis le début de mon règne, je passe mon temps à démêler les conflits qu'elle nous a laissés en héritage. Aujourd'hui encore, certaines de nos tribus bédouines sont à deux doigts de la révolte. Un rien peut les enflammer. Il y a eu notamment la fois où…

C'était comme si une brèche avait été ouverte. Toutes les réminiscences douloureuses, toutes les altercations malveillantes auxquelles il avait dû faire face lorsque, devenu adulte, il s'était efforcé d'exercer sa propre autorité, les affres qu'il avait connues lorsqu'il s'était retrouvé déchiré entre sa loyauté envers son royaume et celle envers son père, tout se déversa. Munir parla jusqu'à ce que le soleil grimpe dans le ciel, et qu'il fasse une chaleur étouffante sous la tente, et Silvia, avec une horreur croissante, s'avisa de l'atroce réalité.

— Tu comprends maintenant pourquoi tu dois demeurer dans l'enceinte du harem, conclut-il. Jamais plus un prince ne doit être surpris à s'en remettre à la volonté d'une femme.

Silvia se mordit la lèvre.

— Tu fais ça chaque fois que tu n'es pas d'accord avec moi, le sais-tu ?

— Vraiment ? J'ignore ce que je pense exactement, si ce n'est que… je croyais que tu respectais mes opinions. Ces derniers jours…

— C'est le cas, parce que tu as l'esprit d'un homme en matière de politique. Mais de telles discussions ne pourront jamais avoir lieu que strictement entre nous.

— Je vois.

Pour la première fois depuis la cérémonie, Silvia sentit le doute palpiter en elle, tel un oiseau anxieux de se libérer de sa cage. Enlaçant son époux, elle posa le visage sur son torse. L'épaisse toison, sous sa joue, son odeur, la fermeté du corps viril sous le sien éveillaient déjà en elle les sourdes pulsations du désir.

L'espace d'un moment, Munir s'était dévêtu du manteau princier de l'infaillibilité pour la mettre dans la confidence. C'était un pas. Un pas qui lui suffirait pour l'instant.

11.

Le lendemain, ils retournèrent dans la cité, et les doutes de Silvia se confirmèrent dès que la réalité de la situation s'imposa à elle. Impérial, Munir ouvrait la voie au travers des ruelles en direction du portail du palais, et ses sujets s'agenouillaient sur son passage, tandis que Silvia suivait loin derrière, à peine saluée par la foule en délire. L'héritage d'Halimah ne se limitait pas seulement à des troubles persistants, elle avait aussi, à l'évidence, instillé en son peuple une profonde défiance à l'égard des princesses royales.

Bakri les attendait au palais.

— Nous n'imaginions pas que vous vous absenteriez si longtemps, Votre Altesse. Il y a à présent de nombreuses questions qui nécessitent votre attention.

— Allons, Bakri, je viens de me marier, repartit Munir. Assurément, même vous reconnaîtrez que mon épouse était en droit de réclamer ma pleine attention pendant cette courte lune de miel.

— L'épouse d'un souverain n'est pas supposée avoir d'exigences, rétorqua le conseiller sans même se donner la peine de masquer l'animosité de son ton.

— Mon intention est d'être un soutien pour mon mari, pas une entrave, s'empressa d'affirmer Silvia, soutenant le regard hostile du vieil homme avec un sourire apaisant. Les fardeaux de l'Etat peuvent être lourds, et j'espère…

Elle s'interrompit, car Bakri la fixait avec horreur.

L'instant d'après, il crachait à ses pieds. Jetant un regard à Munir, elle vit que sa bouche n'était plus qu'un pli austère.

— Veuillez m'excuser le temps que j'installe la princesse dans ses quartiers, déclara-t-il d'un ton cassant. Après quoi je serai libre de m'atteler aux affaires qui nous concernent.

— Munir ! Il est inutile de…

Ignorant sa protestation, il l'entraîna le long des couloirs, indifférent aux saluts empressés des gardes. Les portes du harem refermées, ils se retrouvèrent seuls dans le patio au centre duquel trônait une fontaine ombragée par des citronniers.

Munir la relâcha si brusquement qu'elle en trébucha. Son pouls battait furieusement à la base de son cou. Se remémorant sa première impression de lui, celle d'un homme avec lequel il valait mieux ne pas jouer avec le feu, elle éprouva une brève palpitation de peur, aussitôt étouffée comme sa colère s'éveillait lentement, telle une créature sortie d'hibernation.

— Qu'est-ce que j'ai bien pu faire pour te contrarier à ce point ? s'exclama-t-elle.

— Je t'ai dit ce qu'il en était avec Halimah. Tu n'aurais pas dû parler affaires d'Etat avec Bakri.

— Affaires d'Etat ? Tout ce que j'ai dit est…

— Je sais ce que tu as dit.

— C'est toi qui es parti sur le ton de la plaisanterie. Si tu n'avais pas mentionné que j'exigeais ta « pleine attention »…

— Je suis parfaitement conscient de ce que j'ai dit !

Munir jura entre ses dents, ce qu'il ne faisait que très rarement. Il n'eût pas dû se hasarder sur ce terrain-là avec Bakri mais, au cours de cette semaine passée en compagnie de Silvia, il avait tout oublié de ses propres recommandations. Il était furieux contre Bakri pour l'insulte faite à son épouse, furieux contre Silvia pour avoir voulu excuser l'affront, et plus encore contre lui-même pour en avoir été à l'origine. Arrachant sa coiffe, il se passa les doigts dans les cheveux.

— Tu as vu la réaction de Bakri. Tu comprends maintenant que ce sera toujours ainsi.

— Ce que je comprends, c'est que tu ne veux rien y changer, répliqua Silvia, indignée par la colère injustifiée de Munir à son égard.

— Je ne *peux* rien y changer ! rétorqua-t-il abruptement. A présent, comme Bakri me l'a fait remarquer, certaines affaires m'attendent. Je reviendrai te voir quand je le pourrai.

Avant que Silvia ait pu protester, les lourdes portes du harem se refermèrent derrière lui.

12.

Munir avait eu l'intention d'attendre avant de retourner voir Silvia. Il s'était dit que mettre un peu de distance entre eux aiderait son impétueuse épouse à prendre la mesure de la situation. Mais, au terme d'une journée chargée à traiter d'affaires officielles, le contrepoids de son esprit affûté lui manquait. Et, après une nuit sans sommeil sur un divan qui lui parut être devenu bien trop large, il commençait à se languir cruellement de son corps.

— J'ai pris une décision, annonça-t-il le lendemain lorsqu'il pénétra dans le harem, la surprenant en plein petit déjeuner. Il sera bon pour mon peuple de nous voir ensemble. Tu avais raison, poursuivit-il, certaines choses peuvent changer. Je ne veux pas que tu restes dans mon sillage telle une servante comme tu l'as fait hier. Je ferai en sorte qu'on te traite avec respect.

— Merci.

L'incident de la veille avait fait découvrir à Silvia l'ampleur de la bataille qui l'attendait, et elle avait passé les heures qui s'étaient écoulées depuis à combattre la déprime qui s'était ensuivie. Ce revirement inattendu l'enchanta. Elle s'était languie de son époux, pas seulement de son corps, mais de l'homme lui-même. Peut-être un peu trop. Elle avait tout intérêt à s'en soucier, car mieux valait ne pas s'éprendre de cet homme qui n'aimait que son royaume.

Même si, lorsqu'il l'emmena visiter ledit royaume, elle

s'avisa d'emblée pourquoi il s'y dévouait tant. Djarah, sa cité et son désert la captivèrent, et son évident ravissement ainsi que les questions dont elle le pressa enchantèrent Munir. Les heures passèrent trop vite et ensuite, dans la moite, sensuelle atmosphère du harem, leur étreinte les transporta vers de nouveaux sommets. Il ne fallut aucun autre encouragement à Munir pour lui présenter d'autres sites le jour suivant, puis celui d'après. Au cours des quelques semaines qui suivirent, il ne songea plus à mettre la moindre distance entre eux.

— Un nouveau gisement aurifère a été découvert dans l'Est, annonça-t-il un soir en se laissant choir sur les coussins à son côté.

Le dîner avait été servi sur une table basse, devant eux. Il y avait longtemps qu'il ne dînait plus dans ses quartiers. Passer chaque minute de liberté dont il disposait dans le harem en compagnie de Silvia était devenu une habitude.

— Malheureusement, il se trouve à la limite de deux territoires aux frontières contestées. Tu te souviens des deux tribus bédouines que j'avais mentionnées ?

— Celles que ta tante a montées l'une contre l'autre ? Une histoire d'enchères à propos d'une promise, si je me souviens bien.

Silvia mordit dans un délicat beignet fourré de viande épicée.

— Mmm. C'est délicieux.

— *Tu* es délicieuse, rectifia Munir en se penchant pour chasser d'un baiser sur ses lèvres une miette égarée. La promise n'était qu'une partie du problème. Les racines de l'inimitié entre ces deux tribus sont profondes. Une dispute à propos de l'exploitation de la mine pourrait aisément provoquer une guerre.

— Et tu crains qu'elle ne se limite pas à ces deux tribus ?

Munir acquiesça d'un hochement de tête.

— Bakri conseille d'attendre et de voir.

— Bakri a-t-il jamais conseillé quoi que ce soit d'autre ? ironisa Silvia.

Munir sourit.

— Certes, mais en l'occurrence, il a probablement raison. Il n'y a encore aucune dispute. Et tel quel, j'en ai déjà plus qu'assez… comment dis-tu déjà… dans mon plat ?

— *ma coupe*, corrigea Silvia avec un petit rire.

Elle hésita un instant, puis hasarda :

— Tu sais, je pourrais t'aider si tu…

— Je t'en prie, non. Tu m'aides déjà.

— Mais je le pourrais davantage si tu me le permettais, Munir, insista-t-elle néanmoins.

— Tu es mon sanctuaire, ma confidente, et mon amante. Que pourrais-tu désirer de plus ?

Ton amour.

Silvia porta les mains à la poitrine, comme pour capturer ces mots avant qu'ils puissent se répandre mais, déjà, la vérité avait été semée dans son cœur. L'unique erreur qu'elle s'était juré de ne plus commettre, et elle l'avait tout de même commise, une fois encore.

Elle était tombée amoureuse.

13.

Silvia arpentait nerveusement d'une extrémité à l'autre le patio du harem. Elle était amoureuse de son mari.

Si seulement il pouvait en être de même pour lui. Mais, parfois, elle avait l'impression que les barrières qu'il avait placées entre eux étaient infranchissables. Pourquoi ne voyait-il pas que ses tentatives de protéger son royaume en agissant exactement à l'opposé de son père ne servaient qu'à l'isoler ? Il affirmait lui faire confiance, mais cette confiance n'était que très limitée, et sans véritable confiance il ne pourrait rien exister de réel entre eux, et certainement pas de l'amour.

— Et c'est l'amour que je veux de lui, plus que toute autre chose, avoua-t-elle tout haut à la beauté de marbre placée au centre de la fontaine, qui était devenue sa confidente. Je ne veux pas seulement être une compagne, un pion politique, ou un sulfureux secret mis à l'écart dans son harem. Je veux être l'unique femme dont il aura jamais envie ou besoin. Je veux qu'il comprenne que je pourrais le rendre tellement plus heureux ! Qu'avec moi à ses côtés il pourrait être tellement plus fort ! Je veux qu'il m'aime comme je l'aime. Parce que j'aime Munir, de tout mon cœur.

Une douce chaleur l'envahit alors qu'elle énonçait cet aveu à haute voix pour la première fois, mais la statue ne lui parut pas convaincue.

— Je sais ce que tu penses : « Regarde ce qui s'est

produit la dernière fois ! » Mais là, c'est différent. Comparés à mon amour pour Munir, mes sentiments pour Matthew n'étaient que fumée.

Elle se mordit la lèvre, nuança :

— Tu as raison : ça implique aussi que Munir peut me faire encore plus de mal. Il ne m'aime pas. Tôt ou tard, peut-être même avant que notre année se termine, sa passion pour moi se fanera. Je ne peux supporter l'idée de le partager. Je ne peux tout simplement pas ! S'il ne peut m'aimer, moi et seulement moi, alors je devrai trouver un autre moyen d'être auprès de lui. Pour mon propre bien, je dois me tailler un rôle significatif, sans quoi j'aurais mieux fait de retourner en Angleterre avec papa. Je dois trouver un moyen de le convaincre, et je le trouverai !

L'occasion lui fut fournie lorsque Munir parut au harem peu de temps après, l'air exténué. Une crise s'était présentée, dont Silvia obtint les détails par de discrètes questions. La solution qu'elle lui suggéra le fit sourire.

— C'est une excellente idée. Si seulement j'avais pu y penser, mais… trop tard, nous l'avons réglée d'une autre manière.

— Si tu étais venu m'en parler, peut-être que…

— Je pouvais difficilement m'éclipser d'une réunion du Conseil en annonçant que j'allais consulter mon épouse ! objecta Munir en riant.

— Est-ce vraiment si inconcevable ?

Le sourire de Munir s'évanouit.

— Tu sais que ça l'est. Ne revenons pas sur ce sujet. Je passe déjà beaucoup plus de temps avec toi que les autres hommes avec toutes leurs femmes réunies !

— Et je devrais donc t'être reconnaissante, tu veux dire, répliqua Silvia, rendue plus impétueuse par sa frustration et sa désillusion.

— Reconnaissante ? De quoi ? insista Munir.

— Dans six mois notre accord prendra fin, et tu auras une autre épouse qui exigera aussi une partie de ton temps ! lâcha Silvia, incapable de masquer la nuance de chagrin de son ton.

Munir la contempla avec étonnement. L'idée d'une autre femme, une femme qui ne fût pas Silvia, ici, dans le harem… il ne pouvait le concevoir. En fait, il ne pensait même plus à leur accord. Un an, ça lui avait paru si lointain, à l'époque…

— Es-tu en train de dire que tu t'es lassée de moi ?

Il retint son souffle dans l'attente de sa réponse.

14.

— C'est plutôt toi qui te lasseras de moi ! accusa Silvia qui, tout à coup, perdit son sang-froid. C'est toi qui as dit qu'une seule épouse, ce n'est pas suffisant pour un homme. Tu es infiniment prévenant avec moi aujourd'hui, mais dans six mois, peut-être plus tôt…

— Je suis infiniment prévenant parce que tu es infiniment satisfaisante, coupa sèchement Munir, déstabilisé par la façon dont elle le regardait.

Et plus encore par les émotions que ce regard suscitait en lui. Il eut, tout à coup, la désagréable impression de se tenir sur un rocher qui se serait mis à s'effriter sous ses pieds comme du sable.

Silvia s'empourpra. Elle était en colère, frustrée, blessée. Et pourtant, elle le désirait toujours. Impossible de se l'expliquer, et pas plus de le nier. Elle désirait Munir aussi ardemment que Munir la désirait. Pour ce qui était de cet aspect de leur relation au moins, ils étaient égaux.

De manière tout à fait délibérée, elle effleura son propre sein d'une main. Sous la soie, la pointe se dressa.

— Dans ce cas, autant en profiter, susurra-t-elle. Dans six mois…

Munir secoua la tête. Il ne tenait nullement à penser à ce qui risquait de changer dans six mois.

— Silvia, tu ne peux pas douter que je te désire, voyons…

En vérité, il n'imaginait pas ne plus la désirer un jour.

— Prouve-le.

C'était un défi auquel il ne pouvait résister. Il inclina la tête, aspira entre ses lèvres le dur bourgeon d'un de ses mamelons au travers de la soie de son caftan. Silvia s'agrippa à ses épaules. Déjà, l'air se chargeait du puissant arôme de leur excitation, une fragrance légèrement salée et vanillée qui n'appartenait qu'à eux. Elle les enivra aussitôt, si bien que, l'instant d'après, ils s'arrachaient mutuellement leurs vêtements et s'accrochaient désespérément l'un à l'autre, à s'embrasser farouchement. Les ongles de la jeune femme tracèrent des sillons sur son dos. De sa bouche, il meurtrit la sienne. Dans son impatience à caresser son torse, elle lui arracha sa tunique, tandis qu'il la débarrassait de son pantalon bouffant, qui tomba sur le carrelage. Il l'inclina sur la fontaine. Elle se cambra sur le rebord de marbre, ses cheveux projetés dans l'eau fraîche, dont les ondes troubles dispersèrent les minuscules poissons argentés qui y évoluaient.

Lorsqu'il entra en elle, elle ne put retenir un cri, s'arquant contre lui. Leur étreinte fut aussi vive que leur altercation un peu plus tôt. Ils se poussaient l'un l'autre dans leurs retranchements respectifs, chacun déterminé à ne pas se rendre jusqu'à ce que, très vite, ils parviennent ensemble à une explosive, éblouissante jouissance qui les laissa pantelants.

Ebranlé par les émotions profondes que cette union venait d'éveiller en lui, Munir repassa vivement sa tunique déchirée par-dessus sa tête. Il se délectait toujours de leurs ébats, mais celui-ci… celui-ci était différent. C'était comme s'ils s'étaient battus, et Munir était bien incapable de dire lequel des deux en était sorti vainqueur.

Les cheveux soyeux de son épouse dégoulinaient sur sa peau marbrée de rougeurs. Il fut pris d'une envie soudaine de la prendre dans ses bras, de dormir tout contre elle. Jamais il ne passait la nuit au harem. C'était une des limites qu'il maintenait rigidement en place, et il n'était pas question qu'il la franchisse aujourd'hui.

Pivotant brusquement sur ses talons, il s'éloigna sans un mot.

Et tandis qu'il passait les majestueuses portes du harem, il persista à sentir la présence de Silvia derrière lui, fragile et esseulée.

Il lui fallut toute sa force de volonté pour ne pas revenir sur ses pas.

15.

Dans les semaines qui suivirent, la distance qui s'était installée entre eux se creusa rapidement en gouffre. Par pure autoprotection, Silvia se ferma à son époux. Ce fut une agonie, mais rien de comparable à celle qu'elle éprouverait si, dût-elle s'offrir entièrement à lui, il prenait une autre épouse, ce qu'il ferait, inévitablement. Elle savait qu'elle en mourrait, aussi s'efforça-t-elle plutôt de tuer son amour pour lui. Désormais, chacune de leurs étreintes trahissait l'urgence du désespoir qui les animait.

Apparemment Munir était troublé par son repli, et elle espéra ardemment qu'il amorce un geste pour combler le fossé entre eux. Mais il la quittait chaque soir, et elle demeurait étendue les yeux ouverts jusqu'aux petites heures du matin, plus seule qu'elle ne l'avait jamais été.

Pourtant, son amour se refusait à mourir, et elle s'avisa qu'elle ne le souhaitait pas. Donc, si elle ne pouvait être l'unique épouse de Munir, du moins pouvait-elle encore s'efforcer de devenir la plus précieuse. Ce n'était pas assez, à peine une miette, mais c'était tout de même mieux que rien.

Aussi, quand il lui annonça que le consul britannique venait inspecter les installations du port récemment réaménagées, saisit-elle cette occasion comme un noyé se serait emparé d'une corde.

— Je connais très bien lord Wincester. Il a fait ses

études à la même école que mon père, ce sont de vieux amis, lui dit-elle.

Munir se laissa tomber sur les coussins à côté d'elle.

— Le voyage devrait prendre trois ou quatre jours.

— Je m'en fais une joie, déclara Silvia avec un grand sourire.

— Tu ne peux pas venir avec moi, assena Munir. Tu sais à quel point certains des anciens du Conseil sont réticents au changement. Ta présence donnerait l'impression que tu es à l'origine de cet accord.

Silvia fronça les sourcils, contrariée.

— C'est que, j'en suis précisément à l'origine, objecta-t-elle, puisque notre mariage en était la condition ! Et c'est un excellent accord pour l'avenir de Djarah.

— Et tout aussi excellent pour ton Angleterre.

— Ce n'est plus *mon* Angleterre ! Ma loyauté est ici, à présent, envers ton royaume.

Envers toi, voulut-elle ajouter, sans l'oser. *Notre* royaume, espéra-t-elle qu'il rectifie, ce qu'il ne fit pas.

Au lieu de quoi, il secoua la tête.

— Ces affaires-là sont la prérogative des hommes.

Là, Silvia s'emporta, et se redressa d'un bond.

— Ne crois-tu pas qu'exploiter mon affinité personnelle avec le consul est plus important que de ménager les capricieux égos de ton Conseil ? Cette poignée de mauviettes prendrait ses jambes à son cou à la seule perspective de devoir prendre une décision ! Rien d'étonnant à ce que ta tante ait pu si aisément leur arracher tout pouvoir ! Pourquoi refuses-tu de m'avoir à tes côtés ?

— Je suis prince d'abord et époux ensuite, rétorqua Munir, la bouche pincée de colère. Je règne seul.

— Alors ta destinée sera de rester toujours seul, quel que soit le nombre d'épouses que tu prendras !

Silvia porta la main à ses yeux. Elle ne pleurait jamais devant lui, elle n'allait pas flancher maintenant.

— Et la mienne d'être condamnée à le rester aussi. Si tu n'es pas disposé à me laisser faire mes preuves, alors…

Un silence menaçant plana quelques instants.

— Prends garde à ce que tu vas dire, Silvia. Réfléchis avant d'articuler un mot de plus.

Eloquente, la veine, dans le cou de Munir, saillait. Des traînées de couleur soulignaient les contours acérés de ses pommettes.

Silvia crispa les poings sous les longues manches de son caftan.

— Je te prie de partir, décréta-t-elle d'une voix altérée.

Munir la dévisagea un long moment et, sans ciller, elle soutint son regard.

Lorsque, enfin, il pivota vivement sur ses talons pour s'éloigner, elle se jeta sur l'amas de soie et de velours du divan, puis laissa libre cours à ses larmes.

16.

Silvia s'éveilla, exténuée par ses pleurs et la nuit agitée qui s'était ensuivie. Pourquoi fallait-il que l'amour fût si douloureux ? Elle aimait Munir non seulement avec son corps, mais aussi de tout son cœur et de toute son âme. Elle l'aimait, mais Munir, lui, ne lui rendrait jamais cet amour. Il régnait seul et il vivait seul, forteresse inviolable. Non pas qu'elle voulût qu'il changeât, seulement elle regrettait qu'il ne lui fît pas une place dans son cœur, dans sa vie.

Hélas, elle existerait toujours à la périphérie, dans le secret du harem. Jamais il n'admettrait avoir besoin de quelqu'un, car ce serait reconnaître être aussi faible que l'avait été son père. Munir blâmait Halimah pour avoir conduit Djarah au bord de la ruine. Mais si son père n'avait pas été aussi influençable, jamais sa tante n'aurait usurpé le pouvoir. Et cela, il refusait de le comprendre. A ses yeux, s'isoler le rendait plus fort, alors que cela ne faisait que l'affaiblir d'une autre manière. Ce qu'il ne parvenait pas à concevoir, c'était que l'amour, le véritable amour, était à même de le rendre encore plus puissant.

Deux jours après son départ pour l'entrevue avec le consul britannique, Silvia errait, désœuvrée, dans le palais, lorsqu'un messager se présenta. La question de l'exploitation de la mine d'or découverte à la frontière des deux territoires bédouins était sur le point de s'envenimer tout comme son époux s'en inquiétait. Le prince Munir était urgemment requis pour l'arbitrage, car les deux tribus étaient sur le point de déclencher les hostilités.

Au terme de l'agitation causée par les officiels du palais, consternés, et dans l'affolement le plus total, le Conseil fut convoqué en urgence. Silvia partit en quête du plus jeune secrétaire de Munir, Dabir, avec qui elle avait sympathisé au cours des longues heures qu'elle passait à lire dans la bibliothèque. Elle avait réussi à lui extorquer quasiment toute l'histoire lorsque Dabir, s'avisant un peu tard qu'il n'eût pas dû se confier à une femme, fût-elle princesse, fit mine de s'éclipser nerveusement.

— Attendez, s'écria Silvia. Dites-moi ce qu'a décidé le Conseil…

— Ils enverront un messager au port pour rappeler le prince.

— Mais c'est à plus d'une journée entière de trajet !, protesta-t-elle. Et il y en aura encore au moins une autre jusqu'à la frontière !

— Raison de plus pour qu'un messager soit dépêché au plus vite.

— La situation est-elle donc si critique ?

— En effet, princesse Silvia. Apparemment, les hostilités pourraient être déclarées à tout moment.

— Il est sûrement plus raisonnable que Bakri arbitre le litige au nom de mon époux, non ?

— Je crains fort que le Conseil… Ils n'agiront pas sans le prince, Votre Altesse.

Silvia n'ignorait pas à quel point Munir était fier de la paix qu'il était parvenu, quoique de haute lutte, à établir dans son royaume, et qu'il redoutait qu'une telle querelle dégénérât aisément en guerre civile. Comment le Conseil pouvait-il ne pas le voir, lui aussi ?

Elle envisagea brièvement de leur adresser une requête officielle, mais abandonna aussitôt cette idée hautement utopique. Ils n'écouteraient pas, elle les offenserait de sa présence même et, plus important, ils perdraient tous de précieuses heures.

— Le temps presse. La question doit être réglée immédiatement.

— Certes, Votre Altesse, mais Bakri et le Conseil ne…

— Qu'importe le Conseil, l'interrompit Silvia. Je vais m'en occuper personnellement.

17.

Dabir en demeura bouche bée face à sa décision de gérer elle-même cette crise politique. Si son esprit n'avait été en ébullition, elle en aurait ri.

— J'aurai besoin d'un chameau. Non, deux. Et de provisions. Et…

— C'est impossible ! Si le prince le découvre… Votre Altesse, vous ne devez pas !

— Que croyez-vous que mon époux préférerait ? objecta Silvia. Que la guerre éclate parce que personne n'a voulu prendre la responsabilité de l'empêcher ? Vous connaissez la réponse à cela, même si ce n'est pas le cas des membres du Conseil. Je n'ai pas peur du danger. Et ne vous inquiétez pas, je voyagerai sous un déguisement, s'empressa-t-elle d'ajouter pour essayer de rassurer le jeune secrétaire horrifié.

Ne l'avait-elle pas déjà fait une fois, et avec succès ?

Abandonnant Dabir, elle se hâta en direction du harem. Le déguisement était encore là, quelque part. Alors qu'elle ajustait la coiffe sur ses cheveux et l'enserrait de l'*igal*, le doute l'assaillit. Non seulement elle défiait Munir, mais elle usurpait aussi publiquement son autorité. Ou du moins serait-ce le cas s'il ne la désignait pas comme son émissaire. Ce qu'il pourrait faire rétroactivement.

Encouragée par cette pensée, elle noua autour de sa taille une ceinture de cuir munie d'un fourreau, dans lequel elle inséra une dague incrustée de pierres précieuses, consciente que, par ce seul acte, elle risquait tout. Même si elle parvenait à servir de médiatrice pour une trêve, même si Munir entérinait celle-ci après coup, il était probable, et même fort probable, qu'au lieu d'être impressionné par ses ressources, il ne lui pardonne jamais. Elle perdrait alors tout. Peut-être même divorcerait-il. C'était permis à Djarah. Humiliée, elle n'aurait alors d'autre choix que de retourner en Angleterre. Et quitte à en arriver là, Munir renierait peut-être aussi l'accord qu'il devait être en train de négocier en ce moment même avec le consul britannique. Non, pour cela, il avait donné sa parole, et c'était au moins une chose dont il était inutile de douter.

Etait-elle inconsciente ? Indéniablement. Mais pourrait-elle encore se regarder en face si elle n'agissait pas ? Non. C'était l'occasion ou jamais de faire en sorte que l'homme qu'elle aimait la voie sous un nouveau jour. Et cela valait tous les risques. Résolument, elle drapa le volumineux manteau autour d'elle, puis émergea dans la cour principale du palais.

Dabir l'y attendait, vêtu pour le voyage.

— Si je ne peux vous persuader de revenir sur votre décision, Votre Altesse…

— Vous ne le pouvez pas, déclara Silvia.

D'un claquement de langue, elle incita son chameau à s'agenouiller afin qu'elle puisse l'enfourcher.

— Alors, je serai votre escorte, acheva Dabir.

— Merci, mais je ne peux vous permettre de vous laisser attirer des ennuis à cause de moi.

— J'en ai déjà, nuança tristement Dabir. Le prince sera furieux que je ne vous aie pas empêchée de partir. Si je vous accompagne, Votre Altesse, au moins saura-t-il que j'aurai fait de mon mieux pour vous protéger. De plus, vous avez raison : il voudrait que tout soit fait pour empêcher une guerre.

Silvia hésita. Une escorte serait incontestablement utile, alors pourquoi pas Dabir, qui lui inspirait confiance ?

— J'intercéderai en votre faveur auprès du prince, déclara-t-elle. N'ayez aucune crainte.

Dabir esquissa un faible sourire. Cette initiative lui coûterait peut-être son poste. Mais la jeune Anglaise se rendait-elle compte qu'elle pourrait fort bien, elle, perdre sa tête ? Il ne put s'empêcher d'admirer son courage. N'importe quel homme serait fier d'avoir une telle épouse.

N'importe quel homme, à l'exception notable d'un seul.

— Que la destinée nous soit clémente, dit-il avec ferveur alors qu'il emboîtait le pas à la princesse hors du palais.

18.

Le messager dépêché par Bakri de la part du Conseil outragé atteignit Munir tôt le lendemain matin. Lord Wincester, le consul britannique, était avec lui lorsqu'il brisa le sceau du message.

— Un problème, Votre Altesse ?

— Je dois partir sur-le-champ. J'ai bien peur que la conclusion de notre traité doive être reportée.

— Reportée ! Mais il ne s'agit que de quelques formalités, l'affaire d'une heure tout au plus..., bredouilla lord Wincester.

— L'affaire d'une heure tout au plus pourrait faire la différence entre la vie et la mort, répliqua sèchement Munir. Celle de mon épouse, précisa-t-il, blêmissant à ces mots. Vous comprendrez que, dans ces circonstances...

Lord Wincester s'éventa avec sa copie du contrat. Que se passait-il donc dans la tête de ces jeunes Anglaises venues en Arabie ? D'abord la fille de lord Armstrong, et maintenant celle-ci !

— Soit, soit, concéda-t-il, sans toutefois se donner la peine de gommer son irritation. J'attendrai le bon plaisir de Son Altesse.

La porte s'était déjà refermée sur le prince. Quelques instants plus tard, on le vit disparaître dans le désert sur son chameau blanc, soulevant dans son sillage un épais nuage de poussière.

Munir ne s'arrêta pas pour dormir. Il ne s'arrêta pas

pour manger. Il se désaltéra à son outre en peau de chèvre tandis que son chameau avalait les kilomètres de sable. De temps à autre, sa main s'égarait sur le poids rassurant de son cimeterre.

A une oasis, alors qu'il attendait impatiemment que son chameau boive, il en affûta le tranchant sur un rocher. A quoi pensait donc Silvia en se mettant ainsi en danger ? Elle savait pourtant à quel point la paix était fragile entre les deux tribus impliquées !

Pris d'une sensation de nausée, il s'avisa que sa compréhension de la situation était précisément la raison pour laquelle elle avait agi. Parce que son Conseil ne l'avait pas fait ! Il jura. Silvia était plus brave, plus débrouillarde, plus courageuse que tous les hommes de son Conseil. Hélas, elle n'en était pas un.

Lançant de nouveau sa monture dans un galop effréné, il s'efforça désespérément d'ignorer l'angoisse qui lui tordait les entrailles. Quand les Bédouins découvriraient à qui ils avaient affaire, ils n'hésiteraient pas à profiter de la situation. Silvia ne serait pas seulement l'objet d'un troc, elle paierait aussi pour les crimes d'Halimah. Ils…

— Non !

Il hurla en direction de la lune qui trônait, grasse et pleine, au-dessus de sa tête. Silvia était sienne. Uniquement sienne. A jamais sienne. Sa femme. Son cœur. Son amour.

— Non !

Ce mot à lui seul contenait toute une éternité d'angoisse. Il l'aimait. Il avait besoin d'elle à ses côtés. Elle était une partie de lui. Comment avait-il pu ne pas s'en rendre compte ? *Pourquoi* ne s'en était-il pas rendu compte ? Elle était la seule femme dont il avait besoin. L'unique femme dont il avait besoin. Il l'aimait. Et Silvia — sa belle, fière, brave Silvia — l'aimait, elle aussi. Il s'en avisait à présent et, du même coup, comprenait que, si elle s'était éloignée de lui ces dernières semaines, c'était par peur qu'une rivale ne lui prenne sa place. Comme si une autre femme le pouvait !

Dire qu'Halimah avait été si près de ruiner sa vie, à lui aussi, en plus de celle de son père ! Comment avait-il pu ne pas voir, contrairement à Silvia, que l'isolement qu'il s'imposait à lui-même était dommageable ? Que Silvia ne ressemblait en rien à Halimah ? Cette téméraire initiative de sa part pour empêcher la guerre, elle ne s'y était risquée que pour le bien de son royaume. *Leur* royaume. Il ne l'avait jamais dit ainsi. Il ne la méritait pas.

— Mais j'apprendrai si, *Inch'Allah,* je la retrouve saine et sauve ! hurla-t-il au vent.

Non sans maudire son aveuglement. Et aussi son histoire qui, jusqu'à aujourd'hui, l'avait contraint aussi sûrement qu'Halimah avait contraint son père à sa volonté.

Et ensuite, il pria. Que Silvia soit saine et sauve. Qu'elle l'aime toujours.

Galopant à toute allure à travers le désert à la rescousse de l'amour de sa vie, Munir se libéra enfin des chaînes du passé. Il oublia qu'il était un prince. Il n'était plus qu'un homme. Un homme qui n'aspirait plus qu'à retrouver sa femme.

19.

Ayant enfin atteint le campement, Munir tira sur les rênes de son chameau exténué. Son cimeterre en main, il sauta à bas de la selle d'un mouvement souple, puis marcha sur la plus vaste des tentes, prêt à en découdre au besoin.

Il s'arrêta net comme le lourd pan de peau qui servait de porte, brusquement rejeté en arrière, s'ouvrait sur Silvia, vêtue d'une tunique et d'un manteau d'homme, mais sans coiffe.

Son cœur bondit. Il se rua sur elle, la souleva dans ses bras.

— As-tu été maltraitée ?

— Munir, il faut que je te dise…

— Es-tu indemne ?

Silvia ne reconnut pas son expression. L'anxiété ? La peur ? Non, quelque chose d'autre. Il avait l'air… hagard. Son cœur se mit à battre trop vite pour qu'elle puisse respirer. Elle devait le prévenir… mais les mots s'échappaient.

— Munir…

Elle caressa son visage. Poussiéreux, brûlant de la chaleur du soleil.

— Je vais parfaitement bien, je te le jure.

— J'ai cru… j'ai cru que…

Elle posa un doigt sur ses lèvres.

— Je t'en prie, Munir, ne sois pas en colère. Il me

fallait faire quelque chose pour empêcher la guerre. Ce n'est pas la faute de Dabir. Il n'a pas pu m'arrêter, personne ne l'aurait pu, alors si tu dois être en colère…

— Je ne suis en colère contre personne, si ce n'est contre mon Conseil.

— Oh…

La manière dont il la contemplait la rendait nerveuse. Jamais il ne l'avait regardée ainsi auparavant. Comme si… comme si…

— La mine, reprit-elle d'un ton absent. Je dois t'expliquer ce qui a été convenu pour que tu puisses l'entériner formellement. Ils n'étaient disposés à m'accepter comme ton émissaire qu'en échange de la promesse que tu viendrais personnellement. Dabir m'a dit que le Conseil t'avait fait mander, aussi j'espérais, non, je *savais* que tu viendrais. Il me faut t'expliquer, avant que le chef de la tribu…

— Non.

Pour une fois, Munir n'éprouvait plus d'intérêt ni pour son peuple ni pour son royaume.

— De quoi qu'il s'agisse, ça peut attendre. J'ai quelque chose de bien plus crucial à te dire.

L'espace d'un instant, la nuance d'urgence de sa voix fit craindre le pire à Silvia. Il en avait fini avec elle. Alors qu'il l'entraînait fermement hors du campement en direction de la relative intimité d'un affleurement rocheux, elle se demanda si elle allait supporter de le perdre.

Bien que nauséeuse, elle rassembla ce qui lui restait de courage et se prépara à lutter une toute dernière fois pour son avenir. Leur avenir.

— Munir, laisse-moi t'expliquer…

Son soudain sourire bloqua le reste de ses paroles dans sa gorge.

— Nul besoin. J'ai compris, dit-il, l'attirant à lui et la plaquant contre son corps comme s'il aspirait à la fondre en lui. Tu l'as fait pour Djarah. Notre royaume.

— *Notre* royaume ? répéta-t-elle, ébahie.

— Oui, le nôtre, affirma Munir. Contrairement à mon Conseil, tu étais prête à risquer ta vie pour le protéger. Je suis si fier de toi, Silvia. Mais tu dois me promettre de ne plus jamais te mettre ainsi en danger. Je ne pourrai le supporter.

— Eh bien…

Munir eut un petit rire de gorge.

— Ça ne te ressemble pas d'être à court de mots. Ne veux-tu donc pas savoir pourquoi je ne pourrai pas le supporter ?

Toujours incapable de parler, elle ne put qu'esquisser un timide hochement de tête.

Munir se saisit de ses mains.

— Les nuages se sont enfin ôtés de mes yeux. J'ai découvert qu'il y avait quelque chose — quelqu'un — de plus important pour moi que Djarah. La femme que j'aime. Toi, Silvia.

20.

— Je t'aime, déclara-t-il tendrement. Je t'aime de tout mon cœur, Silvia. Je l'ignorais. Je ne m'en étais pas rendu compte, mais je le sais aujourd'hui. Dis-moi que ce n'est pas trop tard.

— Munir !

— Dis que tu m'aimes aussi, Silvia. Je te veux à mes côtés. Je veux que tout le monde te voie à mes côtés, en tant qu'égale. C'est ta place. J'ai compris que ma façon de voir a été trop déformée par le passé, et que tu es différente. Tellement différente. Tu me suffis amplement, comme épouse. Jamais je n'en voudrai une autre. Je t'en prie, abrège mon supplice !

Des larmes scintillèrent sur les cils de Silvia. Le monde s'était rétréci jusqu'à ne plus contenir qu'eux deux.

— Je t'aime, Munir, confessa-t-elle d'une voix altérée. J'ai l'impression de t'aimer depuis toujours. Je n'arrive pas à croire… tu es sérieux ?

Elle pleurait et riait en même temps.

— Jamais je n'ai été plus sérieux de ma vie, affirma-t-il, avant d'effleurer ses lèvres des siennes.

Il y eut, dans ce baiser, une tendresse qui la fit fondre. Elle noua les bras autour de la nuque de son mari, ouvrit la bouche et son cœur, et l'accueillit dans l'une et dans l'autre.

Ce furent les vivats des Bédouins qui les ramenèrent

sur terre quelques minutes plus tard. Munir s'empourpra, sourit, mais ne relâcha pas sa femme.

— Alors dis-moi, fille de diplomate, comment as-tu réussi à transformer des eaux troubles en une mer d'huile ?

— J'aimerais pouvoir te dire que j'ai eu une inspiration et que ce sont mes seuls talents qui sont à l'origine de cette trêve, murmura Silvia, mais la vérité est que, en dehors de solliciter qu'ils m'accordent le titre honorifique d'homme et me traitent comme l'émissaire en qui tu plaçais toute ta confiance, je n'avais aucune idée de quoi faire. Alors je me suis demandé ce que tu aurais dit, et je l'ai dit. Et ça a marché. Ils m'ont écoutée, mais seulement parce que j'ai promis que tu le redirais en personne. Je savais que tu viendrais, parce que, quoi que tu éprouves à mon égard, tu ne permettrais pas qu'une guerre éclate et…

— Je suis venu pour toi et pour toi seule, Silvia. Tu es mon royaume. La seule étoile dans mon ciel.

Silvia refoula une larme d'un battement de cils.

— J'avais peur que tu divorces de moi parce que je t'avais désobéi.

Les mains de son époux se crispèrent autour des siennes.

— Etre sans toi me tuerait. Jamais plus je ne te laisserai t'éloigner de moi. Et si ça implique que je doive te permettre de siéger à mes côtés aux réunions du Conseil…

— Seigneur Dieu, Munir, ils en mourraient d'apoplexie ! s'exclama Silvia avec un rire de pur bonheur.

— Ce ne sera pas leur seul choc. J'ai l'intention d'accorder d'office à la plupart d'entre eux une retraite bien méritée. Mais assez parlé du Conseil, finissons-en avec les formalités de ton précieux traité. J'ai hâte de te faire l'amour.

La lueur, dans ses yeux, fit frissonner Silvia. Il effleura son sein gauche d'une main, et un flot de chaleur se déversa aussitôt au creux de son abdomen.

— La lune est pleine ce soir, murmura-t-elle. Une vraie lune de miel.

Profond et rauque, le rire de gorge de Munir lui hérissa la peau d'un frisson exquis.

— Je t'aime. Chacune de nos nuits sera une lune de miel. Je n'ai aucune intention d'en passer une de plus loin de toi, je te le promets, ma tendre épouse.

Et ce fut une promesse que, comme toutes les autres, Munir tint tous les jours de leur vie.

CAITLIN CREWS

Un destin de princesse

éditions HARLEQUIN

Cet ouvrage a été publié en langue anglaise
sous le titre :
THE RELUCTANT QUEEN

Traduction française de
CAROLE MASSEAUT

83-85, boulevard Vincent-Auriol, 75646 PARIS CEDEX 13.
Service Lectrices — Tél. : 01 45 82 47 47
www.harlequin.fr

1.

Lara Canon s'apprêtait à ouvrir la portière avant de sa voiture lorsqu'une voix s'éleva derrière elle.

— Bonjour, princesse.

Une voix au timbre envoûtant, chaud et grave, qui résonna à travers tout son corps. Sans même réfléchir, elle se retourna, cherchant qui pouvait bien l'interpeller ainsi — bien qu'une partie d'elle-même le sût déjà. Rapidement, elle balaya du regard le parking du supermarché de Denver, Colorado, qu'elle avait l'habitude de fréquenter. Et brusquement, elle le vit.

Grand, imposant, les cheveux aussi noirs que les sourcils qui surmontaient ses yeux gris acier, il était superbe. Il ne souriait pas, mais l'observait avec décontraction. Pourtant, elle percevait chez lui comme une tension sous-jacente. Vêtu d'une chemise noire qui soulignait le dessin des muscles puissants de son torse et d'un pantalon de la même couleur qui, lui, mettait en valeur ses longues jambes fuselées et ses hanches étroites, il était beau comme un ciel d'orage menaçant. Soudain, Lara s'aperçut qu'elle avait cessé de respirer depuis un moment déjà.

C'était l'homme le plus séduisant qu'elle ait jamais vu, et elle *le connaissait.*

Les battements de son cœur s'affolèrent. Jamais elle n'aurait cru *le* revoir un jour.

— J'espérais qu'un jour ton bon sens reviendrait et que tu voudrais au moins revoir ton père, dit-il alors, ses yeux acier la transperçant de part en part, pénétrant au plus profond d'elle-même.

A l'évocation de ce passé qu'elle avait toujours voulu nier, elle sentit la panique s'emparer d'elle et faillit laisser tomber le sac de victuailles en papier kraft qu'elle tenait entre ses bras. Puis elle se ressaisit, resserra son étreinte autour du sac, s'avisant qu'il ne lui avait pas parlé en anglais. Et qu'elle avait parfaitement *compris* la langue qu'il avait utilisée.

Immédiatement, elle songea à Alakkul, le minuscule pays si souvent disputé, se trouvant dans les montagnes parfois eurasiennes, parfois russes, et que son père — tout comme son grand-père et son arrière-grand-père — dirigeait d'une main de fer, aveuglé par son désir de laisser une trace dans l'Histoire.

Le pays que sa mère et elle avaient fui, dans l'obscurité d'une nuit, lorsqu'elle avait seize ans. Le pays auquel elle avait, depuis, toujours tenté d'échapper, d'une manière ou d'une autre. Et le dernier endroit où elle avait vu cet homme, qui sortait alors tout juste de l'adolescence, et qui, beaucoup moins beau, beaucoup moins dangereux qu'aujourd'hui, avait pourtant déjà réussi à briser son cœur de jeune fille.

Son estomac n'était plus qu'un énorme nœud, et elle mit cela sur le compte de la stupeur et de l'angoisse — une explication qui lui parut plus acceptable que l'éventualité d'un désir qui la submergerait de nouveau, comme il l'avait submergé douze ans auparavant.

Puis elle réfléchit. Le parking du supermarché était bondé en cette douce soirée de juin, et l'homme était suffisamment éloigné d'elle pour ne pas avoir le temps de l'attraper avant qu'elle ne monte dans sa voiture... elle ne risquait donc pas grand-chose. Sans compter le fait qu'elle avait vingt-huit ans et qu'il était difficile de croire que son père puisse exiger quoi que ce soit d'elle *maintenant*. Si elle ne comprenait pas ce qu'il faisait là, elle savait cependant qu'elle n'avait aucune raison de montrer qu'elle le reconnaissait.

— Excusez-moi, dit-elle. Puis-je vous aider ?

Elle avait parlé en anglais, une manière de lui signifier que non seulement elle ne connaissait pas la langue qu'il avait employée, mais aussi — du moins l'espérait-elle — que sa présence sur ce parking lui était parfaitement indifférente. Cela faisait si longtemps… Peut-être était-ce un fantôme ? Peut-être n'était-ce même pas *lui* ?

Le sourire qu'il afficha alors la troubla encore plus que sa voix ou sa froide beauté insolente. Il y avait eu dans ses yeux gris une sorte de chaleur furtive, une lueur de ce qui avait ressemblé à de la sympathie, et un nouveau frisson la parcourut. Les souvenirs l'assiégèrent. Brusquement, elle eut une envie folle de choses qu'elle n'aurait même pas osé nommer.

Puis elle vit son sourire s'estomper.

— Tu es la seule qui puisse m'aider, répondit-il dans un anglais parfait à l'accent délicieusement exotique. Tu dois m'épouser. Comme tu me l'avais promis, il y a douze ans.

Elle éclata de rire. Que pouvait-elle faire d'autre ? Et elle continua de rire, malgré l'image qui s'imposait alors à son esprit. Celle d'un lac à l'eau transparente comme du cristal entouré de sommets enneigés, avec, à l'arrière-plan, un vieux château taillé à même le roc. Celle d'un jeune homme svelte, à la beauté sauvage, dont les yeux gris posés sur elle avaient fait battre son cœur plus vite, tandis que des prêtres vêtus de blanc murmuraient leurs mots de rituel à travers les effluves d'encens. L'image de ce jeune homme se penchant vers elle pour lui murmurer des secrets au milieu d'un banquet et la faire frissonner. Son sourire, la chaleur de ses rares éclats de rire, la lumière dans ses yeux orageux lorsqu'il la regardait…

Combien de temps avait-elle passé à se persuader que ces images ne faisaient partie de rien d'autre qu'un rêve ? Qu'elles ne pouvaient être rien *d'autre* qu'un rêve ? Pourtant, l'homme qui se tenait devant elle était indéniablement réel.

Pire encore, elle le connaissait. Son *corps* le connaissait et réagissait exactement de la même manière que douze ans auparavant. Elle avait passé un temps infini à se convaincre que toute cette fièvre n'avait été rien d'autre que le fruit de l'imagination fertile de la jeune fille qu'elle était autrefois. Qu'il ne pouvait pas avoir eu envie d'être si proche d'elle. Qu'elle avait embelli l'histoire, l'avait exagérée, comme savent le faire les adolescentes.

— Merci pour l'offre, dit-elle d'un ton ironique, prétendant toujours ne pas le reconnaître. Mais je crains d'être vieux jeu et d'avoir une règle m'empêchant d'épouser les parfaits inconnus qui m'abordent sur un parking.

— Je suis Adel Qaderi, rétorqua-t-il de sa voix calme mais assurée, ses yeux gris acier plantés dans les siens.

Ce nom résonna en Lara comme un gong. Sa gorge se serra.

— Tu me connais, reprit-il. Je suis ton promis et tu le sais.

Elle se concentra sur le mot « promis », ce qui lui permit de faire un peu ralentir les pulsations de son cœur, de mettre un terme ponctuel à l'assaut de souvenirs qu'elle croyait oubliés depuis longtemps. C'était un mot si désuet, si étrange… Et si elle décidait de refuser cette proposition, que se passerait-il ?

— Je suis désolée, répliqua-t-elle, se détournant pour monter dans sa voiture. Je suis en retard pour mon…

— Tu es la princesse héritière d'Alakkul, la coupa-t-il d'une voix autoritaire qui la tétanisa sur place avant qu'elle ait pu esquisser le moindre geste. Tu es la dernière d'une lignée de guerriers et de rois ayant traversé l'histoire. La dernière enfant du grand roi Azat. Qu'il repose en paix.

A ces mots, elle se sentit blêmir.

— Qu'il repose en paix… ?, répéta-t-elle, les jambes flageolantes.

Elle secoua la tête, pour essayer d'y voir plus clair. Qu'est-ce que cela signifiait ? Comment était-ce possible ? Son père avait toujours été le monstre caché sous son lit, le cauchemar qui ne demandait qu'à l'assaillir lorsqu'elle fermait les yeux. N'était-ce pas ce que lui avait toujours répété sa mère ?

— Il est… *mort* ?

— Au moins, tu ne renies pas ton propre père, commenta Adel, le visage sévère.

Il commença à se rapprocher d'elle mais s'arrêta presque immédiatement, comme s'il avait été sur le point de faire quelque chose à laquelle il aurait renoncé à la dernière seconde. Peut-être voulait-il l'étreindre pour la réconforter ? Elle savait qu'il regrettait la mort du roi plus qu'elle ne la regretterait jamais et elle sentit monter à son front un début de migraine.

— Et si nous arrêtions de faire comme si nous ne nous connaissions pas ? proposa-t-il, le visage toujours fermé.

— Tu m'abordes sur un parking de supermarché, se défendit-elle. Qu'espérais-tu comme réaction ?

Elle ne voulait pas songer à ce qu'il lui avait annoncé quelques instants auparavant. Elle ne *voulait* pas envisager ce que cela supposait.

— Je l'ai fait exprès, expliqua-t-il en l'observant d'une manière détachée mais ferme, *dangereuse*. J'ai pensé que tu te sentirais plus à l'aise dans un endroit public. Après tout, tu as passé ta vie à fuir tout ce qui pouvait te rappeler ta terre natale.

Lara releva son sac de courses qui était encore descendu d'un cran. Comment était-elle censée réagir ? Qu'était-elle censée éprouver ? Elle n'avait pas entendu parler de son père si autoritaire depuis douze ans, n'avait jamais demandé de ses nouvelles et, si on lui avait posé la question cinq minutes auparavant, elle aurait affirmé sans sourciller qu'elle le haïssait.

Mais cela ne voulait pas dire qu'elle souhaitait sa mort.

— Il faut que je l'annonce à ma mère et…

Elle ne put achever sa phrase. Comment la fragile Marlena, si facilement sujette à des crises d'hystérie, allait-elle réagir face à la nouvelle ? Comment sa mère, dont la vie avait toujours tourné autour de la haine, de la peur et du ressentiment qu'elle éprouvait pour le roi Azat, allait-elle pouvoir réorganiser son existence à présent ? Non, elle ne devait pas penser à de telles choses…

— Ta mère est déjà au courant, l'informa tranquillement Adel.

Comme il parlait, elle ne put s'empêcher d'admirer les muscles qui roulaient sous sa chemise, la puissance de ses bras. Et, malgré la solennité de l'instant, une vague de chaleur parcourut son corps tout entier.

— J'ai peur que ce soit avec moi et seulement moi que tu aies affaire, princesse. Et j'ai peur aussi de ne pas avoir le temps de te laisser faire ton deuil.

Y avait-il de l'ironie dans le ton qu'il avait employé, ou était-ce elle qui se sentait tellement coupable qu'elle avait cru y déceler un jugement ?

— Il faut que tu m'épouses, ajouta-t-il.

— Tu es fou ! s'exclama-t-elle. Tu ne peux quand même pas croire que je vais me marier avec toi !

Adel sourit de nouveau mais, cette fois, il n'y avait aucune chaleur dans son sourire.

— Je comprends que ce soit un choc pour toi, dit-il, mais je vais être clair. Tu n'as que deux choix à ta disposition et, même si je suis parfaitement conscient qu'aucun des deux n'est facile, il va falloir que tu prennes une décision.

— Ta prétendue compassion est insultante, parvint-elle à articuler, les bras de plus en plus serrés autour du sac de courses.

Brusquement, elle eut envie de lui jeter ce sac au visage

et de s'enfuir en courant. Seul le fait qu'il s'attendait probablement à ce qu'elle réagisse ainsi l'empêcha de le faire.

— Pourtant, elle est sincère, répliqua-t-il, le gris acier de ses yeux maintenant plus sombre. J'aurais préféré ne pas avoir à t'annoncer cette nouvelle, et surtout pas de cette manière. Mais c'était nécessaire, et je le regrette, même si cela ne change rien.

— Je n'ai aucune idée de ce dont tu parles, laissa tomber Lara, après un moment. Et qui plus est, cela ne m'intéresse absolument pas.

Son caractère reprenait le dessus, elle sentait la colère monter en elle, prenant petit à petit la place de ce trouble stupide qu'elle avait éprouvé quelques instants auparavant. La colère était plus saine — moins dangereuse.

— Tu dois m'écouter, ordonna-t-il, avec une calme fermeté. Je te répète que je suis désolé, mais les choses sont ainsi.

Le regard qu'il posa sur elle alors la contraria d'une façon qu'elle n'arriva pas à définir. C'était comme s'il voyait en elle, comme s'il voyait toutes ces vérités dont elle avait nié l'existence pendant des années. Les vieux rêves. Son envie d'une vie normale, d'une famille, quand elle n'avait cessé de veiller sur Marlena et de réparer ses erreurs, ce qu'elle avait ressenti pour lui toutes ces années auparavant, ce qu'elle avait imaginé qu'ils feraient ensemble…

Elle cligna les yeux pour ne pas se laisser submerger par ces pensées — ni par cette boule qui lui entravait la gorge et qui trahissait un chagrin qu'elle s'était pourtant juré de ne jamais ressentir.

— J'écoute, dit-elle d'une voix rauque tant les émotions se bousculaient en elle. Qu'as-tu de si important à me dire ?

— Tu dois faire un choix, répéta-t-il.

Mais cette fois-ci, il y avait de la douceur dans sa voix, tout comme il y en avait dans ses yeux. Un peu comme s'il comprenait ce qu'elle était en train de traverser — comme s'il *savait*.

Mais ce n'était pas pour cela qu'il allait s'arrêter. C'était un Alakkulien et, comme son père, il ne pensait qu'à lui-même. Elle ne devait pas l'oublier, malgré cette bienveillance dans ses yeux. Malgré les souvenirs de son sourire, de sa tendresse, qui emplissaient son esprit.

— Le seul choix que je vais faire, commença-t-elle en séparant bien chaque syllabe pour donner de l'assurance à son ton, comme si ce simple fait allait lui en donner à elle, c'est de monter dans ma voiture et de m'en aller, loin de toi et de cette conversation ridicule. Et je te suggère de t'écarter de mon chemin si tu ne veux pas finir sous mes roues.

— Tu n'as pas fait que me promettre de te marier avec moi, comme le font les jeunes filles de cet âge, reprit-il de son ton calme, ignorant absolument ce qu'elle venait de dire. Tu as conclu un contrat officiel.

— J'avais seize ans lorsqu'il a été conclu, rétorqua-t-elle vivement. Aucun tribunal au monde ne m'obligera à le respecter. Nous ne vivons plus au Moyen Age !

— Je pense que tu surestimes la vitesse d'évolution des tribunaux, dit-il, une note d'humour dans la voix.

Mais elle ne voulait pas entendre cet humour, elle ne voulait pas songer à lui comme à quelqu'un d'humain, capable de la faire rire.

— De toute façon, cela n'a pas d'importance, continua-t-il. Puisque tu étais trop jeune, ton père a signé pour toi, comme le veut la coutume. Mais dans la mesure où tu n'as pas dénoncé ce contrat quand tu as eu l'âge légal pour le faire, cela signifie, d'après les lois d'Alakkul, que tu en acceptes les termes.

— Je ne t'épouserai pas, répéta-t-elle, en relevant le visage et en plantant ses yeux dans les siens. Je crois que je préférerais mourir.

— Tu n'as aucune raison de devenir si mélodramatique, répliqua-t-il d'un ton réprobateur que contredisait un léger sourire moqueur qui acheva de la mettre hors d'elle. Tu peux rompre le contrat si tu le souhaites, mais cela a un prix.

— Laisse-moi deviner… Mon honneur va être entaché ? Mon nom sera à jamais traîné dans la boue ? Mais n'est-ce pas déjà le cas ? Je survivrai au déshonneur.

Elle avait parlé d'un ton froid, qui ne laissait rien transparaître du sentiment de honte que ces mots avaient pourtant éveillé en elle.

— Comme tu veux, se contenta-t-il de dire, avec un haussement d'épaules.

Ce fut pire que s'il l'avait giflée. Brusquement, elle eut envie de se jeter sur lui, d'arracher le masque derrière lequel il se réfugiait, de mettre au jour ce qui se cachait derrière… En un mot, le *toucher*.

Elle n'avait aucune idée de la raison pour laquelle elle ressentait un tel besoin. Ni pourquoi ce besoin allait s'intensifiant, atteignant des parties très intimes de son corps.

Autour d'eux, la ville semblait s'être tue, le parking s'évanouissait, même le ciel clair et la brise provenant des montagnes Rocheuses qui se dressaient au loin semblaient avoir disparu. Il ne restait plus que ce guerrier dangereux qu'elle avait quitté quand il n'était qu'un jeune homme et la multitude d'émotions contradictoires qui l'assaillaient. Elle se sentait… attirée vers lui. Presque aimantée. Comme si cette bouche sensuelle et ce regard impérieux lui avaient jeté un sort auquel elle était incapable de résister, malgré toutes les raisons qu'elle avait d'éviter à tout prix cet homme et le peu d'envie qu'elle avait d'entendre ce qu'il avait à lui dire.

Mais s'il y avait une chose qu'elle se refusait, c'était de paraître désemparée.

— Parfait, dit-elle d'un ton qu'elle voulut le plus caustique possible, tant pour le tenir à distance que pour se persuader qu'il n'avait aucune emprise sur elle. Je te remercie d'avoir traversé la moitié de la planète pour venir m'apprendre tout cela, mais tu peux considérer ce contrat comme caduque.

— Comme tu veux, répéta-t-il.

Mais il ne bougea pas et ses yeux s'étrécirent. Il l'observait comme un prédateur observe sa proie. Elle sentit un frisson lui parcourir le dos.

— Mais tu dois alors rembourser à ma famille le prix de la fiancée.

— Le prix de la fiancée ? répéta-t-elle, abasourdie.

— Ta dot était le trône, princesse, et la somme que mes parents ont donnée pour toi est loin d'être anodine. Bien sûr, il faudra y ajouter le taux de change, l'inflation, etc.

Il annonça alors un chiffre exorbitant qu'elle crut d'abord avoir mal entendu — puis qui la fit éclater de rire. Un chiffre aussi absurde que la soudaine apparition d'Adel lui annonçant qu'il allait l'épouser, exactement comme elle en avait fait le rêve lorsqu'elle avait quitté Alakkul — et tout aussi inaccessible.

— Je n'ai pas autant d'argent et ne l'aurai jamais, dit-elle après s'être ressaisie. Je suis comptable et mène une vie tout à fait ordinaire. Cette somme est tout simplement délirante.

— Pas pour la reine d'Alakkul, répliqua-t-il d'une voix qui fit se nouer sa gorge et provoqua une douleur dans le bas de son ventre. Ni pour moi.

— Voici une autre divagation qui ne m'intéresse absolument pas.

— Je suis quelqu'un de plutôt compréhensif, reprit-il après un moment, bien que l'expression de son visage semblât affirmer le contraire. Je vais te libérer de tes obligations envers moi, si c'est ce que tu souhaites. Ce que je te demande alors, c'est de rembourser ce qu'a volé ta mère lorsqu'elle a quitté le palais, il y a douze ans. Ce n'est pas une somme aussi importante que celle déboursée par mes parents pour le prix de la fiancée.

A peine neuf cent mille dollars plus quelques bijoux de très grande valeur.

— Neuf cent mille dollars ! s'exclama Lara. Je suppose que tu plaisantes. Je n'ai pas une telle somme. Et si ma mère a pris cet argent, c'est sans doute parce qu'il lui revenait, après tout ce que mon père lui a fait subir !

— Je ne vais pas discuter de ta mère avec toi, rétorqua-t-il en inclinant légèrement la tête. Ni du choix que tu as à faire, et qui est très simple : soit tu m'épouses, soit tu rembourses ton dû.

Elle s'apprêta à répondre, mais il l'arrêta d'un geste autoritaire de la main et elle sut, à cet instant, qu'il était autant un guerrier qu'un futur roi. Elle aurait dû détester ça — le détester, *lui*. Mais son corps déloyal, au lieu d'être rebuté par cet homme, le réclamait au contraire de toutes ses forces.

— Il n'y a pas beaucoup de temps, princesse, ajouta-t-il. Je regrette de te presser, mais il faut que tu prennes ta décision. *Maintenant.*

2.

Adel découvrit qu'il aimait bien la femme qu'elle était devenue. Il aimait cette fierté et ce refus de céder à la panique. Mais pourquoi en était-il si surpris ?

— Est-ce que tu acceptes les cartes bleues ? demanda-t-elle froidement, après un léger silence. Si oui, je pense que nous devrions pouvoir trouver une solution.

Elle se tenait devant lui, droite comme un « I », et ses yeux bleu azur lançaient des éclairs dans la lumière de cette fin d'après-midi.

Pourtant, il sourit, appréciant d'être auprès d'elle malgré les circonstances — appréciant d'être auprès de la jeune fille qu'il n'avait jamais oubliée et de la femme qu'il souhaitait apprendre à connaître.

— Tu gagnes du temps.

— Bien sûr que je gagne du temps, répliqua-t-elle, en laissant tomber le sac de courses à ses pieds.

Un léger bruit de verre brisé résonna lorsqu'il toucha terre mais cela ne sembla pas préoccuper la jeune femme, qui avait gardé les yeux rivés sur lui.

— Il va me falloir un peu plus de trente secondes pour choisir entre un mariage avec un homme que je connais à peine ou une dette dont je ne pourrai jamais m'acquitter. Rien qu'avec les intérêts, il y en a pour une fortune. Tu vas devoir attendre encore un peu ma réponse, j'en ai peur.

Ça aussi, il aimait bien. Elle avait beau être la fille d'une femme déloyale, elle n'avait pas pour autant perdu les qualités de son père décédé, l'honorable roi Azat, qu'il vénérait tant. Courageuse. Ardente. Et elle allait devenir sa femme, elle allait devenir sa reine, comme il en avait été décidé tant d'années auparavant. Le guerrier en lui appréciait la façon dont elle se tenait droite, l'émotion assombrissant son regard mais ne la submergeant pas, le corps svelte, souple, qui ne pliait pas. Le roi en lui imaginait déjà les enfants que tous deux donneraient à la Couronne et la manière dont ils gouverneraient leur pays adoré. Enfin, l'homme en lui n'avait qu'une envie : embrasser la bouche pulpeuse de la jeune femme et passer les doigts dans son abondante chevelure noire.

Il la désirait aujourd'hui, comme il la désirait déjà quand tous deux étaient si jeunes. Comme il avait continué à la désirer après que sa menteuse de mère l'avait emmenée loin d'Alakkul — loin de lui. Comme il n'avait cessé de la désirer malgré l'insistance du roi pour la laisser vivre sa nouvelle vie. Il la désirait même si elle le reniait, même si elle se battait contre lui, même si elle le prenait pour son ennemi.

Il la voulait depuis si longtemps que cette attente était devenue une part de lui, tout comme l'était son propre nom. Il se moquait de ce qu'elle avait fait au cours de ces dernières années. Il se moquait qu'elle l'ait oublié. Il était ici, maintenant, et elle était à lui. Comme elle l'avait toujours été.

Certes, elle était devenue terriblement occidentale. En cette belle journée d'été, elle portait des vêtements ajustés qui soulignaient des courbes qu'il brûlait de caresser. Ses cheveux bruns, qui n'étaient ni attachés ni couverts d'un foulard, tombaient en cascades sur ses épaules dorées. Son T-shirt en V mettait délicieusement en valeur sa poitrine haute et ferme tandis qu'un jean serré épousait parfaitement ses jambes interminables. Les fines sandales qu'elle avait aux pieds laissaient paraître des ongles vernis de rose.

Cela aurait dû lui déplaire. Voire le mettre en colère. Et pourtant, il n'en était rien. Cela ne lui déplaisait pas. *Elle* ne lui déplaisait pas.

Du tout.

Il était fasciné.

— Ote-moi d'un doute, reprit-elle après l'avoir observé un moment en silence, comme si elle devinait le tour qu'avaient pris ses pensées. Mon père a signé pour que je devienne ta femme alors que j'étais mineure, c'est bien ça ? Et toi, tu as donc l'intention de faire respecter ce contrat, aussi archaïque que misogyne ?

— Ton père était le roi d'Alakkul, répondit-il, sans relever la provocation. Je suis son successeur désigné et tu es sa fille et la dernière de ta lignée. Il est tout à fait normal que tu deviennes ma reine.

C'était plus que normal — c'était nécessaire. Mais il n'avait pas l'intention de le lui révéler. Pas maintenant. Pas déjà.

Elle leva alors les yeux au ciel, avant de se racler la gorge.

— Quel romantisme, finit-elle par dire d'une voix dans laquelle perçait une note de désespoir.

— Tu te doutais bien que ce jour finirait par arriver, affirma-t-il calmement, malgré la terrible envie qu'il avait de la prendre dans ses bras pour la réconforter. Même si tu as vécu comme tu l'entendais pendant toutes ces années, tu savais très bien que ce n'était qu'un sursis.

— Curieusement, j'avais l'impression que je vivais tout simplement ma vie, répliqua-t-elle sèchement. Je ne me doutais pas un seul instant que tu attendais dans l'ombre.

— Arrête de prétendre que tu ne te souviens pas de moi. Parce que je sais que c'est faux.

Il se souvint alors du goût sucré de leur premier baiser volé, des soupirs de plaisir qu'elle laissait échapper lorsqu'il la touchait… Et le rouge qui était brusquement monté aux joues de la jeune femme lui indiqua qu'elle y songeait aussi.

— Cela pouvait tout aussi bien être un rêve, objecta-t-elle fièrement. D'ailleurs, c'est ce que je croyais que c'était. Un rêve.

— La vie est injuste, princesse, mais cela ne change rien à la réalité.

Il avait parlé d'une voix basse, son attention accaparée par la manière dont elle se tenait, le corps tendu, comme prête à s'enfuir. Oserait-elle faire cela ?

— Il y a ta réalité, et puis il y a la mienne, commença--elle, avant de prendre une profonde inspiration, le regard aussi froid que de l'acier. Tu peux me traîner en justice pour l'argent, je ne te le rendrai pas. Et quel que soit ce que décide le tribunal de ton minuscule pays, l'opinion publique n'aura qu'un mot pour qualifier un roi qui chasse de son pays une femme sans défense : *brute.*

Adel sourit. Le guerrier en lui aimait cette façon qu'elle avait de combattre. De ne pas s'avouer vaincue. Jamais il n'aurait cru qu'elle aurait grandi ainsi alors qu'elle était si loin de son peuple, de ses traditions, de lui. Il s'était trompé, elle n'était pas du tout la fille de sa mère comme il l'avait redouté, même si celle-ci n'avait probablement jamais cessé de tenter de salir son passé.

— Tu feras une reine magnifique, s'aventura-t-il à dire, bien que sachant parfaitement qu'elle n'avait aucune envie d'entendre une telle affirmation. Et c'est le rôle que t'oblige à tenir ta filiation.

Elle secoua la tête et lui tourna le dos. Visiblement, elle se sentait insultée et elle tenait à le lui montrer en agissant ainsi. Pourtant, malgré son impolitesse, ce geste ressembla pour lui à une caresse, et il se sentit brusquement empli de désir et d'admiration.

Enfin. Enfin une femme qui a du cran. Enfin une femme qui n'a pas peur.

— Trouve une autre reine, lança-t-elle par-dessus son épaule, tout en ouvrant la porte. La place ne m'intéresse pas.

Il s'approcha rapidement et retint la portière au moment où elle s'apprêtait à monter en voiture. Il ne la bouscula pas — mais ne recula pas non plus lorsqu'elle se retourna pour lui faire face. Il l'observa sans rien dire, jusqu'à ce qu'il entende sa respiration s'accélérer et qu'il voie son regard se poser sur sa bouche. La tension entre eux était palpable et il eut soudain envie de réduire la distance qui les séparait, de prendre ses lèvres pour l'amener à l'apprécier de nouveau.

— Je parle de faits, princesse, dit-il, lorsqu'elle eut ramené son regard sur le sien. Or, laisse-moi te dire une chose : j'ai la ferme intention de t'épouser, comme nous nous sommes promis de le faire lors de notre cérémonie de fiançailles, il y a douze ans. Et ça, c'est un fait.

— Ce que tu veux faire te regarde, répliqua-t-elle, calmement, bien que ses yeux lancent des éclairs. Mais je n'ai rien à voir là-dedans.

— Si tu n'honores pas tes engagements, continua-t-il en ignorant totalement ce qu'elle venait de dire, non seulement je prendrai des mesures pour que tu rembourses ce que tu dois à mes parents, mais je ferai aussi arrêter et renvoyer ta mère à Alakkul, où elle a volé tant d'argent et de bijoux. Si l'on ajoute à cela le fait qu'elle a enlevé l'héritière de la Couronne, je pense qu'elle risque de passer pas mal de temps en prison. Voire d'être condamnée à mort. Etant ton mari, je pourrais, bien sûr, en tant que roi, obtenir sa grâce. Mais si je ne le suis pas, pourquoi accorderais-je une telle faveur à une étrangère ?

— Quels mots penses-tu qui me viennent à l'esprit lorsque tu parles ainsi ? demanda-t-elle, d'une voix tremblante.

Il l'avait blessée et, s'il l'avait pu, il l'aurait immédiatement prise dans ses bras pour la rassurer.

— Je ne peux pas faire de compromis, répondit-il pourtant d'un ton ferme. Et je ne le ferai pas.

— Voici donc le genre d'homme que tu es devenu, dit-elle du même ton. Bravo pour le garçon qui disait ne jamais vouloir me faire de mal, qui se disait prêt à sacrifier sa vie pour éviter cela.

Cette remarque lui donna envie de sourire — se rendait-elle compte de ce qu'elle disait en évoquant ce souvenir ? Se rendait-elle compte de l'espoir qu'elle lui offrait ? Mais son visage resta de marbre.

— J'aurais aimé pouvoir mettre tes sentiments au-dessus de tout, répondit-il, en inclinant légèrement la tête. Mais ce ne sera pas le cas. Car je ferai tout ce qui est en mon pouvoir pour te protéger. Et protéger ainsi le trône. Je le dois au peuple d'Alakkul... à *ton* peuple, princesse.

Tout en parlant, il s'était imperceptiblement rapproché d'elle, incapable de supporter la distance entre eux. Elle était trop... trop attirante, trop fière, trop *tout* ce dont il rêvait.

— Tu peux m'appeler « princesse » autant que tu veux, cela ne veut pas dire que j'en sois une, rétorqua-t-elle, l'émotion faisant vibrer sa voix. J'ai tout laissé derrière moi et je n'éprouve aucun intérêt pour un pays dont je me souviens à peine.

— Qu'est-ce qui pourrait éveiller ton intérêt ? demanda-t-il, d'un ton plus menaçant qu'il ne l'aurait souhaité. Ton cœur est-il devenu aussi sec que ce que tu essaies de me faire croire ? Es-tu prête à assumer les conséquences de ton refus ? Par rapport à ta mère, mais aussi par rapport au peuple, dont tu affirmes n'avoir rien à faire ? Si tu ne reprends pas le trône avec moi, je vais devoir me battre pour le sauver. Et ce n'est pas au sens figuré, je parle ici de guerre civile.

Elle baissa la tête et prit une profonde inspiration. Lorsqu'elle la releva, ses yeux étaient devenus aussi foncés qu'une mer déchaînée.

— Pourquoi alors vouloir mon consentement ? demanda-t-elle, d'une voix tendue. Pourquoi me laisser penser que j'ai le choix quand je ne l'ai pas ?

Il avait envie de suivre d'un doigt la délicate courbe du menton de Lara, avant de remonter jusqu'à ses lèvres pleines. Etait-ce de la tendresse ? De l'affection ? Du besoin ? Etait-ce tout cela à la fois ?

— Voici ce que je te propose, déclara-t-il d'une manière abrupte, soucieux de faire disparaître cette noirceur dans le regard de la jeune femme. Je te promets de t'honorer et de te respecter, promesse que je fais à très peu de gens, mais que je t'ai faite il y a douze ans. Je te promets de ne jamais oublier le sacrifice que tu auras fait en m'épousant et, si je ne suis pas toujours quelqu'un de facile, je te promets d'être le plus honnête possible.

Des larmes brillèrent dans ses yeux, mais elle ne les laissa pas couler sur ses joues. Des larmes et de la panique, de l'incertitude, de la peur. Puis elle prit une profonde inspiration avant de laisser tomber ses bras, et il sut que c'était autant le signe d'une capitulation que celui d'un défi.

Il pouvait faire face aux deux. Il *voulait* faire face aux deux.

— Félicitations, dit-elle, amèrement. Tu as gagné une reine totalement démotivée.

Adel décida de ne prêter aucune attention au fait que, dans l'instant présent, elle semblait tout simplement le détester. Il l'avait conquise des années auparavant, et elle lui avait montré qu'elle se souvenait plus de lui que ce à quoi il s'était attendu. Il allait se servir de ces souvenirs pour la conquérir de nouveau. Et cette fois-ci, il ferait en sorte de ne plus la laisser s'échapper.

— Je ferai tout ce qu'il faut pour que tu ne regrettes pas ta décision, dit-il, en lui tendant une main.

Son visage restait de marbre mais, dans ses veines, son sang bouillonnait. Elle était à lui. Enfin.

— Viens, ajouta-t-il. Notre futur nous attend.

Elle déglutit, le doute et l'hésitation se peignirent sur ses magnifiques traits. Pourtant, il maintint sa main tendue vers elle et attendit.

Vaincue, elle se mordit la lèvre et glissa une main dans la sienne.

Elle n'avait pas le choix.

Autour de Lara, tout explosait, pour n'être plus que couleur et vitesse.

Au contact de sa grande main, chaude et rassurante, de sa peau contre la sienne, elle se sentit fondre. *Comme avant.* Ce corps puissant et dangereux si proche du sien lui donnait envie de se coller contre lui. Elle s'avisa alors que, si son esprit luttait contre ce qui était en train de se passer, son corps, lui, avait décidé. Son corps avait choisi cet homme il y avait très longtemps et il se réjouissait aujourd'hui de le retrouver.

De toute façon, qu'avait-elle comme alternative ? Sa mère jetée en prison ? Une *guerre ?* Comment pourrait-elle continuer à vivre, sachant qu'elle avait eu le pouvoir d'éviter tout cela mais qu'elle l'avait refusé ?

Parce qu'elle ne doutait pas un instant qu'Adel Qaderi tiendrait sa promesse. Elle pouvait sentir son absence de compassion jusqu'au plus profond d'elle-même, l'empêchant même de respirer. Ce ne pouvait être que son côté impitoyable qui lui faisait cet effet, rien d'autre — ce ne pouvait pas être cette fièvre que lui seul était capable de provoquer en elle. Certainement pas.

Adel fit un geste de la main et, soudainement, ils furent entourés d'une nuée d'hommes aux visages fermés et aux costumes sombres, qui parlaient de manière saccadée dans des oreillettes et l'entraînèrent vers une limousine noire qu'elle n'avait jusque-là pas remarquée.

Ce ne fut qu'une fois installée sur la banquette arrière,

la voiture roulant maintenant à vive allure sur la route, qu'elle remarqua les valises posées sous la banquette lui faisant face. Elle les reconnut immédiatement. La dernière fois qu'elle les avait vues, celles-ci se trouvaient dans le placard de son entrée.

Elle les fixa un moment, son cerveau refusant d'admettre l'évidence, puis se tourna vers l'homme à l'insupportable arrogance assis à côté d'elle.

Il se contenta de lever un sourcil brun et de l'observer.

Il *savait* qu'elle allait capituler.

Il avait *tout* prévu.

— On a rassemblé quelques-unes de tes affaires et on les a chargées dans la voiture, dit-il, sans qu'il y ait la moindre note d'excuse dans sa voix. Mais si tu as besoin de quoi que ce soit d'autre, tu n'as qu'à demander.

— Quoi que ce soit sauf ma liberté, répliqua-t-elle d'une voix plus amère qu'elle ne l'aurait souhaité. Ma vie.

— Sauf cela, oui, confirma-t-il.

Mais, cette fois-ci, il y avait eu une certaine douceur dans son intonation. Et il prit entre ses larges mains celles de la jeune femme.

Lara sursauta, un frisson la parcourut comme elle fixait leurs doigts emmêlés. Elle se sentit rougir, le souffle court.

— C'est si terrible que cela ? demanda-t-il doucement, une lueur d'amusement dans les yeux. Je ne suis pas un mauvais gars.

— Tu me permettras de réserver mon jugement sur ce dernier point, lança-t-elle d'une voix dure, sans pour autant retirer ses mains. Je te rappelle que tu me fais chanter pour que je t'épouse.

— Que veux-tu, tu m'intrigues, princesse.

La voix d'Adel pénétra au plus profond d'elle, s'insinuant là où elle n'aurait jamais dû. Son corps entier s'embrasa.

— Cela semble être une merveilleuse base pour un mariage, réussit-elle à articuler. Tu demandes à une femme qui t'intrigue de te suivre contre sa volonté puisque tu as mis le destin de sa mère et celui de son peuple dans la balance. C'est charmant.

— Ah, dit-il d'une voix qui lui fit songer à de longues nuits chaudes, peau contre peau, tous ces rêves qu'elle avait eus et qu'elle avait crus impossibles. Mais la volonté est quelque chose de fragile, n'est-ce pas ?

Puis il porta une main de Lara à ses lèvres. Piégée, captivée — *atterrée,* rectifia-t-elle intérieurement —, elle se contenta de l'observer. Elle l'observa lorsqu'il fit tourner sa main dans la sienne. Lorsque ses yeux brûlants, aussi sombres qu'un ciel d'orage, rencontrèrent les siens.

Et lorsqu'il lui embrassa la paume, provoquant en elle une décharge de désir irrépressible.

3.

Lara retira brusquement sa main et fit un bond en arrière, comme si Adel venait de la mordre. Puis elle sentit une douce chaleur l'envahir en imaginant ce qu'elle aurait ressenti s'il l'avait *effectivement* mordue.

— Qu'est-ce que tu fais ? demanda-t-elle, après avoir fermé la main qu'il avait goûtée en un poing qu'elle posa délibérément sur ses genoux.

Elle se faisait peur. Etait-elle en train de retomber amoureuse de lui, si facilement ? Si rapidement ? Après douze ans ?

— Tu ne peux pas..., reprit-elle. Tu ne peux *décemment* pas...

— Nous sommes sur le point de nous marier, l'interrompit-il, en se reculant dans son siège, ses yeux gris ayant pris un ton argenté tandis que sa bouche sévère s'autorisait un léger sourire. Que crois-tu que je fasse ?

Elle ne croyait rien, elle n'arrivait plus à penser ! Et c'était bien ça le problème. Son esprit, comme figé, était incapable de fonctionner. Tout cela était trop pour elle. La réapparition soudaine d'Adel. Les menaces, la pression, la mort de son père, qu'elle ne pouvait admettre, qu'elle n'arrivait même pas à concevoir. Sa propre capitulation qui avait conduit à sa présence dans cette voiture. A cause de lui. Elle était impuissante à formuler une pensée cohérente sauf celle-ci : tout était sa faute à *lui*. Elle était certaine qu'Adel Qaderi était capable de tout, exactement comme le lui avait toujours dit sa mère — on ne pouvait jamais faire confiance à un Alakkulien.

Ne venait-il pas de lui prouver à quel point elle avait raison ? Un homme digne de ce nom aurait-il agi comme il l'avait fait, dans les mêmes circonstances ?

Quant à son propre désir, sa terrible envie de lui, elle préférait ne pas y songer…

— Comment peux-tu t'imaginer un seul instant que tes avances sont les bienvenues ? lança-t-elle. Jamais je ne…

— *Jamais* dure très longtemps, la coupa-t-il, avec un petit rire, comme si elle l'amusait. Fais attention à la manière dont tu utilises ce mot, il pourrait revenir te hanter.

Brusquement, l'avenir auquel elle ne pouvait échapper se dressa devant elle, tel un trou noir et béant. Elle avait accepté de se sacrifier, en sachant que c'était la meilleure — la seule — chose à faire, mais comment allait-elle pouvoir y survivre ? Comment allait-elle faire pour vivre au quotidien à côté de cet homme à qui elle appartenait ? Comment allait-elle pouvoir être une épouse ? Une reine ? *Une amante*, souffla une voix au plus profond d'elle, ce qui lui noua une fois encore l'estomac.

— Es-tu assez fou pour croire qu'une femme dans ma position puisse un jour vouloir que tu la touches ? demanda-t-elle.

Elle avait la voix éraillée par tout ce qu'elle ne pouvait dire, par tout ce qu'elle redoutait — y compris ses propres réactions face à lui. *Particulièrement* ses réactions. La chaleur dans son bas-ventre. La douleur dans ses seins trop lourds. Son incapacité à prendre une pleine inspiration. Soudain, la voiture lui sembla trop petite ; il était trop près d'elle.

— Je ne sais pas pour une femme dans ta position, murmura-t-il, en étendant un bras sur le dossier de la banquette, ce qui ne fit que rendre Lara encore plus nerveuse. C'est beaucoup trop abstrait pour moi et je ne peux parler que de choses concrètes. Ce que je vois, ce que je sens, ce que je sais.

Il avait dit ces derniers mots d'une voix sourde, tout en quittant des yeux les siens pour les laisser errer sur sa bouche.

— Comme le fait que je me souviens à peine de toi ? demanda-t-elle d'une voix pleine d'amertume, en se déplaçant légèrement pour ne pas effleurer son bras si proche d'elle. Que je ne veux rien avoir à faire avec toi ?

— Comme le fait que ton corps me veut, quels que soient les mots qui sortent de ta bouche.

Il avait parlé d'une voix posée, visiblement peu perturbé par son ton caustique. Il avait même eu un sourire, comme s'il connaissait son corps déloyal mieux qu'elle. Comme s'il avait deviné l'étrange combinaison d'émotions et de désir qui l'assiégeait et la faisait se sentir étrangère à elle-même.

— Tu ne sais rien de moi, lança-t-elle. Nous sommes devenus de parfaits étrangers l'un pour l'autre.

Il se pencha en avant, et elle n'eut qu'une envie : se recroqueviller sur la banquette et s'éloigner de lui. Mais elle s'obligea à ne pas bouger même si elle se trouvait maintenant tout près de lui. Assez près pour apercevoir l'ombre que faisait sur ses joues un début de barbe sombre. Pour que son regard ne puisse éviter cette bouche qui pouvait être si douce parfois. Pour que parvienne à ses narines un parfum de bois de santal mêlé à celui, viril, de sa peau.

— Nous ne sommes pas des étrangers, objecta-t-il, ses yeux maintenant couleur d'acier. Nous ne l'avons jamais été. Je suis l'homme qui va devenir ton époux, ton amant, le père de tes enfants. Car c'est ainsi que les choses vont se passer, princesse. Peut-être pas aujourd'hui, peut-être même pas bientôt. Mais crois-moi, c'est ainsi qu'elles se passeront.

— Je t'ai dit que j'allais t'épouser, dit-elle dans un

souffle, perdue dans le regard implacable d'Adel. Je ne peux pas trahir ma promesse.

— Effectivement, tu ne peux pas.

— Mais je n'ai rien dit… pour le reste, continua-t-elle.

Lara était profondément troublée. Troublée par la manière dont ses yeux se posaient sur elle, troublée par la chaleur qui émanait de son corps si parfaitement musclé. Elle dut se faire violence pour prendre une inspiration. Puis une autre.

Le sourire d'Adel se fit un peu plus large, comme si elle avait une quelconque importance pour lui, comme si elle était autre chose qu'un simple pion dans son jeu. Mais cela était-il possible ?

Elle sentit alors la main qu'il avait passé sur le dossier de la banquette descendre sur son visage, le suivre de la tempe jusqu'aux lèvres, avant de s'arrêter sur son menton et s'enrouler autour de celui-ci.

Elle savait qu'elle aurait dû se dégager, que laisser faire était suicidaire. Elle se faisait penser à la mouche attirée par l'araignée, au papillon attiré par la flamme.

Elle était fascinée, même si son esprit se débattait de toutes ses forces pour la faire réagir.

Mais elle ne bougea pas.

Elle se contenta de l'observer. Impuissante. Incapable de lutter contre le désir qui montait en elle et qu'elle *recherchait.* A ce moment présent, elle ne voyait aucune raison de combattre cet homme.

— Nous y arriverons, toi et moi, dit-il alors, calmement. Nous l'avons fait par le passé. Il n'y a aucune raison pour que nous ne puissions pas le refaire.

— Sûrement, acquiesça-t-elle d'un ton ironique, tandis que les doigts d'Adel lui brûlaient la peau. Puisque tu le dis. Est-ce que c'est toujours ainsi ? Le monde doit-il toujours se plier à tes ordres et à tes désirs ?

— Bien sûr, répondit-il, un sourire assuré aux lèvres. Je suis le roi.

*
* *

Le luxueux jet privé était haut dans le ciel, quelque part au-dessus de l'océan Atlantique. La nuit avait beau être tombée, Lara n'arrivait pas à dormir. Elle avait les yeux rivés sur le hublot, même si l'obscurité l'empêchait de voir quoi que ce soit, et frissonna lorsque la réalité la rattrapa brusquement.

Que venait-elle de faire ? Comment avait-elle pu accepter d'épouser Adel Qaderi ?

Elle avait passé la plus grande partie de sa vie à éviter ce qui était en train de se passer — son retour à Alakkul. Marlena avait toujours décrit cette éventualité comme le pire scénario possible, le comble du malheur, qui provoquerait leur mort si cela devait arriver — pire, leur donnerait *envie* de mourir. « Azat va chercher à nous retrouver pour nous ramener au pays », n'avait-elle cessé de répéter à la petite fille qu'elle était. « Il va faire de toi une de ses petites marionnettes qui ne vivent que pour le servir ! ».

Elles avaient pris le nom de jeune fille de sa grand-mère maternelle — plus de « princesse Lara », plus de « Votre Majesté » —, et Lara n'avait pas eu d'autre choix que de suivre sa mère dans ses nombreux déplacements, qui se produisaient chaque fois que celle-ci se sentait menacée, chaque fois qu'elle avait une raison de croire que les espions du roi se rapprochaient d'elles. Azat lui avait toujours été dépeint sous les traits d'un monstre auquel elles devaient à tout prix échapper. Lara ne se souvenait pas exactement du moment où la peur avait commencé à se calmer — ou du moins pourquoi Marlena avait finalement décidé de s'installer quelque temps à Denver. Tout ce qu'elle savait, c'était que sa mère s'était montrée beaucoup moins inquiète après qu'elle eut fini l'université et très heureuse de partir vivre à Aspen, située non loin de là.

Lara ne se souvenait pas non plus de la première fois où elle avait commencé à se demander si, par hasard, Marlena n'avait pas un peu exagéré la situation. A se demander s'il y avait vraiment eu des espions et du danger. Mais lorsque de telles pensées s'insinuaient dans son esprit, elle se sentait si déloyale à l'égard de l'unique parent qu'il lui restait à l'époque — et encore plus maintenant — qu'elle les chassait prestement. Exactement comme elle était en train de le faire en ce moment.

Adel, installé dans un fauteuil lui faisant face, était plongé dans la lecture de documents, le visage éclairé par un halo de lumière. La jeune femme n'arrivait pas à le quitter des yeux. Il représentait bien plus qu'un flot de souvenirs ou d'émotions d'adolescente. Il était tout ce qu'on lui avait appris à craindre à propos d'Alakkul — et des hommes d'Alakkul, particulièrement. Des brutes autoritaires, comme disait Marlena, qui se servaient de leur pouvoir pour écraser, mutiler, détruire.

N'était-ce pas ce qu'il avait fait aujourd'hui ? N'était-ce pas ce qu'*elle* l'avait laissé faire ? Elle sentit sa gorge se serrer. Elle ferma alors les yeux pour ne pas pleurer et s'obligea à respirer calmement.

Elle ne connaissait pas cet homme. Tout ce qu'elle avait, c'étaient des souvenirs auxquels elle s'était accrochée pendant des années et le sentiment qu'elle devait bien ça à Marlena — qu'elle ne pouvait en aucun cas laisser sa mère payer un prix si élevé pour leur longue escapade. C'était tout. Et pourtant, elle avait accepté de l'épouser, pour devenir la reine d'un pays dont elle se souvenait à peine…

Elle se tourna dans son siège, souhaitant de toutes ses forces se réveiller et s'apercevoir qu'elle était dans son lit, à Denver, et que tout cela n'était qu'un de ces cauchemars qu'elle avait l'habitude de faire, toujours désespérés et noirs, qui la faisaient s'éveiller en sursaut, haletante et en nage.

Mais lorsqu'elle ouvrit les yeux, une minute plus tard, elle se trouvait toujours dans l'avion et Adel, toujours dans son siège, était en train de l'observer.

— Je crois que tu devrais te reposer, dit-il, comme s'il avait lu dans ses pensées.

Ses yeux n'étaient plus gris-argent, ils étaient devenus sombres et durs et, sans comprendre pourquoi cela lui importait tant, elle eut terriblement envie qu'ils redeviennent clairs.

— Je pense que tu vas avoir besoin de toutes tes forces pour faire face à ce qui nous attend, ajouta-t-il.

— Merci, réussit-elle à articuler malgré sa gorge sèche et la panique qui lui nouait le ventre. C'est particulièrement réconfortant.

— Le corps de ton père est toujours au palais. Il doit être enterré selon la tradition, comme le demande le peuple.

Elle ouvrit la bouche, prête à faire un commentaire amer — un commentaire sur le genre d'héritage qu'il avait laissé dans son esprit, par exemple — mais se ravisa. Adel Qaderi, l'homme que le roi avait toujours considéré comme le fils qu'il n'avait pas eu et qu'il avait désigné pour lui succéder, ne riquait guère de croire le récit des cruautés endurées par Marlena Canon. Etant donné la manière dont il avait évoqué sa mère, il devait avoir une version tronquée de la réalité et, en digne héritier du roi Azat, devait croire ce que celui-ci lui avait raconté.

Et si Marlena avait tout inventé ? lui souffla une petite voix. Elle secoua la tête pour chasser cette pensée. Cela n'avait plus d'importance maintenant. C'était trop tard. Elle devait continuer à croire ce qu'elle avait toujours cru.

Son visage avait dû laisser transparaître ce qui était en train de se passer dans son esprit, car Adel la fixait maintenant sans se cacher. Son regard était déterminé, intransigeant. Même assis derrière une pile de documents, comme n'importe quel homme d'affaires ordinaire, il se dégageait de lui une autorité naturelle.

Ordinaire, songea Lara avec un frisson, n'était certainement pas un adjectif qui pouvait s'appliquer à Adel Qaderi.

— Si tu as quelque chose de négatif à dire sur le roi Azat, comme j'en ai l'impression, tu ferais mieux de le dire tout de suite, proposa-t-il alors posément. Tu as peu de chances de trouver une oreille compatissante à Alakkul, où on le considère comme un héros.

— Peut-être était-il meilleur roi qu'il n'était père ou mari, répliqua-t-elle d'une voix tendue, ne pouvant résister au besoin de se défendre et de défendre sa mère. En tout cas, je l'espère pour le pays.

— Et tu te crois habilitée à le juger en tant qu'homme et père ? demanda-t-il d'un ton doux que contredisait l'acier de ses yeux. Toi qui as montré toute la mesure de ton amour filial en prétendant qu'il n'existait pas pendant douze ans ? Toi qui ne savais même pas qu'il était malade, encore moins qu'il était mort ?

— Je n'ai pas à me justifier auprès de toi de mes relations familiales, rétorqua-t-elle vivement, elle-même surprise de constater à quel point les mots qu'il venait de prononcer l'avaient blessée.

Le regard qu'il posa alors sur elle lui donna envie de disparaître à l'instant. Pourquoi se sentait-elle brusquement si mal à l'aise, presque honteuse ?

— J'ai été témoin de ce qu'a provoqué votre départ, laissa-t-il tomber.

— Je n'ai aucun mal à imaginer la peine qu'a dû lui procurer la perte de deux de ses nombreux jouets interchangeables, répliqua-t-elle, avec sarcasme.

« S'il t'élève, Azat fera de toi une petite fille dédiée à son entier service, douce et docile », lui avait répété sans relâche Marlena. « Tu lui appartiendras à jamais et tu devras être à son entière disposition. Est-ce ce que tu veux ? Penses-tu que ce soit une vie ? »

— Crois-moi, il se rappelait ton nom, dit alors Adel d'une voix vibrante de colère retenue. Et celui de ta mère.

— Ma mère est la seule personne que je considère comme une héroïne, répliqua Lara, dans un besoin désespéré de prendre encore la défense de Marlena, de se battre pour elle, même si le doute s'était insinué dans son esprit. Mais je suppose que c'est quelque chose qu'un homme comme toi ne peut pas comprendre. La détresse d'une mère forcée de tout quitter pour…

— Forcée ?, répéta Adel, avant d'éclater de rire. Tu plaisantes, Lara. Ta mère n'a été forcée qu'à une chose : assumer ses propres manquements en tant qu'épouse. Mais cela lui a été trop difficile, alors elle a préféré s'enfuir du palais plutôt que d'avoir à faire face aux conséquences de son comportement affligeant. Et quand je dis « comportement affligeant », je parle de son infidélité notoire.

— Je t'interdis de dire quoi que ce soit sur elle ! s'écria Lara, en se dressant sur son de son siège. Tu ne sais rien d'elle, ni de moi ! Tu n'as aucune idée de ce qu'a été notre vie !

Ses mains tremblaient tant qu'on les aurait cru mues par une volonté propre, comme si elles voulaient le gifler. Si seulement elles osaient !

— Non, reconnut-il, une note d'impatience dans la voix et le regard de plus en plus dur. Mais je sais ce que ta vie *aurait* dû être. Je sais ce qu'on t'a volé. Ce qu'on a volé au roi. Et au peuple d'Alakkul. Je sais aussi que le pays a eu besoin de toi quand toi, la fille du roi, tu t'épuisais dans des jobs sans intérêt, en prétendant mener une vie des plus ordinaires et être quelqu'un de parfaitement anonyme. Or, ce n'est pas ce que tu es. Tu es la dernière princesse d'Alakkul. L'espoir d'une nouvelle ère pour notre peuple. Comment peux-tu prendre la défense d'une femme qui t'a ainsi privée de ton destin ?

Il y eut un lourd silence. Le cœur de Lara battait si fort qu'elle sentait les pulsations dans son cou, dans son ventre…

— Ma mère m'a sauvée ! protesta-t-elle.

Elle ne voulait pas croire les mots qu'il venait de prononcer, ne le *pouvait* pas. Elle se souvint des récits que lui faisait Marlena, de toutes ces nuits passées à rassurer sa mère qui criait et hurlait. *Tout* cela n'aurait-il été que mensonge ?

— Sauvée de quoi, exactement ? demanda Adel, visiblement surpris, en se penchant en avant. De ton héritage ? De ta fortune ? De tout ce que tu aurais dû avoir ? De *moi* ? Es-tu sûre qu'elle est bien l'héroïne de l'histoire, et non la méchante ?

— Je sais exactement quelle existence m'aurait attendue si j'étais restée dans cet horrible pays, riposta-t-elle. Et je remercie ma mère chaque jour pour m'avoir permis d'échapper à ça — et d'échapper à toi, ce qui aurait été un destin pire que la mort.

Elle voulait le blesser. Elle voulait lui faire payer les paroles qu'il avait prononcées, sans bien savoir pourquoi cela lui importait tant.

— Ce sont les mots de quelqu'un qui ne s'est jamais trouvé devant la mort, dit alors doucement Adel.

Sa voix l'enveloppa pour pénétrer au plus profond d'elle et elle détesta ce qu'elle ressentit. Elle se détesta de le ressentir. Tout cela n'avait aucun sens.

— Car si cela t'était arrivé, tu ne ferais pas d'affirmations si hâtives, reprit-il. C'est ta mère qui t'a mis toutes ces choses dans le crâne ? Que la mort était préférable à la vie que te réservait ton rang ? Préférable à un mariage que tu souhaitais désespérément quand tu avais seize ans ?

— Mon rang… ce mariage… tout cela ne représente rien d'autre qu'une prison, une vie entière passée derrière les barreaux d'une cage dorée — où j'aurais été interdite de penser, de rêver ou de *vivre*. Eduquée dès l'enfance à n'être rien d'autre qu'une femme obéissante, un bien, une *chose*. Le pion ou le trophée d'hommes comme toi. Alors non, merci.

Elle avait eu besoin de lui parler ainsi. Elle avait eu

besoin de le déstabiliser comme il l'avait déstabilisée. Car il lui avait rappelé ce désir qu'elle avait éprouvé pour lui. Un désir ardent. Violent. Mon Dieu, comme elle l'avait voulu ! Et c'était ce souvenir qui la mettait encore plus en colère maintenant.

— Tu dis des choses que tu ne penses pas, répondit Adel d'une voix encore plus douce, encore plus dangereuse, qui lui fit soudain réaliser qu'il était d'abord un guerrier avant d'être un roi, et qu'il avait une multitude d'armes à sa disposition. Quand je t'embrassais, tu pleurais des larmes de joie. Quand je prenais ta main dans la mienne, tu tremblais. Tu avais seize ans, tu étais amoureuse de moi, et je me souviens parfaitement de la sincérité de notre relation, même si tu sembles l'avoir oublié. Or, elle t'a enlevé ça aussi, comme elle me l'a enlevé.

— Non, rétorqua-t-elle, les poings serrés, refusant de laisser ces mots pénétrer en elle — de se laisser aller à se rappeler les mêmes choses que lui. J'étais adolescente et j'étais juste… amoureuse de l'idée de l'amour. Cela n'avait rien à voir avec toi, et ma mère nous a rendu un fier service. A tous les deux !

— Il y a beaucoup de noms que je pourrais utiliser pour qualifier ta mère, dit-il, de cette voix dénuée de toute intonation qui la faisait tant frissonner. Mais je préfère ne pas les employer devant toi car ils ne sont guère respectueux. Pas pour elle, dont je me moque éperdument, mais pour toi, ma future reine.

— Tu veux dire ta propriété, lança-t-elle. Ton *objet*.

La peur et la panique se mêlaient aux souvenirs de ses seize ans et la rendaient imprudente, impulsive. Mais elle ne pouvait s'en empêcher — elle se sentait aussi désespérée aujourd'hui qu'elle l'était alors.

— Si c'est ainsi que tu te vois, qui suis-je pour te contredire ? demanda-t-il calmement, malgré ses yeux qui lançaient des éclairs et sa mâchoire serrée. Comment puis-je t'empêcher de te rabaisser ?

— Oh je t'en prie. Ne fais pas comme si tu n'aimais pas ça !

Furieuse, elle s'était rapprochée de lui sans même s'en rendre compte. *A moins que ce ne soit pour être le plus proche possible de lui, comme tu l'as toujours souhaité,* murmura la petite voix. Loin de la décourager, celle-ci lui donna le courage de s'approcher encore un peu plus.

— Je suis sûre que tu adorerais me voir me soumettre, reprit-elle, la colère faisant trembler sa voix. Tu adorerais me traiter comme une autre de tes marionnettes qui dansent au bout d'un fil pour ton seul plaisir.

La façon dont il l'observa alors la mit mal à l'aise. Ses yeux gris étaient étincelants et sa bouche fendue d'un sourire froid. Sans qu'elle sache pourquoi, son cœur battait la chamade, son corps tremblait.

Elle ne *voulait* pas savoir.

— Ah, princesse, dit-il d'une voix sourde qui résonna en elle. Tu n'aurais pas dû me provoquer.

Puis, avec une économie de mouvement et une grâce toute masculine, il la souleva dans ses bras pour l'asseoir sur ses genoux et plaqua ses lèvres sur les siennes.

4.

Il ne lui avait pas laissé le temps de réagir.

En même temps qu'il prenait sa bouche, il avait placé une main derrière son cou et l'autre sur ses hanches pour la maintenir serrée contre son large torse.

Son baiser était possessif, ardent, et n'avait rien à voir avec les tendres baisers échangés il y avait si longtemps. Lara posa les mains sur ses épaules — était-ce pour le repousser ou au contraire se rapprocher de lui ? Elle ne le sut jamais — et ne put rien faire d'autre que se perdre dans cette étreinte.

Le feu l'embrasa tout entière, lui faisant tout oublier sauf la puissance de ce baiser, les lèvres chaudes et dures d'Adel, la chaleur de sa langue, son goût et cette façon terriblement sensuelle qu'il avait de la tenir contre lui.

Il paraissait avoir tout le temps devant lui pour explorer sa bouche, et la savourer semblait être devenu pour lui un fait d'une importance capitale.

C'était un peu comme s'il était déjà en elle, se l'appropriait, la faisait sienne… et apposait un sceau prouvant qu'elle lui appartenait.

La chaleur qui avait envahi Lara vint se loger de manière plus intense entre ses jambes. Son cœur battait à se rompre tandis qu'elle sentait le sexe dur d'Adel sous elle, contre elle.

Il l'embrassait maintenant comme s'il la connaissait aussi bien qu'il le prétendait. Comme si leur dernier baiser remontait à quelques minutes et non à quelques années. Comme s'ils avaient toujours été destinés à se retrouver ainsi, bouche contre bouche, corps contre corps, passion contre passion.

Comme s'ils étaient faits l'un pour l'autre et qu'il représentait le foyer qu'elle avait passé sa vie à chercher.

Ce fut cette dernière pensée invraisemblable qui lui fit redresser la tête — qu'il cala immédiatement dans sa large paume — pour plonger son regard dans les yeux argent de l'homme qui l'embrassait.

Elle se connaissait à peine et le connaissait encore moins. Leur histoire s'était désagrégée au fil du temps, pour devenir une simple passade d'adolescents. Ce qui était en train de se passer maintenant était trop réel. Trop intense.

— Tu ne peux pas…, commença-t-elle sans achever, ne sachant que dire.

Comment pouvait-elle lui avouer que l'embrasser faisait s'évanouir le monde autour d'elle ? Qu'elle en oubliait qui elle était ? Qu'elle ne voulait rien d'autre que se réfugier en lui, se perdre en lui, et que cette seule pensée la faisait trembler de désir ?

Comme avant.

— Embrasse-moi, la pressa-t-il alors, comme s'il avait deviné ce qu'elle taisait.

Ce ne fut que lorsqu'il eut de nouveau posé sa bouche sur la sienne, impatiente, qu'elle s'avisa qu'il n'avait pas parlé anglais — et elle non plus.

Elle avait toujours ce goût délicieux dont il se souvenait si bien. Un goût de fruits rouges avec une touche d'extrême féminité. Elle lui faisait tourner la tête, comme le vin.

Il la voulait. Il voulait cette princesse irrévérencieuse plus que toute autre femme. Plus que quoi que ce soit d'autre, d'ailleurs. Elle avait blotti son corps mince contre le sien, comme pour être encore plus proche de lui, comme si elle ressentait le même désir violent qui lui donnait envie de se fondre en elle.

Comme il en avait toujours eu envie.

Il caressa lentement ce corps qu'il rêvait de posséder depuis des années — depuis des siècles. De son doigt, il suivit la courbe de sa poitrine pleine et ferme, descendit jusqu'à sa taille, s'attarda sur ses hanches. Elle se cambra contre lui, contre son membre dur, lui faisant presque perdre le contrôle de ses actes. Puis il recommença à l'embrasser, encore et encore, s'enivrant d'elle, de sa bouche, de sa langue.

Il ne pouvait s'empêcher d'éprouver un sentiment de triomphe. Elle était à lui. Elle était à *lui* et elle était plus que ce corps sensuel, plus que cette passion qui l'emportait. Elle était le rêve de sa famille depuis des générations. Elle était le trône d'Alakkul. Elle était son destin qui prenait enfin forme, après toutes ces années passées à s'y préparer.

Elle était la seule femme qu'il ait jamais aimée, elle était sa reine, elle était sienne.

Ce qui signifiait qu'il pouvait attendre encore un peu avant de la posséder, même si chaque centimètre de son corps la réclamait, même si son désir pour elle était si vif qu'il n'était pas certain d'être capable de pouvoir mettre fin à leur étreinte.

Elle allait devenir sa reine.

Elle eut une sorte de gémissement plaintif lorsqu'il retira ses lèvres des siennes et la repoussa doucement. Ses yeux bleu azur s'étaient assombris sous l'effet du désir, ses lèvres étaient humides et gonflées par leurs baisers. Il laissa les mains sur ses épaules pendant un long moment puis lui passa un doigt sur la bouche, souriant à l'appel muet qu'il lisait dans ses yeux.

— Pas maintenant, dit-il d'une voix rauque, bien que tout son corps affirme le contraire. Pas là.

Elle cligna les yeux, et il vit une expression de compréhension passer sur son visage. Puis le rouge lui monter aux joues comme elle se détachait de lui.

— Tu t'es un peu emporté, lança-t-elle d'un ton qu'elle voulut, du moins le supposa-t-il, sarcastique et qui aurait pu l'être si sa respiration haletante ne l'avait trahie.

Il sourit un peu plus et laissa descendre une main sur ses seins dont les mamelons se dressaient, fiers et durs, sous le tissu léger de son chemisier. Du majeur, il caressa l'un d'entre eux.

— Vraiment ? demanda-t-il, d'une voix traînante.

— Tu es ignoble ! s'exclama-t-elle, en le repoussant des deux mains avant de se lever.

Adel ne la retint pas. Son emportement donnait à la situation un tour beaucoup plus dramatique qu'elle ne l'était, et il n'avait aucune envie d'en rajouter… surtout après la démonstration qu'elle venait de lui faire du désir qu'elle éprouvait elle aussi. Il avait vu la manière dont elle tremblait, dont ses yeux revenaient toujours à sa bouche. Il connaissait la vérité. Il avait vu ce que son corps voulait, ce dont il avait besoin, même si elle prétendait le contraire. Et il était certain que ce corps serait prêt à la trahir de nouveau.

— Calme-toi, suggéra-t-il, doucement.

Elle le fusilla du regard. Puis elle prit une rapide inspiration et, lentement, elle s'éloigna pour se rapprocher des hublots. Elle l'ignora pendant un moment. Un très long moment. Sans doute était-elle en train de ronger son frein.

— Je ne vais pas prendre ma future reine ici, dit-il lorsqu'elle tourna son regard vers lui, le visage fermé. Pas dans un avion survolant Dieu sait quel pays. Tu mérites plus de respect de ma part.

— Comme c'est intéressant, dit-elle, d'un ton caustique. Alors, explique-moi pourquoi je n'arrive pas à m'ôter de l'idée que ce que tu appelles « respect » ressemble en fait beaucoup plus à du *contrôle*.

— Je suis navré de te décevoir dans tes croyances si ancrées, dit-il calmement, mais le fait est que je ne veux pas que tu sois une de mes poupées dansant au bout d'une corde ou quelque chose dans le genre. Je veux que tu sois ma femme. Ma reine.

« La danse n'est qu'une option », eut-il envie d'ajouter, mais il s'abstint, incertain de la capacité de Lara de percevoir son humour à cet instant précis.

— Et moi, tu penses à ce que je veux ?

Sa voix était tendue. Dure.

Ce n'était pas un défi — c'était autre chose. C'était quelque chose qui la hantait, quelque chose qui rendait sa peau si pâle. Allait-elle pouvoir un jour le lui dire ? Allait-elle apprendre à lui faire confiance ?

Il le souhaitait plus qu'il n'était prêt à l'admettre.

— Dis-moi ce que tu veux, la pria-t-il, d'une voix sourde. Si je peux te le donner, je te le donnerai.

— Peut-être ai-je envie que tu me fasses l'amour *ici* et *maintenant*, répondit-elle, en plantant des yeux pleins d'audace dans les siens.

Cela ne fit que l'exciter encore plus, presque à en avoir mal. Il l'imagina à côté de lui, *sous* lui, sa bouche voluptueuse sur la sienne, la douceur de sa peau contre la sienne.

— Pourquoi serait-ce toi qui prendrais les décisions ? continua-t-elle. Est-ce une reine que je suis sur le point de devenir, ou une esclave ?

Il songea à plusieurs réponses mais choisit de donner la plus sérieuse.

— Nous allons gouverner ensemble. Comme le veut la tradition.

— Qu'est-ce qu'un mot comme « ensemble » peut vouloir dire, pour un Alakkulien comme toi ? s'enquit-elle, en plissant les yeux. Parce que je ne suis pas sûre qu'il veuille dire la même chose pour toi que pour moi. Que se passera-t-il si nous ne voulons pas gouverner de la même manière ? Que se passera-t-il si tu as tort ? Qui décidera ?

Tout en parlant, elle ne l'avait pas quitté du regard, décuplant encore son désir. Pourquoi sa colère, son intelligence vive le faisaient-elles la vouloir encore plus ?

— Je suppose, répondit-il après un moment, que tu connais déjà la réponse.

— Quelle surprise ! riposta-t-elle d'un ton légèrement amer, en croisant les bras sur la poitrine.

Et quelque chose en lui lâcha alors, sans qu'il sache pourquoi. Peut-être était-ce l'attitude de défi de Lara, ou, plus étrange encore, la compassion que lui inspirait sa détresse. Malgré toutes ces années de séparation, il éprouvait plus de sentiments pour elle qu'il n'en avait jamais éprouvés pour aucune femme, la désirait comme il n'avait jamais désiré aucune autre femme. Et pourtant, elle continuait de le considérer en ennemi. Comme si elle n'avait pas vraiment compris qui il était.

Peut-être était-il temps de le lui dire. De le lui *rappeler*.

Il fut debout avant même de savoir ce qu'il comptait faire — ce qui était impensable pour quelqu'un qui avait toujours eu un parfait contrôle de lui-même et des personnes qu'il côtoyait. Il vit l'expression du visage de Lara changer à mesure qu'il s'approchait d'elle, mais elle ne bougea pas. Elle ne s'enfuit pas. Elle se contenta de le regarder avancer et il sut à cet instant qu'elle était plus sa reine qu'elle ne le croyait.

Ce ne fut que lorsqu'il fut tout près d'elle qu'elle commença à reculer avant de se trouver coincée contre la paroi de l'avion. Il lui prit alors le visage entre ses deux mains et, lentement, approcha le sien.

— Je te préviens, si tu m'embrasses encore, je te mords, menaça-t-elle, des flammes dans les yeux.

— Tu ne le feras pas, répondit-il en posant son regard sur sa bouche. Sauf si je te le demande.

— Arrête de vouloir m'intimider, rétorqua-t-elle, mais,

une fois encore, il y avait dans sa voix ce halètement qui disait le contraire.

Cela le fit sourire et il s'autorisa à approcher une main de ses cheveux noirs comme l'ébène pour en prendre une mèche, qu'il enroula entre les doigts, avant de dessiner, de la pointe, le contour de ses lèvres sensuelles. Un doux parfum parvint à ses narines. Un parfum de menthe et de miel. Elle était *sa* reine.

— Arrête, répéta-t-elle dans un souffle, ses yeux agrandis par la méfiance.

Non. Par le désir.

— Ecoute-moi, dit-il, en laissant retomber la mèche. Je ne suis pas comme l'un de ces Américains que tu côtoies. Je ne suis pas politiquement correct.

Elle leva les bras comme pour le repousser mais, visiblement, se ravisa et les laissa retomber le long de son corps.

— Vraiment ? répondit-elle d'un ton sarcastique. Je n'avais pas remarqué.

Il aimait être tout près d'elle ainsi. Peut-être plus qu'il n'aurait dû. Il pouvait la respirer, sentir la chaleur qui émanait d'elle. Mais, sachant que s'offrir un tel moment de délice risquait de le conduire exactement où il ne voulait pas aller, il s'obligea à relever la tête — tout en gardant les mains autour du visage de Lara — pour échapper à la tentation de prendre de nouveau sa bouche.

— Je ne suis pas moderne, dit-il d'une voix plus basse qu'il ne l'aurait souhaité, comme s'il était en train de lui faire une confession — ce qui était absurde. Et je ne vais pas te faire croire que je ferai tout pour préserver tes sentiments ou ne pas heurter la sensibilité de la femme occidentale que tu es devenue.

— N'est-ce pas ce que tu m'as montré jusque-là ? demanda-t-elle, en levant les sourcils. J'ai déjà eu le chantage. Qu'est-ce qui m'attend maintenant ? Une horde de barbares ?

— J'ai été préparé à devenir soldat depuis que je suis tout petit, dit-il, soudainement.

Il ne savait pas bien pourquoi il avait commencé ainsi, mais ce brusque et impérieux besoin qu'il avait de se dévoiler à elle, de la laisser voir à travers lui, de lui permettre de le connaître de nouveau comme — du moins le pensait-il — elle le connaissait des années auparavant, ne rendait pas les choses faciles.

— Un barbare selon tes critères, reprit-il. Mes parents m'ont envoyé au palais alors que je n'avais même pas cinq ans. J'ai été élevé pour devenir une arme. Une machine. Un des gardes personnels du roi.

— Un *cadre*, murmura-t-elle, en le dévisageant.

Et il sut qu'elle se souvenait de la petite troupe composée de quelques guerriers choisis parmi les plus inflexibles, qui avait accompagné chaque mouvement de son père et dont l'honneur et le devoir était d'escorter celui-ci où qu'il aille. Des guerriers au service de chacun de ses désirs, prêts à sacrifier leur vie pour leur roi. Il avait été la plus jeune recrue de cette fameuse élite de *cadres* et il se demanda si elle se souvenait de cela aussi.

— J'ai appris à ne laisser aucune émotion prendre le pas sur la raison, continua-t-il, combattant le désir qu'il avait de la serrer dans ses bras, de sentir la chaleur de son corps contre lui. J'ai appris à me concentrer sur un seul objectif — protéger et servir mon roi et mon pays. Et je l'ai fait avec fierté, car je ne voulais rien de plus. Jusqu'à ce que ton père te donne à moi.

— Ce n'était pas à lui de faire cela, répliqua-t-elle.

Pourtant sa voix était douce, comme si elle ressentait la même étrange tendresse.

— Et toi aussi, tu voulais de moi, rappela-t-il. On avait à la fois le devoir et le plaisir, princesse. Te rends-tu compte de la chance que nous avions ?

— Je me souviens de toi, Adel, reconnut-elle dans un

souffle. Mais cela ne veut pas dire que je suis celle que tu attends. Et peut-être ne le serai-je jamais.

— Je veux protéger mon pays et rien n'est plus important pour moi, expliqua-t-il, bien que se doutant que ce n'était pas la réponse qu'elle espérait.

— Pas même le trône ? demanda-t-elle, de son ton sarcastique.

— Il n'y a rien que je puisse faire pour Alakkul, continua-t-il d'une voix grave, qui venait du plus profond de lui. Je suis prêt à tout sacrifier, je suis prêt à trahir un ami si le devoir le demande. Et je ne peux pas m'interrompre dans cette tâche pour faciliter la tienne dans le rôle qui t'attend.

Pourquoi avait-il tant besoin qu'elle le comprenne ? Pourquoi avait-il tant besoin d'elle ? Lorsqu'elle posa son regard sur lui, il y avait sur son visage une expression qui lui noua l'estomac.

L'atmosphère entre eux devint brusquement lourde, sombre.

— Ne t'inquiète pas, dit-elle d'une voix tendue, presque triste. Je te l'ai dit, je me souviens de toi. Je sais exactement qui tu es.

— Non, répliqua-t-il d'une voix plus dure qu'il ne l'aurait souhaité mais qui ne sembla pourtant pas impressionner la jeune femme. Tu ne me connais pas. Mais ça n'est qu'une question de temps.

Lara s'éveilla doucement, le corps endolori et la tête pleine de rêves intenses et torturés. Il lui fallut un long moment pour les chasser de son esprit et se rappeler où elle était et pourquoi.

Puis elle regarda à travers le hublot et se demanda si elle était vraiment éveillée.

La grande vallée d'Alakkul, mystérieuse et secrète, que cernaient de hautes montagnes aux sommets enneigés et aux parois abruptes, s'étendait sous ses yeux. Le soleil du matin faisait scintiller la neige blanche, les lacs de montagne transparents, et vibrer le vert des prairies et le brun des forêts. Au loin, elle pouvait apercevoir les hameaux isolés, les champs des fermiers et les villages animés.

Elle n'*apercevait* pas, songea Lara, avec un mélange d'allégresse et de désespoir, elle *sentait.* C'était comme si un grand mur en elle, un mur dont elle n'avait même pas soupçonné l'existence, commençait à se fissurer, à se désagréger. Ses yeux se posèrent sur la multitude de fleurs rouges qui recouvraient les flancs des montagnes comme un tapis. Le rouge de ces fleurs mêlé au bleu du ciel et au vert des luxurieux pâturages l'étourdit. Tout semblait résonner en elle, comme si ce qu'elle avait passé sa vie à nier resurgissait brusquement.

Tu te racontes des histoires, se raisonna-t-elle. Mais plus l'avion se rapprochait du sol, moins elle arrivait à faire la distinction entre les souvenirs et la réalité — elle n'arrivait qu'à *ressentir.* Intensément. Trop intensément. Les flèches des clochers de la ville sacrée apparurent devant elle, puis l'avion survola le palais lui-même, ses tourelles et ses tours se détachant gracieusement dans le bleu du ciel.

Mon pays, songea-t-elle, et ce mot ricocha en elle, blessant.

Elle eut beau retenir sa respiration, elle ne réussit pas à empêcher un flot d'émotions la submerger et la faire vaciller. Pourtant, elle ne parvenait pas à détacher ses yeux du hublot, comme l'avion avait commencé sa descente vers son sol natal.

Elle craignait de ne pouvoir retenir ses larmes, ses oreilles bourdonnaient et son esprit semblait tout simplement incapable de fonctionner.

L'avion venait de s'arrêter. Voilà. Après douze longues années, elle était vraiment de retour.

Elle se leva dans une sorte de brouillard et suivit la

souriante hôtesse qui l'invitait à descendre. La lumière du matin, si claire et pure, mêlée à l'air vif des montagnes, lui fit cligner les yeux. Elle emprunta les marches de la passerelle pour rejoindre le tarmac et ce fut à ce moment-là qu'elle remarqua l'attitude des personnes qui se trouvaient là. Elles s'inclinaient et criaient son nom dans leur langue, mais son esprit les écoutait à peine, ne comprcnait pas cc quc ccla signifiait. Il était concentré sur les paysages alentour — les montagnes, les arbres, le magnifique palais. Elle était bien à Alakkul, et nulle part ailleurs. Brusquement, elle comprit que, même aveugle, elle aurait pu deviner où elle était. Elle aurait pu le sentir, le ressentir. Jusqu'au plus profond de ses os.

Tu es chez toi, murmura de nouveau la voix. Les mots résonnèrent en elle, se frayèrent un chemin jusqu'à son cœur… la métamorphosèrent. A jamais.

Ce fut alors qu'elle entendit quelqu'un descendre derrière elle l'escalier en fer. Elle se tourna et découvrit Adel, dont la silhouette se détachait dans le soleil encore haut. Il avait les yeux rivés sur elle et, tandis qu'il se rapprochait, elle sentit les flammes l'embraser une fois encore. Comment pouvait-il lui faire autant d'effet ?

Il s'arrêta lorsqu'il fut à son niveau et lui prit la main. Elle aurait dû la retirer, ne pas se laisser faire — elle n'avait eu aucun contrôle sur tout ce qui venait de se passer, n'en avait aucun sur ce qu'il se passait actuellement entre eux. Mais elle ne put s'y résoudre. Elle paraissait incapable de reprendre sa main, et même de le *vouloir.* Pourtant, comment pouvait-elle se sentir en sécurité avec cet homme ? Comment pouvait-elle croire qu'il saurait un jour la protéger ?

Déconcertée, elle reporta son attention sur tous ces gens qui se tenaient à distance respectable et s'inclinèrent de nouveau, certains esquissant même une profonde révérence. Elle sentit un sentiment de panique l'envahir, mais Adel était à son côté, sa main enserrait la sienne, et sa panique s'évanouit peu à peu. Comme chaque fois qu'Adel était près d'elle.

Il porta alors sa main jusqu'à ses lèvres, ses yeux gris plongés dans les siens, avant de lentement incliner la tête. Lorsqu'il la releva, son regard était argenté.

— Le roi est mort ! déclara-t-il d'une voix forte, qui traversa le tarmac pour se répercuter sur les montagnes qui avaient encadré l'enfance de la jeune femme et rebondir dans son cœur. Longue vie à la reine !

Il y eut des applaudissements, des flashes d'appareils photo, de téléphones portables, des sourires et d'autres révérences.

— Adel…, commença-t-elle, sans bien savoir ce qu'elle voulait dire.

— Bienvenue chez toi, princesse, murmura-t-il, un sourire aux lèvres.

Ce sourire eut raison de ses dernières angoisses. Sa respiration se fit plus lente, ses épaules se relâchèrent, comme s'il lui avait ordonné de se détendre. Comme s'il avait rendu cela possible. Et elle s'avisa que cet inconnu-qui-n'en-était-pas-vraiment-un avait déjà ce pouvoir, il y avait de cela bien longtemps. Il inclina de nouveau le visage.

— Ma reine, dit-il.

Brusquement, tout devint à la fois réel et naturel.

5.

Les funérailles furent grandioses, avec prêtres, dignitaires et un nombre incalculable de paires d'yeux tournées vers la nouvelle reine d'Alakkul.

Dans la cathédrale, Lara se trouva assise à la place d'honneur, Adel à son côté. Elle était vêtue d'une stricte robe noire dont le tissu, de très grande qualité, était particulièrement agréable sur la peau, ne put-elle s'empêcher de constater, malgré les circonstances. Elle ne voulait pas penser à ce moment et faisait tout pour y échapper. Lorsque l'assemblée se leva pour entamer un très ancien chant de perte, de deuil et de foi dans un au-delà, la seule chose qu'elle put faire fut de baisser la tête et d'essayer de se calmer. Essayer de respirer et rester droite.

Comme s'il avait perçu son désarroi, Adel lui prit discrètement la main.

Son geste la toucha, l'emplissant d'une douceur réconfortante. Mais elle n'osa pas se tourner vers lui. Elle mise à part, il était devenu le personnage le plus important du pays et elle ne voulait pas prendre le risque de le dévisager trop longtemps et se couvrir de honte. Cependant, elle ne put se retenir de lui lancer un rapide coup d'œil, juste pour le plaisir de le voir dans son costume d'apparat. Magnifique. Chaque parcelle de son corps le réclamait, et lutter contre ce désir lui occupait l'esprit, lui permettait d'éviter la réalité de la mort de son père… même si elle assistait à ses funérailles.

Ce père, elle l'avait à peine connu. Et maintenant, elle avait perdu toute chance de le faire. Elle qui avait passé la majeure partie de sa vie à le détester, qui avait suivi sa mère, avait adhéré à son discours et n'avait cessé de chercher à l'apaiser, pourquoi ressentait-elle aujourd'hui cet étrange vide ? Commençait-elle à croire ce que lui avait révélé Adel sur Marlena ? Et si ce n'était pas le cas, pourquoi alors n'éprouvait-elle, sinon une légère satisfaction, que de l'indifférence à le savoir disparu ?

La vérité était qu'elle n'avait aucune idée de ce qu'elle ressentait… sans parler de ce qu'elle *devait* ressentir. Comment l'aurait-elle pu ? Elle n'était dans cet endroit étrange, qui apportait son lot de nostalgie et de souvenirs déroutants, que depuis moins de quarante-huit heures. Elle avait été conduite directement de l'aéroport au palais, et ses quelques affaires avaient été placées dans une somptueuse suite dont elle se souvenait vaguement avoir été celle de sa mère. Puis sa garde-robe avait rapidement été complétée de tailleurs et robes haute couture plus adaptés à sa nouvelle position non désirée de reine. Enfin, elle avait été entourée d'une nuée de serviteurs, révérencieux et prêts à l'aider dans des tâches inhabituelles pour elle, comme son apparence, ses rendez-vous… Sa nouvelle vie, visiblement compliquée.

Sa première apparition publique depuis qu'elle était reine était ces obsèques, cet adieu à un homme qui, manifestement, inspirait autant de loyauté — de dévotion même — à son peuple qu'il en inspirait à l'homme se tenant à côté d'elle en ce moment. Lara avait du mal à concilier la façon respectueuse dont elle entendait parler du roi avec le monstre que lui avait décrit sa mère pendant de si longues années. Elle ne savait plus quoi penser. Elle ne voulait, ne *pouvait* pas croire les révélations d'Adel sur l'infidélité de Marlena — pourtant, elle ne semblait pas être capable de les chasser de son esprit.

Elle ne savait plus rien sur rien.

Sa vie bien organisée à Denver avait disparu, elle aurait même pu croire qu'elle n'avait jamais existé. La seule constante entre les deux mondes était Adel, et la seule chose qu'elle savait de lui était qu'il lui inspirait un sentiment extrêmement confus. Son corps le réclamait d'une manière qui l'étonnait. Sa raison se dressait contre tout ce qu'il défendait et les projets qu'il avait pour elle.

Et pourtant, son cœur se serra lorsqu'elle se le représenta, enfant, séparé de sa famille, obligé de jouer à des jeux de guerre au palais royal. Puis il se mit à battre plus fort lorsqu'elle songea à leur tout premier baiser, celui qu'ils avaient échangé dans un recoin de la salle de bal du palais. Elle venait d'avoir seize ans, et c'était un baiser volé, doux et enivrant.

Elle n'eut pas besoin de réfléchir très longtemps pour comprendre qu'elle était totalement séduite par cet homme, malgré l'insupportable contrôle qu'il avait sur la nouvelle existence qu'elle avait commencé à mener.

La question était, songea-t-elle comme le service se terminait et que la procession se mettait en branle, de savoir ce qu'elle avait l'intention de faire à ce sujet.

Beaucoup plus tard, tandis que le corps du roi Azat avait été déposé dans le mausolée ancestral qui allait être sa dernière demeure et que des mots polis avaient été échangés avec toutes les personnes influentes, Lara, toujours vêtue de sa stricte robe noire, se tenait debout dans un des petits salons privés du palais.

A l'autre bout de la pièce, ayant tout à fait l'air à sa place au milieu du velours, des dorures et des tapisseries qui couvraient chaque centimètre carré de cette pièce féerique, Adel se versait un verre. Il le faisait avec sa grâce masculine habituelle. Comment un geste aussi simple et banal que celui de cet homme se versant un liquide ambré dans un verre de cristal pouvait à ce point la troubler ? Il leva alors son visage vers elle, comme s'il avait senti son regard posé sur lui. Son expression était calme et réfléchie, comme toujours.

Brusquement, elle se sentit à l'étroit dans sa longue robe noire et aurait tout donné pour porter quelque chose de plus confortable. Sans qu'elle puisse les contrôler, ses mains agrippèrent le tissu de sa jupe. Elle semblait incapable de rester en place. Elle se mit alors à faire quelques pas dans la pièce avant de s'arrêter devant la grande baie vitrée qui surplombait la vieille ville. Les flèches des clochers et les toits des maisons scintillaient sous le soleil qui, lentement, se dirigeait vers les montagnes de l'ouest. Cette vision lui était totalement étrangère, et pourtant elle éprouva un frisson. Comme si tout cela était gravé quelque part dans son ADN. Faisait-elle autant partie du paysage qu'Adel ?

— Ils nous ont acclamés, dit-elle soudainement, avant même de savoir qu'elle allait prendre la parole et que le ton de sa voix allait être si peu assuré.

Elle déglutit et posa une main sur la vitre dont la fraîcheur lui fit le plus grand bien.

— Lorsque nous étions dans la voiture pour venir jusqu'ici, continua-t-elle, sans se retourner. Pourquoi font-ils cela ?

— Tu étais leur princesse, tu es maintenant leur reine, répondit Adel, dont la voix résonna à travers la pièce. La dernière d'une lignée ancienne et respectée, la fille d'un roi vénéré. Tu leur as été enlevée alors que tu n'étais qu'une adolescente. Ils célèbrent ton retour dans ce pays auquel tu appartiens… Ton foyer.

Elle le regarda par-dessus son épaule, sans bien comprendre pourquoi elle tremblait, pourquoi les yeux qu'il avait posés sur elle et qui semblaient si sûrs d'eux la rendaient si nerveuse. Elle voulut parler — crier peut-être —, mais aucun son ne franchit ses lèvres.

— Ils t'adorent, ajouta-t-il.

— Non, ce n'est pas moi qu'ils adorent, objecta-t-elle d'une voix sourde. L'idée qu'ils se font de moi, peut-être, mais pas moi.

Adel avait perçu l'angoisse dans sa voix et il ne put résister au besoin de s'approcher d'elle, malgré la promesse qu'il s'était faite de ne pas la toucher de nouveau. Une promesse qu'il avait déjà rompue à plusieurs reprises. Dans la cathédrale. Dans la limousine. Durant l'interminable réception. Lui qui se voulait si ferme et inflexible. Pourtant, cela ne le freina pas et, bientôt, il fut derrière Lara. Il déposa alors le verre auquel il n'avait pas touché sur une table basse, avant de poser une main sur son épaule.

— Cela va devenir de plus en plus facile, murmura-t-il, la bouche à seulement quelques centimètres de son cou délicat.

— Comment fais-tu pour le supporter ? demanda-t-elle, les yeux rivés à la fenêtre, comme fascinée par l'une des plus belles vues du royaume. Toute cette… attention ?

Elle semblait effrayée et il aurait voulu la rassurer. Il aurait voulu mettre un terme à sa panique par un baiser, il aurait voulu, ne serait-ce qu'un instant, lui faire oublier qui elle était devenue et les devoirs qui accompagnaient son nouveau statut. Mais il ne pouvait pas se permettre ce genre de faux pas. Pas maintenant, alors que le roi venait d'être enterré. Pas avec tout ce qui était en jeu.

— Nous allons nous marier à la fin de la semaine, déclara-t-il abruptement. Il n'y a pas de temps à perdre.

Il sentit son corps frémir sous ses doigts, comme parcouru par une décharge électrique.

— Y a-t-il vraiment urgence ? demanda-t-elle en se retournant pour lui faire face, sans sembler remarquer que la main qu'il avait laissé posée sur elle avait doucement glissé sur le haut de son bras. Le plus important est que je sois là. Doit-on vraiment régler tous ces changements en seulement quelques jours ?

Sa voix avait vacillé sur le mot *changements*. Il s'en voulait de la bousculer ainsi mais il n'avait pas le choix. Il avait été lié au destin de ce pays depuis si longtemps qu'il ne savait plus faire autrement et il avait des affaires bien plus importantes à régler que les sentiments blessés d'une femme — même si c'était ceux de *cette* femme. Il ne pouvait en aucun cas céder au désir de la réconforter. Il y avait trop d'enjeux pour qu'il se laisse aller à ces moments de douceur, même s'il savait, quelque part, que ces moments ne reviendraient jamais.

Mais il n'avait pas le choix. Il ne l'avait jamais eu.

— La cérémonie se tiendra dans la cathédrale, comme le veut la tradition, continua-t-il, faisant semblant de n'avoir pas entendu ce qu'elle venait de dire.

Elle fronça les sourcils. Il fronça les siens en retour, saisi par un soudain sentiment de colère. Il ne savait pas exactement contre quoi il était si furieux, mais il savait que ce n'était pas contre elle.

— Est-ce que tu vas te battre contre cela aussi, princesse ? demanda-t-il, d'un ton acerbe. Tu veux voir qui va gagner ce dernier combat ? Je dois t'avertir que je ne serai pas aussi accommodant avec toi que j'ai pu l'être par le passé. Ma patience pour ces petits jeux que tu affectionnes tant s'est émoussée avec le temps.

Ce fut comme s'il lui avait donné une gifle. Il vit son visage pâlir d'un coup avant de rougir tout aussi brusquement. Elle se pinça les lèvres et posa sur lui — *à travers lui* — des yeux flamboyant de colère.

— Qu'est-ce que cela signifie ? demanda-t-elle du même ton — elle apprenait vite. Qu'es-tu en train de me cacher ?

Il ne sut pas, à ce moment-là, s'il préférait l'étrangler ou la prendre là, à même le sol. Et le flux d'émotions qui se bousculaient en lui le décontenança. Il devait se ressaisir. Il recula alors d'un pas afin de mettre un peu de distance entre eux. Afin de respirer et de reprendre le contrôle de lui-même.

Il avait toujours su qu'il épouserait cette femme, qu'elle était à lui, et il ferait en sorte que cela se fasse, d'une manière ou d'une autre. Le fait qu'il l'aimait, qu'il brûlait de passion pour elle était secondaire… et devait le rester. Ses sentiments ne devaient en aucun cas influencer sa raison.

— Beaucoup de choses, répondit-il finalement. Croyais-tu qu'il pouvait en être autrement ? As-tu partagé beaucoup de tes secrets avec moi ?

Les grands yeux de la jeune femme cherchèrent un instant les siens avant qu'elle ne les baisse. Il la vit prendre une profonde inspiration et eut encore une fois une irrépressible envie de la toucher — mais se retint, de nouveau.

— Je suis reine à présent, laissa-t-elle tomber après un long moment, le menton relevé dans une attitude de fierté toute royale. Tandis que toi, si je ne me trompe pas, tu dois m'épouser pour pouvoir devenir roi.

— Tu ne te trompes pas, dit-il, sans la quitter des yeux. Tes ancêtres possèdent le trône d'Alakkul depuis le xe siècle.

L'assurance avec laquelle elle avait parlé réveilla l'instinct guerrier en lui. De quoi se sentit-il fier, au juste ? De se trouver face à un adversaire à sa taille — comme elle l'avait toujours été ?

Elle inclina légèrement la tête et l'observa un instant.

— Et qu'est-ce qui m'empêche de choisir un autre roi ? demanda-t-elle alors d'une voix suave, qui n'était rien d'autre qu'une flèche. Quelqu'un que je préférerais à toi ?

Il se sentit sourire, mais de ce sourire dur qui avait fait trembler bien des hommes. Pourtant elle ne bougea pas. Elle ne baissa même pas les yeux. Et dans ceux-ci brillait une passion qu'il n'était pas sûr de comprendre… mais bon sang, comme il avait envie de se perdre en elle !

Bientôt, se promit-il, *très bientôt.*

— Théoriquement, reconnut-il, tu peux choisir le roi que tu veux.

— Mais pas dans la pratique ? devina-t-elle, sans même qu'il ait besoin d'en dire plus.

— C'est là qu'intervient l'histoire de tes vœux et de nos fiançailles. L'honneur est une valeur plus importante ici que dans ton autre monde. Or, briser ta promesse et ignorer les derniers souhaits de ton défunt père serait, pour ces gens qui t'aiment au point de t'acclamer dans les rues, un scandale sans nom. Mais tu es américaine maintenant, ajouta-t-il, en haussant les épaules. Peut-être aimes-tu l'idée même d'un scandale, comme tous les Américains ?

— Je crois que je vais annoncer au monde entier qu'Alakkul est à la recherche d'un roi, continua-t-elle, en ignorant sa dernière remarque, les yeux toujours plantés dans les siens. Il risque d'y avoir quelques prétendants pour répondre à l'appel, et ce sera un peu comme mon propre *reality show.*

Elle s'attendait qu'il réagisse violemment, il pouvait le voir. Mais il pouvait aussi voir la manière dont sa veine battait à son cou gracile et il sourit.

— Il n'y a aucun problème, princesse. Tu peux inviter qui tu veux pour venir te faire la cour.

— Cela t'est égal ? demanda-t-elle, une pointe de déception dans la voix. Tu ne penses pas être le meilleur choix ?

Il éclata de rire, ce qui, à son grand plaisir, fit se froncer les sourcils de la jeune femme.

— Que je sois le meilleur choix ne fait aucun doute, dit-il. Mais ce n'est pas ça le problème. Le problème est que je suis le seul choix.

— Selon toi, riposta-t-elle, avec un air de défi.

Elle était magnifique. Il laissa remonter la main qui était sur son bras jusqu'à son cou, dont il suivit lentement la ligne, incapable de contenir un sourire de satisfaction lorsqu'il la vit prendre une profonde inspiration et se cambrer légèrement.

— Non, répondit-il doucement, consumé de désir. Selon *toi*. Tu m'as aimé quand tu n'étais qu'une toute jeune fille, tu m'aimeras de nouveau. D'ailleurs, il me semble que ton corps est déjà d'accord.

Puis il cessa de sourire et la regarda droit dans les yeux.

— Tu n'iras pas choisir un autre roi, affirma-t-il, d'un ton sans appel.

Cette brutale déclaration sembla flotter dans l'air quelques instants, le faisant devenir irrespirable. L'estomac de Lara était douloureux, comme s'il venait de recevoir un coup, et elle serra les poings.

— Pourquoi devrais-je épouser qui que ce soit ? dit-elle alors d'une voix basse, rendue rauque par l'émotion qu'elle tentait de combattre. Pourquoi ne régnerais-je pas seule ?

Adel se contenta de hocher la tête, de manière si agaçante qu'elle eut brusquement envie de le prendre par les bras, de le secouer. Mais le toucher n'était peut-être pas une si bonne idée…

— Pourquoi croirais-je ce que tu me dis ? continua-t-elle, en colère. Depuis le début, tu ne fais rien d'autre que me mentir !

— Je fais ce qu'il y a à faire pour protéger le trône et ce pays, répliqua-t-il.

Lara crut percevoir une note sombre dans sa voix, tout comme dans ses yeux. Mais peut-être n'était-ce que le fruit de son imagination.

— Tu es exactement comme lui, répliqua-t-elle d'une voix basse, vibrante de toutes les émotions qu'elle avait refoulées tout au long de la journée.

Comme ce sentiment de perte, de confusion, et son incapacité à comprendre pourquoi elle était ainsi affectée par la mort du roi Azat. Qu'est-ce que cela pouvait lui faire ? Pourquoi irait-elle questionner sa mère sur les motivations qui l'avaient poussée à partir ? Et pourquoi ressentait-elle comme une trahison le fait qu'Adel soit exactement le même genre d'homme que son père ? Avait-il prétendu être quelqu'un d'autre ? Ne lui avait-il pas déclaré que, si c'était à refaire, il referait exactement la même chose ? Que — comme son père — rien n'avait plus d'importance pour lui que le trône de ce pays ignoré du reste de la planète ?

Sa mère ne l'avait-elle pas prévenue, il y avait déjà des années ? « Il trouvera un autre serpent pour toi, Lara — du même moule que lui ! »

— Si par lui, tu parles de ton père, alors je prends cela pour un compliment, dit alors Adel, d'un ton glacé malgré son calme apparent.

— Il m'a obligée à prendre cet engagement le jour de mes seize ans, répliqua-t-elle du même ton, tout en ne comprenant pas cette douloureuse impression qu'elle avait d'avoir le cœur en morceaux. Tu ne le savais pas ? Cela s'est passé au moment où ma mère a compris qu'elle devait s'enfuir. Elle ne voulait pas me laisser…

— S'il te plaît, épargne-moi cette histoire, la coupa-t-il sèchement. Ta mère a quitté le pays parce que, ses aventures extraconjugales venant d'être mises au jour, elle a compris qu'elle risquait d'être jetée hors du palais si elle ne partait pas d'elle-même. Elle ne pouvait supporter cette humiliation. Et la seule raison pour laquelle elle t'a emmenée avec elle, c'est parce qu'elle savait pertinemment que, tant que tu serais à sa charge, le roi ne lui couperait pas les vivres. Et ton père était trop conscient des rapports privilégiés d'une mère avec sa fille pour chercher à vous séparer.

— Quoi ? Qu'es-tu en train de… ? Nous avons vécu

comme des fugitives pendant des années ! Nous avons passé notre temps à nous cacher pour échapper à ses hommes !

Elle ne comprenait pas. Elle n'arrivait pas à saisir ce qu'il venait de lui dire. Elle n'arrivait pas à donner un sens aux paroles qu'il venait de prononcer.

— Le palais savait à chaque instant de ta vie où tu te trouvais, continua-t-il de cette voix dure, chaque mot lui faisant l'effet d'une gifle. Et je peux t'assurer que si ton père avait voulu que ses hommes t'enlèvent, ils n'auraient eu aucun mal à te retrouver. Mieux même, j'aurais demandé à faire personnellement partie de la mission car, s'il n'y avait eu que moi, tu serais ma femme depuis bien longtemps. Je t'aurais épousée le jour de tes dix-sept ans.

Lara vacilla sur ses jambes, les yeux brouillés de larmes d'indignation. Elle n'arrivait pas à croire ce qu'elle venait d'entendre. Elle ne pouvait l'admettre, sa raison s'y refusait. Et en même temps, elle mourait d'envie de se jeter dans les bras d'Adel pour qu'il la réconforte. Son cœur battait si fort à l'idée qu'il ait été prêt à la retrouver et à l'épouser depuis tout ce temps.

— Tu peux dire tout ce que tu veux..., commença-t-elle, d'une voix à peine audible.

Puis elle s'arrêta. Elle ne savait que dire ni que penser.

Il lui posa alors une main sur l'épaule et, de l'autre, lui releva le menton, pour l'obliger à le regarder dans les yeux. Pourtant, elle s'y refusait. Ce serait lui dévoiler beaucoup trop.

— A tes yeux, je ne suis qu'un menteur, un traître, dit-il posément mais avec fermeté. Mais tu m'épouseras. Quel qu'en soit le prix.

— Je n'en serais pas si sûre, si j'étais toi, siffla-t-elle.

Mais ce n'était que de la bravade. En réalité, elle était submergée par le doute. Ecartelée entre la possibilité qu'Adel, au contraire de son père et même de sa mère, ait vraiment voulu d'elle et l'incapacité où elle se trouvait

incapable d'*accepter* cette possibilité — ou seulement d'y croire.

Elle comprit ce qu'il allait faire quand ses mains serrèrent plus fort ses épaules, quand sa bouche se rapprocha de la sienne. Elle comprit et, cependant, elle ne fit rien pour se dérober.

Elle ne voulait pas se dérober.

Alors il l'embrassa. Et le feu s'empara une fois encore d'elle. Même ici, même maintenant, il la faisait s'embraser.

Elle ne savait pas ce que cela voulait dire et ne voulait pas le savoir. Elle ne voulait plus penser. Elle ne voulait plus ressentir non plus. Elle voulait juste s'enfermer quelque part — s'échapper.

Lorsqu'il mit fin à leur baiser et s'éloigna un peu d'elle, ses yeux étaient gris foncé. Il semblait lire en elle comme dans un livre ouvert, sa bouche arborait ce petit sourire satisfait qui lui faisait chaque fois — et quelles que soient les circonstances — le même effet.

— Cela ne signifie rien, s'empressa-t-elle de déclarer, car elle devait dire quelque chose, elle devait montrer que ce baiser la laissait indifférente.

— Continue de le croire, princesse, répondit-il d'une voix grave et calme qui la fit frissonner de désir. Si cela peut t'aider.

6.

Le jour qui se leva était gris et humide.

Etait-ce de la superstition d'avoir voulu croire que le temps qu'il ferait le jour de son mariage serait un signe prémonitoire ?

Un orage d'été était arrivé des montagnes, enveloppant la vieille ville d'un brouillard frais qui correspondait parfaitement à l'humeur morose de Lara. Elle s'était réveillée bien avant l'aube et était assise depuis un long moment devant sa fenêtre, se sentant comme une princesse de ces contes de fées que sa mère lui donnait à lire lorsqu'elle était enfant.

N'était-elle pas enfermée dans un château, et sur le point d'être mariée à un homme qu'elle n'avait pas choisi ?

Sauf que ce n'était pas un conte de fées mais la vraie vie.

Or, elle refusait encore d'y croire, préférant s'accrocher à l'idée qu'elle vivait un cauchemar. Tôt ou tard, elle finirait par se réveiller et retrouverait son existence tranquille à Denver, son petit appartement qu'elle ne supportait plus lorsqu'elle y était mais qui lui manquait à présent, son travail, ses amis… Sa vie qu'elle avait tant chérie, parce que c'était la sienne. Parce qu'elle n'avait alors plus de raison de s'enfuir. Parce qu'elle avait été incroyablement fière de ce qu'elle avait construit quand Marlena avait enfin décidé qu'elles pouvaient se poser.

Marlena… qui pouvait ne pas être du tout ce qu'elle

avait proclamé être pendant de longues années. Sa mère, que Lara n'avait eu d'autre choix que de croire.

Elle ramena ses jambes sous elle et promena le regard sur la luxueuse suite dans laquelle elle se trouvait — sur les lourds rideaux or et crème qui ornaient chacune des nombreuses fenêtres, sur les colonnes en acajou travaillé du lit à baldaquin, sur la décoration du moindre objet, du moindre espace. Elle était terrifiée par la façon dont *son* monde s'éloignait chaque jour un peu plus. Elle parlait anglais de moins en moins souvent, elle s'accommodait de mieux en mieux à ses nouveaux vêtements... elle oubliait.

A quel moment oublierait-elle ce qui était vraiment important ? A quel moment *s*'oublierait-elle totalement ?

Ce fut alors que la porte s'ouvrit sur une dizaine de domestiques venus la préparer en vue de son mariage.

Elle fut baignée, crémée, parfumée, puis vêtue d'une robe si belle, si légère et aérienne qu'elle en eut le souffle coupé. Puis ses cheveux furent ramassés en un chignon fluide dans lequel on disposa des perles et de fins bijoux. Enfin, une tiare fut posée sur sa tête, tiare qui, lui apprit un de ses serviteurs avec un sourire, avait appartenu à Cléopâtre elle-même. Une partie d'elle avait envie de croire à cette fable, voulait s'en réjouir même.

Devant le miroir, sa transformation achevée, c'est à peine si elle se reconnut.

Si elle s'autorisait à se perdre dans ce rêve, ce rêve qu'elle avait tant souhaité petite fille et dont elle n'arrivait pas à croire qu'il était maintenant en train de se réaliser, comment parviendrait-elle à se réveiller ? Mieux, le désirerait-elle encore ?

Le soleil avait chassé le brouillard humide lorsqu'elle fut enfin conduite en voiture hors du palais. Elle eut alors l'impression de se trouver dans la partie « ... et ils vécurent heureux et eurent beaucoup d'enfants » de ces contes de fées qu'elle ne semblait pas parvenir à oublier. Le peuple d'Alakkul était massé sur les trottoirs, l'acclamant et l'applaudissant. Le soleil brillait dans le ciel parfaitement bleu, elle crut même entendre des oiseaux chanter dans les arbres comme elle gravissait les marches de la cathédrale. Tout aurait été parfait, si elle n'avait pas ressenti cette boule au fond de sa gorge, persuadée qu'elle était de ne pas vouloir être là.

Mais était-ce vraiment le cas ?

D'ailleurs, elle ne chercha pas à échapper à la nuée de gens qui l'entourait. Pas plus qu'elle ne prit sa longue traîne dans ses mains pour s'enfuir en courant. Elle continua plutôt d'avancer, pas à pas, vers son destin. Et lorsqu'elle pénétra dans la cathédrale et qu'elle vit la silhouette d'Adel, si majestueuse et fière devant l'autel, elle sut pourquoi.

Il se tenait à l'endroit où se trouvait le cercueil de son père quelques jours plus tôt. A l'endroit où, des années auparavant, ils s'étaient déjà tenus tous les deux et où elle avait souhaité si fort que le moment qu'elle était en train de vivre arrive. De tout son cœur et de toute son âme. Etait-ce le souvenir de ces rêves qui la faisait continuer à marcher ? Ou était-ce la façon dont il se tourna vers elle, une expression indéchiffrable sur le visage ?

Il attendit qu'elle soit près de lui pour lui tendre la main, ses yeux gris, impassibles, toujours posés sur elle. Ils avaient exactement le même éclat que lorsqu'il l'avait retrouvée, sur le parking de Denver. A ce souvenir, elle eut l'étrange impression que la femme présente sur ce parking n'était pas elle, mais une personne qui aurait existé dans une autre vie. Elle avait du mal à se rappeler — bien que cela ne date que de quelques jours — qui elle était avant qu'Adel ne surgisse et ne bouscule si profondément son existence. Elle n'arrivait plus à se représenter le moment qui avait juste précédé celui où il l'avait abordée, le moment durant lequel elle était perdue dans Dieu sait quelles pensées, le temps où elle ne se souvenait plus de l'existence d'Adel et ne se doutait absolument pas qu'elle le reverrait un jour.

Ce moment, elle n'arrivait plus à se le représenter et peut-être était-ce pour cela qu'elle glissa sa main dans la sienne.

Tout cela était si rapide. Trop rapide.

Le prêtre commença à prononcer les paroles sacrées, mais toute l'attention de Lara était accaparée par l'homme qui se tenait tranquillement à son côté. Par sa respiration lente et profonde. Par ses épaules larges, sa taille impressionnante. Par ce sentiment de force et de puissance qui émanait de lui. Il avait tout d'un guerrier. Même maintenant. Même ici.

Elle pouvait songer à lui comme à un guerrier. Comme à un roi même. C'était le mot *mari* qui lui posait un problème — qui ne cessait de résonner dans sa tête.

Et lorsque le prêtre se tourna vers elle et lui demanda si elle était ici de son plein gré et souhaitait cette union, elle plongea les yeux dans ceux d'Adel et sut qu'elle devait dire… non.

Elle le devait.

Mais le regard de l'homme qui attendait sa réponse était si serein, si calme. Si sérieux. Si argenté. L'espace d'une seconde, elle eut même l'impression d'y lire une promesse.

« Il va faire de toi une marionnette », l'avait avertie Marlena.

Mais il y avait pire que devenir une marionnette et, de toute façon, elle n'arrivait plus à se souvenir comment c'était avant, comment la vie était sans ce regard argent qui l'enveloppait et la réchauffait, la faisait se sentir complète.

Elle avait toujours voulu cet homme.

— Etes-vous ici de votre plein gré et souhaitez-vous cette union ? répéta le prêtre.

— Oui, répondit-elle. Je la souhaite.

*
* *

Oui. Elle avait dit oui.

Adel ne s'était rendu compte qu'il était inquiet et prêt au combat que lorsque la tension dans ses épaules disparut soudain. La voix de la jeune femme résonna dans la cathédrale et profondément en lui. Sans ambiguïté. Sans doute possible.

C'était fait.

Elle était à lui.

Il avait exaucé les souhaits du vieux roi à la lettre. Il avait évité un désastre.

Il s'était préparé à tout. Au fait qu'elle ne vienne pas. Qu'elle essaie de s'enfuir. Qu'elle le défie au moment crucial. Tout.

Mais il ne s'était pas préparé à ce qu'elle soit si belle dans cette robe qui épousait parfaitement ses formes et parée de ces bijoux somptueux.

En lui prenant la main, juste avant de réciter les mots qui scelleraient leur union, il prit conscience qu'il n'avait pas vraiment réfléchi à beaucoup plus loin que ce moment précis.

Il n'avait songé qu'à l'épouser, sans vraiment penser à ce qu'il se passerait ensuite, une fois la cérémonie terminée.

Ils remontèrent l'allée côte à côte, mari et femme, roi et reine, et sortirent de la cathédrale pour rejoindre leur royaume. Ensemble.

Elle se tourna alors vers lui et l'observa sans un mot, l'air préoccupé, ses magnifiques yeux bleu sombre malgré le soleil.

Il la voulait. Bon sang, comme il la voulait. Pas comme le roi dont elle venait de lui donner le titre, mais comme le jeune homme qui l'avait désirée depuis qu'il avait été en âge d'éprouver du désir, comme l'homme qui l'avait touchée, avait goûté sa peau, même s'il savait qu'il n'aurait pas dû — ni maintenant, ni douze ans auparavant.

Mais aujourd'hui… Aujourd'hui, il n'avait plus besoin de se maîtriser. Aujourd'hui, il pouvait se perdre en elle. Il pouvait l'aimer pleinement et aux yeux de tous, comme il avait toujours imaginé qu'il le ferait.

— Pourquoi me regardes-tu ainsi ? demanda-t-elle doucement.

— A ton avis ? dit-il simplement, sachant qu'elle connaissait déjà la réponse.

Puis il lui sourit, lui prit la main et la conduisit vers la voiture officielle. Le cortège se mit alors en route vers le palais où devait encore se dérouler la cérémonie du couronnement. Mais Adel, lui, songeait déjà à plus tard. Il songeait à la douceur de la peau de Lara sous ses doigts, à son goût. Il songeait à la façon dont il lui ferait crier son nom, dont il la ferait fondre entre ses bras.

Ils restèrent à se regarder un long moment, et il la sentit frissonner légèrement malgré le soleil chaud de l'après-midi. Comme si elle pensait à la même chose, elle aussi. Comme si elle avait cessé de se battre. Comme si elle était enfin prête à être sienne.

Il allait tout faire pour.

Le Haut Palais avait été construit à flanc de l'une des plus hautes montagnes située à l'ouest de la capitale. Lara se souvint que, petite fille, on lui avait appris qu'il avait fallu des semaines de voyage à dos de chèvres pour que la famille royale, escortée de gardes et de prêtres, arrive jusqu'ici. Le même voyage avait été beaucoup plus rapide en hélicoptère.

Elle se tenait sur la large terrasse, ajoutée aux appartements du roi depuis sa dernière visite ici, et promena son regard sur le décor qui s'étendait devant elle. Comment avait-elle pu oublier cela ? Les lumières de la ville faisaient écho à celles des étoiles, tandis qu'au loin scintillaient celles des villages. Un air doux, pur et chaud, l'enveloppait.

De là où elle se trouvait, la vue était magique.

Ou peut-être ressentait-elle cela, car elle était au terme d'une journée digne d'un conte de fées. Car ce ne pouvait être qu'un conte de fées. Rien ne semblait réel. Elle-même se sentait à peine réelle.

Soudain, un frisson lui parcourut la nuque, le feu embrasa son corps, trahissant la présence d'Adel derrière elle. Elle retint sa respiration quand la main de son mari vint lui caresser le cou avant de descendre jusqu'à ses épaules.

— Je n'arrive pas à croire que c'est la réalité, avoua-t-elle si doucement qu'elle crut que le vent du soir avait emporté ses paroles.

— Je peux t'assurer que ça l'est, répondit-il, tout aussi doucement.

Sa voix, chaude et profonde, pénétra au plus profond d'elle-même. Elle sentit son corps s'embraser une fois encore, sa poitrine se gonfler contre le tissu de sa robe. Puis la sensation de chaleur se déplaça plus bas, devenant une douleur sourde. Il l'obligea à se tourner vers lui.

— Tu es ma femme, dit-il.

— Et toi, tu es le roi d'Alakkul, rétorqua-t-elle, osant enfin croiser son regard ardent, brillant à la lumière des bougies qui étaient disposées tout autour de la terrasse.

Une lueur de tendresse, fugace, traversa ses yeux gris. A moins qu'elle n'ait imaginé cette lueur, ou qu'elle ait voulu la voir — parce qu'elle avait besoin de croire qu'elle pouvait exister ?

D'une main, il lui caressa la joue, avant de prendre tout son visage dans sa paume. Une partie d'elle voulut protester, *aurait* voulu protester. Elle n'avait pas à céder à cette chaleur, à ce besoin. Elle n'avait qu'un mot à dire pour qu'il cesse.

Mais elle ne dit rien et le regarda fixement. Il lui avait souri lorsqu'ils avaient quitté la cathédrale, et ce sourire l'avait fait chavirer — parce qu'elle avait vu, à ce moment précis, à quel point il était heureux. Heureux de la regarder, heureux de lui tenir la main. Elle en avait eu le souffle coupé et le cœur gonflé. Et elle avait alors envisagé le fait qu'il n'était peut-être pas, après tout, l'ennemi qu'elle le supposait être. Et peut-être même ne l'avait-il jamais été.

Elle se tenait maintenant devant lui, vêtue d'une robe qui la faisait se sentir la princesse qu'elle avait probablement toujours été dans les livres mais qu'elle n'avait jamais eu l'impression d'être dans sa tête. Et en face d'elle se trouvait cet homme si fort, si beau et si dangereux, une ébauche de cet imparable sourire aux lèvres.

Comme s'il savait des choses qu'elle ne voulait pas savoir. Comme s'il en savait beaucoup trop.

Elle continua de l'observer, sans dire un mot.

— Ce soir, je ne suis rien d'autre qu'un homme, murmura-t-il d'une voix rauque.

Tout comme elle était enfin sa femme, songea-t-elle, avec la sensation que ces années durant lesquelles ils avaient été séparés venaient de fondre dans son sourire. Comment avait-elle pu le renier si longtemps ?

Il approcha son visage du sien et se pencha pour prendre sa bouche. Son baiser était doux, chaud. Elle se hissa sur la pointe des pieds pour ne rien en perdre et promena les mains sur son torse aux muscles saillants, avant de les laisser remonter jusqu'à ses larges épaules, puis de passer les bras derrière son cou.

Le baiser d'Adel se fit alors plus profond, plus fougueux. Lara eut l'impression que le monde s'évanouissait autour d'eux, qu'il disparaissait, et ce ne fut qu'au bout d'un moment qu'elle prit conscience qu'il l'avait prise dans ses bras. Il continua de l'embrasser tout en marchant, et elle s'accrocha plus fort à son cou pour lui rendre ses baisers, encore et encore, jusqu'à ce qu'il la pose au milieu d'un gigantesque lit blanc. Et s'allonge sur elle.

Etait-elle vraiment en train de faire ce qu'elle faisait ? Etait-elle vraiment en train de croire que rien n'avait plus d'importance que ce feu qui la consumait, ce besoin qui la faisait chavirer ?

— Adel…, commença-t-elle.

Mais il lui bâillonna la bouche d'un baiser avant qu'elle ait pu ajouter quoi que ce soit. Elle poussa un soupir de contentement et oublia ce qu'elle voulait dire.

Comme elle oublia tout ce temps durant lequel elle l'avait renié, prête à goûter enfin chacune de ses caresses. Il la déshabilla avec une étonnante délicatesse et la couvrit de longs baisers qu'il déposait sur chaque centimètre de peau qu'il découvrait. Puis il se déshabilla à son tour, et tous deux étaient maintenant nus, côte à côte sur le lit. Il promena alors lentement un doigt sur l'un de ses seins, puis sur l'autre, avant de descendre le long de son estomac, jusqu'en haut de ses cuisses, jusqu'à la fleur de sa féminité. Là, il commença doucement à la caresser.

Brusquement, haletant de plaisir, elle oublia jusqu'à son propre nom. Elle se cambra contre lui, submergée par une vague de plaisir si intense, si parfaite, qu'elle crut un instant qu'elle allait tout emporter sur son passage. Y compris elle-même.

Lorsqu'elle reprit ses esprits, il se tenait au-dessus d'elle, son visage d'ordinaire si dur éclairé par la passion.

— Tu es à moi, dit-il, dans un souffle.

L'instant d'après, il la pénétrait.

7.

Au cours de l'été, une fois les nouveaux souverains confortablement établis sur le trône, le pays s'installa dans une nouvelle ère, et Adel n'arrivait pas à comprendre pourquoi — alors qu'il avait maintenant les rênes du royaume en main — la seule chose à laquelle il pensait était sa femme.

Ce n'était ni les factions armées qui menaçaient toujours de renverser le gouvernement, ni les épineux pourparlers avec les divers pouvoirs mondiaux qui avaient tous essayé, à un moment ou à un autre, de s'emparer de la stratégique vallée d'Alakkul qui occupaient son esprit. Ce n'était pas non plus le besoin de développer l'économie de son pays ni le fait que certains citoyens vivaient encore comme au xe siècle. Non pas qu'il se moque de tout cela — au contraire. Mais toute son attention était tournée vers Lara. Toujours Lara.

La douceur de son corps nu et chaud contre le sien. La manière dont elle rejetait la tête en arrière lorsqu'elle atteignait l'orgasme, révélant l'élégante ligne de son cou gracile tandis qu'elle criait son nom. La manière dont elle enroulait ses cuisses fermes autour de ses hanches pour l'enfoncer plus profondément en elle. Celle dont elle lui souriait si rêveusement dans ce bref moment qui suivait leurs plaisirs mêlés, ses yeux si bleus qu'il en avait le cœur serré.

Il était ébloui par cette femme qu'il avait passé la plus

grande partie de sa vie à aimer, et la réalité de ce qu'elle lui offrait dépassait ses rêves les plus fous.

Il aimait tout en elle, en plus de son corps parfait. Il aimait même lorsqu'ils se disputaient, ce qui — s'avisa-t-il comme elle venait d'entrer, l'air contrarié, dans le salon privé du palais pour prendre son petit déjeuner — arrivait la plupart du temps.

— Je ne vois pas l'intérêt d'être reine si tout ce que je dois faire est d'être assise sur une chaise toute la journée, à regarder par la fenêtre en mourant d'ennui, lança-t-elle sans autre forme de préambule, avant de prendre place à la table.

— Bonjour, répondit-il doucement, avant de s'asseoir à son tour.

Un instant plus tard, les majordomes s'affairaient autour de lui, lui versant son café et lui apportant une pile de dossiers à consulter.

— J'ai l'habitude de travailler, continua-t-elle sans prendre la peine de répondre à son salut. De *faire* quelque chose, pas de rester assise dans un fauteuil, et n'être rien d'autre qu'une potiche.

— Dans ce cas, fais quelque chose, suggéra-t-il, en portant son café à ses lèvres, dont il but une gorgée tout en l'observant.

Elle remplissait son cœur de ce qu'il ne pouvait appeler par un autre nom que *joie*. Voire *bonheur*. La plupart des femmes n'osaient pas l'affronter, et allaient même jusqu'à oublier leur personnalité pour tenter de lui plaire. Pas elle. Jamais. Elle était courageuse. Impétueuse. Téméraire.

— Tu es la reine, ajouta-t-il, en reposant sa tasse. Tu peux faire ce que tu veux.

— Peut-être aimerais-je bien gouverner. Comme toi, répliqua-t-elle, avec un air de défi.

Et brusquement, il eut une vision de ce qu'allait être la vie avec cette femme à ses côtés pour toujours, à la fois sur le trône et dans son lit — cette reine guerrière dont il ne s'attendait pas qu'elle devienne si forte en grandissant. Et il adora cette vision.

— Tu as des affinités particulières pour les réunions interminables, jour après jour, avec des interlocuteurs bouffis et prétentieux ?, demanda-t-il d'une voix suave, imaginant déjà la manière dont elle les réduirait en charpie d'une remarque cinglante, le sourire qu'il ne pourrait s'empêcher d'avoir. Des hommes qui t'insulteraient, te feraient des reproches, mais avec lesquels tu serais obligée de rester courtoise. Cela te fait si envie ?

Elle laissa échapper un soupir.

— Non, dit-elle après un long moment. Pas vraiment.

— Parce que, princesse, si tes charmes sont multiples, je ne pense pas qu'ils puissent jouer un rôle particulier dans l'art de la diplomatie, expliqua-t-il, souriant lorsqu'elle lui lança un regard noir. Tu es trop honnête pour faire de la politique. Et il faut bien que l'un d'entre nous en fasse.

L'air devint brusquement lourd, électrique, et il put sentir la tension s'installer entre eux. Mais il ne voyait rien d'autre que son visage. L'ourlet de ses lèvres. Les flammes de colère dans ses yeux. Le mouvement de ses boucles noires.

Il la connaissait si bien maintenant… Il savait que le rouge qu'il avait vu monter à ses joues allait se propager sur tout son corps. Qu'elle ferait tout pour lutter contre son désir, mais que s'il passait une main, là, maintenant, sous la table, il la sentirait chaude et humide sous ses doigts. Le désir le submergea. Il semblait ne jamais être repu d'elle, peu importait le nombre de fois qu'ils faisaient l'amour. Peu importait le nombre de fois qu'il la faisait chavirer entre ses bras.

— Je ne suis plus princesse, répliqua-t-elle d'une voix rauque, les yeux brillants. Et tu n'utilises jamais mon prénom.

— Si, je l'utilise, contesta-t-il, un sourire en coin. Dans certaines circonstances.

Il n'avait pas à détailler ces circonstances, elle comprit parfaitement. Elle devint encore plus rouge, se rappelant visiblement, tout comme lui, la dernière fois où il l'avait appelée Lara, peu de temps avant l'aube, alors qu'il était si profondément en elle qu'il aurait pu y mourir de plaisir. Elle le faisait se sentir homme. Pas le soldat qu'il avait été, pas le roi qu'il était maintenant, seulement homme.

— Il n'y a pas que le sexe dans la vie, riposta-t-elle, et il vit une lueur passer furtivement dans ses yeux — comme une ombre.

Mais elle cligna les yeux, et la lueur disparut.

— Apparemment si, pour toi, répondit-il, avec calme. Visiblement, tout ce qui se passe en dehors du lit t'ennuie. Il pourrait y avoir une solution, ce serait de t'obliger à y rester.

— Promesse, promesse, dit-elle alors, une note d'amusement dans la voix. Et qui gouvernera le pays si nous passons notre temps au lit ?

Cet homme était insatiable, songea Lara.

Et le pire était qu'elle semblait l'être aussi.

Adel lui faisait l'amour dans les suites qu'ils occupaient lors de leurs déplacements officiels… et partout ailleurs. Ainsi, il l'avait prise dans un hors-bord alors qu'ils faisaient route pour aller rendre visite à un clan reculé, dont le village bordait un gigantesque lac de montagne. Il n'y avait pas un endroit où il ne la regardait pas avec cette lueur de passion fébrile dans ses yeux gris argent.

Quant à elle, elle aimait explorer son corps partout où c'était possible, et cela incluait les pièces officielles du Haut Palais, ainsi que la galerie dont les murs étaient recouverts de portraits d'ancêtres au regard sévère.

Et il n'y avait pas un moment où elle ne répondait pas immédiatement, même si le moment en question était particulièrement inapproprié.

Ce n'est que du désir, songea-t-elle. Du désir mêlé à une étonnante alchimie.

Et elle ne semblait pas valoir mieux que lui à ce jeu.

Ce n'était que du désir, se rappela-t-elle, une fois encore, en ce chaud après-midi d'été. Et il n'y avait rien de mal. Le désir était autorisé et, de toute façon, il finirait par s'estomper avec le temps. Même si, ne put-elle s'empêcher de constater, plus elle touchait Adel, plus elle goûtait sa peau, et moins elle se souciait de s'être perdue dans cet étrange conte de fées.

Elle s'en voulait souvent de penser autant à ces moments de pure jouissance. Comme si elle n'avait pas mieux à faire ! Certes, sa vie n'était plus ce qu'elle avait été autrefois — quand elle devait travailler d'arrache-pied pour payer ses factures, les frais de scolarité et tout le nécessaire pour ses études.

Mais elle n'était pas aussi désœuvrée qu'elle le laissait entendre. Elle commençait à s'impliquer dans des œuvres de charité. A défaut de gouverner, n'étant pas sûre d'être douée pour cela, ni franchement intéressée par la politique, elle était déterminée à profiter de sa position pour faire le bien autour d'elle. C'était devenu une nécessité pour elle, un moyen d'échapper à l'ennui. Même si ce ne devait être que provisoire…

Car son conte de fées ne durerait pas éternellement, elle le savait. Comme dans tous les contes de fées, il arrive un moment où c'est la fin.

— Vous ressemblez terriblement à votre père, qu'il repose en paix, lui dit une vieille femme, un jour où elle visitait un hôpital.

Elle venait de passer des heures à s'entretenir avec les malades, à discuter avec le personnel soignant, visiblement submergé. *Je peux aider ces gens*, avait-elle songé, quelques instants avant que cette femme ne lui adresse la parole, alors qu'elle essayait de sourire le plus naturellement possible à une fillette de huit ans que la chimiothérapie avait rendu chauve — visiblement l'enfant était la petite-fille de la vieille dame.

— Pardon ? demanda-t-elle, s'efforçant de maintenir son sourire lorsque la femme lui prit la main.

Ce n'était pas le fait qu'elle la touche qui la gênait mais l'intensité de son regard.

— C'était un homme bon, continua la femme, avec un fort accent des hautes montagnes. Et un grand roi. Je remercie chaque jour Dieu de votre retour pour nous protéger et nous aider à prospérer, comme l'a toujours fait votre famille. Mais je ne Le remercie pas de nous avoir envoyé cette femme qui vous a enlevée à votre pays !

Sous le choc, Lara garda le silence. Que pouvait-elle répondre ? Ce n'était certainement pas le moment ni le lieu pour argumenter — encore moins avec la grand-mère d'une fillette atteinte d'un cancer. Mais surtout pourquoi, alors qu'elle l'avait fait pendant si longtemps, se sentit-elle brusquement si fatiguée à l'idée de défendre sa mère ?

— Merci, répondit-elle, d'une voix qu'elle voulut sereine. J'espère que je ferai honneur à sa mémoire.

Le même soir, Lara rejoignit Adel pour l'ouverture d'un bal en l'honneur d'un haut dignitaire dont elle avait pris la peine de se rappeler le nom, comme sa fonction l'exigeait. Le palais brillait de mille feux et les personnalités les plus en vue d'Alakkul se trouvaient là, paradant dans leurs plus beaux atours. Les jardins avaient été transformés pour la nuit en une sorte de petit paradis, avec une immense piste de danse de bois blanc vitrifié et une multitude de petites tables disséminées çà et là, au milieu des parterres de fleurs et des massifs aux formes géométriques.

Le mois d'août touchait à sa fin et la nuit tombante apportait un petit air frais qui faisait frissonner Lara.

— Tu n'arrêtes pas de bouger, constata très calmement

Adel, comme ils se tenaient côte à côte pour accueillir leurs invités.

Lara risqua un coup d'œil dans sa direction. Oui, elle se sentait nerveuse. Après tout n'était-ce pas sa première réception officielle au palais ? Lui, en revanche, était fidèle à lui-même : imperturbable, fort et volontaire. Son costume noir soulignait parfaitement chaque muscle de son corps et donnait à son large torse une apparence de sculpture antique. Il continuait de l'hypnotiser.

— C'est aussi bien que, dès ton plus jeune âge, tu aies été préparé à gouverner le pays, dit-elle, sans réfléchir, luttant contre le déferlement d'émotions et de désir qu'il provoquait chez elle. Je pense que je n'aurais pas été très bonne pour ce rôle. Peut-être le savais-tu. Et peut-être mon père le savait-il aussi. Peut-être n'est-ce pas le sexisme mais le discernement qui t'anime.

Il ne répondit rien, se contentant de lui lancer un de ses regards sombres et impénétrables qui lui coupaient le souffle et lui nouaient l'estomac chaque fois.

Un peu plus tard, alors que tous les invités étaient arrivés, il l'invita à danser. Il sourit lorsqu'elle accepta et, dans son regard, il y avait comme de la douceur. Quand l'orchestre entama une valse, il posa une main sur sa chute de reins et Lara eut l'impression qu'elle traversait le tissu de sa robe de soie pour lui brûler la peau. Puis de l'autre, ferme et chaude, il emprisonna la sienne.

Brusquement, sans savoir pourquoi, elle eut envie de pleurer.

— Que se passe-t-il ? demanda-t-il de sa voix calme, et il lui fallut un instant pour comprendre qu'il reprenait leur conversation précédente à l'endroit où ils l'avaient arrêtée.

— Je ne sais pas, répondit-elle, dans un murmure, osant à peine affronter son regard.

Il se contentait de l'observer, ses yeux gris n'exprimant rien d'autre qu'une immense patience — comme s'il était prêt à attendre indéfiniment le moment où elle lui dirait ce qu'elle avait sur le cœur.

— Tu sais, rien de ce que tu pourras me révéler ne te ternira à mes yeux, ajouta-t-il d'une voix basse, tout en la faisant tournoyer sur la piste de danse.

C'était comme si rien autour d'eux n'existait. Comme s'il n'y avait rien d'autre que le palais, la musique et une bulle pour les protéger. Rien d'autre que ce petit bijou de pays, caché au milieu de montagnes lointaines et dont la beauté lui était si douloureuse. Tout comme l'était celle d'Adel.

Et là, pour la première fois depuis son arrivée à Alakkul, elle envisagea de lâcher prise. Il serait si facile d'accepter cette vie qu'Adel lui offrait. Une couronne. Un royaume. Et cette incroyable alchimie qui ne semblait pas vouloir s'arrêter.

Elle n'avait qu'à oublier. Oublier qui elle était, ce qu'elle savait. Accepter que son père n'avait jamais été le méchant qu'elle imaginait. Et apprendre à voir cette mère puérile et égoïste de la manière dont les Alakkuliens la percevaient — un diable qui avait détruit son père avec sa multitude d'amants, une femme qui leur avait enlevé leur princesse.

Elle n'avait qu'à effacer tout ce qu'elle avait toujours cru sur sa vie, son monde… *elle-même.*

Et alors, elle pourrait vraiment être avec Adel. Et tous ces rêves qu'elle avait faits il y avait si longtemps deviendraient réalité.

Ce serait aussi facile que de respirer. Aussi facile que de le laisser la mener avec aisance et élégance sur la piste de danse. Ce serait si facile — d'autant qu'elle avait déjà parcouru une bonne partie du chemin. Si elle s'était tant investie dans son rôle de reine, c'était uniquement parce qu'elle recherchait son approbation. Elle recherchait le léger sourire qu'il n'adressait qu'à elle. Elle recherchait cette lueur dans ses yeux qui lui montrait qu'il était fier d'elle.

Quand était-ce arrivé ? Quand l'opinion d'Adel sur elle-même était-elle devenue plus importante que sa propre opinion ?

Et pourquoi cela ne lui semblait-il pas si effrayant ?

— On dirait que tu as vu un fantôme, murmura doucement Adel, les lèvres si proches de son oreille qu'elle frissonna, tandis que sa voix résonnait dans chacune des parties de son corps.

— Parfois, avec toi, j'ai vraiment l'impression d'exister, répondit-elle, avant de se mordre la lèvre inférieure.

Elle avait parlé trop vite, sans réfléchir, incapable de retenir ces mots.

Il rejeta légèrement la tête en arrière et plissa les yeux. Mais avant qu'il ait pu réagir à ce qu'elle venait de lui confesser, la musique s'arrêta et un serviteur vint les chercher afin qu'ils prennent place pour le dîner, chacun présidant une table différente.

— Le devoir nous appelle, murmura-t-il, tenant encore sa main dans la sienne quelques secondes après que l'orchestre eut joué ses dernières notes. Mais cette conversation est loin d'être terminée, princesse. Nous y reviendrons.

Elle n'avait aucun doute là-dessus.

Et cette seule perspective mettait tous ses sens en émoi.

Lorsqu'Adel entra dans leur chambre, Lara, debout devant sa coiffeuse, retirait les épingles qui avaient retenu ses cheveux, libérant ainsi ses boucles brunes qui tombèrent en cascade sur ses épaules. Elle se figea en croisant son regard gris dans le miroir. D'un coup, les dorures du cadre de sa psyché parurent bien fades comparées au magnétisme presque animal de l'homme qui se tenait dans l'embrasure de la porte.

Le rythme de son cœur s'accéléra.

Il ne dit rien. Il continua à l'observer dans le miroir

tout en s'avançant vers elle, le bruit de ses pas étouffé par la moquette épaisse, chacun de ses mouvements dégageant puissance et virilité. Elle soutint son regard, même lorsqu'il s'arrêta juste derrière elle et, d'un doigt, effleura la peau si sensible de son cou. Puis il se baissa légèrement et utilisa sa bouche à la place de son doigt, qu'il laissa descendre jusqu'à ses épaules nues.

— Tu n'as pas le goût d'un fantôme, murmura-t-il d'une voix rauque, teintée d'une note d'urgence.

— Toi non plus, répondit-elle, avant de tourner le visage pour poser ses lèvres sur sa joue.

Comme chaque fois, son corps répondait à la moindre caresse qu'Adel lui prodiguait.

— Tu n'en as pas la consistance non plus, continua-t-il.

Elle se retourna alors complètement pour se blottir dans ses bras, la poitrine écrasée contre son torse, les mains caressant les muscles de ses larges épaules.

La bouche d'Adel chercha la sienne. Il était impatient, fébrile, et elle s'abandonna une fois encore à cet étrange sortilège, à ce désir invraisemblable que lui seul semblait capable d'éveiller en elle. D'un geste rapide, elle fit glisser sa veste de smoking avant de commencer à déboutonner sa propre robe.

Visiblement, elle était trop lente pour lui car, brusquement, il la souleva par les fesses pour la poser sur la coiffeuse, sans prêter aucune attention aux flacons et poudriers qu'il renversa au passage. Puis il se baissa pour attraper le bas de sa robe longue qu'il releva prestement, et, aussitôt, elle sentit une main se poser sur son sexe. Incapable de se contenir, elle laissa échapper un gémissement.

Adel la débarrassa alors de son slip de dentelle. L'instant d'après, il la prenait.

Lara frémit lorsqu'il la pénétra, rejeta la tête en arrière et ferma les yeux. Lorsqu'elle les rouvrit, il l'observait, son regard gris la transperçant, comme s'il savait ce qu'elle refusait de regarder en face.

— S'il te plaît, murmura-t-elle, sans trop savoir ce pourquoi elle l'implorait.

Sans cesser d'aller et venir en elle, il se pencha et prit fébrilement sa bouche, lui faisant tout oublier — à part ces sensations, ce plaisir qui l'irradiait. Elle sentit le feu devenir de plus en plus ardent. Elle brûlait pour lui, il le savait, et cela ne la dérangeait pas.

L'extase la submergea, violente, dévastatrice. Et elle entendit son râle lorsqu'il la rejoignit dans la jouissance.

Dès son réveil, le lendemain matin, blottie contre Adel dans leur gigantesque lit royal, Lara fut envahie d'une douce sensation de plénitude et de bonheur. Une sensation qu'elle s'efforça aussitôt de refouler. Mais pourquoi était-ce si difficile ? Pourquoi luttait-elle ainsi ? Elle n'avait qu'à se laisser aller…

Elle frissonna comme un souffle d'air frais entrait dans la chambre par la fenêtre ouverte. Septembre approchait à grands pas. Trois mois déjà qu'elle était reine d'Alakkul. Elle referma les yeux, s'imprégnant de l'odeur si virile d'Adel, profitant de la chaleur de son corps contre le sien. Comment le temps faisait-il pour passer si vite ?

Ce fut alors qu'une pensée s'insinua en elle, lui faisant l'effet d'une douche glacée. Elle rouvrit les yeux d'un coup, le souffle court, avant de faire le compte, puis de recommencer… Elle n'avait pas eu ses règles depuis son départ de Denver et elle ne s'en était même pas rendu compte.

Oh non !

8.

Trois jours plus tard, septembre était là. Bouleversée par la découverte de sa grossesse, Lara s'était enfin délivrée du sortilège sous l'influence duquel elle semblait être depuis qu'Adel Qaderi était apparu sur ce parking de supermarché, à Denver. Elle s'en était même si bien délivrée que c'en était douloureux.

Elle s'installa dans un des sièges du confortable jet privé et boucla sa ceinture. Elle ne devait absolument pas se laisser submerger par ses émotions. Elle se refusa donc à regarder par le hublot lorsque l'avion commença son accélération sur la piste d'envol, de même qu'elle ne jeta pas un coup d'œil en arrière lorsqu'il s'éleva dans les nuages. Au contraire, elle se pencha et ferma le rideau, comme si ce simple geste suffisait à effacer ces derniers mois.

C'était une chose de succomber au charme d'Adel — d'autant qu'elle ne voyait pas bien comment elle aurait pu y résister —, mais c'en était une autre de donner naissance à un enfant au sein d'un mariage sans amour. N'avait-elle pas passé sa vie à payer l'échec de celui de ses parents ? Ne le faisait-elle pas encore ? Elle caressa d'une main son ventre encore plat. Elle ne pouvait infliger cela à son enfant. *Et elle ne le ferait pas.*

Si le temps qu'elle avait passé à Alakkul avait pu lui sembler être un rêve, *son* rêve, il lui avait aussi permis d'ouvrir les yeux sur son enfance — et ses parents.

Elle prit une profonde inspiration pour contenir le flot de souvenirs douloureux qui resurgissait à sa mémoire, menaçant de l'emporter. La vérité était que sa mère l'avait enlevée à son père, le faisant passer pour un monstre. D'un autre côté, le roi n'était jamais venu la chercher, ni ne l'avait approchée, ne serait-ce que pour lui raconter sa propre version de l'histoire — pas une seule fois en douze longues années. Sa mère l'avait montée contre Azat, tout en ne lui révélant rien de l'argent qu'il lui donnait ni des infidélités qu'elle avait commises. Son père, quant à lui, avait sacrifié son seul enfant pour maintenir l'illusion d'un mariage ne servant que ses propres intérêts. Sinon, pourquoi n'avait-il pas divorcé ?

Quelle qu'ait pu être la situation à l'époque, la vérité était qu'elle n'avait jamais été rien d'autre qu'un pion pour ses deux parents.

Elle n'allait pas imposer cela à son enfant. Jamais.

Parce que même si elle avait affirmé détester le roi Azat pour faire plaisir à sa mère, et qu'elle l'avait, de fait, détesté, elle devait cependant reconnaître qu'elle avait toujours rêvé d'avoir une famille normale, comme toutes ses amies, avec un père *et* une mère.

Et qu'Alakkul lui avait manqué. Tout comme son premier amour, Adel.

Elle ne savait pas encore comment elle allait réussir, une fois encore, à enfouir tous ces souvenirs, mais elle savait qu'elle devait y parvenir. La petite vie si précieuse qui grandissait en elle ne devait rien savoir de ce qu'elle ressentait pour cette superbe vallée située dans un endroit oublié du monde. Ni pour son roi au visage dur et aux yeux couleur d'acier, dont les caresses lui avaient fait perdre la raison. Tout cela allait s'estomper, songea-t-elle. Et un jour ou l'autre, cela finirait bien par disparaître.

Elle laissa aller sa tête contre le dossier de son siège, ignorant les larmes qui roulaient sur ses joues. Elle allait oublier Adel, comme elle avait déjà réussi à le faire, des années auparavant. C'était leur étonnante alchimie qui l'avait étourdie, mais la réalité était qu'Adel ne voulait pas d'*elle*. Il voulait la fille du roi Azat. Il voulait le trône d'Alakkul. Elle aurait pu être n'importe qui, du moment qu'il parvenait à ses fins.

Elle n'avait été rien d'autre qu'un pion dans sa stratégie, quelqu'un qui lui avait surtout été utile — même s'il s'était aussi trouvé qu'il avait été attiré par elle. Et elle savait, au plus profond d'elle-même, que leur enfant méritait mieux. Beaucoup mieux.

Son cœur se brisait un peu plus à mesure que les kilomètres l'éloignaient d'Adel. Mais elle allait apprendre à se détacher de lui, de quelque manière que ce soit. Elle le ferait pour son enfant.

Elle se réveilla, l'esprit tout engourdi, et il lui fallut un moment pour comprendre que l'avion n'était plus dans les airs. Fronçant les sourcils, elle ouvrit le rideau du hublot le plus proche. Tout ce qu'elle parvint à discerner fut la pluie qui battait contre les vitres et de faibles lumières, au loin. Un terminal, peut-être, mais où ?

— Excusez-moi ? demanda-t-elle à l'hôtesse qui passait. Où sommes-nous ? Que se passe-t-il ?

— Ce n'est rien, Votre Majesté, répondit celle-ci d'une voix douce et rassurante. L'avion a dû être dévié pour un petit problème technique. Une suite vous a été réservée à l'hôtel et nous devrions pouvoir repartir dès demain matin.

La tension nerveuse qui s'était emparée de Lara se relâcha lorsque l'hôtesse mentionna un des pays Baltes où ils se trouvaient, loin au nord d'Alakkul. Elle avait cru, l'espace d'un moment que, durant son sommeil, ils étaient retournés à leur point de départ. Elle fut ravie d'apprendre qu'elle s'était trompée.

Il n'y avait pas grand-chose à voir de ce pays, si tard le

soir. Elle s'engouffra donc rapidement dans la limousine qui l'attendait.

Vingt minutes plus tard, elle franchissait les portes d'un palace — encore un luxe qu'elle devrait oublier une fois de retour dans le monde réel. Elle se sentait chancelante, mais elle savait pourquoi. Cette escale inattendue lui donnait l'occasion de réfléchir à ce qu'elle était en train de faire. Or, ce n'était pas ce qu'elle avait envisagé. Elle avait voulu attendre d'être sur le sol américain, de nouveau confortablement installée dans son ancienne vie, pour songer à cette existence qu'elle avait menée tout l'été et qu'elle avait précipitamment quittée.

Elle n'avait même pas parlé avec Adel, ne lui avait rien laissé paraître de son projet. Elle s'était simplement rendue chez le médecin du palais, s'était fait confirmer ce qu'elle savait déjà et avait organisé son départ immédiat.

Mais, tandis que l'ascenseur la menait à sa suite, le doute l'assaillit. En fuyant ainsi, n'était-elle pas en train de reproduire les erreurs passées de Marlena ? S'imaginait-elle que c'était différent parce que l'enfant qu'elle portait n'était pas encore né ? N'était-il pas destiné à devenir l'héritier du trône, comme elle ? Et alors, le même cycle n'allait-il pas recommencer ? Pouvait-elle prendre la responsabilité d'infliger tant de souffrance à son propre enfant ?

Abattue, elle prit conscience qu'elle n'avait aucune réponse à toutes ces questions.

Dans la suite subtilement décorée, d'élégants bouquets de fleurs distillaient un parfum agréable.

Brusquement, Lara sentit son cœur bondir dans sa poitrine. Un homme se tenait là, à l'autre extrémité de la pièce, le visage dans la pénombre, l'observant tandis qu'elle s'avançait vers lui, comme aimantée.

Adel.

*
* *

Il ne se rappelait pas avoir jamais été aussi furieux. De sa vie. Peut-être parce qu'il ne se rappelait pas non plus avoir jamais autant tenu à quelqu'un.

Il ne la quitta pas des yeux tout le temps qu'elle marcha vers lui. Elle semblait fatiguée, les yeux cernés de noir et le teint trop pâle dans la lumière chaude du plafonnier.

Il était si en colère que la seule chose qu'il pouvait faire était de garder cette fureur pour lui. Pour éviter de lui hurler dessus. Pour éviter d'avoir à lui demander de dire que tout cela n'était pas vrai — qu'elle ne pouvait pas le quitter ainsi, en emportant tant avec elle. Elle ne pouvait le faire. C'était forcément une erreur, un malentendu…

— Détends-toi, dit-il d'une voix calme mais glacée. Je ne me risquerais pas à poser les mains sur toi quand je suis dans cet état.

Le regard de Lara s'enflamma, comme s'il l'avait offensée — mais comment aurait-il pu la blesser quand c'était elle qui le quittait ?

— En fait, ce n'était qu'un piège ! lança-t-elle, avec violence. Il n'y a aucun problème avec l'avion, c'est ça ? Aucune défaillance technique !

— Cela dépend de ce que tu entends par défaillance, répliqua-t-il du même ton glacé, songeant à la rapidité avec laquelle il avait dû organiser l'arrêt de l'avion. Pour moi, une reine qui abdique, c'est une sérieuse défaillance.

Elle laissa échapper une sorte de petit cri et se détourna de lui. Lentement, elle alla s'asseoir dans l'un des canapés en cuir du salon. Puis, sans même le regarder, elle s'entoura de ses bras, comme pour se réchauffer. Il sentit quelque chose d'aussi lourd qu'une pierre se poser dans le creux de son estomac.

Elle voulait vraiment le quitter et elle emportait avec elle leur enfant. *Son enfant.*

Lui qui avait toute sa vie été un homme d'action, un homme de solutions, il restait là, figé devant elle. Que lui avait-elle fait ? Comment en était-il arrivé là ? Pourquoi n'arrivait-il pas à penser à rien d'autre qu'à son envie de la réconforter ?

— Je ne peux pas faire ça, dit-elle, d'une voix sourde. Je ne peux pas revenir en arrière. Je t'ai donné le trône. Que veux-tu d'autre ?

— Je te veux, répondit-il d'une voix rauque, comme si chacun de ces mots lui était arraché. Ma reine. *Ma femme.*

— Ton pion, rétorqua-t-elle, rejetant la tête en arrière pour mieux le défier. Et tu veux savoir, Adel ? J'ai passé ma vie à être le pion d'un roi ou d'un autre. Et j'en ai plus qu'assez.

Malgré son air de défi, il y avait sur son visage une expression de profonde souffrance qui le troubla.

— Tu n'es pas un pion, objecta-t-il.

— Comment oses-tu me dire cela en face ? explosa-t-elle, en se mettant debout. Es-tu venu me chercher à l'autre bout de la planète parce que tu m'aimais ? Parce que tu pensais à moi ? Non. Tu ne voulais que ce que ma parenté pouvait te donner. Mes gènes si spéciaux. Si cela ne fait pas de moi un pion, alors je voudrais que l'on me réexplique le sens de ce mot.

— Tu ne comprends pas, répondit-il, la mâchoire serrée, peiné par la façon dont elle dépeignait la situation. Je n'avais pas le choix, mais cela n'a rien à voir avec ce qu'il y a entre nous… Avec ce qu'il y avait déjà entre nous quand nous étions jeunes.

Ayant dit cela, il savait que si c'était à refaire, il referait exactement la même chose. Alors, s'il le savait, pourquoi cela le préoccupait-il autant ?

— Il n'y a rien entre nous, rétorqua-t-elle, d'une voix aussi dénuée d'intonation que ses yeux l'étaient d'expression. C'était une amourette d'été, rien de plus. Je t'ai donné ce que tu voulais ; maintenant, c'est à ton tour de me rendre la pareille.

— Et que veux-tu ? demanda-t-il, sachant pertinemment ce qu'elle allait répondre.

Elle ne le déçut pas. Elle était si froide qu'on aurait cru une étrangère. Cependant, la flamme qu'il voyait dans ses yeux bleu azur laissait deviner l'agitation qui l'animait, le feu qui brûlait en elle.

— Ma liberté ! s'écria-t-elle.

— On peut peut-être arranger cela, dit-il alors, avant de s'avancer lentement vers elle.

Ce ne fut que lorsqu'il fut suffisamment près qu'il remarqua la veine qui battait à sa tempe. La nervosité, songea-t-il. Puis il s'approcha encore un peu plus, l'obligeant à pencher la tête en arrière pour continuer à le regarder dans les yeux.

— J'ai cependant une question à propos de cette liberté, continua-t-il.

— Quoi ?

Le bruit qui était sorti de sa bouche ressemblait plus à un grognement qu'à une question et, en d'autres circonstances, il aurait probablement souri. Mais il n'en avait pas envie maintenant. Pas ce soir. Pas quand toute sa vie se trouvait dans la balance.

— Que se passe-t-il pour l'enfant ? demanda-t-il.

A ces mots, Lara blêmit. Mais son tempérament combatif reprit rapidement le dessus et elle planta ses yeux dans ceux d'Adel.

— Le médecin n'avait aucune raison de te révéler quelque chose d'aussi privé ! siffla-t-elle entre ses dents. A-t-il déjà entendu parler du secret médical ?

— C'est le médecin du palais, rétorqua-t-il, d'une voix cinglante. Et il fait ce que je lui ordonne de faire. Bien sûr qu'il me l'a dit, surtout après m'avoir vu mettre le palais sens dessus dessous pour découvrir où et pourquoi tu étais partie. Comment as-tu pu croire que tu pourrais me cacher ton état ?

— Et toi, comment as-tu pu croire que je t'en ferais

part ? lança-t-elle, la voix tremblante de colère. Tu voulais que je te donne une raison de plus pour me faire du chantage et m'obliger à rester ?

A peine avait-elle prononcé ces mots que Lara les regretta aussitôt. L'expression d'Adel se durcit tandis que ses yeux s'assombrissaient comme un ciel d'orage, devenant aussi froids que l'acier.

Elle frissonna. Et pourtant, une partie d'elle avait envie de le réconforter, même maintenant. Qu'est-ce qui n'allait pas chez elle ?

— Donc, c'est ce que tu penses de moi, dit-il d'une voix si basse qu'elle eut du mal à l'entendre.

Et pour la première fois, elle s'avisa que son mari n'était peut-être pas si en contrôle de lui-même qu'il voulait le laisser paraître. Sa mâchoire serrée et sa voix maîtrisée n'étaient qu'un écran de fumée. Au fond, il bouillonnait de colère.

Et alors, songea-t-elle. Qu'il soit capable de véritables émotions ne changeait rien à la situation, ni au mal qu'il lui avait fait en l'obligeant à tenir le rôle de sa reine.

— Ce n'est que la vérité, répondit-elle le plus calmement possible.

— C'est ce que je suis pour toi, continua-t-il. Après tout ce qu'il s'est passé entre nous.

— Que s'est-il passé entre nous, Adel ? demanda-t-elle d'un ton de défi, submergée par un profond sentiment de désespoir. A part des menaces, des contraintes et du sexe, que s'est-il passé entre nous ?

— Je t'aime, lâcha-t-il, abruptement.

Ce fut comme si elle venait de recevoir une gifle, et les mots flottèrent un moment entre eux, comme suspendus dans l'air, tandis qu'Adel ne cessait de la fixer, une expression indéchiffrable dans ses yeux sombres. Et même si son cœur avait bondi de joie, elle refusait de croire ce qu'elle venait d'entendre.

— Tu mens, rétorqua-t-elle, la gorge nouée.

— Je t'aime depuis toujours, continua-t-il, la voix teintée d'une certaine solennité. Je t'ai aimée à l'instant où je t'ai vue, alors que tu n'étais encore qu'une adolescente. J'ai passé ma vie à t'aimer et rien n'a pu me détourner de cet amour. Jamais.

Son traître de cœur mourait d'envie de le croire, mais elle connaissait son mari — plus qu'elle ne l'aurait souhaité et mieux qu'elle ne le devait. Elle connaissait sa détermination, son intransigeance. Au lit, comme dans tout ce qu'il entreprenait. Il n'y avait qu'à voir la façon dont il avait transformé sa méfiance en pur contentement entre ses bras. La façon dont il faisait s'embraser son corps chaque fois qu'elle le voyait. Tout comme en ce moment même.

— Tu vas dire tout ce que tu peux, dit-elle, consternée d'entendre sa voix trembler mais aussi incapable de la contrôler qu'elle l'était d'empêcher les larmes de rouler sur ses joues. *Faire* tout ce que tu peux. Je le sais, Adel, tu es ainsi, tu me l'as dit toi-même. Tu es l'homme qui ne fait pas de compromis. Tu as fait de moi ta prisonnière.

— Lara…

— Je ne peux pas vivre de nouveau cela ! l'interrompit-elle dans un cri.

Il n'y avait plus rien de caché, plus rien de retenu. Elle leva les yeux sur lui et revit toutes les trahisons et les déceptions qui avaient jalonné sa jeunesse. Tous ces moments où elle avait su, quelque part, que Marlena ne lui disait pas la vérité. Tous ces jours et ces nuits de solitude, passés à attendre qu'Azat vienne la chercher, lui fasse savoir qu'elle signifiait quelque chose pour lui. Qu'elle valait la peine que l'on se batte pour elle.

— Je ne t'ai rien imposé, Lara. Rien que ta naissance ne t'ait imposé elle-même.

— Peut-être, concéda-t-elle. Mais il n'est pas question que l'histoire se répète. Mon enfant ne sera pas l'instrument d'un quelconque jeu politique, comme moi je l'ai été toute ma vie…

— Tu as souffert parce que tu n'as pas grandi à la place qui était la tienne. Si tu avais été comme moi préparé à ton destin, tu n'aurais pas vécu toute cette souffrance. Je ne peux pas changer les circonstances qui nous ont amenés à nous revoir, Lara, mais comment peux-tu douter de…

— Je ne le ferai pas, répéta-t-elle, avec fermeté. Je n'imposerai pas à mon propre enfant ces perpétuels tiraillements, ce jeu qui semble n'avoir aucune fin. Je ne vais pas le laisser grandir en se demandant ce qu'il vaut à nos yeux, et pourquoi, et nous voir nous quereller à son sujet, comme s'il n'était qu'une vulgaire marchandise. Pas cet enfant !

— Cet enfant sera aimé, objecta Adel de cette voix basse et vibrante, qu'il semblait avoir du mal à contrôler. Vénéré et adoré.

— Oui, il le sera, mais loin des trônes et de la politique. Et loin de toi.

Le silence qui s'abattit entre eux fut aussi lourd qu'une chape de plomb. Lara s'aperçut alors de la pluie qui tambourinait contre les vitres et des larmes qui coulaient sur sa joue. Elle les essuya d'un revers de la main, la respiration courte. Pendant tout ce temps, Adel n'avait cessé de la fixer, son visage dur brusquement accessible comme jamais il ne l'avait été auparavant — dévasté, songea-t-elle.

Comme si elle l'avait détruit. Sauf que ni elle — ni quiconque — n'avait ce pouvoir.

Elle voulait s'en aller, mais n'arrivait pas à bouger. Elle voulait aussi aller vers lui, poser les lèvres sur la ligne dure de sa mâchoire, de ses sourcils. Mais elle n'en fit rien.

— Je t'ai dit que je t'aimais, finit-il par dire, rompant ainsi ce silence si pesant. Je n'ai jamais aimé quelqu'un d'autre dans ma vie. Cela a toujours été toi, rien que toi.

— Prouve-le, s'entendit-elle répondre d'une voix pleine de défi. Laisse-moi partir.

Elle avait jeté ces mots rapidement, sans se donner la peine de réfléchir, sans se laisser le temps de pouvoir changer d'avis.

Le regard qu'il lui lança alors était si sombre, si implacable, qu'il aurait pu la tuer sur place. Elle en fut presque liquéfiée. Le souffle court, elle dut ouvrir la bouche pour pouvoir respirer.

— Si c'est ce que tu veux, alors je te l'accorde, dit-il d'une voix à peine plus audible qu'un murmure et qui, pourtant, lui fit l'effet d'un coup de fouet sur la peau.

Puis il tourna les talons, passa la porte de la suite et la laissa seule, exactement comme elle le lui avait demandé.

A peine la porte claquée derrière lui, elle eut l'impression qu'une partie d'elle venait de mourir.

9.

Lara entra dans le palais comme une guerrière, fière et sûre d'elle, et Adel sentit son cœur s'arrêter de battre dans sa poitrine.

Puis il le sentit reprendre, lentement, calmement. Méfiant. Enfin, il le sentit flancher comme elle avançait d'un pas assuré sur le sol marbré de la pièce qui avait un jour été celle du trône et qui était maintenant devenue l'antichambre de son bureau.

— Je ne m'attendais pas à te revoir, lança-t-il, en se tenant, les bras croisés, dans le chambranle de la porte séparant les deux pièces.

Cela faisait deux jours qu'il ne l'avait pas vue. Quarante-huit heures. Il avait beau savoir, de manière intellectuelle, que ces quarante-huit heures n'avaient pas été plus longues que n'importe quelles autres quarante-huit heures, elles lui avaient paru durer une éternité.

Il avait cru l'avoir perdue. A jamais.

— Je ne m'attendais pas à ce que tu abandonnes si vite, répliqua-t-elle, en continuant à se rapprocher de lui.

Elle attaquait d'entrée de jeu et, bien que sachant qu'il ne le fallait pas, il ne put s'empêcher de l'admirer. Elle ne cessait de le séduire avec son tempérament de feu et son aplomb. Il aurait dû être furieux d'avoir été ainsi éconduit, chassé de sa vie — et, dans une certaine mesure, il l'était.

Mais il la voulait. Il la voulait par-dessus tout. Il la

voulait tant qu'il en oubliait sa colère. Et elle était là, devant lui.

— Tu m'as demandé de te rendre ta liberté, princesse, dit-il. Je n'ai fait qu'obéir à tes ordres.

Il avait parlé d'un ton faussement naïf, se disant que, si elle avait fait tout ce chemin, c'était pour revenir à lui. Sinon, pourquoi aurait-elle pris la peine de faire un si long voyage ?

Elle s'arrêta à quelques centimètres de lui. Il y avait, dans ses yeux, une lueur bravache mêlée à quelque chose d'indéfinissable. Quelque chose qui lui donna envie de la toucher. Et il dut faire appel à toute sa volonté pour se retenir de le faire.

Pas maintenant, songea-t-il. Pas déjà.

— Depuis quand accordes-tu de l'importance à ce que je demande ? s'enquit-elle d'un ton sceptique, les sourcils légèrement froncés. Je ne me rappelle pas une seule fois où tu l'aies fait depuis que je te connais.

— Je t'avoue que je n'arrive pas à comprendre cette conversation, répondit-il d'une voix veloutée, toute son attention reportée sur la bouche charnue et sensuelle de la jeune femme. Si je ne t'écoute pas, je suis un tyran, et si je t'écoute, je suis un lâche, c'est bien ça ?

Elle ne lui répondit pas, mais le fixa un long moment, ses grands yeux rivés aux siens. Entre eux, la tension était palpable. *Elle est à moi*, songea-t-il, ces mots résonnant en lui comme une douce mélodie.

Il le sentait à la façon dont elle retenait sa respiration, la façon dont son corps s'approchait du sien comme animé par une volonté propre.

— Tu m'as dit que tu m'aimais, dit-elle alors, rompant le silence.

C'était plus une question qu'une affirmation, et il perçut dans sa voix une note d'incertitude.

— C'est vrai, confirma-t-il, doucement.

Puis, incapable de résister plus longtemps au désir

de la toucher, il tendit une main pour effleurer sa joue si douce. Elle frissonna légèrement avant de totalement abandonner son visage à cette caresse.

— Et je présume que tu ressens la même chose, sinon tu ne serais pas là. Tu serais retournée aux Etats-Unis et ne serais jamais revenue.

— Il semblerait que je n'arrive pas à quitter ce pays, répondit-elle, dans un souffle.

— Et tu n'as aucune raison de le faire. Tu en es la reine, Lara. Tu es ma femme. Et ton foyer se trouve ici.

Elle prit une profonde inspiration, et une ombre passa sur son visage.

— Je ne veux pas de ce qu'ont eu mes parents, dit-elle, une expression si grave dans ses grands yeux bleu azur qu'il en eut le cœur serré. Je ne veux pas infliger à cet enfant ce qui m'a été infligé. Comme à toi. Je le refuse.

— Reste près de moi, princesse, dit-il calmement, tout en portant son autre main sur le visage de la jeune femme. Nous allons faire de ce monde ce que nous voulons qu'il soit. Ensemble.

Depuis la terrasse surplombant la vallée d'Alakkul, Lara laissait errer son regard sur le paysage alentour. Celui-ci scintillait dans la lumière du petit matin tandis que la fraîcheur de l'automne approchant descendait du sommet des montagnes. Elle resserra les pans de sa robe de chambre autour d'elle, et fit bouger ses pieds sur les dalles froides du sol.

Elle se sentait… vivante. Vivante comme jamais elle ne l'avait été.

Parce qu'elle avait choisi. Enfin. Pour la première fois depuis qu'Adel était réapparu devant elle, sur le parking du supermarché cet après-midi ensoleillé de juin, elle avait décidé.

Elle était restée assise sur le lit de cette chambre d'hôtel anonyme pendant ce qui lui avait paru des semaines, incapable de comprendre ce qui s'était passé. Elle avait cru mourir. Chaque instant avait semblé s'étirer, pour durer une éternité, douloureusement empli de l'absence d'Adel. Elle n'avait pas non plus compris pourquoi il lui manquait tant, pourquoi chaque pore de sa peau semblait le réclamer, pourquoi son départ ressemblait tant à une amputation. Ni pourquoi elle avait tellement besoin de lui, tellement besoin de son calme et de son assurance qui l'apaisaient, besoin du feu qu'il éveillait en elle d'un simple regard.

Mais elle avait compris que, cette fois, c'était à son tour de jouer. Il l'avait laissée partir et, même si elle en avait été choquée sur l'instant, il l'avait ainsi libérée, comme elle le lui avait demandé.

Et une fois qu'elle avait été libre, une fois qu'elle avait pu choisir d'aller où elle voulait, elle avait compris que le seul endroit sur terre où elle avait envie d'être était ici. Dans ce pays perdu au bout du monde. Le seul endroit où elle se sentait enfin elle-même.

Comment était-ce arrivé ? Quand était-ce arrivé ? Quand avait-elle fini par mettre son passé de côté ? Car si tout ce qu'elle lui avait jeté au visage à l'hôtel était vrai, il y avait une chose qui l'était encore plus : il n'y avait pour elle aucune raison d'être libre, aucune raison d'être forte ni même en vie si c'était sans lui.

Elle entendit la baie vitrée s'ouvrir derrière elle et sourit comme Adel l'enlaçait. Ils avaient à peine dormi la nuit dernière — passant leur temps à se chercher l'un l'autre, à réapprendre à se connaître. Se réjouissant de leurs retrouvailles et oubliant leur séparation de la manière la plus intime possible.

Elle se laissa aller contre le mur chaud et rassurant de son torse, surprise, comme chaque fois, de l'intensité avec laquelle son corps répondait dès qu'il la touchait.

Il était à elle. Il l'aimait.

Debout ainsi entre les bras d'Adel, à contempler la beauté de son pays natal, Lara comprit qu'enfin, *enfin*, elle avait trouvé le foyer qu'elle avait passé sa vie à chercher.

Elle se tourna pour croiser le regard de son époux. Pour voir ce visage dur, ce corps de guerrier qui étaient à elle, pour toujours.

Parce qu'on lui avait laissé le choix — un vrai choix, cette fois — et qu'il était l'élu de son cœur.

— Je t'aime, dit-elle.

Elle n'avait fait que murmurer pourtant elle avait eu l'impression que c'était un cri, se répercutant de montagnes en montagnes à travers la vallée.

— Je sais, tu me l'as montré, répondit-il, d'une voix douce.

Puis il passa un doigt le long de son dos avant de glisser la main sous sa robe de chambre, pour lui caresser le ventre. Ce ventre dans lequel grandissait leur enfant. Ils allaient l'élever ensemble, dans ce pays qu'ils allaient gouverner ensemble.

Et alors, s'ils faisaient ce qu'il fallait, peut-être que, pour eux, le conte de fées deviendrait réalité.

Exactement comme ils en avaient rêvé des années auparavant.

LORETH ANNE WHITE

Le secret des sables

éditions HARLEQUIN

Cet ouvrage a été publié en langue anglaise
sous le titre :
SHEIK'S CAPTIVE

Traduction française de
MARIE VILLANI

83-85, boulevard Vincent-Auriol, 75646 PARIS CEDEX 13.
Service Lectrices — Tél. : 01 45 82 47 47
www.harlequin.fr

1.

Kathleen Flaherty se tenait à l'entrée de sa tente bédouine, les pans de sa djellaba voletant autour de ses chevilles alors qu'elle regardait le crépuscule descendre sur la sèche et lointaine ligne d'horizon des montagnes sahariennes. Le plateau d'Adrar se trouvait au-delà de cette chaîne de pics escarpés. A en croire ses guides, ils l'atteindraient peut-être d'ici à demain soir, mais la piste serait de plus en plus accidentée.

Peu lui importait. Pourvu qu'Adrar recèle quelque indice susceptible d'expliquer ce qui était arrivé à sa sœur, Jennie, disparue depuis neuf mois maintenant. Le mystique plateau d'Adrar était l'endroit où un vieux Bédouin affirmait avoir aperçu une femme ressemblant à la photographie de Jennie qu'elle avait montrée à travers tout Tessalit. C'était son dernier espoir. Si aucune nouvelle information ne faisait surface à Adrar, la piste de sa sœur s'arrêterait, et elle perdrait alors toute chance de la retrouver.

Mais, alors que sa propre anxiété grandissait à la perspective de ce que demain pourrait apporter, Kathleen avait senti une tout autre sorte de tension naître chez ses deux guides au fur et à mesure qu'ils approchaient de ces montagnes. Elle l'avait perçu dans certains coups d'œil hâtifs, un bref échange de regards, des gestes un peu nerveux. Et elle commençait à avoir l'impression que leur minuscule convoi s'aventurait peut-être en territoire hostile.

Les bourrasques de vent, chargées de la fumée du campement, forcirent, furetant sous les rabats, gonflant la structure de toile. Bien que ce fût un changement appréciable par rapport aux lourdes, implacables températures que leur petite caravane avait traversé au cours de la journée, elles n'offraient que peu de répit. L'air était toujours chaud, sec et, dans son imagination, il bruissait d'avertissements à propos de ce danger inconnu tapi quelque part, au-delà des montagnes. Elle s'efforça de chasser cette notion idiote, mais c'était là sa faille : une tendance à dramatiser, et une imagination débordante. Dommage qu'elle ne brillât pas aussi par sa bravoure. Ce qu'elle était en train de faire ici, au Sahara, la terrifiait.

Mais quel autre choix avait-elle ? Personne — ni le département d'Etat américain, ni le FBI, ni Interpol, ni le gouvernement du Burkina Faso ou n'importe quelle autre agence — n'avait été capable de l'aider à localiser sa sœur disparue alors que, depuis neuf mois, elle ne cessait de les harceler. Elle en était même venue à penser que leur inertie était délibérée. Alors, en dernier recours, elle avait fait ses bagages, et s'était envolée pour Tessalit, au nord du Mali, d'où une carte postale lui était parvenue, avec au dos une très énigmatique phrase hâtivement griffonnée de l'écriture de sa sœur, en gaélique :

« *taim i gcruachais anois.* »

Un appel à l'aide, dans la langue de leurs ancêtres, que Jennie lui avait apprise lorsqu'elle était enfant. C'était leur oasis réservée, leur moyen de communication secret au sein d'une famille dysfonctionnelle entre une mère absente et un père coureur de jupons et alcoolique.

Kathleen pivota pour regarder le vieux guide berbère accroupi près du feu qu'il avait allumé au centre de leur campement. Penché en avant, il veillait sur une marmite noircie suspendue au-dessus des flammes. Il resterait certainement là toute la nuit, à entretenir le feu jusqu'à ce que l'aube ondule de nouveau sur le Sahara.

Le plus jeune montait d'habitude la garde près du feu en compagnie du vieil homme et, de l'intérieur de sa tente, elle écoutait leurs tranquilles et intermittents bavardages en arabe — son humain réconfortant dans la vaste obscurité désolée du désert.

Mais, ce soir, le jeune Berbère était quelque part à la périphérie du campement, là où les chameaux avaient été entravés afin de pouvoir brouter de rares touffes d'herbe entre les rochers. Elle ne pouvait le distinguer dans la pénombre, mais elle entendait les frêles notes de sa flûte. Elle se demanda pourquoi il avait choisi précisément cette nuit-ci pour s'éloigner du confort des flammes.

Avec un sentiment de malaise grandissant, elle abaissa le rabat de l'ouverture de la tente en vue d'un peu d'intimité, puis alluma une bougie. La flamme crachota alors qu'elle revêtait sa chemise de nuit, l'odeur de cire chaude évocatrice d'un lointain passé, ou du moins l'historienne, en elle, se l'imagina-t-elle. Elle aimait les vieilles choses, les belles choses, celles qui prenaient du temps à être façonnées et l'étaient avec soin et passion. A ses yeux, elles étaient synonymes de qualité, de respect, d'engagement.

S'asseyant sur son lit de camp, elle se saisit de sa sacoche de selle en toile et en sortit son journal relié de cuir — le tout dernier cadeau d'anniversaire offert par Jennie. Le contact du vieux cuir sous ses paumes l'apaisa. Alors qu'elle l'ouvrait, la carte postale de Jennie s'en échappa et tomba sur le sable, et elle se sentit de nouveau déstabilisée.

Elle ramassa la carte, image d'une oasis avec, au verso, l'inscription en gaélique. Il n'y avait dans son esprit aucun doute qu'elle provenait de Jennie. Sa poitrine se serra alors qu'elle la retournait. Jennie était en grande difficulté et elle s'était efforcée de communiquer ce message en secret à sa sœur. Pourquoi ? De quoi avait-elle peur ?

Où était-elle en ce moment ?

Comment diable avait-elle pu simplement disparaître sans laisser la moindre trace de la convention médicale à laquelle elle assistait au Burkina Faso, pour se retrouver à Tessalit, petite bourgade au nord du Mali ? Ça n'avait aucun sens.

Kathleen replaça la carte au fond de son journal, puis ouvrit ce dernier sur une page vierge.

Elle commença à écrire.

Nous ne sommes plus très loin d'Adrar à présent, et j'avoue que j'ai peur. Je ne suis pas sûre de savoir si je dois craindre davantage d'apprendre une terrible vérité sur Jennie, ou de ne rien trouver et que ma quête s'achève sur une impasse. Mais, étrangement, derrière ma peur, derrière le pur désespoir qui m'a conduite ici, j'apprends peu à peu quelque chose sur moi-même... Le Sahara, son histoire, ses peuples qui, autrefois, ne vivaient que dans mes rêves et entre les pages de mes bien-aimés, vénérables tomes, ont pris vie. Et, d'une certaine manière, moi aussi. J'ai été arrachée aux pages de mes livres pour fouler concrètement, en personne, ce sable brûlant, pour rencontrer ces gens qui ont fait de ces plaines désolées leur foyer, et cela éveille quelque chose en moi...

Son stylo se figea.

Kathleen releva les yeux. Etait-ce le tintement d'un harnais qu'elle venait d'entendre ?

Le vent s'était tu. Les frêles, claires notes de la flûte aussi. Elle tendit l'oreille, à l'affût d'un autre son, mais n'entendit rien. Pourtant, elle sentait une présence dans l'air.

Elle se leva lentement, souleva le rabat de la tente. Son guide était toujours accroupi près du feu, le dos tourné, sa tête enturbannée abaissée alors qu'il tisonnait les braises. Des étincelles orange jaillirent en direction du ciel d'encre. Tout paraissait normal. Peut-être le jeune guide s'était-il tout simplement endormi.

Reprenant sa place, elle se remit à écrire.

Sayeed Ali mit pied à terre, atterrissant souplement sur le sable tiède. Des cartouchières bardées de munitions s'entrecroisaient sur sa poitrine. Un cimeterre et une dague pendaient, dans leurs fourreaux de cuir, à sa taille. Une tunique noire, un pantalon noir, des bottes noires et un turban noir qui ne laissait qu'une fente pour ses yeux le rendaient presque invisible dans l'obscurité.

Le clair de lune fit étinceler les filets d'acier alors que les douze hommes du commando d'exécution encerclaient sans bruit le campement avec leurs montures. Similairement vêtus, ils se mouvaient telles des taches noires sur la toile de fond obscure de la nuit saharienne.

Main levée, Sayeed leur signifia d'un geste d'attendre à la périphérie du campement. Puis, accroupi, il se dirigea vers la tente de la femme, la poignée de sa dague courbée tiède dans sa paume.

La sentinelle qu'ils avaient trouvée à l'extérieur du camp gisait inerte, le sang échappé de sa carotide absorbé par le sable assoiffé, sa flûte muette entre ses doigts. L'homme n'avait ni vu ni entendu arriver les chevaux. Sa destinée avait été vite scellée.

S'approchant de la tente de Kathleen Flaherty, Sayeed repéra une déchirure, dans la toile, au travers de laquelle oscillait un rai de clarté jaune. Ses ordres étaient clairs : localiser le campement de l'Américaine, et la tuer à vue, elle et quiconque voyageait avec elle. Aucun témoin ne devait rester en vie.

Ecartant un des bords de la déchirure, il jeta un coup d'œil par l'interstice.

Une onde de choc le traversa.

Assise sur un lit de camp, sa cible écrivait dans un recueil à la lueur d'une bougie. Elle portait une chemise de nuit de coton blanche qui lui tombait jusqu'aux chevilles, avec de petits œillets de dentelle au niveau de l'ourlet. Vieux jeu mais étonnamment sexy à ses yeux. Nus, ses pieds fins à la cambrure délicate reposaient sur un vieux tapis élimé qu'elle avait étendu sur le sable. Des cheveux de la couleur du coucher de soleil au Sahara retombaient en une luxuriante cascade en travers de sa joue, alors qu'elle se tenait penchée. Sa peau était d'albâtre mais, comme elle accrochait une mèche auburn derrière son oreille, il put voir que le soleil du désert l'avait brûlée par endroits et parsemée de taches de rousseur sur le nez et sur les pommettes.

Tout en écrivant, elle se mordillait la lèvre inférieure, et Sayeed nota qu'elle utilisait un stylo plume, et que la reliure du journal était en cuir. Il avait vu quelques touristes occasionnels braver cette partie du Sahara, habituellement des Allemands, parfois un Américain égaré. Ils s'équipaient plutôt des plus récentes nouveautés en matière de vêtements et de matériel de navigation high-tech, mais cette femme, si belle et si douce, paraissait droit sortie d'un passé colonial, et la vision le déstabilisa.

Il pouvait percevoir en Kathleen Flaherty les échos génétiques de sa sœur aînée. Si ce n'était que, alors que Jennie Flaherty était aussi mince qu'un lévrier de course avec des traits anguleux et des cheveux plus blond miel que roux, cette femme, bien plus jeune, dégageait avec ses courbes douces une très suave, très féminine sensualité qui, de manière tout à fait inattendue, le fit décrocher. Le fascina. Et, l'espace d'un étrange instant, le laissa immobile, indécis. Et il le paya cher.

Car, avant qu'il ait pu se forcer à déchirer la toile pour réclamer sa proie, il entendit Qasim aboyer l'ordre.

Avec de grands cris, les Maures s'abattirent sur le campement, les sabots de leurs chevaux assourdissants sur le sable dur. Hurlant telle une bande de maraudeurs, leurs machettes et leurs cimeterres brandis très haut, ils fondirent sur le vieux guide berbère accroupi près du feu.

L'adrénaline se déversa brusquement en Sayeed.

Il se rua sur le devant de la tente, leur cria d'arrêter. Mais il était déjà trop tard.

Des cris à glacer le sang déchirèrent la nuit, et Kathleen, avec un hoquet de saisissement, lâcha son journal, submergée d'une terreur brute, primitive. Se précipitant sur l'ouverture de la tente, elle rejeta le rabat, et son estomac se souleva face à la vision d'horreur qui s'offrait à elle.

Silhouettés par la clarté du feu, des hommes montés sur des chevaux noirs et armés de cimeterres brandis au-dessus de leurs têtes se ruaient sur son guide. D'une voix haut perchée, celui-ci implora leur pitié en arabe, les paumes en l'air, mais, d'une poussée, l'un d'eux le projeta en direction des flammes.

Alors qu'il passait derrière au galop, un autre se pencha, puis le frappa de son cimeterre.

Le vieux Berbère parut un instant suspendu dans l'air, puis retomba lentement sur ses genoux, avant de s'abattre au sol. Des flammes commencèrent à lécher sa djellaba blanche, les brûlantes étincelles orange fusant et crépitant dans la nuit.

La bile remonta dans la gorge de Kathleen. Avant qu'elle ait pu bouger, le tueur l'aperçut. Elle se figea. Le regard de l'homme étincelait d'une lueur démoniaque au travers de la fente de son chèche noir. Pointant sa lame dans sa direction, il hurla en arabe. Puis, talonnant son cheval, il fonça sur elle à plein galop, son cimeterre en avant telle la lance d'un chevalier. Le vacarme de sabots des montures des autres cavaliers résonna derrière lui, mêlé à une nouvelle salve de hurlements sauvages.

Kathleen se réfugia dans sa tente, dans une quête désespérée d'une arme quelconque, mais le cavalier abattit sa lame sur l'un des montants de support, et la lourde toile s'écroula sur elle. Tombée à genoux, prise au piège par la toile et les cordes, elle fut tirée à travers le sable, sa tête heurtant des pierres dont l'une, tranchante, lui entailla une tempe.

Le tueur arrêta abruptement son cheval, qui se cabra. Se dégageant promptement de la toile, Kathleen se releva pour s'enfuir. Son assaillant rit, la tête rejetée en arrière en direction du ciel puis, avec un hululement féroce, fonça de nouveau sur elle et, d'un grand moulinet du bras, fendit l'air de son sabre derrière elle.

Kathleen se jeta à terre, se recroquevillant sur elle-même alors qu'elle heurtait le sable. Ratant sa cible, la pointe de la lame ne fit que transpercer l'arrière de sa chemise de nuit, et ne lui infligea qu'une légère, brûlante zébrure dans le dos, aussi fine qu'une coupure de rasoir.

Avec un bruyant juron, l'homme sauta à bas de son cheval et s'avança à grands pas vers elle.

Il l'agrippa par les cheveux, avec une telle brusquerie qu'elle fut soulevée de terre, ses orteils s'agitant dans le vide juste au-dessus du sable. Fulgurante, la douleur, sur son cuir chevelu, fut si violente que le souffle, dans ses poumons, lui manqua pour crier. Dégageant sa dague de son fourreau, l'homme en pressa le tranchant sur sa gorge.

Kathleen articula une prière silencieuse.

C'est alors que, avec un bruyant cliquetis, la dague échappa à la main de son agresseur, puis décrivit un grand arc de cercle avant de retomber sur le sable.

Un autre membre de la bande, de plus haute taille et de plus forte carrure, également entièrement vêtu de noir, s'avança.

— C'est à moi de donner le coup de grâce, déclara-t-il en arabe.

2.

— Je vous en prie, chuchota Kathleen, le regard tellement embué de larmes que l'homme, au-dessus d'elle, ne fut plus qu'une sombre silhouette indistincte. Je vous en supplie, ne me tuez pas.

L'homme brandit son sabre. Mais, au lieu d'abattre la lame sur son cou, il la rengaina dans son fourreau, et dit :

— Mon nom est Sayeed Ali.

En anglais. Pas en français. Ni en arabe, ni en aucune des langues plus communément parlées au Sahara. Main tendue, il se penchait pour l'aider à se relever lorsque l'autre homme se rua sur lui avec son cimeterre.

Son sauveur s'écarta vivement, évitant de justesse la lame. Dans le même mouvement, il sortit sa propre dague courbée et, d'un geste prompt, précis, trancha le poignet de l'assaillant.

Lâchant son cimeterre, ce dernier porta sa main libre à la blessure, foudroyant du regard le dénommé Sayeed, les tendons de son cou bandés de rage, ses yeux noirs crépitant de fureur.

Ayant eux aussi mis pied à terre, les autres hommes s'approchèrent, leurs chevaux tenus par la bride. La tension s'accrut, pesante et silencieuse.

Kathleen voulut se sauver mais, abattant l'extrémité de sa botte de cuir sur l'ourlet de sa chemise de nuit, son sauveur l'épingla au sol.

— Pourquoi la laisses-tu vivre ? aboya son attaquant

dans un vieux dialecte arabe qui surprit Kathleen, un dialecte que sa passion d'érudite l'avait poussée à apprendre. Nos ordres étaient de la tuer sur-le-champ !

— Nous la tuerons, Qasim. Mais d'abord, nous devons l'interroger.

Sayeed Ali avait répondu dans le même dialecte, d'une voix calme, succession d'intonations gutturales, ondulantes.

Des hennissements retentirent alors que le cercle d'hommes se resserrait.

— L'interroger ! Es-tu stupide ? Bakkar a dit qu'il la voulait *morte* !

L'homme du nom de Qasim engloba les alentours d'un vaste geste du bras.

— Ses ordres étaient que tout le monde dans ce campement meure. Et tu laisses notre principale cible vivre ?

— Et toi, tu as défié mon commandement de ce raid, contra Sayeed, la voix basse, mais menaçante et lourde de sous-entendus.

Les autres hommes paraissaient guetter leur moindre parole, la moindre nuance de mouvement — maraudeurs féroces et sans loi, curieux de voir lequel de ces deux chefs sortirait victorieux de l'affrontement.

— Bakkar a très clairement fait comprendre que j'étais en charge.

— Tu as mis trop longtemps derrière la tente.

— Et toi, tu as fait une erreur en n'ayant pas eu assez de patience pour attendre mon signal ! rétorqua Sayeed, avant de désigner Kathleen, toujours à terre. Cette femme sait peut-être quelque chose. Elle a peut-être parlé à d'autres. Ça pourrait entraîner une autre équipe de recherche dans cette direction. Le cheikh Bakkar Al Barrah n'aimerait pas ça, ce pourrait être fatal à notre projet. Nous allons la ramener au camp et l'interroger là-bas. Bakkar décidera ensuite ce qu'il voudra faire d'elle.

Kathleen commença à trembler. Ils avaient dû faire erreur. Elle n'était pas la femme qu'ils cherchaient.

Assurément, lorsqu'ils s'en apercevront, ils me relâcheront ?, songea-t-elle confusément.

Qasim foudroya de nouveau Sayeed du regard tandis que les autres hommes remuaient nerveusement d'un pied sur l'autre. Puis, enfin, son assaillant ramassa son sabre, le rengaina. Après quoi, non sans marmonner un juron très explicite entre ses dents, il tourna abruptement les talons et siffla son cheval.

— Qu'est-ce que vous regardez, bande d'imbéciles ? aboya-t-il en direction des hommes alors qu'il se hissait sur sa selle à pompons. Remuez-vous ! Brûlez tout et, ensuite, tirez-vous !

Puis, sur un violent coup de talon, il s'élança au galop dans la nuit dans un fracas de sabots, un nuage de poussière dans son sillage.

— Fouillez d'abord la tente, ordonna Sayeed tout en regardant son adversaire s'évanouir dans l'obscurité. Je veux le journal de cette femme et la moindre photographie que vous pourrez trouver. Brûlez tout le reste.

Se penchant, il agrippa la main de Kathleen. Sa poigne était tiède, forte, sa paume calleuse. Il la hissa sur ses pieds.

— Marchez, lui enjoignit-il, la poussant en avant. Jusqu'à mon cheval, là-bas.

Mais Kathleen tremblait tant que ses jambes se dérobèrent sous elle. Il la rattrapa, la remit debout, puis la fit avancer tout en la maintenant fermement contre lui. Son corps était dur, chaud, l'étoffe de sa tunique rêche contre la peau de son dos, là où sa chemise de nuit avait été déchirée.

Kathleen tordit le cou, anxieuse de voir ce qui se passait. Les hommes s'écartaient du feu avec, en main, des brindilles enflammées. Ils les jetèrent sur la tente et sur ses possessions. La toile s'enflamma avec un brûlant *whooosh*, cependant qu'un des hommes s'en éloignait, muni de son journal et d'une pile de clichés de Jennie.

— Non !

Elle lutta pour se libérer.

— Attendez, c'est à moi ! Je vous en prie, ne…

Sayeed la fit taire d'un brusque coup de genou dans le dos, puis lui tordit violemment le bras en arrière.

— Taisez-vous ! grinça-t-il. Et continuez à avancer. Luttez, essayez de vous échapper, et peut-être que je ne serai pas en mesure de vous sauver la prochaine fois !

Il la poussa en avant.

L'atroce odeur de brûlé et une épaisse fumée noire saturaient l'air. Kathleen songea à ses guides, les hommes qu'elle avait entraînés jusqu'ici et qui, par sa faute, étaient à présent morts. Elle tremblait de plus en plus violemment, en de grands et incoercibles soubresauts de tout le corps qui, une fois encore, la firent trébucher. Il la releva de nouveau. Des larmes roulaient sur ses joues, et elle s'efforça de les essuyer, mais sa main lui revint poisseuse. La plaie, à sa tempe, suintait, et sa chemise de nuit était couverte de son propre sang.

Sayeed la hissa sur son cheval. L'installant de manière qu'elle repose entre ses cuisses sur la selle, il monta derrière elle, puis l'enserra de ses bras pour agripper les rênes.

— Comment vous appelez-vous ? murmura-t-il tout contre son oreille.

— Ka… Kathleen Flaherty.

— Faites-moi confiance, Kathleen. Faites tout ce que je vous dis, et vous survivrez peut-être. Vous comprenez ?

— Pourquoi ? implora-t-elle, se tortillant pour le regarder, des larmes plein les yeux. Pourquoi avez-vous fait ça ? Que voulez-vous de moi ? Qui êtes-vous, tous ?

— Chuuut…

Le souffle était tiède dans ses cheveux, son attitude presque douce à présent qu'ils étaient momentanément hors de vue des autres hommes. L'espace d'une seconde, les cuisses et les bras masculins, autour d'elle, lui parurent protecteurs, et un âpre accès d'émotion la fit hoqueter.

— Pou… pourquoi voulez-vous mes photos ? Mon journal ? Est-ce que ça a quelque chose à voir avec ma sœur ? Connaissez-vous le Dr Jennie Flaherty ? Savez-vous ce qui lui est arrivé ? balbutia-t-elle d'une voix que le désespoir rendait suraiguë.

— Je ne sais rien.

— Alors pourquoi cet homme a-t-il voulu me tuer ? Pourquoi…

… un certain Bakkar Al Barrah me veut-il morte ?

Kathleen referma la bouche. L'instinct, tout à coup, lui soufflait de ne pas en dire davantage. Ces hommes ignoraient qu'elle comprenait leur dialecte, et qu'elle les avait entendus dire qu'un dénommé Bakkar avait commandité ce raid pour les tuer, elle et son escorte. Cette connaissance de leur langue pourrait peut-être lui être de quelque utilité pour s'échapper, et il lui fallait se saisir du moindre avantage à sa portée.

— Voilà qui est mieux, commenta-t-il. Et maintenant, restez tranquille, ne luttez pas, et peut-être, je dis bien peut-être, aurons-nous une petite chance de vous sauver la vie.

Nous.

Il affectait d'être de son côté.

Or elle l'avait entendu affirmer que c'était à lui d'assener le coup de grâce, et l'unique raison pour laquelle elle était encore en vie en cet instant était qu'il souhaitait l'interroger d'abord. Elle devait le convaincre qu'il se trompait de personne.

— Si cela n'a rien à voir avec ma sœur, alors je crois que vous avez commis une terrible…

— Yaaa !

Un coup de talon, et le cheval s'élança dans la direction que leur attaquant avait prise. Kathleen s'agrippa désespérément au pommeau de la selle. Les autres hommes enfourchèrent leurs montures puis, sur d'ultimes hululements de triomphe à glacer le sang, galopèrent à leur suite. Le ciel, derrière eux, se teinta d'orange sang alors que la cavalcade plongeait dans la noire obscurité du Sahara.

Son sauveur venait de se transformer en ravisseur.

Ils galopèrent pendant des heures à travers la nuit, Kathleen, uniquement consciente par intermittence et le corps douloureux, ne s'éveillant que de temps à autre pour se découvrir enserrée entre les puissants bras de Sayeed Ali, les cuisses dures comme le roc de ce dernier la maintenant fermement en place sur la selle. Sa bouche était aussi sèche que du sable, sa gorge enflée. La nausée lui soulevait l'estomac par vagues. La Voie lactée tout entière paraissait s'être déplacée dans le ciel. L'aube ne tarderait plus. Dans de rares moments de lucidité, elle s'efforça de rejouer l'horreur des événements de la nuit, essayant de trouver un sens à ce qui lui arrivait. Et il lui apparut que l'anglais de Sayeed était impeccable avec même, étonnamment, un accent américain. Pour une malencontreuse et inexplicable raison, cet insignifiant détail dans cet environnement hostile, étranger, suscita en elle une étincelle d'espoir, et elle s'y accrocha, alors que l'autre partie d'elle-même conservait une très claire compréhension de la réalité. A savoir que, blessée, en sang, pieds nus, uniquement vêtue d'une chemise de nuit déchirée, et sans nourriture, eau, carte ni même moyen de transport, elle était entièrement à la merci de cet homme.

Sayeed Ali était l'unique rempart qui existait entre elle et une mort certaine de la main de ces autres hommes.

Mais combien de temps la garderait-il encore en vie ?

Et, s'il s'agissait d'une malheureuse méprise d'identité, la laisseraient-ils seulement partir alors qu'elle les avait vus massacrer ses guides ?

La peur et l'anxiété resurgirent de plus belle en elle,

lui retournant l'estomac. Elle se força à demeurer lucide, mais un nouveau vertige la saisit, et elle sombra dans une bienheureuse inconscience.

Le mouvement d'ondulation du cheval de Sayeed faisait remuer les fesses de Kathleen Flaherty de manière très suggestive contre son entrejambe, et les jambes à demi nues de la jeune femme se frottaient, tièdes, contre l'intérieur de ses cuisses. Il n'avait hélas aucun contrôle sur ce que ce massage très concret provoquait en lui. Au lieu de quoi l'extrême vulnérabilité de sa captive l'incitait à vouloir la protéger, ce qui nourrissait la colère qu'il éprouvait à son égard.

La seule présence de cette Américaine au Sahara l'avait mis dans une impasse, et forcé à commettre une grave erreur.

Il aurait dû laisser Qasim la tuer.

Cela aurait cimenté sa couverture auprès de Bakkar.

Mais, même si ses supérieurs de la CIA et du FBI auraient sans aucun doute estimé la mort de Kathleen Flaherty comme un dommage collatéral nécessaire, il n'avait pas eu le cœur de le permettre.

A présent, s'efforcer de la maintenir en vie était susceptible de révéler son identité d'emprunt et de faire capoter une opération internationale conjointe dans laquelle avaient déjà été déversés des millions de dollars. Ce qui coûterait la vie à des milliers d'Américains ainsi que d'autres civils innocents de par le monde.

Sayeed jura intérieurement. Il avait été damné à la seconde où il avait posé les yeux sur cette femme. Et cet instant d'indécision initiale, ainsi que les événements qui s'étaient ensuivis, l'avait conduit à cela : être contraint d'emmener une captive blessée et vulnérable au cœur d'un camp d'entraînement de Berbères du Maghreb. Et, plus il approcherait Kathleen Flaherty de la dangereuse tanière de Bakkar, plus il leur serait difficile de trouver un moyen de se sortir tous deux en vie de ce sanglant imbroglio.

Tout en chevauchant, Sayeed observait les silhouettes sombres des autres cavaliers. Ils le flanquaient, ombres dans la nuit, mais gardaient leur distance. Il pouvait entendre les cliquetis des harnais, apercevoir de temps à autre le miroitement du clair de lune sur le métal.

Des hyènes, songea-t-il, des hyènes à l'affût du moindre signe de faiblesse qui puisse leur permettre de décider qui soutenir et où se trouvait leur intérêt. Il avait peut-être vaincu Qasim dans ce bras de fer pour le pouvoir, mais le mal était fait : il sentait déjà son autorité lui échapper.

Il sentait aussi la vie s'échapper de la captive qu'il tenait dans ses bras. Elle avait perdu beaucoup de sang, et la déshydratation était une source de préoccupation majeure. Il lui fallait s'arrêter rapidement, lui donner de l'eau, évaluer l'étendue de ses blessures. L'anxiété chevillée au corps, il ralentit un peu de manière à rester un peu en arrière puis, une fois hors de portée d'écoute et de vue immédiate des autres hommes, décrocha son outre en peau de chèvre de sa selle.

— Kathleen ? chuchota-t-il, s'efforçant de lui offrir le goulot.

Mais, bien que très droite entre ses bras, elle ne réagit pas.

— Restez avec moi, Kathleen, insista-t-il tout contre son oreille, la fragrance de ses longs cheveux et le contact de sa peau contre sa joue éveillant de drôles d'émotions en lui.

De profondes émotions. Des émotions qui lui rappelaient qui il était réellement — Rashid Al Barrah, agent du FBI sous contrat avec la CIA, et donc un homme peu habitué à la très secrète et solitaire mission d'infiltration à laquelle il se consacrait depuis près de trois ans dans ce désert. Il n'avait eu d'autre choix, dans ce cadre, que de se fondre dans la peau de Sayeed Ali, un homme dangereux et aux noirs desseins, et à vivre sous couverture dans un camp terroriste.

Sa mission, hautement délicate, nécessitait qu'il se focalise sur son objectif, et c'était exactement ainsi qu'il voulait que ce soit.

Alors qu'à présent cette inconnue le troublait et éveillait son instinct protecteur, et son identité d'emprunt s'en trouvait écornée, si bien qu'il éprouvait d'autant plus d'amertume à son égard.

Il lui fallait rester Sayeed, ne songer à lui-même qu'en tant que Sayeed jusqu'à ce que *tout* soit terminé.

— Kathleen ? chuchota-t-il un peu plus urgemment.

Elle demeura silencieuse, bringuebalant d'un côté et de l'autre alors qu'ils chevauchaient. Un sentiment d'urgence l'étreignit. Alors qu'ils approchaient du lit asséché d'un *wadi*, et que le clair de lune laissait entrevoir un petit bosquet de palmiers, il accéléra pour rejoindre l'avant de la troupe.

— Halte ! leur enjoignit-il, tirant sur ses rênes. Arrêtons-nous ici une heure.

Les hommes se rassemblèrent en demi-cercle autour de lui, hormis Qasim, qui resta légèrement en arrière, la queue de son étalon noir s'agitant furieusement, la robe de l'animal luisante de sueur au clair de lune.

— Nous devrions continuer, argua-t-il. L'aube n'est plus très loin.

— Les chevaux ont besoin de se reposer, contra Sayeed.

— Tu fais ça pour la fille. Ce que je dis, moi, c'est de la laisser mourir.

— Si elle meurt, nous n'aurons pas de réponse.

Sayeed mit pied à terre. Il sentit les autres le regarder, curieux de savoir ce qu'il allait faire de leur captive blessée. Se saisissant de celle-ci, il la porta telle une poupée de chiffon désarticulée en direction du bosquet de palmiers tandis que, après quelques secondes d'hésitation, les autres hommes établissaient finalement le campement à quelque distance.

Retournant à son cheval, Sayeed sortit de sa sacoche de selle une couverture et la trousse de premiers secours qu'il y conservait. Il la rapporta sous les palmiers, tout en prêtant l'oreille aux bavardages en provenance du feu de camp, autour duquel les hommes faisaient bouillir du thé. La voix de Qasim s'éleva, plus virulente que les autres.

— Sayeed raconte n'importe quoi ! Nous devrions la tuer dès maintenant ! Bakkar verra rouge si nous rentrons au camp avec notre cible encore en vie !

Sayeed sortit de la trousse pansements, lingettes désinfectantes et bandelettes de suture adhésives. La couverture roulée, il la glissa précautionneusement sous la nuque de la jeune femme. Le mouvement fit glisser la chemise de nuit, déchirée à l'arrière par la lame de Qasim, de son épaule, ce qui exposa un sein nu. Sayeed se figea, fasciné par cette vision d'une beauté pure. Soyeuse et d'un blanc crémeux, la peau de Kathleen luisait à la clarté argentée de la lune, contrastant avec son mamelon brunâtre. Il déglutit péniblement, puis ôta vivement son chèche pour recouvrir le tout. Mais, déjà, son corps avait de nouveau réagi contre sa volonté, et le sang pulsait sourdement dans son aine.

Il n'était pas différent des autres hommes qui vivaient au camp d'entraînement. Il n'avait pas vu la peau nue d'une femme depuis qu'il y était arrivé, plus de deux ans plus tôt, pas plus qu'il n'avait été en contact avec une femme au cours des neuf mois précédents, alors qu'il œuvrait pour infiltrer la cellule et gagner la confiance du cheikh Bakkar Al Barrah.

D'un geste doux, il repoussa les mèches incrustées de sang séché de la joue de la jeune femme.

— Dieu sait pourquoi vous êtes venue seule dans ce désert, Kathleen, murmura-t-il, davantage pour lui-même que pour elle. Vous êtes soit très stupide, soit diablement courageuse.

Elle remua légèrement avec une plainte sourde, et le soulagement, ainsi qu'un curieux sentiment de tendresse, l'inonda. Il accéléra ses gestes.

Heureux de disposer d'un peu de clarté grâce à la lune, il déchira l'emballage d'une lingette désinfectante et entreprit d'essuyer le sang coagulé autour de la tempe de la jeune femme. Mais, comme les voix, autour du feu, s'animaient, sa main se figea.

— Sayeed a peut-être raison, déclara un des hommes. L'Américaine a dû dire à quelqu'un où elle se rendait. Et si c'est le cas, mieux vaut que nous sachions à qui et quand. Nous pourrons alors anticiper l'irruption d'éventuels curieux et changer nos plans.

— Il est trop tard pour changer de plan ! L'échéance est fixée, les billets d'avion achetés. Les volontaires se préparent. Plus rien ne peut être remanié maintenant.

— Raison de plus pour que nous cherchions à savoir si quelqu'un viendra y fourrer son nez.

— Si c'est si important que ça, contra Qasim, que Sayeed l'interroge ici même, sur-le-champ. Elle pourrait mourir en chemin, et nous nous retrouverons exactement dans la même situation que si nous l'avions tuée à son campement !

— Elle est inconsciente. Elle ne peut pas parler pour l'instant.

Avec un juron, Qasim bondit sur ses pieds et jeta le restant de thé de son gobelet dans le feu. Les flammes crépitèrent.

Sayeed maniait Qasim avec des gants depuis le tout premier jour. L'homme était violent, vif d'esprit, aussi imprévisible et assoiffé de pouvoir qu'un psychopathe. Et, bien qu'il ait gagné la confiance de Bakkar et de Marwan, Qasim se méfiait toujours de lui.

C'était même davantage que de la méfiance. Qasim

avait clairement fait comprendre que Marwan, son père, eût dû l'investir, *lui*, de davantage d'autorité au sein de la cellule, plutôt que l'étranger qu'était Sayeed. Et sa jalousie le rendait dangereux.

Qasim était loin de se douter que Sayeed était en fait son cousin, le fils depuis longtemps banni de Bakkar Al Barrah. Un goût amer lui emplit la bouche à la pensée que Qasim et lui partageaient le même sang, que leurs tempéraments avaient peut-être quelque ressemblance et que, n'eût-il échappé aux griffes de son père bien des années plus tôt, il eût lui-même pu devenir un Qasim.

Il ouvrit le sachet de sutures adhésives, et disposa soigneusement les bandelettes de manière à refermer la plaie à la tempe de Kathleen.

Un rire d'homme, gras, malveillant, résonna soudain.

— C'est que, Qasim, même si ton oncle Bakkar est furieux, ton père, lui, sera ravi que nous ramenions cette femme au camp bien en vie !

Des rires tapageurs se joignirent au premier.

— Oui, enchérit un autre en se tapant sur la cuisse. Marwan baiserait une chèvre s'il le fallait ! Ce sera une prise de choix, pour lui ! Et tu gagneras sa faveur, Qasim, si tu lui laisses penser que c'était ton idée ! Peut-être même te confiera-t-il enfin le commandement d'une prochaine mission !

Alors que l'individu ricanait, ravi de sa propre blague, le son d'un cimeterre sorti de son fourreau fit aussitôt taire les autres.

Sayeed se raidit, conscient, tout à coup, que ses propres armes étaient hors de sa portée.

Une courte dispute et des cris suivirent, puis l'écœurant râle d'un homme en train de mourir. Ponctué d'un brusque, lourd silence.

Sayeed sentit son pouls s'accélérer, et s'activa de plus belle, non sans se dire que l'homme à présent mort avait raison : Marwan deviendrait bel et bien un problème dès qu'il apercevrait Kathleen. Peut-être aurait-il dû laisser cette dernière mourir sous le sabre de Qasim. La mort était probablement plus douce que d'être brutalement violée et sadiquement torturée par le cruel Marwan.

Le souvenir de ce qui était arrivé à sa mère surgit inopinément dans son esprit.

Bon sang !

Non seulement Kathleen menaçait sa couverture et la vie de milliers d'innocents de par le monde, mais elle lui faisait également revivre les plus douloureux souvenirs de sa vie.

Elle lui remémorait la véritable raison pour laquelle il avait accepté cette mission : tuer Bakkar et Marwan, et laver son honneur ainsi que celui de sa mère en administrant la justice à l'ancienne manière de son clan. Ce qu'il comptait faire aussitôt après qu'il aurait mis en branle le raid des opérations spéciales sur leur camp d'entraînement.

Kathleen allait-elle lui coûter cela aussi ?

Tout à coup, les paupières de la jeune femme papillonnèrent, puis s'ouvrirent. A sa vue, elle lutta pour se redresser.

— Du calme, dit-il, la retenant par les épaules. Si vous vous levez trop vite, vous allez vous évanouir. Tenez, vous avez besoin de vous hydrater.

Lui soutenant l'arrière de la tête, il la souleva pour qu'elle puisse boire, essuyant l'eau qui lui dégoulinait sur le menton. Le regard rivé au sien, elle but et, même dans la pénombre, il put déceler la confusion et la crainte dans ses yeux. Elle voyait son visage pour la première fois depuis qu'il avait ôté son chèche pour l'en recouvrir. Et Sayeed n'ignorait pas que ses traits n'étaient pas exactement avenants — sa structure osseuse agressive, ses yeux noirs étaient plus effrayants qu'amicaux, tout particulièrement dans les rais obliques argentés et frangés d'ombre de l'obsédante lune.

— Qui êtes-vous donc ? croassa-t-elle d'une voix à peine distincte.

— Je vous l'ai dit : je suis Sayeed Ali.

— Non, je veux dire… qui sont tous les autres ? Que voulez-vous de moi ?

Avant qu'il ait pu répondre, un homme traversa le sable dans sa direction, le fardeau des mauvaises nouvelles évident dans sa posture. Il venait lui annoncer qu'un des leurs avait été assassiné pour avoir porté atteinte à l'honneur de Marwan Al Barrah.

— Restez tranquille, Kathleen, chuchota-t-il. Mieux vaut qu'ils pensent que vous êtes toujours inconsciente. J'ai nettoyé votre plaie autant que je le pouvais dans l'immédiat. J'y jetterai de nouveau un coup d'œil à notre arrivée au camp.

— Je ne veux pas aller à ce camp ! protesta la jeune femme.

— Vous avez trois options, rétorqua Sayeed. Soit vous y venez avec moi, soit ces hommes vous tuent, soit le désert vous tue. A vous de choisir.

3.

L'aube éclata en violentes traînées orange, projetées en travers du sable. Immédiate, la chaleur heurta Kathleen tel le souffle d'air chaud d'un four. La sensation de sécheresse s'accrut dans sa gorge, et son cerveau lui parut s'épaissir.

Son ravisseur lui avait donné son chèche, ainsi qu'une autre écharpe trouvée dans sa sacoche. La longue bande d'étoffe du chèche était à présent déployée autour de ses épaules, de manière à couvrir la déchirure de sa chemise de nuit. Il lui avait enjoint de draper l'écharpe sur sa tête, et de recouvrir la majeure partie de son visage en guise de protection contre la brûlure du soleil. Il faisait chaud sous l'étoffe rêche, la plaie, à sa tempe, l'élançait, et les coupures, sous ses plantes de pied, la picotaient. Elle s'efforça d'ignorer cet inconfort en s'intéressant à son environnement. Ils se dirigeaient vers le nord, à en juger par l'endroit d'où le soleil était apparu, et le terrain changeait graduellement au fur et à mesure de leur avancée, les dunes s'entrecoupant d'étendues de steppe, le sol de plus en plus dur et pierreux.

Puis, comme sortis d'un mirage, les contours voilés d'une falaise apparurent au loin.

Oscillant sur la selle, s'efforçant de s'y accrocher tant bien que mal alors qu'ils progressaient au trot, Kathleen se demanda si la vision était réelle, ou si c'était un mirage. A moins que ce ne fût une hallucination due aux pertes de sang, à la chaleur, au choc ou à l'épuisement. Elle se fia aux puissants bras de Sayeed pour la maintenir en selle. Avait-elle le choix ? Sans son soutien, elle aurait déjà lâché prise et chuté.

Les autres hommes, devant eux, prenaient peu à peu de l'avance. Kathleen s'avisa que Sayeed devait avoir délibérément ralenti lorsque, alors que ses acolytes franchissaient le sommet d'une dune, puis disparaissaient momentanément de leur vue, il arrêta promptement son cheval, ôta le bouchon de son outre, puis la lui offrit. Il n'y restait plus beaucoup d'eau, et elle y but avidement avant qu'il ne la lui arrache des mains.

— Nous devons économiser le reste, décréta-t-il, replaçant le bouchon. Au cas où.

Kathleen nota que lui-même ne se désaltérait pas. En l'absence de son chèche, le soleil tombait férocement sur ses cheveux d'un bleu-noir profond, et sa peau étincelait. Elle ne put s'empêcher de le dévisager un instant.

Ses traits étaient marqués, aristocratiques. Il était beau, d'une manière âpre et provocante. Ses yeux étaient tels deux éclats d'obsidienne, très enfoncés, ses sourcils arqués très haut, ses lèvres fermement sculptées, sa peau lisse et d'une riche couleur moka. Il était de l'étoffe même des hommes du désert sur lesquels elle fantasmait depuis toujours — grand, ténébreux, incontestablement menaçant et éminemment sensuel, le type même des héros qui peuplaient ses chers contes de cavaliers arabes et de conquérants du désert.

Elle s'en trouva hypnotisée, déconcertée.

Mais, plus que tout, ce fut la franchise du regard qu'il lui rendit qui piqua sa curiosité.

— Vous avez l'air surprise, Kathleen ?

— Je…

Elle déglutit. Elle devait décidément être en train de délirer pour trouver son ravisseur séduisant !

— Sayeed, je vous en prie, dites-moi ce que vous me voulez. Pourquoi avez-vous attaqué mon campement ?

Pourquoi Qasim a-t-il dit qu'un homme du nom de Bakkar avait donné l'ordre de me tuer, alors que vous ignoriez mon nom ?

Il reporta le regard sur l'horizon, là où les hommes avaient momentanément disparu de leur champ de vision. Sa mâchoire se crispa, sa nuque se raidit.

— Si ça n'a vraiment rien à voir avec ma sœur, je crois que vous avez kidnappé la mauvaise personne.

Le regard noir vacilla, puis s'étrécit brusquement.

— Couvrez correctement votre visage, ordonna-t-il. Votre peau va brûler. Et vous devrez rester couverte à tout instant lorsque nous arriverons au camp.

— Je n'irai pas dans ce camp ! rétorqua Kathleen. Pas tant que vous ne m'aurez pas dit pourquoi vous m'avez kidnappée !

Il éclata d'un rire amer, qu'il lui jeta en plein visage.

— Je vous en prie, sautez donc du cheval et courez. Si ces hommes, au-delà de la crête, là-bas, ne vous rattrapent pas pour vous tuer, ce sera certainement le Sahara qui le fera. Et croyez-moi, je serai heureux d'être débarrassé de vous !

Elle le foudroya du regard, l'amertume s'entrelaçant à sa peur. Elle était à sa merci. Elle avait besoin de lui pour survivre, et il le savait.

— Si c'est le cas, pourquoi ne les avez-vous pas laissés me tuer au campement ?

— Bakkar, notre chef, doit d'abord obtenir réponse à certaines questions.

— J'ai comme l'impression que vos hommes ne sont pas d'accord avec vous, argua Kathleen.

Elle s'interrompit, guetta une réaction dans son regard.

— Et vous avez un accent américain. Vous avez appris l'anglais aux Etats-Unis, n'est-ce pas ? La plupart de ceux qui l'apprennent en Afrique le font avec l'accent britannique. Ou ils parlent français, comme au Congo, ou allemand comme en Namibie, en Tanzanie et au Togo. Ou encore portugais comme au Mozambique et en Angola, selon la puissance coloniale qui…

— Qui diable êtes-vous, une encyclopédie vivante ?

— Je lis beaucoup.

— Oui, eh bien, je *voyage* beaucoup. Et c'est comme ça que j'ai appris l'anglais.

— Et donc, vous êtes allé aux Etats-Unis ?

Une pointe d'irritation échauffa Sayeed, en plus de la chaleur grandissante.

— Ça ne vous regarde pas !

— Qui sont ces autres hommes ?

— Des criminels, répondit-il plus calmement. Une bande de voyous du désert.

— Pourquoi veulent-ils me tuer ?

— Parce que c'est ce qu'ils font, Kathleen : détrousser et tuer les gens. Et croyez-moi, ils pourraient faire bien pire que simplement vous tuer !

— Est-ce ce que vous faites aussi, Sayeed Ali, tuer les gens ? Les détrousser, les terroriser ?

— Oui.

Elle le dévisagea longuement, durement, ses yeux telles deux flaques aigue-marine, pures et claires, et Sayeed put y lire de l'incrédulité. L'espace d'un fol instant, il lui en fut reconnaissant. Cette femme ne croyait pas que tout était mauvais en lui et, pour quelque raison enfouie, il en avait besoin en ce moment. Et cela l'effraya.

Il lança brusquement son cheval au galop, et elle s'agrippa frénétiquement au pommeau de la selle pour ne pas perdre l'équilibre.

Alors qu'ils approchaient de la falaise ondoyante dans la brume de chaleur, le soleil monta encore plus haut dans le ciel, et frappa plus fort. Kathleen sentit la sueur perler, puis goutter entre ses seins. Elle s'ombragea les yeux d'une main, et scruta l'étrange amas pierreux visible au sommet de la falaise.

— Que sont ces ruines, là-haut ?

— Juste quelques vieilles pierres, éluda Sayeed.

Le plateau qu'ils traversaient se transformait peu à peu en une sorte de canyon, la falaise de calcaire à leur droite et une paroi rocheuse similaire, effritée, à leur gauche. Alors que la vallée s'étrécissait, Kathleen perçut un changement dans la posture de son ravisseur — une tension accrue dans ses cuisses, une raideur dans la manière dont il chevauchait. Le hongre, lui aussi, paraissait nerveux, comme s'il sentait qu'il approchait de l'écurie. Ou d'un danger.

Kathleen étudia les hommes, devant elle. Elle crut sentir un changement dans leur attitude, à eux aussi. Le canyon s'étrécit encore, occultant le soleil par endroits, des saillies rocheuses projetant des ombres sur le sable.

Tordant le cou, elle scruta de nouveau les ruines. La structure paraissait être un restant de forteresse, construite dans de la roche rouge taillée à même la paroi. Une étroite sente en épingle à cheveux menait précairement de la vallée au sommet.

— On dirait les vestiges d'une vieille forteresse, probablement de l'époque de la première croisade.

Il ne répondit rien.

— Vous voyez là ?

Elle pointa l'index.

— On le devine par l'emplacement de ce qui ressemble aux ruines de tourelles.

— Comment savez-vous tout ça ?

— Je…

Kathleen se rappela d'être prudente, et de ne pas paraître trop savante ni de trahir le fait qu'elle parlait plusieurs dialectes arabes, donnait des conférences sur la littérature arabe, et étudiait l'architecture de cette région avec la passion et l'empressement d'une érudite.

— Je suis historienne, et je me suis toujours intéressée à l'histoire de cette partie du monde.

Elle demeura silencieuse un long moment, puis reprit à voix basse :

— Je ne pensais pas que j'y viendrais en personne un jour. Du moins pas dans ces circonstances.

Sayeed éprouva un pincement de remords.

— D'où venez-vous ?

Il le savait déjà, mais poser ce genre de questions renforcerait sa couverture.

— Seattle.

— Au nord-ouest, côté Pacifique. Très pluvieux.

Elle le confirma d'un hochement de tête, puis détourna abruptement le visage, mais il eut le temps d'apercevoir le miroitement des larmes, dans ses yeux. Son cœur se serra, et il éprouva lui aussi les tiraillements de son propre mal du pays. La fraîcheur de la pluie lui manquait. Les jours d'automne piquants de Washington DC, les tempêtes de neige, les lucioles, en été. Il était depuis trop longtemps loin de chez lui, et vivre auprès de son père et de son oncle l'avait rendu haineux. Or cette belle, jeune captive lui ramenait les pieds sur terre et lui rappelait d'être fidèle à ses valeurs.

L'ironie de la situation ne lui échappa pas.

Lesdites valeurs — le fait même qu'il ne pouvait permettre qu'elle devînt un dommage collatéral — risquaient de saborder cette mission du Pentagone et de ses alliés.

Et donc, de laisser se répandre une nouvelle souche génétiquement modifiée de fièvre hémorragique à travers le monde entier.

En sauvant une unique femme, Sayeed pouvait condamner la vie de milliers d'autres.

Au nom du ciel, qu'était-il censé faire d'elle à présent ?

Au sortir d'un virage, les parois de la falaise se resserrèrent encore. Relevant la tête, Sayeed aperçut un éclat métallique tout en haut. Il leva la main en guise de salut alors qu'il passait dessous.

Perchée très haut dans une anfractuosité de rocher, une sentinelle sortit de sa cachette pour lui retourner son salut, sa djellaba et les extrémités de son chèche claquant dans le vent qui s'engouffrait violemment entre les parois. L'homme portait un fusil d'assaut, et à portée de sa main se trouvait un lance-roquettes. Une deuxième sentinelle pareillement armée était positionnée sur la paroi opposée, gardes stratégiques de ce qui constituait le portail géographique d'entrée au camp terroriste berbère.

Il remarqua que Kathleen notait leurs positions. A présent, ils chevauchaient en file indienne dans l'étroit canyon, Qasim en tête.

L'estomac de Kathleen se crispa. Elle regarda de nouveau en direction des sentinelles, et s'avisa que, à condition de longer à la base même cette étroite partie de la falaise, des surplombs rocheux l'abriteraient de la ligne de vision directe des gardes. Déjà, elle prévoyait de s'échapper.

Tout à coup, le canyon s'évasa en une large vallée écrasée de soleil, et émaillée de tentes militaires. Des armes de masse, incluant ce qui avait tout l'air d'être des lance-missiles, étaient bâchées de treillis de camouflage destinés à les rendre invisibles du ciel. Au loin, des hommes s'exerçaient à un parcours d'obstacles sous les ordres impérieux d'un autre.

— Quel est cet endroit ? chuchota-t-elle.

— Taisez-vous, grommela Sayeed entre ses dents.

Et elle sentit en lui une réelle anxiété qui, tout à coup, la terrifia plus que tout : cette anxiété trahissait qu'il n'était pas le chef ici, et que sa vie à elle dépendait du degré d'autorité, quel qu'il soit, dont il disposait dans ce camp.

Les hommes mirent pied à terre, et plusieurs adolescents vêtus de tuniques poussiéreuses accoururent, le visage détourné en signe de soumission. Se saisissant des chevaux, ils les entraînèrent dans un enclos qui, en partie surplombé par un affleurement rocheux, leur offrait un abri contre l'ardeur du soleil. Les cavaliers, toutefois, s'attardèrent, curieux de voir comment Sayeed allait gérer l'arrivée de leur captive au camp. Leurs regards étaient hostiles, certains lascifs. La peur chevillée au ventre, Kathleen détourna elle aussi les yeux et fixa le sol, priant pour qu'ils la relâchent, quand bien même elle avait été témoin de l'assassinat de ses guides.

Soudain, de tranquilles murmures s'élevèrent. Kathleen entendit prononcer le nom de Bakkar, puis les hommes reculèrent. Descendu de cheval, Sayeed s'empara de sa main. Leurs regards entrèrent en collision, et le message, sur ses traits, fut sans appel — *pour l'amour du ciel, n'ouvrez pas la bouche !* Il la tira sans ménagement à terre. Ses pieds entaillés et enflés atterrirent violemment au sol, et elle grimaça de douleur.

Au travers de la foule qui s'écartait avança un homme de haute taille à la peau sombre, vêtu d'une *jalabiya* d'une blancheur immaculée sanglée à la taille par une corde colorée à glands. Une dague et un cimeterre y pendaient. Une cicatrice plissée, irrégulière, zébrait ses traits agressifs du haut de son sourcil gauche jusqu'au côté droit de son menton. Son œil gauche s'affaissait et, bien malgré elle, Kathleen le fixa, se demandant s'il était aveugle de cet œil-là.

L'homme vint s'immobiliser devant elle, mais il ne la regarda pas. Au lieu de quoi, il foudroya Sayeed du regard, et attendit sans un mot.

Kathleen sentit son estomac se liquéfier.

— Cheikh Bakkar Al Barrah, débuta Sayeed en arabe, la tête inclinée avec déférence. J'ai quelque chose pour toi.

Tout en parlant, il poussa Kathleen en avant. Elle trébucha au sein du cercle d'hommes, avant de s'immobiliser à quelques centimètres de Bakkar. Elle jeta à Sayeed, par-dessus son épaule, un regard terrifié.

Le regard noir était sans expression, ses traits implacables.

— Sayeed ? lâcha-t-elle dans un chuchotement de terreur.

— A genoux ! ordonna-t-il en anglais.

— Sayeed, je vous en prie…

— Tout de suite !

S'avançant, il l'agrippa par les épaules et, l'ayant fait pivoter pour qu'elle fasse face à Bakkar, il appuya un genou à l'arrière de ses cuisses, la forçant à tomber sur le sable.

— Baisse les yeux !

Tremblante, les yeux brûlants, lancinants, elle s'exécuta, ses cheveux retombant sur ses joues.

— Voici la femme que tu voulais, Bakkar.

Pointant l'index sur elle, Sayeed retourna au dialecte arabe. Kathleen fut alors certaine qu'ils ignoraient qu'elle comprenait leur échange.

Bakkar s'avança, la main à la poignée de son cimeterre, comme s'il s'apprêtait à tout instant à lui trancher la tête. Il tourna lentement autour d'elle tandis que Kathleen regardait ses bottes. Elle se mit à trembler violemment. La plaie à sa tempe s'était rouverte, et elle se focalisa désespérément sur les taches de sang rouge sombre qui s'étalaient sur le sable.

— Pourquoi, s'enquit-il d'une voix très mesurée, un rien enrouée, est-elle toujours en vie ?

— Nous devons l'interroger.

Bakkar cessa de tourner autour d'elle.

— Je t'ai donné des instructions, Sayeed. Et ces instructions étaient de la tuer sur-le-champ !

La voix de Sayeed demeura égale.

— Elle sait peut-être quelque chose qui pourrait nous être utile. Peut-être relayait-elle sa position à une tierce personne qui pourrait déclencher des recherches, attirer l'attention internationale. Il nous faut savoir exactement à qui elle a dit quoi, et nous préparer. Cette captive doit absolument être interrogée. Faute de quoi cela pourrait nous coûter…

— C'est moi qui prends les décisions, aboya Bakkar, pas toi !

Il pivota sur ses talons pour faire face à la troupe d'hommes, ajoutant :

— Personne d'autre ici que moi !

Un autre homme sortit de l'assemblée, comme pour le défier.

Kathleen inclina légèrement la tête de côté de manière à apercevoir le nouveau venu dans son champ de vision périphérique. Il était grand, semblable en carrure et en stature à Bakkar, et l'autorité émanait également de son maintien et de l'avancée résolue de son menton.

— Ou Marwan, bien sûr, nuança Bakkar à sa vue. En mon absence, la parole de mon frère vaut la mienne.

Marwan marcha à son tour lentement autour de Kathleen. Elle garda le regard à terre, sur les bottes dudit Marwan. En dépit de l'environnement poussiéreux, elles étincelaient comme un sou neuf. Il s'arrêta directement devant elle, puis dit, en arabe :

— Dis-lui de me regarder.

Sayeed demeura silencieux, et Kathleen maintint la tête baissée, priant pour qu'il intervienne.

— Dis-lui de me regarder !

A son ton bas, menaçant, Kathleen sentit un frisson lui parcourir le dos.

— Regarde cet homme, lui enjoignit Sayeed, traduisant calmement ce que Kathleen avait déjà compris.

Elle obtempéra. Lentement.

Ce qu'elle vit lui glaça le sang. Les yeux étaient comme la voix, menaçants. Noirs. De l'effrayante fixité de ceux d'un serpent. Ses traits rappelaient ceux de Bakkar, mais en plus vil, même sans la cicatrice. Son regard était lascif, ses lèvres épaisses et humides, ses cheveux tirés en arrière en une queue-de-cheval formant un V austère à la lisière de son scalp au-dessus d'un front très haut. Et Kathleen vit le mal. Elle vit un cœur cruel. Elle le sentit, de tout son être.

— Peut-être que Sayeed Ali n'a pas tout à fait tort, Bakkar, déclara-t-il sans se hâter. Cette femme pourrait être… utile. Une fois qu'elle aura été interrogée, et avant qu'elle meure, évidemment.

Le silence s'abattit sur la chaleur. Les hommes remuèrent.

Kathleen entendit le cri d'un oiseau de proie, haut dans le ciel, et se sut condamnée. Sa poitrine se souleva. Elle pria alors d'avoir simplement la force, le courage, de supporter ce qui allait s'ensuivre, quoi que ce fût.

— Soit, décréta finalement Bakkar. Sayeed, tu es le seul ici qui parle couramment anglais. Fais-le. Obtiens toutes les réponses dont tu as besoin, par n'importe quel moyen, je m'en fiche. Ensuite, tue-la.

Sur ces derniers mots, Bakkar décocha à son frère un regard appuyé. Marwan le lui rendit, ses lèvres toujours incurvées en un rictus.

Le défi, entre les deux chefs de clan, était évident. Bakkar affirmait sa domination en accordant à Sayeed le contrôle sur leur captive. Et, à en juger par l'expression des traits de Marwan et à la manière dont Qasim fit un pas en avant, elle devina que ça n'allait pas être si simple.

— Je veux l'information avant minuit, lança Bakkar par-dessus son épaule alors qu'il repartait à grands pas vers sa tente.

— Ça pourrait prendre plus longtemps, protesta Sayeed.

Bakkar se figea, puis pivota lentement, le regard acéré, la voix dangereusement basse.

— Tu as jusqu'à minuit, Sayeed. Pas une seconde de plus. Ensuite, tue-la.

Il marqua une pause, puis assena :

— Ou c'est moi qui te tuerai.

4.

La panique prit Kathleen à la gorge. Soit elle mourrait, soit ils mourraient *tous les deux*. Elle jeta un regard terrifié à Sayeed. Le visage de ce dernier était dur, ses yeux tels du silex. Et elle fut tout à coup convaincue que Sayeed Ali — un parfait étranger qui, contre toute attente, s'était déjà mis dans une situation délicate pour elle — ne sacrifierait pas sa vie, tout particulièrement dans la mesure où elle allait perdre la sienne de toute manière. Pourquoi le ferait-il ?

Il lui agrippa un bras, la hissa sur ses pieds, puis la traîna au travers du sable. Quasiment aveuglée de terreur, Kathleen chancela et trébucha derrière lui alors qu'elle luttait en vain pour se stabiliser. Il atteignit une des tentes de style militaire, ouvrit le rabat, la poussa à l'intérieur avec une telle force qu'elle atterrit sur les mains et les genoux. Il l'insulta violemment en arabe, et elle sentit des larmes se déverser sur ses joues.

Sayeed ferma le rabat qui servait de porte… et se tut aussitôt, sans plus faire le moindre geste. La fureur crépitait dans ses yeux, la sueur brillait sur son front. Il se mit à trembler.

Kathleen n'osa plus bouger. Humiliée, meurtrie, elle le fixa, attendit qu'il fasse ou dise quelque chose mais, pendant plusieurs minutes, il parut incapable d'émettre la moindre parole.

— Levez-vous, lui enjoignit-il enfin. Allez vous asseoir sur le lit.

Sans le quitter des yeux, circonspecte, Kathleen se releva péniblement, et marcha à reculons en direction du lit de camp. Elle prit précautionneusement place au bord de la couverture rêche qui le recouvrait, les palpitations de sa poitrine si violentes qu'elle crut qu'elle allait avoir une crise cardiaque.

Il la dévisagea en silence pendant de longues minutes, comme s'il s'efforçait de décider quoi faire d'elle, puis reprit :

— Attendez ici. Je sors chercher ma trousse de premiers secours. Si vous sortez de cette tente seule, ils vous tueront sans hésiter. C'est compris ?

Kathleen déglutit péniblement, puis hocha la tête, les yeux embués d'émotion.

Sayeed quitta la tente, et elle s'efforça d'inspirer, ses deux mains tremblantes pressées contre sa poitrine en un effort pour calmer la folle course de son cœur, tout en étudiant son environnement. Elle devait être dans les quartiers privés de Sayeed, lesquels étaient spartiates. Une petite table pliante surmontée d'une cuvette et d'un broc était disposée près du lit avec, au-dessus, suspendu à la toile, un miroir de rasage rond. A côté, un frêle portant de métal et une tringle où pendaient, sur des cintres de fil de fer, quelques tuniques. A l'opposé, un étroit bureau et une chaise. Un tapis aux couleurs défraîchies recouvrait le sol, et un rideau était attaché près du lit.

Entendant des pas crisser sur le sable à l'extérieur de la tente, elle sentit son cœur s'affoler de nouveau. Le rabat s'ouvrit, et Sayeed entra, muni d'un bidon d'eau, de désinfectant, de pansements et d'un paquet de linge brun grisâtre.

Déposant le tout sur la chaise, il versa de l'eau dans un gobelet d'étain, puis le lui offrit. Mais ses mains tremblaient tellement que Kathlein ne put porter le gobelet à sa bouche sans en répandre partout. Sayeed s'avança, plaça ses deux mains autour des siennes de manière à raffermir suffisamment sa prise pour qu'elle puisse avaler plusieurs gorgées. De si près, Kathleen put voir une veine pulser à sa tempe. Son cou était tendu à craquer, de même que sa mâchoire. Son odeur était très masculine, enivrante. Et en cet instant précis, il la fit se sentir en sécurité. Même si elle s'avisa aussi que c'était le désespoir qui lui inspirait ce sentiment : il était l'unique rempart qui demeurait entre elle et ces tueurs, là-dehors.

L'espace d'un instant, quelque chose s'adoucit dans le regard noir, liquide, alors qu'il la regardait boire. Mais, aussitôt, il le détourna, puis déposa le gobelet sur la table. Après quoi, un long moment, il resta immobile, le dos tourné.

— Sayeed ?

Il pivota, et Kathleen lut le conflit dans ses yeux.

— Qu'a dit cet homme sur moi ? Est-ce votre chef ?

Il inspira profondément, puis se passa une main dans les cheveux.

— Bakkar. Oui, c'est notre chef. L'autre homme est Marwan, le frère de Bakkar et commandant en second.

— Commandant… comme dans un camp militaire ?

Ignorant la question, il rapprocha la table pliante du lit. Sur celle-ci, il déposa un flacon de désinfectant, des pansements, du coton et une serviette.

— Vous n'allez pas me dire ce que Bakkar a dit ?

Kathleen avait besoin de l'entendre de sa bouche, et aussi de savoir s'il aurait la franchise de le lui répéter.

— Il ne veut que des informations, Kathleen. Il veut savoir pourquoi vous vous êtes lancée dans le désert toute seule et…

— Je n'étais pas seule. J'avais deux guides. Des hommes bien, que vous avez tués !

— Je ne les ai pas tués.

— Vos hommes l'ont fait.

La colère crispa les traits de Sayeed, mais il ne répondit rien, s'activant à verser de l'eau dans la cuvette. Kathleen se rappela qu'elle marchait sur une corde raide avec cet inconnu — elle ignorait jusqu'où elle pouvait le pousser dans ses retranchements, et sa vie était entre ses mains.

— Qu'est-ce que Bakkar souhaite savoir d'autre de moi ? s'enquit-elle plus calmement.

— Pourquoi vous êtes venue à Adrar à l'origine, et si vous avez dit à quiconque que vous y étiez.

Kathleen ouvrit la bouche pour répondre, mais il secoua la tête.

— Pas maintenant. Laissez-moi d'abord m'occuper de ça.

Kathleen se tut, suspectant qu'il essayait de s'accorder un peu de temps afin de décider que faire d'elle. Elle avait entendu Bakkar déclarer qu'il avait jusqu'à minuit.

Sayeed trempa un coin de serviette dans l'eau, puis entreprit d'essuyer le sang et la poussière de son visage. Ses gestes étaient si étonnamment tendres comparés avec son attitude d'un peu plus tôt, que l'émotion étreignit douloureusement Kathleen. Elle lutta pour la contenir, mais cette douceur soudaine, dans ce contact, était trop, et des larmes s'échappèrent sur ses joues.

La main de Sayeed se figea lorsqu'il vit les larmes de sa captive couler. Il déglutit, en proie au tourment. C'était sa faute. Il n'aurait jamais dû l'amener ici. Il lui avait fait gagner quelques heures de vie de plus, et alors ?

Il savait qu'il était incapable de la tuer.

Et aussi que, s'il ne la tuait pas, il était fichu. Et la mission aussi.

Il *devait* rester en vie pour presser le bouton du dispositif de positionnement par satellite qu'il dissimulait dans l'ourlet d'une de ses tuniques. Activer ce bouton enverrait un signal unilatéral aux troupes des opérations spéciales massées à la frontière, et mobiliserait un raid militaire sur le laboratoire de haute sécurité caché dans les entrailles des ruines de la forteresse, sur la crête. Et le timing était crucial. Il ne pouvait presser le bouton avant que tous les kamikazes n'y soient arrivés, et il lui fallait le faire aussitôt après que le virus leur aurait été injecté. Le bombardement de la forteresse interviendrait exactement soixante minutes après son signal. Le camp, dans la vallée, serait pris d'assaut simultanément, en vue de capturer les terroristes vivants.

D'immenses yeux aigue-marine se relevèrent sur lui. C'en fut trop pour Sayeed. Il réprima l'impulsion d'essuyer les larmes de Kathleen et s'efforça d'en distraire son attention en nettoyant soigneusement l'entaille de sa tempe. Elle allait en garder une cicatrice, songea-t-il, avant de se retenir de justesse d'en rire tout haut — elle ne vivrait pas assez longtemps pour, hélas ! Nom d'un chien, *il devait* trouver un moyen d'aider cette femme ! De la sauver !

Il versa un peu de désinfectant sur un carré de coton, puis appliqua celui-ci sur la plaie. Kathleen inspira brusquement, mais ne protesta pas.

Autant lui rendre cette justice : elle avait beau avoir été naïve, et idiote d'être venue seule dans cette région du Sahara, elle était courageuse. Et de cela, il ne pouvait qu'être admiratif.

Il appliqua de nouvelles bandelettes de suture, s'efforçant de son mieux de rapprocher soigneusement les bords de l'entaille. Ce faisant, incapable de s'en empêcher, il s'autorisa à laisser sa main s'attarder brièvement sur le côté de son visage. Sa peau était si douce !

— Vous vous êtes brûlée, murmura-t-il. Vous n'auriez pas dû vous exposer tant au soleil.

Elle s'écarta vivement, la bouche pincée de colère.

— Et vous, vous n'auriez pas dû attaquer mon campement !

— Ravi de voir que vous allez un peu mieux !, ironisa Sayeed.

— Allez-vous faire voir !

Il hocha la tête avec l'ombre d'un sourire.

— Et comment va cette coupure, sur votre dos ?

— Parfaitement bien, merci !

Ah ça, il n'allait tout de même pas insister pour y jeter un coup d'œil ? Elle était déjà suffisamment sur les nerfs.

— Soit, décréta-t-il froidement, irrité contre lui-même d'avoir trahi qu'il s'en souciait, et d'avoir peut-être même révélé qu'il la trouvait attirante.

Par tous les feux de l'enfer, qu'est-ce qui clochait chez lui ?

Furieux contre la terre entière, il plaqua une pile de vêtements entre les mains de la jeune femme.

— Voici une tunique et un pantalon de coton prêté par un des garçons d'écurie. Ça devrait vous aller. Il reste de l'eau dans la cuvette pour vous rincer les pieds, et voici des chaussures.

Il lui tendit une paire d'espadrilles à semelle de corde.

— Tirez le rideau si vous ne voulez pas que je vous voie vous changer.

Il s'exprimait d'une voix cassante, et il le savait.

Elle le foudroya du regard, puis tira violemment le rideau qui isolait le coin nuit.

Sayeed s'activa à ranger son matériel de premiers secours, anxieux de gagner encore un peu de temps. Ils avaient survécu à la confrontation avec Bakkar, mais tout juste. Et pour l'instant, ils étaient probablement à l'abri de Marwan. Mais les aiguilles tournaient…

Il entendit qu'on tirait de nouveau le rideau, et leva les yeux.

Kathleen avait rassemblé ses épais cheveux roux en une queue-de-cheval qui accentuait la pâleur et la délicatesse de son visage. La tunique et le pantalon lui allaient relativement bien. Les espadrilles avaient l'air un peu grandes, mais c'était toujours mieux que de marcher pieds nus.

Attentif à ne pas lui effleurer les doigts, il lui tendit un bol de dattes agrémentées de quelques noisettes.

— Je vous apporterai davantage à manger plus tard.

Elle prit place sur la chaise, et dévora avidement son offrande. Le soulagement se fraya un chemin en Sayeed lorsqu'il vit un peu de rose affluer à ses joues.

— Donc, débuta-t-elle posément entre deux bouchées. Bakkar souhaite savoir pourquoi je suis venue au Sahara ?

Sayeed hocha la tête.

— Vous pouvez lui répondre que je suis à la recherche de ma sœur, le Dr Jennie Flaherty. C'est une biologiste moléculaire qui a disparu d'une convention médicale qui se tenait au Burkina Faso. Elle y avait été invitée en tant qu'oratrice principale d'une conférence sur les fièvres hémorragiques.

Sayeed le savait, naturellement, de même que Bakkar, mais il n'en laissa rien paraître, attendant qu'elle poursuive, et espérant qu'elle trahirait quelque chose susceptible de l'aider à lui sauver la vie sans condamner la sienne ou, pire, faire capoter toute l'opération.

— Jennie est une spécialiste de renom international de ce type de pathologie. Le virus Ebola est…

La voix de la jeune femme vacilla, et des larmes d'émotion et de désespoir voilèrent ses yeux. Elle s'interrompit, regarda fixement les dattes, dans le bol, tout en luttant pour se ressaisir.

— Le virus Ebola est l'une de ses spécialités avec notamment une souche récemment découverte, l'Ebola Botou. C'est… c'est pourquoi elle a été conviée au Burkina Faso, pour en parler.

Sayeed le savait aussi. C'était la raison pour laquelle les Maures du Maghreb, comme se dénommaient eux-mêmes les hommes de Bakkar en l'honneur de leurs ancêtres, l'avaient spécifiquement ciblée, sous l'ordre direct du mystérieux chef de l'organisation, le grand Maure lui-même. Le Dr Flaherty était l'une des rares personnes au monde potentiellement capable de faire en sorte que l'Ebola Botou se propage par voie aérienne. Et, contrairement aux autres souches Ebola, Botou avait une période d'incubation très précise, quoique encore instable génétiquement. Les personnes infectées devenaient contagieuses sous quatorze heures et, néanmoins, n'en trahissaient aucun signe extérieur avant de succomber soudainement vingt et un jours plus tard. Il était donc idéalement adapté au projet d'attaque biologique-suicide des Maures, surtout si transmissible par l'air.

Le scientifique iranien à l'origine des recherches en vue de la transformation de la souche en virus aérien s'était suicidé alors qu'il touchait au but onze mois plus tôt, ayant apparemment estimé la mort préférable à ce qu'il s'apprêtait à accomplir.

Le plan des Maures avait failli en rester là, ce qui était certainement ce que le biologiste espérait. Jusqu'à ce que le service de renseignements clandestin du Maghreb, qui tenait à l'œil ce genre d'information, apprenne qu'un des plus éminents experts mondiaux sur la question, susceptible d'achever la tâche de l'Iranien, était attendu en Afrique, non loin des limites du Sahara. L'enlèvement de Jennie Flaherty était déjà donc en cours d'élaboration deux bons mois avant qu'elle ne pose le pied sur le sol africain.

— Je crois que Jennie a été kidnappée, dit Kathleen.

— Et pourquoi pensez-vous cela ?

— Quelle autre explication y aurait-il au fait qu'elle a disparu d'un hôtel où se tenait une conférence internationale sans laisser la moindre trace ?

— C'est l'Afrique. Il s'y passe de drôles de choses.

Elle se pencha en avant, les traits crispés par l'amertume.

— Mais bien sûr ! Tout comme être emmenée de force dans un camp de terroristes berbères !

Sayeed sentit la douloureuse morsure de la frustration. Cette conversation ne menait nulle part !

— Soit. Si vous pensez que votre sœur a été enlevée

au Burkina Faso, qu'est-ce qui, bon sang, vous a amenée jusqu'ici, sur le plateau d'Adrar ?

— Une carte postale.

Il arqua un sourcil.

— Votre sœur vous a envoyé une carte postale d'*Adrar* ?

— Non, de Tessalit. Ecrite en gaélique, et m'appelant à l'aide. Je me suis rendue à Tessalit pour y montrer une photo de Jennie, et plusieurs villageois m'ont dit qu'ils l'avaient brièvement aperçue, vêtue de vêtements berbères. Ils pensaient qu'elle voyageait sans doute en direction du nord en compagnie d'une troupe d'hommes. Puis un petit groupe de nomades est arrivé au village en provenance du nord-ouest, et l'un des plus âgés a affirmé qu'il avait vu une femme à la peau claire qui lui ressemblait traverser le plateau d'Adrar avec une caravane d'hommes à dos de chameau.

Bakkar n'apprécierait pas cette information-*là*, songea Sayeed.

Le Dr Flaherty avait tenté de s'échapper à Tessalit. Elle avait réussi à fuir ses ravisseurs, mais avait été recapturée en quelques heures — laps de temps suffisant, manifestement, pour qu'elle griffonne quelques mots sur une carte postale, qu'elle avait ensuite dû confier à un villageois pour qu'il la poste pour elle. Et elle avait été assez maligne pour appeler à l'aide dans une langue que personne ne pouvait lire, en dehors de sa sœur apparemment. Le cachet de la poste ne pouvait qu'indiquer une localisation, point de départ pour des recherches.

— Pourquoi êtes-vous venue seule, Kathleen ?

— Parce que, répondit-elle d'un ton neutre, personne — ni au département d'Etat, ni au FBI, ni à Interpol, ni au gouvernement du Burkina Faso — n'a été en mesure de m'aider à la localiser. Et croyez-moi, je les ai pourtant tous harcelés, pendant neuf longs mois. Au point que j'en suis venue à me convaincre qu'on me cachait quelque chose, et que j'étais délibérément contrée.

Sayeed savait de source sûre que c'était effectivement le cas. Les autorités américaines avaient été informées, par lui-même, que le Dr Flaherty avait été capturée par les Maures du Maghreb et travaillait sous la contrainte dans leur laboratoire secret. Décision avait été prise au plus haut niveau de l'y laisser jusqu'au jour prévu du raid. Toute tentative de l'en extraire plus tôt compromettrait cette très sensible, et conjointe, opération internationale. Malheureusement, sur ordre du Pentagone, de la Maison-Blanche, et de la CIA, la sœur de Kathleen Flaherty était devenue un minuscule pion sur un très vaste et très dangereux échiquier. Il était fort peu probable qu'elle s'en sorte vivante.

— Que pouvais-je faire d'autre que de venir seule ? Je m'étais déjà adressée aux médias, aux lobbys politiques. J'ai même rencontré des activistes, des députés, la hiérarchie de l'université où elle exerçait. J'ai aussi créé un blog en son nom, où lancer un appel à toute information utile. Rien, absolument rien, n'en est ressorti. Comment quelqu'un peut-il tout simplement disparaître, Sayeed ? S'évanouir dans les airs, juste comme ça ? Comment se fait-il que personne ne sache rien, alors qu'on l'a *vue* à Tessalit et sur le plateau d'Adrar ?, s'emporta-t-elle, avant de se taire brusquement, le regard rivé au bol qu'elle tenait sur les genoux, dans un évident effort pour reprendre le contrôle de ses émotions.

Lorsqu'elle releva les yeux, Sayeed sentit son cœur se serrer.

— Il me fallait le faire, reprit-elle calmement. Jennie est… Elle m'a élevée. C'est la personne la plus importante de ma vie.

— Et vos parents ?

Sayeed avait posé la question sans réfléchir, et il s'avisa que quelque chose d'étrange se passait en lui. Il se montrait curieux. Il souhaitait en savoir davantage sur elle, de manière tout à fait personnelle. Et il se haïssait d'éprouver tant d'intérêt.

Sa bouche se pinça, et elle détourna les yeux.

— Kathleen. Je vous en prie, parlez-moi. Tout ce que vous voudrez bien me dire pourrait être susceptible de m'aider.

Le regard de la jeune femme se reporta vivement sur lui.

— *Vous* aider ? releva-t-elle, les traits déformés de dégoût.

— Oui, confirma-t-il sèchement. M'aider à vous sauver la vie !

— Pourquoi diable le voudriez-vous ?

Il la dévisagea un instant, et s'aperçut qu'il n'était même pas certain de la réponse.

— Ecoutez, c'est moi qui pose les questions, ici, éluda-t-il, et si vous ne coopérez pas, vous ne survivrez pas.

Elle bondit sur ses pieds, et le bol chuta bruyamment à terre.

— Je ne comprends même pas ce qu'ils cherchent à obtenir de moi !

— Asseyez-vous et répondez à ces fichues questions !

Elle le foudroya du regard, colère et frustration lui enflammant les pommettes.

— Soit ! A votre aise !

Elle se rassit lentement.

— Mes parents étaient des universitaires, enchaîna-t-elle d'une voix sans timbre. Docteur en philosophie, ma mère était si immergée dans l'analyse de sa vision du monde et ses écrits qu'elle en oubliait complètement qu'elle avait une famille et des enfants. Elle est partie lorsque j'avais cinq ans. Mon père était un professeur de littérature qui estimait nécessaire de ramener chez lui une conquête après l'autre. Quand ce n'était pas le cas, il restait dehors à se soûler plusieurs nuits d'affilée. Jennie est mon aînée de douze ans. C'est elle qui s'occupait de moi, s'assurait que je prenais un bain, que je dînais, que j'écoutais une histoire avant de m'endormir. Jennie…

Sa voix se brisa, et de nouvelles larmes affluèrent.

— Jennie m'a tout appris. Elle est… mon foyer. Ma vraie famille. Je ne sais pas si quelqu'un comme vous peut le comprendre.

Quelqu'un comme moi.

Sayeed songea à sa propre famille. Aux brutes qu'étaient son père et son oncle. A sa mère terriblement défigurée et pourtant si belle. A sa propre loyauté à l'égard de cette femme à présent décédée qui l'avait élevé, et qui s'était tant sacrifiée pour qu'il ait une vie décente aux Etats-Unis. Elle était la raison pour laquelle il avait rejoint le FBI, pour traquer les méchants comme son père et son oncle. Pour réclamer justice au nom de victimes comme sa mère. C'était la raison pour laquelle il avait accepté cette dangereuse mission.

C'était la raison pour laquelle il observait Kathleen Flaherty en cet instant, et lui posait toutes ces questions.

Et il se souciait d'elle parce que, plus que toute autre chose dans sa vie, il aspirait depuis toujours, lui aussi, à une vie de famille normale, à un véritable foyer.

— Vous avez raison, concéda-t-il froidement. Un homme comme moi n'aura jamais de véritable famille. Comment pouvez-vous être sûre que cette carte était de votre sœur ?

— Je connais son écriture. Et c'est Jennie qui m'a appris le gaélique quand nous étions enfants. Nous l'utilisions comme langage secret. Et sur le recto figurait une oasis. Jennie avait l'habitude de dire que le gaélique était notre oasis au sein d'un foyer à la dérive, une langue que nous étions seules à comprendre.

— Une idée de la raison pour laquelle votre sœur aurait été kidnappée ? s'enquit Sayeed.

Bakkar tiendrait à savoir si Kathleen avait d'éventuelles suspicions, et si elle en avait informé quelqu'un.

— Non. Il n'y a eu aucune demande de rançon ou quoi que ce soit d'autre. Je sais que les étrangers sont kidnappés pour l'argent, dans certains pays d'Afrique. Et que ça arrive souvent dans des endroits comme le Nigeria en protestation contre les intérêts pétroliers occidentaux ou autre. Mais Jennie n'était impliquée dans rien de tout ça. Peut-être s'agit-il de trafic sexuel ou d'une autre sorte de trafic d'êtres humains…

Une fois encore, ses yeux s'embuèrent, et elle ravala une boule d'émotion.

Sayeed la fixa. Cette femme était si loin de ses repères que c'en était invraisemblable !

— Je n'arrive pas à décider si vous êtes incroyablement courageuse ou atrocement stupide d'être venue seule ici, observa-t-il lentement. Le Sahara n'est pas un endroit pour une femme !

— Raison de plus pour se battre pour Jennie. Elle a besoin de moi. Je suis tout ce qui lui reste, maintenant. Elle s'est tant sacrifiée pour moi. C'est mon tour à présent. Et si je ne sors pas de ce fichu camp vivante, je serai au moins morte en essayant de l'aider.

Que le diable l'emporte mais, en cet instant, Sayeed éprouvait une profonde empathie pour cette femme. Il la comprenait, sincèrement. Parce que lui aussi aurait été aux confins de la terre pour quelqu'un qu'il aimait, pour sa famille, pour l'honneur. D'ailleurs, il l'avait fait, c'était même précisément ce pourquoi il était là.

— Quelqu'un, chez vous, sait-il que vous êtes à Adrar ? reprit-il à voix basse.

Elle renifla, se frotta le nez.

— Non. La compagnie aérienne américaine et l'agence de voyages que j'ai utilisées savent seulement que je me suis rendue à Tessalit. J'aurais dû appeler et prévenir quelqu'un que je suivais une piste jusqu'à Adrar, mais j'étais si découragée que les autorités ne m'écoutent pas que j'ai d'abord voulu trouver des preuves concrètes à leur apporter.

Elle marqua une pause, puis conclut :

— Si j'ai fait quoi que ce soit de stupide, Sayeed, ce n'est pas d'être venue seule au Sahara, c'est de ne pas avoir fait en sorte que quelqu'un sache où j'étais à chaque étape, parce que, là, personne ne va même remarquer que j'ai disparu.

— Vous ne l'avez même pas dit à un ami ?

Elle abaissa les yeux.

— Non.

Sayeed se passa les doigts dans les cheveux. Bakkar serait ravi de cette nouvelle. Mais ensuite ? Une fois qu'il le lui aurait dit, Kathleen serait pour ainsi dire morte !

Elle se leva de la chaise, fit un pas dans sa direction. L'espace, dans la tente, parut soudain se rétrécir.

— Mais vous savez quoi ? reprit-elle, amorçant un autre pas vers lui.

Il s'humecta les lèvres, son sang en ébullition, sa tête bourdonnant de tension.

— Quoi ?

— Je ne vous crois pas. Je ne crois à rien de ce que vous avez dit. Ce que je crois, c'est que vous savez quelque chose à propos de ma sœur. Et c'est pourquoi vous avez pris mes photos.

Sayeed ne pouvait plus respirer. Elle était trop près. Il avait besoin de réfléchir. D'air. De la toucher, bon sang !

Il recula hâtivement en direction du rabat avant de céder à la tentation.

— Ne bougez pas d'ici.

L'inquiétude s'inscrivit sur ses traits.

— Pourquoi ? Où allez-vous ?

Sans répondre, Sayeed émergea à l'extérieur. Il laissa retomber le rabat derrière lui, puis expira longuement. Le crépuscule se transformait en nuit, et le feu, au centre du camp, avait été allumé. Rassemblés en tailleur autour des flammes, les hommes se passaient un narguilé cependant que les plus jeunes déposaient plats de nourriture et pots de thé à la menthe sur des nattes sous une tente adjacente, consacrée aux repas.

Sayeed escalada un affleurement rocheux, à quelques pas de là, et s'assit sur la roche tiède.

Une lune dans son troisième quartier s'élevait peu à peu au-dessus des ruines de la forteresse, projetant de fantomatiques dessins en relief sur la crête. Et une brise s'abattait, de l'air nocturne plus frais qui descendait le long de la falaise pour remplacer la chaleur résiduelle échappée de la vallée. Sayeed observa les ombres autour du feu, écouta les rires intermittents. Bakkar et Marwan exigeraient son rapport dans quelques heures à peine.

Il se frictionna le front, torturé par la décision qu'il allait être contraint de prendre.

A l'intérieur de la tente, Kathleen arpentait le tapis. Elle s'immobilisa devant la tringle de métal sur laquelle Sayeed avait suspendu ses vêtements. Il avait posé sa ceinture par-dessus, et son cimeterre était encore dans le fourreau. Une décharge d'adrénaline la traversa. Tendant la main, elle en effleura la poignée. Il devait avoir sa dague avec lui, mais il avait laissé son arme principale ici. Pouvait-elle s'en servir ? Elle grommela entre ses dents, puis éclata d'un rire un peu hystérique. Cette arme, il ne l'avait pas laissée ici par négligence. Sayeed *savait* qu'elle ne lui ferait aucun mal. Sans Sayeed pour la protéger, elle était pour ainsi dire morte. Donc, comment diable sortir de ce bourbier ? Elle pivota, se remit à arpenter le tapis.

Elle devait réfléchir de manière positive, croire qu'elle allait s'en sortir, pour le bien de Jennie. Si elle mourait ici, l'espoir pour sa sœur mourrait, lui aussi.

Sayeed était la clé. Il lui fallait faire tout ce qui était en son pouvoir pour qu'il *veuille* la garder en vie. Et, avant tout, surveiller ses paroles.

Elle entendit un bruit de pas à l'extérieur. Lorsque le rabat s'ouvrit, elle pivota brusquement… et se figea d'horreur.

Ce n'était pas Sayeed, mais l'un des autres hommes.

Il pénétra lentement dans la tente, la dévorant du regard, les traits empreints de concupiscence. Il s'avança vers elle, menaçant.

Kathleen plongea en direction du cimeterre, mais c'était trop tard. L'homme bondit et, du revers de la main, la frappa en plein visage. Une onde de douleur la transperça, et un voile noir de vertige tournoya en spirale dans son esprit. Elle se plia en avant, une main appuyée sur le bureau, s'efforça de rester consciente. Un goût de sang, métallique, lui emplit la bouche. Il se rua sur elle par-derrière, plaqua sa paume contre sa bouche, la forçant à avaler son sang. Elle tenta de le mordre, mais ne le put. Il l'arracha au bureau et, dans sa tentative désespérée de s'y accrocher, elle sentit la paire de petits ciseaux que Sayeed avait utilisée pour découper les pansements. Elle la crispa dans son poing alors que l'homme la traînait hors de la tente, puis à travers la poussière.

Une fois derrière la tente, il l'entraîna entre deux rochers et la poussa à terre. Un bras en travers de son cou, il l'épingla dos au sol, et Kathleen s'efforça désespérément d'inspirer cependant que l'homme lui relevait sa tunique, puis entreprenait d'abaisser son pantalon. Kathleen se contorsionna, tenta de crier, mais en vain. L'étoffe se déchira. Elle s'avisa soudain qu'elle avait toujours les ciseaux en main et, alors que l'homme s'acharnait sur son pantalon, elle le frappa à la tête.

Sous le choc, il se rejeta en arrière.

Kathleen en profita pour hurler, puis se dégager de son poids. Mais, alors qu'elle se relevait pour courir, il plongea en direction de ses jambes, et la replaqua dans la poussière.

5.

Un cri terrifiant déchira la nuit. Sayeed bondit — *Kathleen ! Ils étaient en train de la tuer !* Il dévala les rochers, se rua sur l'entrée de sa tente. Le rabat en était ouvert, mais personne à l'intérieur. Il l'entendit crier de nouveau. Le son provenait de quelque part entre les rochers, derrière la tente. Il s'y précipita.

Là, dans la pénombre, hors de vue des hommes rassemblés près du feu, un proche acolyte de Qasim clouait au sol Kathleen d'un bras sur son cou, et s'agitait sur elle.

La rage explosa dans ses veines. Il sortit son *jambiya*. Comme il allait se jeter sur lui, l'homme lâcha Kathleen et sauta sur ses pieds tel un acrobate, tout en se saisissant de sa propre dague. Il fit face à Sayeed, les pieds écartés, l'arme lancée en rythme d'une main à l'autre, tandis que Kathleen, à l'aide de ses mains et de ses pieds, reculait hâtivement, toujours à demi allongée sur le sable.

Sayeed ne détourna pas une seule seconde son attention de l'assaillant.

— Retournez dans la tente, grommela-t-il à l'attention de Kathleen, cependant que l'homme et lui commençaient à évoluer lentement l'un autour de l'autre, leurs lames étincelant au clair de lune.

L'homme plongea. Sayeed l'évita. Du coin de l'œil, il vit Kathleen ramper à quatre pattes en direction de la tente, sa peau crémeuse transparaissant au travers des déchirures de la tunique. L'adrénaline le rendit violent.

Il bondit en avant, sa lame en direction de l'abdomen de son adversaire, mais ce dernier para le coup, le souffle court, les yeux mauvais.

Sayeed attaqua de nouveau. Cette fois, il sentit sa lame entrer en contact avec quelque chose. L'homme jura bruyamment. Avant que Sayeed ait pu la détourner, l'extrémité de la lame courbe de son opposant le heurta à la hanche, l'entaillant d'un brûlant sillon. Le cœur de Sayeed s'emballa. Le sang suinta. Il se remit à tourner autour de l'homme, le corps à demi ramassé, les muscles tendus, sa lame brandie devant lui.

A la périphérie de son esprit, il prit conscience que les bavardages, autour du feu, s'étaient tus. Tous les hommes tendaient l'oreille, mais personne ne paraissait sur le point d'interférer. Leur intention était de laisser Sayeed et son opposant se battre jusqu'à la mort au besoin.

Du coin de l'œil, il vit Kathleen revenir de la tente avec, entre les mains, le cimeterre qu'il avait laissé à l'intérieur. Son assaillant fut momentanément pris de court par sa réapparition, et Sayeed en profita pour réattaquer. L'homme bondit en arrière, et un de ses talons heurta un rocher. Il trébucha, tomba lourdement sur le dos, et l'air s'échappa bruyamment de ses poumons. L'espace d'une fraction de seconde, il parut sonné. Kathleen se rua sur lui, agrippant le cimeterre des deux mains pour le brandir au-dessus de sa tête.

— Non ! hurla Sayeed. Ne faites pas ça, Kathleen !

Elle hésita, lui coula un regard.

— Ils vous tueront. Et il n'y aura rien que je pourrai faire pour les arrêter.

Elle parut se débattre un instant dans l'incertitude.

— Posez ça à terre, Kathleen, et faites-le glisser vers moi. Je vous en prie.

Elle recula lentement, puis plaça l'arme sur le sable et, d'un coup de pied, la projeta dans sa direction. Mais, alors que Sayeed se baissait pour la récupérer, l'homme roula de côté et se saisit de son propre sabre, qu'il avait laissé au pied d'un rocher pendant qu'il attaquait Kathleen. Cimeterre en main, il pivota, sauta sur ses pieds puis, avec un hurlement, se rua sur Sayeed. Au moment où la lame s'abattait sur lui, Sayeed la bloqua de la sienne. Le métal heurta le métal, le son ricochant sur les parois du canyon, puis se répercutant au travers des ruines de la forteresse, au-dessus.

Alors que Sayeed prenait un nouveau coup sur la hanche, Kathleen hurla, puis se mit à lancer des pierres. L'une d'elles heurta violemment le front de son agresseur, l'étourdissant brièvement. Sayeed saisit l'occasion. D'un coup de cimeterre, il fouetta son poignet en vue de lui faire lâcher son arme. Le sang gicla. Sous le choc, les yeux de l'homme s'écarquillèrent, et il fixa avec horreur sa main sanguinolente, son cimeterre chutant à terre avec un bruit sourd.

Sayeed se jeta sur lui et, de tout le poids de son corps, le fit tomber de tout son long. Tout ce qu'il avait à faire, c'était de l'achever. La sueur coulait dans ses yeux, les brûlait. Le souffle court, il saignait, lui aussi.

Mais il sentit Kathleen le regarder, et il ne put le faire. Il ne put se résoudre à la soumettre à davantage d'horreur. Il ôta sa lame, se redressa, puis décocha un coup de pied dans le flanc de l'homme.

— Hors de ma vue, tas d'excréments ! Remets un pied près de mes quartiers ou de ma prisonnière, et je te pendrai moi-même haut et court avant de te laisser en pâture aux vautours. C'est compris ?

Se relevant tant bien que mal, sa main valide autour de son poignet ensanglanté, l'homme s'enfonça en trébuchant dans l'obscurité.

Sayeed reporta son attention sur Kathleen. Au clair de la lune, elle était blanche comme un linge, ses yeux assombris par le choc. Son visage était couvert de poussière, sa tunique déchirée au niveau de la poitrine, le galbe de ses seins visible en dessous.

— Vous… vous a-t-il…

C'est à peine s'il put parler, le souvenir de Marwan frappant et violant sa mère affluant, vivace, rouge et violent à sa mémoire, suivi de celui de Bakkar projetant de l'huile bouillante sur le beau visage de celle-ci, la blâmant elle plutôt que son frère, et la défigurant afin que plus aucun homme ne la regarde. Après quoi, il l'avait bannie du campement, l'abandonnant seule et démunie dans les vastes étendues du Sahara avec ses plaies à vif. Il se mit à trembler.

— Non, lâcha-t-elle dans un souffle. Vous êtes arrivé avant qu'il ait pu faire quoi que ce soit. Merci, Sayeed.

L'émotion l'envahit, et elle se mit à hoqueter violemment.

Je ne suis pas Sayeed ! voulut-il crier. *Je suis Rashid Al Barrah, et j'étriperai ces hommes de mes mains nues plutôt que de les laisser vous toucher !*

La rage, aussi brute que de la lave volcanique, bouillonnait dans ses veines, et menaçait de faire se craqueler son identité d'infiltration. Il agrippa le bras de Kathleen et, au lieu de la réconforter, l'entraîna de force jusqu'au-devant de la tente, après quoi il marcha à pas martiaux en direction des hommes silencieux rassemblés autour du feu de camp.

Comme il traînait Kathleen devant eux, tous relevèrent les yeux, stupéfaits. Elle demeura là, tremblante, en pleine confusion, sa peau exposée d'une blancheur d'albâtre sous le clair de lune.

Plusieurs hommes se penchèrent en avant. D'autres se levèrent, la main à la poignée de leur cimeterre ou de leur dague. D'autres, encore, émergèrent de leurs tentes.

Sayeed vit Bakkar repousser le rabat d'ouverture de ses quartiers privés et en sortir. Les ombres projetées par les flammes jouèrent sur sa vilaine cicatrice, celle infligée par son fils de onze ans. Ce garçon était désormais un homme, et Bakkar ignorait qu'il s'agissait précisément de celui qui réclamait l'attention de tous en cet instant, devant le feu.

Marwan, lui aussi, sortit de sa tente, et l'adrénaline se mit à déferler violemment dans la poitrine de Sayeed.

— Et maintenant, écoutez-moi tous !

Il poussa Kathleen en avant, puis la désigna de la pointe de son cimeterre.

— Cette prisonnière est à moi !

Il dévisagea l'un après l'autre chacun des hommes rassemblés autour du feu, puis enchaîna, pointant la pointe de son cimeterre sur plusieurs d'entre eux :

— Et comprenez bien ça : si toi, ou toi, ou n'importe lequel d'entre vous s'approche d'elle, il mourra. Je l'ai interrogée. Elle ne sait rien. Kathleen Flaherty n'est qu'une stupide Américaine venue dans le désert en quête de sa sœur parce que aucune autorité n'a voulu l'aider. Elle est la risée de tous dans son pays, et elle n'a dit à personne qu'elle venait à Adrar.

Il scruta les regards des hommes, le sien s'attardant en un grand mouvement panoramique sur chacun d'entre eux.

— Elle est stupide, mais pas inutile.

Un des hommes sourit, ses dents étincelantes dans la clarté des flammes, et Sayeed pointa sa lame sur lui.

— Oui, reprit-il d'un ton menaçant, vous savez tous ce que ça veut dire. Je revendique publiquement cette prisonnière. Je vais la prendre pour femme, et le clan doit l'accepter selon les anciens rites, ceux qui autrefois nous rendaient forts. Ceux que certains d'entre vous…

Il dévia la pointe sur l'un des sbires de Qasim.

— … ont oubliés. Il nous faut nous souvenir de là d'où nous venons, adhérer à nos anciens codes de justice et d'honneur.

Cette fois, il regarda directement Bakkar.

— C'est pour ça que nous nous battons. Notre passé, notre honneur. Et c'est pourquoi nous deviendrons une force incontournable lorsque le monde entier apprendra ce que nous avons fait. Et ça veut aussi dire que vous resterez loin de ma femme, sans quoi vous me forcerez à invoquer le code de la justice et à réclamer votre vie, ou à mourir ce faisant.

Un silence de mort plana sur le camp, uniquement interrompu par les crépitements du feu et le sifflement d'une bouilloire.

Plusieurs hommes, dont Qasim, regardèrent en direction de la tente de Bakkar. Son silence fut pris comme un aval tacite. Marwan, toutefois, s'avança d'un pas, l'esquisse d'un sourire narquois sur le visage.

— Tu me surprends, Sayeed Ali, déclara-t-il posément. Peut-être même m'impressionnes-tu un peu. Prends cette femme, puisque c'est ton bon plaisir. Et que les anciens rites tiennent lieu de loi.

Il marqua une pause, le temps d'effacer son sourire, puis nuança :

— Pour l'instant.

Sayeed reprit Kathleen par le bras. L'attirant brusquement à lui, il pressa sa bouche sur la sienne, l'embrassant de force à la vue de tous, tout en la faisant reculer avec rudesse jusqu'à l'entrée de sa tente.

Une fois à l'intérieur, il la relâcha aussitôt, la respiration saccadée.

Kathleen trébucha, et se rattrapa à la table pour ne pas perdre l'équilibre, le cœur cognant sourdement dans sa poitrine. Elle regarda Sayeed, choquée. Ses lèvres brûlaient encore de son baiser, du goût viril de sa langue dans sa bouche, et ses jambes tremblaient de terreur.

Elle avait parfaitement compris ce qu'il avait dit à ces hommes. Elle avait, aussi, perçu le désir primitif dans son baiser, ainsi que la dure pression de son érection contre son bassin. Sayeed la désirait. Et il avait le pouvoir de la prendre maintenant, de faire ce qu'il souhaitait d'elle, pour son propre compte. Ce qu'il ne faisait pas.

Il l'avait fait pour elle. Une fois encore, il avait mis sa propre vie en jeu pour sauver la sienne.

Ils s'entre-regardèrent, l'étrange, terrifiante puissance de leur baiser encore entre eux, entremêlée à l'adrénaline, à la peur, au danger.

— Couvrez-vous !, dit-il abruptement.

Sayeed se mit à arpenter la pièce d'un pas furieux, comme s'il s'efforçait de s'éloigner d'elle, d'échapper à son propre désir. Impossible, parce qu'il était coincé sous cette tente avec elle, et que des bêtes sauvages rôdaient dehors. Il pivota brusquement pour lui faire face. Et Kathleen vit que son corps tout entier tremblait, et que son regard s'embuait d'émotion.

— Seigneur, je regrette tellement, murmura-t-il.

Kathleen déglutit, incertaine de ce qu'elle devait répondre à cet aveu.

Sayeed s'approcha d'elle, et lui prit le visage entre ses mains, ses grands yeux noirs liquides, doux.

— C'était le seul moyen. Je… je leur ai dit que je vous réclamais pour moi, Kathleen, comme compagne, et que si quiconque se risquait à vous toucher, j'aurais l'obligation selon l'ancien code de justice de notre clan de le tuer. Quant au baiser… il fallait que ça ait l'air vrai !

Ça, pour avoir l'air vrai…, songea-t-elle confusément, avant de murmurer :

— Et Bakkar ?

— Je lui ai dit que vous ne saviez rien. Je…

Sayeed jura en arabe.

— … je crois qu'il nous laissera tranquille quelque temps. Je vais vous trouver d'autres vêtements, enchaîna-t-il à la vue de sa tunique déchirée, mais pas tout de suite. Il est préférable de laisser les choses retomber un peu. Il faut qu'ils croient que…

— Que nous sommes en train de faire l'amour, acheva tranquillement Kathleen.

Le regard de Sayeed s'obscurcit, avide, tout à coup.

Kathleen sentit ses pommettes s'enflammer. Il détourna les yeux, se saisit, sur le lit, d'un drap de coton, qu'il lui tendit.

— Pouvez-vous utiliser ça en attendant ?

Elle hocha la tête, et s'en drapa, tremblant toujours de tous ses membres.

— Etes-vous sûre que cet homme ne vous a fait aucun mal ? insista-t-il d'une voix de nouveau rauque et très basse.

— Sûre et certaine.

Il la foudroya du regard, l'air d'être prêt à argumenter. Au lieu de quoi, il se détourna, puis se remit à arpenter la pièce comme un lion en cage.

Tout à coup, il se laissa choir sur un tabouret, puis enfouit son visage entre ses mains. Il resta assis ainsi un long moment, le visage caché dans ses paumes.

Kathleen resserra les pans du drap autour d'elle, mal à l'aise. Elle amorça un pas vers lui et, sans réfléchir, plaça une main sur la puissante épaule.

— Ça va aller, Sayeed.

L'émotion eut raison de Sayeed. Il n'osa pas relever les yeux, ni même articuler un mot. Cette femme vivait un véritable enfer, et il en était responsable. Il ne méritait pas sa compassion, et néanmoins elle la lui offrait. Cette femme si belle, si douce, était trop pure pour lui.

Trop pure pour se trouver dans ce désert maudit, aux mains de scélérats fanatiques. Bien trop pure pour être projetée au milieu de ce cauchemar.

— Sayeed ?

Il releva lentement la tête. Elle s'agenouilla devant lui, le drap fermement entortillé autour d'elle. Son beau visage était éraflé, sale, son menton bleui.

— Pourquoi ? s'enquit-elle posément. Pourquoi avez-vous fait ça ? Pourquoi risquez-vous votre vie pour sauver la mienne ?

Il la dévisagea, puis répondit :

— Pourquoi avez-vous risqué la vôtre, Kathleen, pour tenter de trouver votre sœur ?

— Je vous l'ai dit, murmura-t-elle. Jennie est tout pour moi. Je l'aime. Elle m'a élevée, et je lui dois tout ce que j'ai de bien dans ma vie.

Elle marqua une pause, puis conclut :

— Je l'ai fait parce que c'était la chose à faire, Sayeed. Je ne pouvais pas ne pas le faire.

— Pareil pour moi, enchérit alors Sayeed. Je vous aide parce que c'est la chose à faire. Parce que je ne peux pas ne pas le faire.

Répète-le donc au Pentagone quand cette mission tournera au drame, et que des milliers de gens commenceront à mourir. Tout ça parce que tu ne peux pas te résoudre à l'idée qu'une parfaite inconnue devienne un dommage collatéral !

Il jura sans bruit entre ses dents, pris d'une soudaine nausée.

— Je ne comprends pas pourquoi vous êtes avec ces hommes, Sayeed… vous êtes si différent d'eux.

— Ce ne sont pas vos affaires.

— Au contraire. Vous m'avez enlevée et amenée ici. C'est vous qui m'avez mise au milieu de tout ça. Je crois donc que ça me donne le droit de savoir.

Elle avait raison. Il lui devait une explication, qu'il n'était malheureusement pas libre de lui donner.

Il se leva, piégé, furieux.

— Sayeed ? Regardez-moi, exigea-t-elle d'une voix rendue plus aiguë par la frustration. Je ne suis pas idiote. Je vois bien qu'il s'agit d'une sorte de camp militaire. Vous avez de l'armement lourd ici, des lance-missiles et autres, dissimulés sous des treillis de camouflage. J'ai vu des hommes s'entraîner, et…

— C'est ce que font les renégats du désert, Kathleen, coupa-t-il sèchement. Ils trempent dans la contrebande d'armes, l'attaque de touristes…

— Et les enlèvements contre rançon ?

Elle le regarda droit dans les yeux, si directement qu'il redouta de ne plus pouvoir lui mentir.

— Vos hommes ont-ils kidnappé Jennie ? Quelque chose a-t-il mal tourné ? Est-ce pourquoi il n'y a eu aucune demande de rançon — parce qu'elle est morte ?

La bouche de Sayeed s'assécha.

— Je vous l'ai dit, répondit-il froidement. Je ne sais rien à propos de votre sœur.

— Je n'en crois rien ! rétorqua-t-elle. Je ne crois pas que vous soyez venus à mon campement par accident. Vos hommes ont des yeux dans ce désert, un réseau d'information. C'est forcé, parce qu'il est clair que vous menez quelque chose d'important ici, que vous tenez à cacher. Et vous avez pris mes photos, mon journal, mais pas mon argent. Pourquoi ?

— Nous avons pris votre argent, la contredit-il, et tout ce qui avait de la valeur.

— Je ne vous crois pas.

— Ecoutez, Kathleen. Votre sœur a disparu au Burkina Faso. C'est un tout autre pays. Ça n'a absolument rien à voir avec les hommes de ce camp !

— Alors pourquoi êtes-vous venus saccager le mien ?

— Pour vous détrousser. Nous avons entendu dire qu'une Américaine montrait partout des photos et voyageait vers le nord. Alors nous vous avons prise pour cible, histoire de voir si vous aviez des objets de valeur.

La bouche de la jeune femme se pinça, ses yeux s'étrécirent.

— Vous mentez. Vous aviez pour ordre de me tuer.

Une circonspection soudaine fit hésiter Sayeed.

— Qu'est-ce qui vous fait dire ça ?

Elle déroba son regard.

— C'est… c'est évident, vous ne croyez pas ?

Un léger frisson parcourut Sayeed. Avait-il sous-estimé

cette femme ? Comprenait-elle l'arabe ? Se jouait-elle de lui ?

— Kathleen, reprit-il très lentement, très calmement. Je sais que vous avez traversé beaucoup d'épreuves aujourd'hui, et que vous êtes à cran, mais aussi désespérément le souhaitez-vous, tout ça n'a rien à voir avec votre sœur.

Les épaules de la jeune femme s'affaissèrent de découragement. Elle renifla.

— Vous ne savez donc vraiment rien à propos de Jennie ? Absolument rien qui puisse m'aider ?

— Je regrette.

Une unique larme creusa un sillon dans la poussière, sur sa joue.

— Pouvez-vous me promettre que c'est la vérité ?

Il faillit en rire.

— Une promesse ? De *moi* ? Le scélérat qui vous a kidnappée ? Quelle valeur cela pourrait-il avoir à vos yeux ?

— Vous m'avez sauvé la vie plusieurs fois, et j'ai comme l'impression que vous l'avez fait au risque de vous mettre vous-même en difficulté. Je vous fais confiance, Sayeed. Je le dois.

Confiance.

Sayeed sentit sa poitrine se serrer. Il lutta contre l'envie de la réconforter, de lui dire ce qu'il savait.

Elle s'approcha, sa voix se fit plus douce, plus suave.

— Quelque chose me dit que, au fond, vous êtes un homme bien, Sayeed, et que vous n'avez vraiment pas votre place parmi ces hommes.

Ses yeux le picotèrent. Il brûla d'un besoin insondable. Le besoin d'être caressé, aimé. D'aimer en retour. Il brûla d'avoir un foyer. Il désirait cette femme. Et, tout à coup, il aspira à toutes les choses qu'il avait sacrifiées, celles qu'il ne pouvait avoir, et il sut que s'il ne s'écartait pas d'elle immédiatement, il allait commettre une regrettable erreur.

— Il reste un peu d'eau dans le broc, là, reprit-il sèchement. Rafraîchissez-vous. Prenez le lit, et tirez le rideau. Vous avez besoin de dormir. J'attendrai à l'extérieur jusqu'à ce que vous soyez installée.

Une lueur de souffrance traversa les yeux de Kathleen qui, tout à coup, parut abandonnée, découragée, minuscule. Vulnérable. Esseulée. Il ne pouvait qu'imaginer ce qu'elle éprouvait en cet instant.

Bon sang, si ça pouvait l'apaiser, ne serait-ce que cette nuit. La tranquilliser, et lui permettre de trouver le sommeil.

— Je vous le promets, dit-il. Je ne sais rien à propos de votre sœur.

Après quoi, il sortit de la tente avec l'impression qu'il venait de descendre d'un cran de plus dans la bassesse, pour peu que ce fût possible.

6.

Kathleen feignait de dormir mais, au travers d'une déchirure dans le rideau, elle regardait Sayeed nettoyer la blessure de sa hanche à la clarté d'une petite lampe à kérosène.

Il était nu, en partie caché par la table sur laquelle il avait placé la cuvette d'eau, et il s'efforçait d'examiner la plaie à l'aide du miroir de rasage. A la vive clarté de la flamme, sa peau était d'or sombre.

Trempant un carré de tissu dans l'eau, il essuya le sang. De là où elle se trouvait, l'entaille ne parut pas très profonde à Kathleen, mais le pantalon de coton qu'il avait plié sur la chaise était recouvert de sang.

Il ouvrit le flacon de désinfectant, puis grimaça alors qu'il en appliquait. Kathleen éprouva pour lui un curieux élan de compassion. La plaie n'était pas très bien placée, et elle aurait voulu l'aider, mais elle était bien trop embarrassée par la manière dont sa nudité lui enflammait les sens !

Il était superbe, autant le reconnaître. Puissant, sensuel, sombre, dangereux, tout comme chacun des guerriers du désert et des cheikhs qui peuplaient depuis toujours ses fantasmes. Mais c'était tout ce que c'était, des fantasmes car, bien qu'elle aimât rêver de princes basanés sur d'étincelants étalons, d'hommes qui la feraient se sentir vraiment femme, elle était loin d'être naïve au point de les imaginer réels. Pas plus qu'elle n'entretenait d'illusions sur le mariage et les lendemains heureux. Elle en avait trop vu se briser. Celui de ses propres parents avait été un véritable fiasco, et son enfance en avait pâti. La vie, elle le savait, n'était pas si simple.

Et elle avait beau avoir rêvé d'être enlevée de force et entraînée dans un pays lointain et exotique, la réalité de la chose était tout autre. Cet homme nu, ce camp, cette bande de voleurs n'avaient rien d'un conte des *Mille et Une Nuits*. Ils étaient carrément terrifiants, et elle commençait même à douter de s'en sortir en vie.

Sayeed repositionna le miroir, puis contourna le coin de la table afin d'avoir un meilleur angle de vision de sa blessure. Kathleen retint son souffle alors qu'il lui apparaissait de front.

Classiques du genre, ses abdominaux étaient parfaitement ciselés et plats, et dessous s'évasait une toison noire, entre deux cuisses puissantes, musclées. Et son sexe était… impressionnant. Kathleen sentit la pointe de ses seins la picoter, sa gorge s'assécher.

Elle voulut se détourner, s'arracher à la contemplation de ce corps masculin, au lieu de quoi… au lieu de quoi elle s'oublia complètement et, sans plus feindre de dormir, se mit à l'observer avec une fascination éhontée.

Et, alors qu'elle détaillait son physique puissant, sa peau lisse et sombre, la manière dont ses touffes de poils noirs étincelaient sur son torse à la clarté de la lampe, celle dont ses muscles roulaient sous sa peau comme il s'activait, son propre corps s'échauffa, et le souvenir de son farouche baiser lui revint. Une onde de chaleur se répandit dans son abdomen, et un ardent désir palpita en elle, un éveil qui lui était inconnu, et qu'elle sentait naître confusément en elle depuis que, arrivée en Afrique, elle s'était aventurée dans le désert.

Puis, comme Sayeed se contorsionnait pour fixer une suture adhésive sur la plaie, il lui tourna complètement le dos, et elle avisa un tatouage à la base de sa colonne vertébrale. Une onde de choc la traversa lorsqu'elle reconnut l'emblème d'un clan ancien, le Clan du Soleil, une farouche tribu de Maures qui, autrefois, régnait sur une grande partie des montagnes de l'Atlas.

Son pouls s'affola. Seuls les cheikhs — ou les princes — de la plus pure lignée étaient autorisés à porter cette marque. Elle se demanda si Sayeed l'avait usurpée, ou s'il était possible qu'il fût réellement un des descendants de l'ancien Clan du Soleil.

Notion qu'elle rejeta aussitôt. Que ferait un prince du Clan du Soleil parmi une bande de scélérats ?

Sayeed dut sentir l'intensité de son regard car, tout à coup, il se tourna et jeta un coup d'œil au rideau. Kathleen ferma aussitôt les yeux, l'air de dormir profondément, les joues enflammées d'embarras.

Sayeed retourna à sa tâche, utilisant la toute dernière suture pour refermer sa plaie. Après quoi, il la recouvrit d'un pansement stérile, puis se noua une serviette autour de la taille et s'installa, torse nu, au bureau, où il entreprit de feuilleter une pile de papiers. Dehors, le silence reprenait peu à peu ses droits, les bavardages, autour du feu, s'estompaient, de même que les bruits de casseroles qu'on nettoie. Le désert entamait une autre partie de son cycle, celle où les créatures de la nuit bruissent et sortent chasser. Kathleen entendit un jappement lointain, probablement des chacals en quête de proies, très haut sur la falaise. Elle enroula davantage le drap autour d'elle, regrettant de ne pas disposer d'un pyjama. Bientôt, l'épuisement eut raison d'elle, et elle sombra dans un sommeil agité.

Sayeed ouvrit sans bruit le rideau afin de s'assurer que sa captive dormait toujours. Sa poitrine se serra alors qu'il la contemplait : elle était encore plus belle au repos, si c'était possible. Etalés sur l'oreiller, ses cheveux étaient semblables à des flammes. Ses lèvres, pleines, s'entrouvraient légèrement sous l'effet de sa respiration profonde, au rythme du soulèvement de sa poitrine. De nouveau, il se remémora le galbe de son sein, sa peau d'albâtre, soyeuse et lisse. Il se sentit durcir et, cette fois, s'autorisa à savourer cet état, et à observer Kathleen quelques secondes de plus, à imaginer, juste imaginer, ce que ce serait de l'avoir sous lui. Elle murmura, se tourna de côté.

Il sentit son pouls s'accélérer. Refermant promptement le rideau, il retourna à son bureau, reprit place sur la chaise, puis se saisit du tas de photographies que ses hommes avaient pris dans la tente de la jeune femme.

Il s'agissait principalement de clichés de Jennie Flaherty, ceux-là mêmes que Kathleen avait montrés aux villageois. Et les réactions à ces clichés l'avaient conduite au nord, dans le Sahara, en direction de leur camp. Ce qui l'avait portée à l'attention de Bakkar.

A partir de ce moment-là, son sort avait été scellé.

Feuilletant la pile, il tomba sur une vue de Jennie et Kathleen ensemble, dans une sorte de chalet. Ce devait être à l'époque de Noël, à en juger par la couronne de gui, sur la porte, et la neige amoncelée contre les vitres glacées de givre. Souriantes, les joues toutes roses, les sœurs tenaient entre leurs mains de grandes chopes rouges de chocolat fumant, à la surface desquelles flottaient des miettes de marshmallows. Sayeed étudia Kathleen, songeant qu'elle était l'incarnation même de ses rêves. Emanait d'elle une aura de santé, de joie de vivre. Ses courbes étaient incontestablement féminines, et elle irradiait de sensualité. Il raffolait de son teint crémeux, de ses épais cheveux roux, et de ses clairs yeux aigue-marine, des yeux dans lesquels un homme eût pu se noyer.

Ils paraissaient étinceler d'un mystérieux secret alors qu'elle fixait l'objectif, et Sayeed se surprit à se demander qui avait pris le cliché — un petit ami, peut-être ?

Avait-elle un homme dans sa vie ? Il songea que non : Kathleen lui avait dit que Jennie était la personne la plus importante à ses yeux. Une moitié digne de ce nom serait là, dans le désert, à veiller sur elle, et il n'avait vu aucune bague à son doigt. Il en déduisit qu'elle était sans attache aucune, et une onde d'exaltation, l'idée d'un possible, atteignit sa conscience avant qu'il ait pu l'occulter. Quelle ridicule pensée ! D'où diable lui était-elle venue ?

Même s'ils sortaient tous deux vivants du Sahara, même s'il se mettait à sa recherche aux Etats-Unis lorsque tout serait fini, il n'avait pas la moindre chance. Non seulement il l'avait brutalement kidnappée et molestée, mais il lui avait menti à propos de sa sœur, la personne la plus importante de sa vie. Et cela, il avait comme le pressentiment qu'elle ne le lui pardonnerait pas facilement.

Kathleen Flaherty était le genre de femme à faire grand cas d'une promesse donnée.

Il reporta son attention sur le cliché de Noël, notant de nouveau les similarités génétiques, et les dissemblances, entre les deux sœurs : Jennie, la plus grande, plus anguleuse et bien plus âgée ; et sa ravissante petite sœur, de douze ans sa cadette. Il en éprouva un respect neuf, profond, pour le Dr Flaherty. Ce ne devait pas être facile de sacrifier sa propre jeunesse pour élever une petite sœur. Bon sang, il les aimait bien, ces deux-là !

Il songea à Jennie, enfermée dans le laboratoire top secret, forcée contre sa volonté à transformer l'Ebola Botou en virus transmissible par voie aérienne, et à travailler quasiment vingt-quatre heures sur vingt-quatre et sept jours sur sept de manière à tenir l'échéance fixée par le Maure, le mystérieux leader de la faction terroriste simplement connue sous l'appellation de « Maures du Maghreb ». Jennie Flaherty devait mourir à petit feu à la pensée de ce qu'ils prévoyaient de faire de son travail, et de savoir que sa sœur s'inquiétait affreusement pour elle.

Il arriva au dernier cliché. Celui-là était plus ancien, Kathleen ne devait y avoir que six ans environ. Ce qui en donnait approximativement dix-huit à Jennie. Kathleen avait mentionné que sa mère les avait abandonnées lorsqu'elle avait cinq ans, donc ce cliché devait avoir été pris environ un an après son départ. Le bras de Jennie enveloppait fermement les frêles épaules de la fillette, et toutes deux avaient l'air triste.

Inhalant profondément, Sayeed porta son attention sur le journal intime. Le vieux cuir et les épaisses pages lui donnaient un certain poids, mais ce n'était pas l'article le plus idéal pour un voyage, surtout à l'ère digitale. Il songea à son stylo plume, à sa chemise de nuit d'un autre temps, et à ses connaissances sur l'époque des croisades. Kathleen avait un profond respect du passé, des choses qui nécessitaient du temps et de la belle ouvrage. C'étaient là les choses qu'elle espérait préserver.

La jeune femme se tourna dans son sommeil, murmura. Sayeed se raidit, s'attendant qu'elle s'éveille d'un moment à l'autre. Il se demanda si elle rêvait ou, plutôt, cauchemardait. Elle avait vu ses guides se faire tuer. Elle avait été kidnappée, agressée. Sa tête devait être saturée d'horribles visions. Il en éprouva un vif pincement de culpabilité.

Il ouvrit le journal, en tourna quelques pages, puis se mit à lire.

Peu à peu, il se sentit emporté par sa prose élégante, lyrique, ses descriptions de ce désert où il était né, et dont il avait été banni par son propre père.

Mais, alors qu'il était revenu au Sahara avec la vengeance au cœur et une mission de mort à l'esprit, Kathleen y était arrivée avec émerveillement et compassion. Et elle peignait avec ses mots des images qu'il avait oubliées au fil des ans, et auxquelles il était resté aveugle à son retour.

A travers ses yeux, il revoyait tout d'un œil neuf — les couleurs et les odeurs du désert, les sons de son peuple —, et il sentit que son affinité avec Kathleen s'enracinait plus encore en lui.

Elle lui remémorait ce qui était vrai, ce qui valait la peine.

Alors qu'elle dormait, il lut tard dans la nuit.

Le journal de Kathleen Flaherty dénotait qu'elle était une farouche défenseuse de ceux qu'elle aimait. Loyale, elle était avant tout une solitaire, une incorrigible romantique aspirant profondément à la véritable famille qu'elle désespérait d'avoir un jour. Même dans son innocence, une partie d'elle-même était blasée, devina Sayeed et, tout à coup, il eut envie de lui prouver — et de se prouver à lui-même — que *c'était* possible. Et cela l'ébranla.

Il s'ébroua. Il était exténué. Ses muscles le brûlaient, sa plaie l'élançait. Il lui fallait prendre lui aussi quelques heures de repos.

Ses quartiers étaient exigus. Il pouvait s'étendre sur le tapis, sur le sable compacté, mais quel inconfort ! Ou tout au bord du lit de camp, auprès de Kathleen.

Nul besoin d'argumenter longtemps pour en venir à la conclusion que le sol était l'option la plus sage.

Mais une partie secrète de lui-même — celle qui était encore Rashid, celle que Kathleen éveillait de nouveau à la vie — souhaitait, aspirait à être proche d'elle, à sentir ses cheveux, sa peau, sa douce chaleur. C'était le besoin profondément humain d'approcher la personne qu'il apprenait à connaître au travers des pages d'un journal intime et de leur proximité forcée. Et il se persuada que, en dormant près d'elle, il aurait de meilleures chances, au cours de la nuit, de la protéger des barbares à l'affût à l'extérieur.

Il enfila un léger pantalon de coton blanc, réduisit la flamme de manière que subsiste un minimum de clarté si elle s'éveillait, effrayée, dans la nuit. Puis, avec circonspection, il s'installa sur le lit de camp. Celui-ci craqua sous son poids, et il se figea. Couchée en chien de fusil à l'autre extrémité, tout contre la paroi de toile, Kathleen ne réagit pas. Alors, il s'allongea précautionneusement sur le dos, tout au bord, et écouta sa respiration, songeant qu'il y avait très, très longtemps, qu'il n'avait plus passé une nuit entière auprès d'une femme.

Un véritable contraste, par rapport à ses quelques relations passées.

Jamais il n'avait fréquenté de femme qu'il n'était pas certain de pouvoir quitter du jour au lendemain. Il n'aurait su dire exactement pourquoi. Peut-être était-ce son obsession de longue date de tuer son père et son oncle, comme l'ancien code de justice du Clan du Soleil l'exigeait, qui l'empêchait de rechercher l'engagement.

Ou peut-être était-ce parce qu'il haïssait quelque chose au plus profond de lui-même — ne portait-il pas les gènes de son père et de Marwan ? Et de Qasim, aussi. A quel point leur ressemblait-il, exactement ? Méritait-il une femme comme Kathleen, et ne serait-ce qu'une infime chance d'avoir une vie de famille digne de ce nom ?

Et une fois qu'il les aurait tués ? Pourrait-il même retourner au FBI, à ce qu'il était devenu en Amérique ? Ou n'aurait-il d'autre choix que de renoncer à tout ce pour quoi sa mère s'était sacrifiée ?

Y aurait-il, pour lui, un temps où larguer les amarres du passé et se projeter dans l'avenir ? En serait-il capable ?

Kathleen se tourna de son côté, d'autres murmures s'échappant de ses lèvres. Le drap dans lequel elle s'était enveloppée glissa de ses épaules, et il sentit la douce, souple chaleur de son sein contre la peau nue de son bras. Il s'obligea à demeurer aussi immobile qu'une statue alors que, les yeux rivés au plafond, il voyait un insecte se heurter contre la toile, en quête d'un moyen de s'échapper. C'est alors qu'il sentit la main de la jeune femme lui effleurer le torse.

Son pouls s'accéléra, sa bouche s'assécha.

Plongée dans son rêve, elle murmura de nouveau, puis se nicha contre lui, en quête de réconfort. Il sentit plus encore son corps, sa peau nue. Elle était aussi douce que de la soie, et toute chaude, souple.

Elle descendit lentement la main en direction de son

abdomen, puis passa une jambe sur la sienne. Sayeed n'osait même plus respirer.

Elle rêvait, le désirait dans son sommeil !

Son corps s'enflamma. Son cœur s'affola. Soudaine, son érection se fit aussitôt urgente, les pulsations de son sang assourdissantes à ses tympans.

Il tourna la tête vers elle. Le beau visage était tout contre le sien, les yeux clos, les paupières papillonnantes, les lèvres délicieusement entrouvertes. Il prit une lente, profonde inspiration, juste pour le plaisir d'inhaler son souffle, sa fragrance. Sa bouche était si proche. Incapable de s'en empêcher, il l'effleura du bout des doigts, de manière tout à fait illicite.

Les yeux aigue-marine s'ouvrirent brusquement. Il retira vivement sa main.

Elle le fixa avec stupeur, les prunelles obscurcies de confusion.

7.

Kathleen fut mortifiée de se découvrir à demi nue entre les bras de Sayeed, une jambe par-dessus sa cuisse. L'espace d'un moment, tétanisée, elle crut qu'elle était encore en train de rêver qu'elle faisait l'amour avec un ténébreux et dangereux Maure, un farouche prince du désert porteur de la marque du Clan du Soleil.

Mais, quand Sayeed voulut s'écarter, et qu'elle sentit sa peau brûlante sur la face interne de sa cuisse, une langue de feu se déversa dans son abdomen, et elle sut qu'elle était incontestablement éveillée. Le désir lutta contre l'adrénaline dans ses veines, accélérant le rythme de son cœur, embrumant son esprit. Et, avant qu'elle ait pu réfléchir, avant qu'il ait pu s'extirper de son étreinte ensommeillée, elle porta les doigts à la bouche masculine pour en tracer le ferme contour. Le regard noir de Sayeed s'obscurcit plus encore, son souffle se saccada. Elle sentit, tout contre elle, ses muscles se bander de la tension de la retenue, et son cœur s'emballa si follement qu'elle en eut le vertige.

Kathleen ferma les yeux, puis pressa les lèvres contre cette bouche, non sans s'efforcer de s'avertir que c'était imprudent, *très* imprudent. Cet homme l'avait kidnappée, et elle ne savait rien de lui. Il était même fort possible que le Sahara devienne sa tombe. Et peut-être était-ce précisément ce qui l'animait en cet instant : le besoin d'affirmer qu'elle était en vie, de ressentir, de faire l'amour avant de mourir.

Sayeed l'attira avec hésitation contre lui comme si, dubitatif, il tenait à ce qu'elle ait au besoin tout loisir de s'écarter. Elle n'en fit rien, aussi l'embrassa-t-il à son tour, la pointe de sa langue s'insinuant aussitôt en quête de l'intérieur sensible, soyeux de ses lèvres. Kathleen en fut étourdie de plaisir, la chaleur se déversa dans son bas-ventre. Avec un murmure, elle s'abandonna à lui, entremêla sa jambe encore plus haut à la sienne, et sentit la pointe de ses seins se durcir contre la peau nue de son bras.

Sayeed entrelaça les doigts à ses cheveux, sur sa nuque, puis l'attira plus près encore, son baiser plus agressif, plus impatient. Un vertige la saisit alors que sa langue plongeait plus loin encore dans sa bouche, s'accrochant à la sienne. Et, tout à coup, elle ne se soucia plus le moins du monde d'être captive au beau milieu du Sahara, retenue dans un camp ennemi. Impossible de penser à autre chose que l'urgence de savourer ce moment unique.

— Kathleen, chuchota-t-il d'une voix rauque, ses paupières à demi baissées sur un regard brûlant de désir. Nous ne devrions pas, pas après…

Mais, d'une main, elle ramena sa tête à la sienne, et reprit sa bouche avec brusquerie, exigence. La rage et la peur au ventre, elle avait désespérément besoin de cet exutoire physique, et non pas de penser qu'elle avait plus d'une fois été à deux doigts aujourd'hui de perdre la vie. Ou à ce qui risquait de s'ensuivre. Elle l'embrassa farouchement, comme s'il ne devait pas y avoir de lendemain, et que son intention était de profiter de la moindre seconde de l'unique nuit qui lui restait.

Il parut le sentir car, une fois encore, il s'écarta et, cette fois, immobilisa son visage entre ses paumes, le regard pénétrant, brumeux, avide, presque menaçant.

— Kathleen, vous êtes sûre ?

Sa réponse fut d'insinuer sous le drap une main qui, centimètre par centimètre, s'aventura en direction du creux tout en muscles de son abdomen, puis de son entrejambe.

Elle l'entendit haleter brusquement alors qu'elle effleurait la fine toison, tout en bas. A l'intérieur d'elle-même, elle esquissa un sourire. Il la plaqua durement contre lui, et elle sentit sa puissante main calleuse remonter le long de sa cuisse, de sa hanche et de sa taille, puis mouler un de ses seins, l'extrémité rêche du pouce éraflant légèrement le bourgeon extrêmement sensible du mamelon. La chaleur se condensa en un brasier liquide entre ses jambes, et elle se sentit comme ivre, délirante. Ses fantasmes, les innombrables romances d'amour dans le désert dont elle s'était abreuvée, ressuscitèrent dans son esprit, en un grisant mélange de rêve et de réalité. Elle n'arrivait pas à croire qu'elle se trouvait réellement étendue auprès d'un ténébreux et dangereux Maure et, bon sang, rien ne l'empêchait d'imaginer qu'il était réellement un prince du Clan du Soleil si ça lui chantait, et qu'il ne vivait que temporairement avec cette atroce bande de voleurs !

Audacieuse, la main masculine redescendit jusqu'entre ses cuisses, et elle eut un hoquet de saisissement. Elle fut tout à coup prise d'un incoercible besoin de s'ouvrir à lui, de le sentir la toucher là, au cœur de son intimité. Elle releva davantage sa jambe sur le corps dur pour le lui permettre, puis se mit à trembler d'anticipation comme il caressait l'intérieur de ses cuisses de l'extrémité des doigts, centimètre après centimètre.

Puis, tout à coup, il plongea un doigt en elle, ce qui la fit gémir de volupté. Elle s'arqua à sa rencontre, l'urgence de son désir de plus en plus désespérée.

Sayeed plongea un second doigt en elle, et le souffle de Kathleen se bloqua une fraction de seconde sur une fugitive, lointaine étincelle d'appréhension. Mais elle était prête pour lui, ne l'avait jamais autant été. Elle remua le bassin, anxieuse d'approfondir la sensation, emportée par une ardeur pressante, douloureuse.

Soudain, il la renversa sur le dos et, à genoux au-dessus d'elle, contempla sa nudité. L'appréciation imprégnait ses beaux traits ténébreux et le désir, dans ses yeux, était brut. La flamme de la lampe, réduite au plus bas, faisait étinceler la peau nue de son torse, offrant un curieux contraste avec le coton blanc du pantalon maintenu très bas sur la taille par un cordon. L'épaisse toison noire, entre ses larges épaules, se soulevait sous l'effet de sa respiration pesante. Il hésita de nouveau.

— Kathleen…

Elle secoua la tête, et le fit taire aussitôt en entreprenant d'abaisser la ceinture du pantalon sur ses hanches.

Un autre pincement d'appréhension brida brièvement son désir lorsqu'elle exposa son érection. Elle déglutit, mais continua à rouler le pantalon plus bas, au-delà du pansement — une blessure qu'il avait reçue pour la sauver. La réalité émoussa furtivement le feu de sa passion, suivie d'un moment de doute. Elle effleura le pansement.

Il ne tressaillit pas, ne grimaça pas. Son regard noir emprisonnait le sien, l'épinglant à l'oreiller, la dévorant. Les mains posées entre ses genoux, il lui écarta lentement les cuisses.

Kathleen ravala une nouvelle pointe d'anxiété alors qu'il s'abaissait sur elle, puis positionnait son membre en érection entre ses cuisses. Brûlure. Elle manqua s'évanouir comme son esprit partait dans une spirale digne d'une attraction de fête foraine.

Il la pénétra lentement, le tremblement, dans ses bras, trahissant à quel point cette retenue lui était une torture. Alors qu'il plongeait un peu plus profondément en elle, une sourde plainte lui échappa, et il s'étendit sur elle, sa langue lui taquinant le lobe de l'oreille et son souffle projetant de tièdes, grisantes ondes de plaisir à travers son corps tout entier.

Il se retira légèrement, puis replongea plus loin, en une poussée un peu moins contrôlée. Il le refit encore, la pénétrant cette fois entièrement, avec un grognement de plaisir. Kathleen s'arqua brusquement contre lui, puis hoqueta comme une vive, fulgurante douleur irradiait en elle.

Il se figea, sous le choc, releva vivement les yeux sur elle.

Et la question, dans son regard, fut accusatrice. Il entreprit de se retirer.

— Non, je vous en prie, chuchota Kathleen, le retenant de ses jambes.

— Vous êtes… vierge ?

Des larmes s'échappèrent sur les joues de Kathleen. De nouveau, il tenta de se dégager, mais elle secoua désespérément la tête.

— Je vous en prie, Sayeed. Je le veux. C'est merveilleux.

Alors, il la pénétra de nouveau, très, très lentement cette fois, lui laissant tout le temps de s'accommoder à sa puissance. Sur le corps tout entier de Kathleen, la peau palpitait d'une sensibilité soudaine, chacun de ses nerfs s'éveillant au plaisir, ses joues en feu alors que celui-ci irradiait jusqu'au plus profond de son être.

Il entreprit de la prendre plus vite, de plus en plus vite, et elle se sentit fondre, s'enflammer, s'embraser, jusqu'à ce qu'un cri enfle au creux même de sa poitrine. Déjà, le corps de Sayeed tremblait des pieds à la tête, comme sous l'impact d'une décharge électrique. Sur une plongée plus profonde que les autres, il se raidit, tressaillit puis, s'agrippant à elle, murmura sa délivrance dans un flot de paroles arabes rauques articulées tout contre ses cheveux, qu'elle ne put distinguer.

Sayeed était atterré d'apprendre qu'il venait de déflorer Kathleen. Il se sentait, à présent, lié à elle, responsable d'elle d'une manière qu'il n'eût pu décrire. Il lui *fallait* désormais protéger cette femme. Et, alors qu'il la tenait dans ses bras, il jura qu'il le ferait, quel qu'en soit le coût.

Et ce tout nouvel objectif, tout à coup, lui parut prendre une proportion égale, si ce n'est supérieure, à son sens du devoir à l'égard de son pays d'adoption et de sa mission.

Il plongea son regard dans ses yeux, d'immenses lacs encore obscurcis de désir.

— Venez sur moi, Kathleen, l'encouragea-t-il.

Elle parut soudain embarrassée, comme si elle l'avait, d'une manière ou d'une autre, déçu. Il lui caressa la joue, précisa :

— Vous ressentirez mieux ainsi.

Il la fit basculer pour qu'elle le chevauche, et la vue de sa totale nudité, au-dessus de lui, lui coupa le souffle. Telles des flammes à la clarté de la lampe à kérosène, ses cheveux retombaient en cascade sur ses seins pâles. Les pointes en étaient encore tendues de désir, sa peau étincelante d'une fine pellicule de sueur.

Il la saisit par les hanches.

— Remuez ainsi, chuchota-t-il, observant son visage alors qu'il l'incitait à osciller d'avant en arrière sur lui.

Elle le laissa d'abord diriger ses mouvements, puis son expression changea, et elle se mit à bouger d'elle-même, animée par sa propre ardeur, de plus en plus vite, ses mains agrippées à ses épaules, sa peau se frottant contre la sienne alors qu'elle ouvrait davantage les cuisses pour s'abaisser sur lui, le prendre plus profondément en elle. Elle le chevaucha de plus en plus vite, haletant à chaque va-et-vient, jusqu'à ce que, cambrée en arrière, ses ongles enfoncés dans sa peau, elle jouisse avec un cri sourd.

Après quoi, elle se laissa tomber sur lui, tiède, souple, détendue, et Sayeed se contenta de la tenir en silence et de lui caresser les cheveux, tandis qu'il se sentait fondre en elle.

— Pourquoi ne m'avez-vous pas dit que c'était votre première fois, Kathleen ? reprit-il au bout de quelques secondes.

L'espace d'un long moment, elle ne répondit pas,

comme si son choix était de ne pas rendre la chose réelle en en parlant, de ne pas permettre à l'implacable réalité de reprendre ses droits. Et encore moins de penser à ce que cela impliquait, pour eux, désormais.

— Je ne sais pas, murmura-t-elle au bout d'un long moment.

Et, étonnamment, l'aveu blessa Sayeed. Quelque chose de très profond, en lui, eût aimé que c'eût un rapport avec lui. Mais comment serait-ce possible ? Elle ne savait même pas qui il était.

Elle releva les yeux sur lui, lui sourit, mais ses yeux restèrent tristes.

— Je crois que... que j'en rêvais.

— Je ne comprends pas.

— Ce que je veux dire, c'est que c'est aussi vrai que mes rêves ne pourront jamais le devenir. Je... me devais de saisir cette occasion. Ne me demandez pas pourquoi.

— Quels rêves ?

Sa curiosité piquée, Sayeed songea aux paroles de son journal. Kathleen y confessait rêver depuis toujours au désert, mais aussi ironiquement qu'elle n'aurait jamais eu le courage de le fouler elle-même si sa sœur n'y avait pas disparu.

Elle ramena le drap sur sa poitrine, un peu gênée par sa nudité, à présent.

— Peu importent mes rêves.

Ils importaient, pourtant, plus que Sayeed ne se l'expliquait.

Il s'avisa, aussi, à quel point il s'était délesté de son identité de couverture, à quel point sa captive — cette si belle, si douce jeune femme — détenait du pouvoir sur lui. Pas un instant, lorsqu'il lui avait fait l'amour, il ne s'était soucié de Sayeed Ali. L'homme qui tenait Kathleen dans ses bras en cet instant, c'était lui, Rashid Al Barrah, prince banni du Maghreb. Inexplicablement, cette femme avait atteint au fond de lui sa vérité, sans même le savoir.

Il repoussa une mèche de cheveux de son visage, demanda :

— Quel âge avez-vous, Kathleen ?

Il savait, pour l'avoir lu dans son journal, qu'elle avait vingt-cinq ans.

Les traits de la jeune femme se crispèrent. Enveloppant le drap autour d'elle, elle se leva, s'approcha de la table, et se versa de l'eau du broc. Ses cheveux étaient en tous sens, ses joues roses. Elle avait l'air si sexy qu'il brûla de la reprendre sur-le-champ. Mais quelque chose, en elle, s'était éteint, et il sut que la magie de l'instant n'était plus.

— Kathleen ?

Elle se tourna vers lui.

— C'est hors de propos, Sayeed.

— Non, ça ne…

— Si, ça l'est ! Vous ne voulez le savoir que parce que vous vous demandez pourquoi j'étais encore vierge !

Il se leva à son tour, s'approcha d'elle, porta une main à sa joue. Mais elle s'écarta, et sa main retomba.

— C'est juste que vous êtes si belle, Kathleen, si désirable. Vous êtes brave, compatissante, intelligente. Vous avez prouvé que vous pourriez faire n'importe quoi pour ceux que vous aimez. Vous… vous êtes tout ce qu'un homme pourrait vouloir.

Elle s'esclaffa, d'un rire un peu railleur.

— Quel genre d'homme ? Pas celui auquel j'aspire. Pas celui que j'ai eu l'occasion de fréquenter. Ce que j'ai cru vouloir n'existe pas, Sayeed.

— Que voulez-vous dire ?

— Je suis vieux jeu, là, je l'ai dit. Je suis une idéaliste, une romantique. J'espérais un homme qui s'engagerait sur du long terme, pas une aventure d'un soir. Quelqu'un qui partagerait les mêmes valeurs que les miennes, avec qui j'aurais pu construire une vie, fonder une famille, un foyer. C'est ça que j'attendais. Il faut croire que je me suis découragée, conclut-elle avec, dans la voix, une nuance de résignation, les yeux vides.

Elle but, et il la regarda. Comme il regrettait de ne pas l'avoir rendue heureuse, et que sa première expérience du sexe n'ait pas été meilleure ! Qu'il ait été, lui, un compromis, l'aventure d'un soir qu'elle ne souhaitait pas.

— Le sexe, ce n'était pas ce que vous espériez, n'est-ce pas ? ne put-il s'empêcher de demander.

Elle releva vivement les yeux sur lui, surprise.

— Seigneur non, c'était…

Elle rougit, poursuivit :

— … c'était tout ce que j'espérais, au contraire. Et même davantage, ajouta-t-elle après une hésitation.

— Alors dites-moi pourquoi vous avez fait une entorse à vos principes, ce soir.

— Vous allez rire.

Il n'y avait, pourtant, aucune gaieté dans son regard.

— Si vous me laissiez une chance ?

Elle s'humecta les lèvres, inspira profondément, comme si elle débattait de l'intérêt de se confier. Puis elle haussa les épaules.

— Je ne sortirai probablement jamais vivante de ce camp, Sayeed. Peut-être avais-je simplement envie de connaître l'amour avant de mourir.

Il rit, caustique.

— Merci, Kathleen. Vous venez juste de me donner l'impression d'avoir été utilisé !

Il s'empara d'une serviette, qu'il se noua autour de la taille.

— Je suppose que ça me pendait au nez depuis le temps, d'être l'objet d'une aventure d'un soir, pour changer !

— Permettez-moi de nuancer mon propos, Sayeed. La plupart des hommes, et tout particulièrement ceux qui vous ressemblent, ne se risquent pas auprès d'une femme comme moi alors qu'ils ont tout loisir de coucher avec n'importe laquelle, n'importe quand. Pourquoi se compliqueraient-ils la vie ?

— Vous ne savez rien de moi, Kathleen.

Cette fois, elle s'esclaffa carrément.

Sayeed jura intérieurement. Il était en train de creuser sa propre tombe, là, à s'ouvrir ainsi à elle, mais quelque chose avait changé en lui. Non seulement il voulait protéger Kathleen Flaherty, mais il éprouvait aussi le besoin de lui dire qui il était, de justifier sa présence ici. Le besoin de partager son secret avec la femme avec qui il venait de partager son corps.

Et il commençait aussi à penser qu'elle était exactement le genre de femme avec laquelle il pourrait avoir l'envie de partager sa vie, fonder une famille, construire un foyer. Un véritable foyer.

La pensée le frappa que, s'il menait à bien sa mission et tuait Bakkar et Marwan, ce souhait ne se concrétiserait pas.

Non seulement Kathleen revêtait à présent autant d'importance que sa mission, mais elle l'incitait aussi à remettre en question le but même qui l'avait ramené dans ce désert : son devoir de prince du Clan du Soleil de venger un abominable crime. Il eut l'impression singulière, tout à coup, d'être à la croisée des chemins et, plus curieusement encore, il se sentit perdu.

— Qu'est-ce qui vous fait penser que vous ne trouverez jamais un homme avec les mêmes valeurs que vous, Kathleen ?

Elle avala sa dernière gorgée d'eau, reposa le gobelet. Et il put lire la peine dans ses yeux.

— Peut-être pensent-ils avoir les mêmes valeurs, Sayeed. Peut-être qu'au début les deux partenaires croient réellement vouloir un engagement à long terme, fonder une famille et vieillir ensemble. Et ensuite viennent les vicissitudes de la vie, et commencent les prises de bec et les disputes…

Sa voix mourut, et Sayeed commenta :

— Vos parents vous ont apparemment fait beaucoup de mal.

— Parents, ils n'auraient jamais dû l'être !

L'amertume teintait ses paroles, une soudaine dureté figeait son regard, et il se sentit encore plus responsable d'elle. Il voulut, soudain, lui prouver que son rêve *était* réalisable ; qu'il avait, lui, les mêmes valeurs qu'elle. Et cela l'ébranla. Parce que c'était vrai : il aspirait réellement à une famille, un foyer. Une femme spéciale dans sa vie, auprès de laquelle vieillir.

Tout cela, il l'avait enfoui au plus profond de lui-même, et elle l'avait exhumé, le transformant d'une manière fondamentale rien qu'en étant qui elle était. Or c'était totalement contradictoire avec sa mission, car les pouvoirs en place, eux, les considéreraient toujours, elle et sa sœur, comme des dommages collatéraux nécessaires. Alors que lui souhaitait, fort égoïstement, la garder en vie. Pour l'avenir. Pour lui-même.

Avant qu'il ait pu formuler une autre pensée, un bref appel retentit à l'extérieur de la tente. Le regard de Kathleen se riva à la porte, apeuré.

Sayeed agrippa hâtivement quelques vêtements.

— Habillez-vous, ordonna-t-il sèchement. Prenez une de mes tuniques.

Kathleen enfila une des amples tuniques de Sayeed, qu'elle resserra à la taille avec un cordon, l'oreille aux aguets pour capter les murmures articulés en arabe, juste derrière la paroi de toile. Sayeed s'entretenait avec un autre homme dont elle n'avait encore jamais entendu la voix.

— Les volontaires sont tous en chemin pour la forteresse, déclara ce dernier. C'est pour 19 heures ce soir. Bakkar veut que tu y sois.

— Pourquoi ? s'étonna Sayeed.

— Parce qu'il veut que tu tues le Dr Flaherty dès qu'elle aura fini de leur injecter le virus.

La bouche de Kathleen s'assécha tandis que frissons et traînées de sueur la hérissaient de chair de poule.

Il savait !

Sayeed savait exactement où se trouvait Jennie !

Les mains tremblantes, elle s'approcha de la paroi, anxieuse de ne pas manquer une parole de l'échange.

— Pourquoi est-ce à moi de le faire ? siffla Sayeed. Il était prévu que je reste ici, et que je parte en même temps que Bakkar.

— Bakkar t'a laissé garder la sœur. Il dit que c'est ainsi que tu t'acquitteras de cette dette. Ce doit être aussi une manière de s'assurer de ta loyauté, et il veut que tu la tues au labo dès la dernière injection faite.

La rage se mit à pulser en Kathleen, qui n'osa pas bouger, de crainte qu'ils ne l'entendent.

— Non, dit Sayeed. Elle doit rester en vie jusqu'à ce que nous soyons certains que le plan fonctionnera. Si nous la tuons trop tôt, nous n'aurons jamais la certitude que l'Ebola Botou est réellement transmissible par l'air, et nous n'aurons plus personne pour tenter un autre essai. Laissons-la contaminer les volontaires, et ensuite je la cacherai dans le désert le temps que ceux-ci arrivent à destination. Lorsque des civils commenceront à mourir à travers le monde, et que tous comprendront que nous sommes les initiateurs de la plus grande attaque biologique suicide sur le monde occidental à ce jour, alors seulement je lui ôterai la vie.

Le cœur de Kathleen devint pierre. Jamais de sa vie elle n'avait autant haï un être humain que Sayeed Ali en cet instant. Et au-delà de la haine, elle se sentait stupide, abusée.

Il y eut, de l'autre côté de la paroi, un silence, une quinte de toux, puis l'homme dit :

— Viens. Tu dois le dire toi-même à Bakkar.

Des pas crissèrent sur le sable, puis s'éloignèrent.

Kathleen se laissa lentement glisser le long de la paroi,

les bras autour des genoux, mortifiée. Sayeed était un terroriste ! Il lui avait menti à propos de Jennie. Sa sœur était emprisonnée dans la forteresse, et elle allait mourir.

Elle se mit à trembler de tous ses membres. Bakkar et ses hommes devaient avoir kidnappé Jennie à son hôtel, au Burkina Faso, parce qu'elle avait la capacité de transformer l'Ebola Botou en une bombe biologique à retardement. Jennie lui avait un jour dit à quel point il serait catastrophique que la transmission d'un virus comme l'Ebola Botou se fasse par voie aérienne, et que c'était malheureusement possible. C'était précisément pourquoi ces bandits devaient l'avoir spécifiquement ciblée.

Et *aussi* pourquoi Bakkar avait dépêché ses hommes à son campement pour la tuer, *elle*, de crainte qu'elle ne mène à sa piste.

Le sang reflua de son cerveau. Elle avait couché avec l'homme qui allait tuer sa sœur ainsi que des milliers d'innocents à travers le monde !

Saisie de panique, le corps en sueur, elle bondit sur ses pieds. Il lui fallait sauver Jennie, et avertir quelqu'un de l'imminence de cette attaque biologique.

Hélas, elle ne disposait que de peu de temps. N'avait-elle pas entendu l'homme annoncer que cela se ferait à 19 heures ce soir ? Seigneur, elle avait encore peine à y croire !

Concentre-toi, Kathleen. Réfléchis. Tu dois t'enfuir avant que Sayeed revienne. Prends ce dont tu as besoin et file…

Elle trouva la paire d'espadrilles qu'il lui avait donnée un peu plus tôt, enfila un de ses pantalons de coton, dont elle dut rouler la ceinture plusieurs fois pour ne pas marcher dessus. Elle resserra ensuite l'ample tunique par-dessus, puis s'enveloppa la tête d'une écharpe, ne laissant qu'une fente pour ses yeux. De l'eau, aussi ! Elle jeta un coup d'œil au broc, se demandant dans quoi transvaser le liquide, puis se figea au son d'un crissement de pas, sur le sable, au-dehors.

Elle pivota vivement. Le rabat s'ouvrait.

Elle s'immobilisa, telle une biche prise dans le faisceau de phares d'une voiture.

Sayeed pénétra à l'intérieur, puis lâcha le rabat.

— Que faites-vous ? s'étonna-t-il.

Kathleen s'empara, sur le bureau, d'un coupe papier.

— Ne m'approche pas ! siffla-t-elle, le tutoyant tout naturellement dans sa fureur.

— Qu'est-ce qui se passe, Kathleen ? insista-t-il, sans cesser de s'avancer vers elle.

Il tendit la main, paume ouverte.

— Donne-moi ce coupe-papier.

Le cœur de Kathleen s'emballa.

— N'approche pas ou, je le jure, je te tue !

— Pose ça, veux-tu, et dis-moi ce qui se passe.

— Qu'as-tu dit à Bakkar ? Que tu allais tuer ma sœur ce soir, ou plus tard dans le désert ?

Il s'immobilisa, le choc inscrit sur son visage.

— Tu parles donc notre langue, commenta-t-il tranquillement, en arabe. J'aurais dû le deviner d'après ton journal, l'envisager, au moins, comme une possibilité.

— Ecarte-toi de la porte, rétorqua-t-elle dans le même dialecte.

Il avança d'un pas de plus, lui bloquant toute issue.

— Kathleen, ne fais pas ça…

— Je ne plaisante pas, affirma Kathleen, bien que ses mains se soient remises à trembler. Je vais te tuer.

Il éleva les deux paumes en l'air.

— Ecoute, Kathleen, je ne te ferai aucun mal, je te le promets.

— Tout comme tu as promis que tu n'avais aucune idée de l'endroit où se trouvait ma sœur avant de coucher avec moi ?

Il eut l'audace d'avoir l'air blessé, puis la colère l'emporta.

— Tu me désirais, Kathleen. J'ai tenté plusieurs fois de t'arrêter !

Des larmes s'échappèrent sur les joues de Kathleen.

— Je… je désirais ce qui n'était qu'un mensonge. C'est toujours comme ça. Parce que je ne suis qu'une fichue idiote !

Il tenta de lui arracher le coupe-papier des mains, mais elle se lança contre lui de toutes ses forces. L'extrémité de la lame s'enfonça dans le flanc de Sayeed. Sous le choc, il se figea, puis regarda, consterné, la lame fichée dans sa chair.

L'horreur se déversa en Kathleen. L'espace d'une fraction de seconde, elle hésita, puis s'élança hors de la tente dans l'aube à peine naissante, et courut à toutes jambes en direction de l'endroit où elle avait vu les chevaux parqués.

8.

Sous le coup de la douleur, Sayeed s'était plié en deux. Il retira lentement la lame de sa chair puis, sa tunique relevée, trébucha en direction de sa trousse de secours. Epongeant le sang, il évalua promptement les dégâts. La lame n'était pas entrée très profondément, Dieu merci. Déviée par sa ceinture de cuir, elle avait dérapé le long de sa taille sans toucher d'organe majeur ou d'artère. Mais il y avait beaucoup de sang. Il arrêta l'hémorragie à l'aide d'une compresse, plaqua du sparadrap tout autour. Après quoi, il prit un pistolet dans le tiroir de son bureau, ainsi qu'un chargeur de rechange, puis émergea dans la pénombre. Il lui fallait trouver Kathleen au plus vite, avant que quelqu'un d'autre ne le fasse, ou qu'elle ne meure, seule, dans le désert.

Kathleen avançait au pas, en silence, le long de la paroi, juste en dessous d'un affleurement rocheux. L'aube n'avait pas encore parue, mais le ciel s'était suffisamment éclairci pour qu'elle puisse distinguer son chemin ; avec un peu de chance, elle échapperait peut-être à la vue des sentinelles aperçues au sommet de la falaise, la veille, lorsque Sayeed l'avait amenée ici.

Elle s'efforça de se souvenir de l'emplacement exact du sentier qui zigzaguait en direction des ruines de la forteresse. Son intention était de le gravir, et d'essayer d'y trouver Jennie. Elle ignorait quoi faire d'autre. Impossible de s'enfuir dans le désert. Sans eau ni moyen de s'orienter, elle mourrait avant d'avoir réussi à trouver de l'aide ou alerté quiconque. Aussi se focalisa-t-elle sur la nécessité de retrouver sa sœur. C'était tout ce qui lui venait à l'esprit pour l'instant.

Parcourant le sol du faisceau de sa lampe torche, Sayeed constata que les empreintes de pas de Kathleen menaient de sa tente à l'enclos. La lampe éteinte, il courut à son tour, à demi accroupi, en direction des chevaux.

Il régnait une atmosphère de début d'activité autour de lui. Ordre avait été donné de lever le camp d'ici le lendemain matin. Entre-temps, l'attaque biologique aurait été lancée, et les Maures étaient ensuite censés rester discrets dans leurs cachettes respectives pendant plusieurs mois. Tant mieux. A la faveur de cette agitation matinale inhabituelle, il avait une petite chance de ramener Kathleen au camp sans se faire remarquer. Mais une fois le soleil levé, tous les paris seraient ouverts.

Parvenu à l'enclos, il éclaira brièvement les bêtes de son faisceau. Elles étaient nerveuses, quelques-unes hennissaient. Le sable, devant le portail, avait été récemment foulé.

Il ouvrit le portail, entra sans bruit et sélectionna sa monture favorite. Une fois le cheval sorti de l'enclos, il se hissa dessus et s'élança en direction du canyon. Il avait vu la manière dont Kathleen avait observé les ruines et le sentier qui y menait lorsqu'il l'avait introduite au camp la veille. Pour peu qu'elle ait entendu tout ce qui avait été dit à l'extérieur de la tente, il était prêt à parier qu'elle s'y était rendue.

Alors qu'il galopait, son admiration pour elle s'accrut. Elle n'était nullement entraînée, nullement équipée pour ça. Et pourtant, elle s'était jouée de lui. Elle avait eu le cran de le poignarder, puis de s'enfuir. Mais si les sentinelles ne la tuaient pas maintenant, le Sahara le ferait certainement.

L'aube saignait le ciel de violentes traînées de rose et de violet. Soulagée, Kathleen apercevait à présent le sentier qui serpentait à l'assaut de la falaise. Elle était passée au travers du canyon et au-delà des sentinelles sans se faire repérer juste avant que le soleil ne dépasse la crête.

Elle lança son cheval à plein galop en direction du sentier.

Et c'est alors que, tout à coup, elle entendit un bruit de sabots derrière elle, qui se rapprochait. Le choc l'ébranla. Elle galopa plus vite, mais pas très bien, en équilibre instable sur la selle. Focalisée sur la nécessité de s'accrocher, de ne pas tomber et se tuer bêtement, elle n'osa même pas jeter un coup d'œil en arrière.

Le bruit s'accrut, plus vite, plus proche.

Les griffes de la terreur s'emparèrent d'elle. Le ciel devenait plus clair, l'air plus chaud. Elle donna encore plus de coups de talon, la sueur coulant entre ses seins et sous son turban.

Le bruit de sabots était juste derrière elle à présent. L'écume à la bouche, son propre cheval trébucha. Elle vola par-dessus l'encolure, et atterrit durement sur le sable.

Sautant à bas de sa selle, son poursuivant se rua sur elle. Elle tenta de se relever, de courir. Mais il la plaqua de nouveau au sol, arrachant son turban ce faisant, de sorte que des grains de sable lui éraflèrent douloureusement un côté du visage.

Elle voulut crier, mais il la bâillonna d'une main sur sa bouche.

Le corps de l'homme était puissant, dur. Elle sentit son cœur battre contre son dos, tandis que son propre sang pulsait sourdement à ses propres tympans. Le sable lui brûlait les yeux, s'infiltrait entre ses dents, dans ses narines.

— Silence ! siffla-t-il dans son oreille.

Sayeed.

— Ne crie pas, ou ils vont venir et te tuer, tu comprends ?

Il parlait en arabe, et elle hocha la tête, des larmes de douleur se mêlant aux grains de sable dans ses yeux, des pierres lui lacérant les côtes.

Relâchant légèrement sa prise, Sayeed ôta sa main de sa bouche. Le visage de la jeune femme était livide, ses yeux hostiles. Maculée de sable, elle tremblait comme une feuille.

Elle ne chercha pas à s'enfuir, et il l'aida à se redresser sur son séant. Son attention se porta aussitôt à sa taille, là où elle l'avait poignardé, puis de nouveau sur son visage. Il n'ignorait pas qu'il devait avoir l'air mal en point. Il avait perdu beaucoup de sang dans cette course effrénée. Ce ne fut pourtant pas le remords qu'il lut dans son regard, mais une haine brute.

— Menteur ! cracha-t-elle. Tu savais où était Jennie depuis le début ! Tu m'as fait croire en toi, tu as *promis* !

— Kathleen, je sais que les apparences sont contre moi, mais tu dois me croire : je suis de ton côté.

— Tu es un terroriste !

Les rayons du soleil effleuraient la falaise. Le temps pressait. Il lui fallait retourner au plus vite au camp.

— Kathleen, je t'en prie, écoute-moi et…

— Pourquoi t'écouterais-je ? coupa-t-elle, les yeux rougis, brûlants. Tu m'as utilisée, Sayeed. Tu as fait l'amour avec moi alors que, tout du long, ton intention était de tuer ma sœur ! Tu…

Sa voix se brisa, et elle s'efforça de se ressaisir.

— Tu savais à quel point Jennie m'est chère et… bon sang, je n'arrive pas à croire que j'aie pu être aussi stupide !

Epuisée, elle éclata en sanglots, le visage entre ses mains.

Il plaça une des siennes sur une de ses épaules, mais elle la rejeta puis, se redressant vivement, repartit en trébuchant dans le sable meuble, en direction de l'endroit d'où partait le sentier.

— Kathleen !

Elle continua à marcher. Alors, il plongea et lui agrippa le bras. Elle pivota, lui lança furieusement son poing en plein visage. Il lui saisit le poignet, parant le coup. Les aiguilles tournaient inexorablement, aussi parla-t-il vite, conscient que sa seule chance d'avancer était de regagner en partie sa confiance de manière à la ramener au camp au plus vite. Hélas, il était aussi tenu au secret absolu, et les enjeux de sa mission étaient monumentaux. Une armée attendait son signal de l'autre côté de la frontière. Tout dépendait du fait qu'il ne grillât pas sa couverture. Pourtant, il lui fallait s'y résoudre, tout lui avouer, faute de quoi il n'obtiendrait pas sa confiance en retour.

— Je ne suis pas un terroriste, Kathleen, je ne suis pas l'un de ces hommes. Je ne m'appelle pas Sayeed Ali.

Elle se figea.

— Mon nom est Rashid Al Barrah. Je travaille sous couverture pour la CIA.

— Je… je ne te crois pas.

— Viens par ici, hors du vent.

A contrecœur, elle le laissa l'entraîner à l'abri d'une large dune. Tout en s'asseyant, elle leva les yeux en direction des ruines miroitantes, au sommet de la falaise. Les rayons du soleil en frappaient déjà les tourelles de roche rouge écroulées.

Il ne pouvait même pas imaginer ce qu'elle avait dû ressentir en découvrant que sa sœur était retenue prisonnière là-haut, dans les entrailles d'une ancienne forteresse, forcée d'accomplir une horrible tâche. Rashid — car, en cet instant, il était incapable de s'imaginer en Sayeed — inspira profondément, indécis quant à savoir s'il devait continuer à la mettre dans le coup. Si sa véritable identité était découverte, et que Kathleen était capturée, cette information pourrait lui être fatale. Elle serait torturée.

Par tous les diables, si elle était capturée, elle mourrait de toute manière, et ces ordures ne la ménageraient pas, quoi qu'elle sache !

Il devait le lui dire, et *aussi* la garder en vie.

— Je suis un agent du FBI, Kathleen. Jusqu'à il y a trois ans, j'étais en poste au siège, à Washington DC.

Un éclair passa dans ses yeux, et elle le foudroya du regard, répétant :

— Je ne te crois pas ! Je ne crois à rien de ce que tu dis !

— Ecoute-moi jusqu'au bout, au moins !

Elle détourna les yeux et, humectant ses lèvres sèches, il reprit :

— La CIA m'a alors contacté pour me demander si j'accepterais une mission d'infiltration en vue de démanteler cette cellule terroriste. C'est l'une de celles, parmi plusieurs autres, placée sous le commandement direct d'un homme uniquement connu comme « le Maure ». Nous ignorons encore où il vit, et qui il est. Mais dans chaque cellule, un chef reçoit ses ordres directement de lui, et dans celle-ci, c'est Bakkar. Au cours des presque trois ans qu'il m'a fallu pour infiltrer ce réseau, j'ai appris par Bakkar que le Maure orchestrait une attaque biologique suicide de masse sur les principales villes des Etats-Unis ainsi que d'autres de leurs alliés à travers le monde. Le plan est d'injecter une souche modifiée du virus Ebola Botou à une quarantaine de volontaires, qui s'envoleront ensuite pour les principaux aéroports mondiaux, disséminant ce très virulent virus en chemin. Après quoi, une fois dans leur ville cible, ils continueront de le disperser dans le plus d'endroits publics et systèmes de transport possible, avant d'y succomber.

Rashid reprit son souffle, puis consulta sa montre. Il lui fallait se hâter.

— Mes instructions sont d'attendre qu'ils aient été

infectés puis, une fois qu'ils seront tous rassemblés au même endroit, je dois déclencher l'alarme qui précipitera l'attaque. Les forces spéciales bombarderont alors le laboratoire exactement soixante minutes après le signal, de manière à tuer les kamikazes avant qu'ils aient eu le temps de devenir contagieux. Simultanément, un raid sera lancé sur le camp.

Elle riva son regard au sien.

— Jennie… elle fait partie de tout ça ?

Il hocha la tête.

— Elle a été enlevée par les Maures du Maghreb, et forcée d'achever les recherches débutées par un scientifique qui y a laissé la vie.

Elle devint blanche comme un linge.

— Pourquoi la CIA aurait-elle choisi un agent du FBI pour ça ? Pourquoi toi ?

Elle ne croyait toujours pas à son histoire, et il pouvait difficilement l'en blâmer. Il allait devoir creuser plus profond, et aborder un niveau plus personnel.

— Parce que je parle couramment le dialecte local, et que je connais bien cette région et les coutumes de ce clan. J'ai, en particulier, une aptitude très particulière à pénétrer les esprits de Bakkar et de Marwan. Je suis né ici, Kathleen. Je partage leur sang.

— Al Barrah, murmura-t-elle. Tu as dit que le patronyme de Bakkar était Al Barrah.

— C'est mon père. Il m'a banni du clan quand j'avais onze ans, et il ignore encore que je suis son fils.

— Pourquoi t'a-t-il banni ?

Rashid leva les yeux en direction du ciel. Le soleil frappait de plus en plus fort, et la chaleur s'accroissait. Les volontaires arriveraient bientôt, et il n'avait aucune envie de parler de sa mère, ou de son enfance. D'un autre côté, il lui fallait aussi convaincre Kathleen, et au plus vite.

— J'avais onze ans lorsque mon oncle, Marwan, a violé ma mère. Mon père, Bakkar, en a été fou de rage, mais il l'a blâmée, elle, et pas Marwan. Il l'a brûlée au visage avec de l'huile chaude pour que plus aucun homme ne la regarde, puis bannie du camp et envoyée mourir dans le désert. Je me suis enfui pour aller l'aider. Mais, d'abord, j'ai lacéré le visage de mon père avec son propre *jambiya*.

Kathleen le dévisagea, la vision de Bakkar Al Barrah s'imposant à son esprit — la hideuse cicatrice, en travers de son visage, l'œil mort. Les ressemblances génétiques, dans les traits et les silhouettes de Marwan, Bakkar, Qasim. Et, oui, elle en distinguait à présent aussi chez Rashid.

— A-t-elle survécu ? As-tu réussi à sauver ta mère ?

— Nous avons marché pendant des jours, jusqu'à atteindre un *wadi*, où elle s'est effondrée. Une infection s'était développée, et l'avait rendue aveugle. Une petite caravane de nomades nous a trouvés. Il y avait parmi eux un vieil homme qui s'y connaissait en médecine ancestrale. Il a réussi à stopper l'infection à l'aide d'un épais baume pour empêcher le sable de s'infiltrer, et fait tomber la fièvre avec des herbes. Ils ont hissé ma mère à dos de chameau, et nous ont conduits au Maroc.

Rashid s'interrompit. Les souvenirs crispaient douloureusement ses traits de rage, de douleur et de peine.

— Que s'est-il passé ensuite ? le pressa-t-elle gentiment.

— Une organisation internationale de défense des droits des femmes a entendu parler de la situation critique de ma mère, et lui a trouvé une bienfaitrice en mesure de lui offrir un traitement médical et une opération de chirurgie plastique aux Etats-Unis. Elle s'est remise, mais est restée atrocement marquée aussi bien physiquement qu'émotionnellement, et elle n'a, surtout, jamais recouvré la vue. Nous avons toutefois eu la chance de trouver un nouveau foyer, un nouveau pays. J'ai passé mon adolescence sur la côte Est et, suite à une présentation à mon université, j'ai décidé que je voulais entrer au FBI. Ce rêve, je l'ai réalisé, Kathleen, et aujourd'hui, me voilà ici. De retour là où tout a commencé.

A voir l'émotion brute dans son regard, Kathleen ne demandait qu'à le croire. Mais elle demeurait circonspecte. N'importe qui était capable de feindre, surtout les terroristes et les criminels. Puis elle se remémora le tatouage.

— Ton tatouage… est-il réel ? Descendez-vous tous du Clan du Soleil ?

La surprise s'inscrivit sur ses traits.

— Tu connais le Clan du Soleil ?

— Je suis historienne, Sayeed…

— Rashid, corrigea-t-il. Mon prénom est Rashid. Et, oui, le tatouage est réel. Tout aussi réel que ce que nous avons partagé dans ce lit, Kathleen, ajouta-t-il à mi-voix. L'homme qui s'est étendu à ton côté, c'était moi, Rashid. Et lorsque nous serons sortis de ce bourbier, je veux te revoir. Je veux apprendre à te connaître.

Elle se frictionna le visage, anxieuse de masquer son émotion.

— Je ne sais pas si je dois te croire.

— Lorsque nous avons attaqué ton campement, je n'ai pas pu les laisser te tuer, Kathleen, même si mes ordres étaient de permettre quelques dommages collatéraux si nécessaire, argua-t-il. Te sauver a failli griller ma couverture, et si tu ne reviens pas au camp avec moi, je le serai. Ta sœur et des milliers d'innocents mourront.

— Alors les autorités savaient, par toi, que Jennie avait été enlevée pour participer à tout ça ?

— En effet. Mais nous ne pouvions l'extraire d'ici, pas sans éveiller la suspicion de pivots de la cellule tels que Bakkar et Marwan et les forcer à replonger dans la clandestinité. Il nous fallait attendre le tout dernier moment pour frapper le plus durement possible.

Elle jura.

— C'est pour ça que j'avais l'impression de me trouver face à un mur ! Jennie n'est qu'un pion ! Un dommage collatéral, comme tu dis ! As-tu au moins prévu de la sortir de là-haut avant que tout explose ?

— Je ne la laisserai pas mourir.

— Mais tu en avais l'intention ?

— Kathleen…

Elle bondit sur ses pieds, frissonnante de panique et de dégoût. Il l'imita, se saisit de ses poignets.

— J'ai dit que je ne le laisserai pas arriver. Pour toi. Je vais essayer de vous sortir toutes les deux vivantes de là, tu m'entends ?

— *Comment* ?

— Tu as entendu cet homme, à l'extérieur de ma tente. Bakkar m'a ordonné d'aller là-haut tuer Jennie. C'est un test, j'en suis sûr, un parmi beaucoup d'autres. Mais celui-là va œuvrer en notre faveur, parce que je l'ai persuadé que Jennie devait vivre jusqu'à ce que les volontaires parviennent à leurs destinations et que nous ayons la preuve que la souche modifiée est bien mortelle et transmissible par l'air. Ça va me permettre de la sortir du labo et de l'emmener dans le désert avant le raid. Mais tu dois m'aider. Et tu dois aussi comprendre, et accepter, les risques. Nous pourrions tous mourir.

— Je… je ferai n'importe quoi. Dis-moi juste quoi faire.

— Le seul moyen de monter là-haut d'ici est à dos de mulet, et lorsque nous y allons, nous emmenons toujours un des garçons d'écurie. J'essaierai de te déguiser en l'un d'eux. Bakkar dit qu'il y aura sur le plateau un 4x4 ayant servi à amener les volontaires qui m'attendra pour transporter ta sœur jusqu'à l'endroit désigné. La piste à partir du plateau est aisément praticable, et si la chance nous sourit, nous nous échapperons à temps. Mais la moindre erreur, la moindre parole déplacée, le moindre regard au mauvais moment, et nous mourrons. Le comprends-tu ?

Le choc, la peur, et l'énormité de ce qui était en train de se jouer empêchèrent Kathleen d'articuler quoi que ce soit. Rashid porta tendrement une main à sa joue.

— Kathleen, peux-tu le faire ? Pour Jennie.

Elle prit une profonde inspiration, puis hocha la tête et répondit :

— Je le dois.

Avant d'ajouter, après une légère hésitation :

— Merci… Rashid.

Entendre prononcer son véritable prénom pour la première fois en près de trois ans éveilla une indescriptible émotion en Rashid. Il se pencha, déposa un doux baiser sur ses lèvres et, ce faisant, sentit l'humidité de ses larmes sur sa peau. Et il sut qu'ils étaient désormais une équipe. Et aussi qu'il avait enfin trouvé une femme qu'il puisse aimer, pour toujours pour peu qu'elle le lui permette. Mais d'abord, il allait lui falloir gagner cette course au bonheur. Déclencher ce raid, et en ressortir en vie.

Il savait aussi qu'il ne reviendrait pas réclamer la vie de Bakkar et de Marwan. Pas si cela devait lui coûter un possible avenir avec Kathleen. Sa rédemption, désormais, serait de leur sauver la vie, à elle et à sa sœur, et donc il laisserait aux forces spéciales le soin de décider du sort de son père et de son oncle.

Il allait abandonner le passé, et l'ancien code de justice, ici dans le désert, auquel ils appartenaient.

9.

A l'aide du cordon de sa tunique, Rashid attacha fermement les poignets de Kathleen devant elle. Il perçut une lueur de doute dans les yeux de la jeune femme.

— Rappelle-toi : tu dois me faire confiance. C'est le seul moyen pour que je te ramène au camp de manière réaliste. Les sentinelles seront aux aguets, et beaucoup nous verrons rentrer. Nous devons donc masquer nos véritables intentions à la vue de tous, d'accord ? Pourras-tu jouer le jeu ?

Elle hocha la tête, et il l'aida à se hisser sur sa selle, au pommeau de laquelle il lia ses poignets.

— Voici le scénario : tu t'es échappée. Je t'ai rattrapée, et je te ramène à mes quartiers où, cette fois, tu vas remplir correctement tes devoirs conjugaux. Je vais devoir me montrer un peu brusque, mais n'oublie pas : je fais ce que je peux pour vous sauver la vie, à toi et à ta sœur.

Elle jeta de nouveau un coup d'œil aux ruines, sur la falaise, et ses traits prirent une expression déterminée.

— Je comprends.

Rashid attacha le cheval de Kathleen derrière le sien, et tous deux repartirent au petit galop en direction du canyon, Kathleen s'efforçant tant bien que mal de rester en selle. Rashid chassa le réflexe de la ménager un peu plus. N'importe qui pouvait les voir, à présent, il devait absolument maintenir les apparences.

Ils pénétrèrent dans le canyon. Alors qu'il scrutait

les parois rocheuses en quête des sentinelles, il ralentit l'allure, non sans vérifier que le cheval de Kathleen restait bien derrière lui, et qu'il était évident qu'elle était sa prisonnière. Lorsqu'il vit la première sentinelle sortir de sa cachette, il la salua d'une main.

L'homme hésita, puis leur fit signe d'avancer.

Rashid accéléra l'allure puis, parvenu au camp, fonça à l'intérieur de l'enceinte à plein galop, tandis que Kathleen s'accrochait désespérément au pommeau de sa selle pour ne pas chuter. Apercevant Qasim près de l'enclos des chevaux, il sentit son cœur sombrer.

Il se dirigea droit vers sa tente, sauta à bas de sa selle. Déjà, Qasim se hâtait vers eux.

— Qu'est-ce que tu fais, Sayeed ? accusa-t-il, le regard obscurci de suspicion. Où étais-tu ?

— La garce m'a poignardé et s'est échappée, expliqua Rashid en désignant sa tunique tachée de sang. J'ai été la rechercher.

Qasim regarda le sang, puis Rashid, puis rejeta la tête en arrière et s'esclaffa.

— Ha ! Tu n'as pas dû être assez bon au lit pour elle !

— Ecarte-toi de mon chemin !

Repoussant Qasim, Rashid entreprit de couper la corde qui attachait les poignets de Kathleen au pommeau de la selle. Elle avait l'air à juste titre, et de manière tout à fait convaincante, terrifiée.

Il la tira de la selle, et elle chuta lourdement à terre. Alors que sa poitrine se serrait de sollicitude pour elle, il la heurta de la pointe de sa botte.

— Lève-toi ! aboya-t-il en anglais. Lève-toi et retourne dans la tente !

Se redressant péniblement, la jeune femme s'exécuta en trébuchant. Comme Rashid laissait retomber le rabat derrière eux, il entendit d'autres rires éclater à l'extérieur. Son cœur cognait encore sourdement, son corps frissonnait de sueur.

— Je crois que nous nous en sommes bien sortis, affirma-t-il à voix basse. Est-ce que je t'ai fait mal ?

Elle esquissa un signe de dénégation de la tête cependant qu'il lui déliait les poignets.

— Et toi ? Est-ce que je t'ai profondément blessé avec le coupe-papier ? s'enquit-elle à son tour.

— Ce n'est qu'une entaille, mais ça saigne beaucoup.

— Je peux regarder ?

— Nous n'avons pas le temps.

— Alors prenons-le, décréta-t-elle avec un sourire contraint. Je ne peux pas me permettre de te perdre maintenant, Rashid.

Le regard aigue-marine rencontra le sien, et il sut qu'ils formaient réellement une équipe, à présent.

Ne lui restait plus qu'à espérer qu'ils vivraient assez longtemps pour le rester dans d'autres circonstances.

Kathleen pansa la plaie qu'elle avait elle-même infligée à Rashid. Et, alors qu'elle prenait soin de lui, un flot d'émotions la submergea, mélange de solidarité, d'affection, d'admiration. Elle songea à ce qu'il lui avait dit de leur étreinte et de son intention de la revoir une fois que tout serait fini. Et aussitôt après que cet accès de sensiblerie s'expliquait par le stress, l'afflux d'adrénaline. Et qu'il lui fallait avant tout rester concentrée sur le présent, sur Jennie.

Une fois qu'elle eut recouvert le tout de sparadrap, Rashid la fit asseoir, puis entreprit de la barbouiller de cirage marron. Il enroula ensuite un turban autour de sa tête, ne laissant qu'une très fine fente pour ses yeux.

— Il commencera à faire sombre lorsque nous atteindrons les ruines. Si tu gardes bien la tête baissée, et en silence, ça devrait marcher, déclara-t-il, s'attaquant au dos de ses mains et à ses poignets.

— Comment verrons-nous où nous allons dans le noir ?

— Il y aura la pleine lune en plus des étoiles, ce soir, et nous aurons des lampes frontales.

Elle hocha la tête. Il gagna son bureau, fourragea sous une pile de papiers, et sortit un pistolet.

— T'en es-tu déjà servi d'un ?

— Non.

— J'espère que tu n'auras pas à le faire, mais je préfère que tu le prennes au cas où il m'arriverait quelque chose.

Il lui montra comment le charger, et actionner le cran de sécurité. Puis il lui tendit un étui à porter à la taille, sous sa tunique.

— Avant de partir, j'irai dire à Bakkar que j'ai chargé un des hommes de te surveiller dans mes quartiers.

— Et s'il vient vérifier ?

— Je suspecte justement qu'il le fera. Il voudra te tuer pendant mon absence, Kathleen. Souviens-toi : il pensera que je suis en chemin avec Jennie pour aller attendre dans le désert des nouvelles du succès de l'opération. En théorie, tu seras à ce moment-là à sa merci, et il voudra régler les dernières questions en suspens avant de lever le camp.

— Et lorsqu'il découvrira que je ne suis pas là ?

— Dans le meilleur des cas, il pensera que tu t'es de nouveau enfuie. Et rien ne devrait le détromper jusqu'à ce que tout soit fini.

— Et s'il communique par radio avec le labo ou quelque chose comme ça ?

— Aucune communication radio n'est autorisée dans ce camp, au cas où elle serait captée par les satellites. Nous n'utilisons que des messagers, expliqua Rashid, avant de s'écarter d'un pas pour juger de son œuvre.

Il sourit.

— Je crois que tu passeras le test. Tu es prête ?

— Allons-y.

Il l'étreignit vivement alors, juste pour la serrer dans ses bras quelques instants, sa raison pour vouloir la protéger étant dorénavant strictement, farouchement personnelle. Il voulait Kathleen, il la voulait pour toujours.

— Merci, Rashid, murmura-t-elle tout contre son torse.

Et, lorsqu'elle s'écarta, il décela des larmes dans ses yeux.

10.

Debout à l'angle d'une sombre pièce aux murs de pierre, Kathleen regardait les volontaires au suicide émerger de la zone à risque du laboratoire secret construit dans les cachots de l'ancienne forteresse. Les hommes en passaient la porte pour se diriger vers une autre zone de confinement protégée par une paroi de verre. Rashid se tenait à côté d'elle, mais pas trop près.

Puis, alors que le quarantième volontaire entrait dans la zone, elle aperçut Jennie sur le seuil, derrière lui.

Une onde de choc l'électrisa.

Jennie était en vie !

Mais qu'elle était mal en point ! Maigre à faire peur, pâle, les yeux comme deux trous vides ! Tétanisée par l'émotion, Kathleen fixa sa sœur, chacune des molécules de son corps lui hurlant de se projeter à travers la vitre, à son secours.

— Baisse la tête ! lui enjoignit sèchement Rashid à voix basse.

Kathleen obtempéra, attentive à conserver néanmoins Jennie dans sa vision périphérique. Rashid lui avait dit que, une fois les volontaires contaminés par le virus, ils seraient rassemblés sur cette plate-forme à partir de laquelle tous partiraient pour leurs destinations respectives.

Ils deviendraient contagieux au bout de quatorze heures, mais ne manifesteraient aucun véritable symptôme avant encore vingt et un jours. Après quoi leur mort serait foudroyante, et inexorable.

Kathleen vit Rashid passer une main dans les plis de sa tunique. Elle savait qu'à présent qu'il avait vu les quarante volontaires sortir il s'apprêtait à presser le bouton de l'alarme satellite.

Son cœur s'emballa. Ils disposaient désormais d'exactement soixante minutes pour sortir de la forteresse et s'échapper dans le désert. Et, une fois qu'ils y seraient, lorsque Rashid presserait le bouton une seconde fois, un hélicoptère militaire s'envolerait en direction des données GPS envoyées par sa balise. Pour peu qu'il n'y ait aucun danger alentour, l'appareil atterrirait pour les évacuer.

Le signal déclenché, Rashid avança en direction de la porte du sas. De l'autre côté de la paroi de verre, un garde l'imita. Mais, avant qu'il ait pu déverrouiller l'issue, l'un des volontaires se mit à tituber. Du sang jaillit de sa bouche et, dans ses yeux injectés de sang, des veines éclatèrent.

Les gardes pivotèrent vers lui, atterrés, tandis qu'un autre volontaire se mettait lui aussi à saigner, puis s'effondrait à terre. D'autres suivirent, et la panique éclata. Les hommes s'égayèrent en tous sens. Derrière eux, Kathleen vit sa sœur se saisir de la dague d'un de ceux tombés à terre.

L'affolement s'empara d'elle.

— Je sais ce qu'elle a fait ! lança-t-elle dans un chuchotement urgent à Rashid. Elle a fait en sorte de les tuer aussitôt. Elle n'a pas pu se résoudre à…

Tout à coup, elle vit ce que sa sœur était en train de faire avec la dague. Sa manche relevée, elle appliquait le tranchant de la lame sur l'intérieur de son poignet.

— Elle va se suicider !

Rashid se jeta sur la porte verrouillée. A l'intérieur, les gardes secouèrent la tête, les yeux emplis de terreur. Kathleen fouilla sous sa tunique en quête de l'arme que

Rashid lui avait donnée. Les mains tremblantes, elle visa la paroi de verre et appuya sur la détente.

— Non ! hurla Rashid.

Trop tard. La paroi éclata, les débris retombant avec fracas sur le sol pierreux. Et l'enfer se déchaîna comme, la seconde d'après, les gardes se mettaient à tirer sur Kathleen.

Avec un juron, Rashid sortit son propre pistolet, et riposta tout en projetant Kathleen à terre.

— Rampe et sors de là ! hurla-t-il. Reste sur la droite jusqu'à l'escalier, et ensuite descends dans les cachots !

Elle hésita. Les balles ébréchaient le mur, au-dessus d'elle, et des éclats de pierre lui tombaient sur la tête.

— Maintenant ! insista Rashid.

— Mais… et Jennie ?

— Je vais la chercher. Bouge ! Il ne nous reste que cinquante-huit minutes !

Kathleen rampa jusqu'à la sortie.

Rashid se rapprocha de la paroi éclatée. L'un des gardes avait ouvert la porte, et tous s'échappaient, pris de panique à l'idée que le sang des volontaires écroulés soit infectieux. Jennie gisait dans un coin, inconsciente.

Rashid pénétra dans la pièce, et enjamba les corps dans sa direction. Son poignet était en sang, mais l'entaille n'était pas assez profonde pour lui être fatale. Elle avait dû être heurtée par les éclats de verre avant d'aller au bout de son projet.

Il la souleva dans ses bras. Elle était aussi légère qu'un oiseau. L'emportant, il se rua hors du sas et enfila en courant le sombre couloir de pierre. Actionnant sa lampe frontale, il obliqua à droite, et partit en direction de l'escalier qui descendait aux cachots.

Autour de lui retentissaient les cris des hommes et des bruits de pas précipités sur la pierre.

*
* *

— Par ici ! entendit-il Kathleen chuchoter d'une petite niche, au sommet de l'escalier. Oh ! Seigneur, s'affola-t-elle lorsqu'il allongea sa sœur au sol. Est-ce qu'elle va bien ?

— Elle est inconsciente.

A la lueur de sa lampe frontale, il déchira une longueur de tissu de sa tunique, puis la banda étroitement autour du poignet de Jennie. Après quoi, il la reprit dans ses bras.

— Il y a un tunnel pour sortir d'ici de ce côté, mais d'abord, il faut descendre. L'accès peut en être bloqué, et si c'est le cas, nous ne nous en sortirons pas vivants. Ça te va ?

Kathleen hocha frénétiquement la tête.

Il ouvrit le chemin, la biologiste dans les bras. Il leur restait peut-être quarante minutes, et il n'était pas sûr d'atteindre le tunnel à temps. Il l'avait repéré plusieurs mois plus tôt, mais peut-être avait-il été muré depuis.

— Et ces volontaires ? demanda Kathleen, qui courait derrière lui, essoufflée. Sont-ils infectés ? Ai-je libéré le virus ?

— Tais-toi et cours ! la rabroua-t-il. Et la prochaine fois, contente-toi d'obéir à mes ordres, bon sang !

Il ignorait ce que Jennie Flaherty avait fait du virus, et si les gardes échappés le répandraient. Ou même si Kathleen et lui mourraient pour y avoir été exposés. Et pour l'instant, Jennie n'était certainement pas en état de le leur dire.

Le tunnel était toujours accessible, mais deux crochets inopportuns par des impasses ne laissèrent à Rashid et à Kathleen qu'exactement deux minutes et vingt secondes avant que la forteresse n'explose, et pour atteindre la Jeep qui, selon les dires de Bakkar, devait les attendre dehors.

Rashid sentit sa poitrine le brûler alors qu'il fonçait hors du tunnel en direction du véhicule. Ils avaient de la chance qu'il fût encore là où Bakkar avait dit qu'il serait, et que l'un des gardes en fuite ne l'ait pas trouvé !

Jetant la biologiste toujours inconsciente sur le plateau arrière, il sauta sur le siège du conducteur et démarra aussitôt.

Kathleen grimpa à l'arrière avec sa sœur, et la tint fermement dans ses bras tandis que Rashid s'élançait en trombe en direction de l'ouest, dans des giclées de sable.

Elle entendit des réacteurs, puis sentit des ondes de choc alors que des explosions illuminaient la nuit.

La tête de Jennie sur les genoux, elle se mit à prier.

Rashid continua à conduire pendant ce qui lui parut être des heures, et elle regretta de ne pas disposer d'eau pour désaltérer sa sœur. Le soleil se leva, et la chaleur s'abattit de nouveau sur le morne paysage du Sahara.

Enfin, Rashid s'arrêta derrière une formation rocheuse. Ses traits étaient tendus. Il ne lui avait pas dit un mot depuis qu'il l'avait rabrouée pour avoir éclaté la vitre.

Il sortit sa balise satellite, en pressa le bouton une seconde fois, puis examina Jennie.

— Crois-tu que le virus se soit répandu ? s'enquit-elle pour la seconde fois.

Sans répondre, il descendit de la Jeep et avança dans le sable.

Kathleen perçut alors un bruit d'hélice dans l'air. L'hélicoptère se matérialisa hors d'un ciel ondulant, en provenance du nord-ouest. Jamais vision ni son n'avaient été plus bienvenus.

Rashid agita le bras en un grand arc. L'appareil se dirigea droit sur lui.

Une fois au sol, le pilote n'arrêta pas le moteur. Il portait une combinaison Hazmat, destinée à le protéger d'éventuels risques biologiques, de même que son passager. Celui-ci — un soldat des forces spéciales, devina Kathleen — aida Rashid à charger Jennie dans l'habitacle. Après quoi, ce dernier la hissa à son tour à bord, puis lui boucla sa ceinture. Rashid sauta de l'appareil, une main levée en guise de signal de départ.

L'hélicoptère s'éleva.

— Pourquoi le laissons-nous ? s'affola Kathleen.

Personne ne répondit. Rashid resta debout en dessous, point de plus en plus petit au fur et à mesure que l'appareil prenait, très rapidement, de l'altitude. Désespérée, une paume pressée contre le hublot, Kathleen le vit se transformer en minuscule grain de poussière brun dans une immensité de sable jaune. Des larmes se déversèrent sur ses joues lorsqu'il s'y noya.

Tout le long du vol, elle ne cessa de caresser le front de sa sœur, et de murmurer :

— Je t'en prie, reste avec moi, Jennie. Ne t'avise pas de mourir maintenant, pas après tout ça !

11.

Trois mois plus tard

Après un débriefing intensif à Washington DC, Kathleen avait enfin repris son travail à Seattle. C'était l'automne. Les pluies grisâtres et les brumes froides du nord-ouest du Pacifique s'étaient imposées, tirant le ciel vers le bas et son humeur plus bas encore.

Se trouver à l'aéroport pour dire au revoir à Jennie n'arrangeait rien.

Sa sœur était venue séjourner quelque temps chez elle à Seattle après une encore plus longue thérapie mais, à présent, elle se sentait prête à retourner sur la côte Est à son travail à l'université.

En attendant l'appel d'embarquement du vol de Jennie, elles décidèrent de partager un déjeuner à une petite table proche de la baie vitrée mouchetée de gouttes de pluie, tout en observant l'incessant ballet des avions au travers du brouillard.

Jennie avait un peu regagné du poids qu'elle avait perdu, et bien qu'elle parût avoir pris un sacré coup de vieux, elle avait l'air aussi en forme qu'on pouvait l'espérer. Ce dont Kathleen était immensément soulagée.

Après l'évacuation par hélicoptère hors du Maghreb, Jennie avait été immédiatement prise en charge dans une base militaire, puis transférée dans un hôpital, en Allemagne, où elle était sortie du coma. Elle avait alors pu expliquer aux autorités américaines qu'elle n'avait pas contaminé les volontaires avec une forme contagieuse de l'Ebola Botou, mais fait en sorte de modifier le virus de manière qu'il les tue presque immédiatement sans se répandre. Elle avait aussi détruit la première version qu'on l'avait obligée à tester sur une première fournée de cobayes, la remplaçant secrètement par la sienne. Son intention était de tuer les volontaires, puis de se suicider, plutôt que d'être responsable de la dissémination d'un fléau mortel sur le monde.

Rien que pour ça, elle eût dû devenir une héroïne. Au lieu de quoi l'aventure tout entière avait été occultée des radars des médias pour des raisons de sécurité nationale.

— Tu es sûre d'être prête à retourner travailler, Jen ? s'enquit Kathleen.

N'ayant pas vraiment faim, elle ne cessait de triturer sa salade de sa fourchette.

Avec un sourire, sa sœur posa une main sur la sienne.

— Je ne pourrais être plus prête. J'ai besoin de me projeter en avant, de mettre tout ça derrière moi.

L'émotion embua les yeux de Kathleen, qui hocha la tête.

— Je comprends. Tu vas me manquer.

— Pourquoi ne viens-tu pas t'installer dans l'Est avec moi, Kathleen ? suggéra alors Jennie. Peut-être qu'un changement — un nouveau travail, un nouvel environnement — te ferait du bien ?

— Je me sentirais trop proche de lui.

— Rashid ?

Kathleen acquiesça en silence, puis repoussa son assiette.

— Il ne t'a jamais rappelée ?

— Je ne tiens vraiment pas à en parler, Jen…

— Tu le dois.

— Pourquoi ? Quelle différence ça fera ? J'ai été sotte d'avoir ne serait-ce qu'osé penser que ça pourrait marcher entre nous !

— Peut-être y a-t-il une raison qui explique qu'il ne t'a pas rappelée.

— Ça oui ! Il doit penser que je suis une tordue ! railla Kathleen. Je sais qu'il est de retour au pays, ses collègues, à Washington, me l'ont dit. Je l'ai appelé à son bureau plusieurs fois et, chaque fois, il m'a fait répondre qu'il était occupé ou indisponible. J'aurais dû saisir l'allusion et en rester là ! Mais j'ai déniché son numéro de domicile, et appelé là-bas aussi, et je tombe toujours sur son répondeur !

— Tu as laissé des messages ?

Kathleen eut un reniflement de dédain.

— Des tas ! Finalement, je me suis lassée mais, parfois, je ne peux pas m'empêcher d'appeler, rien que pour entendre sa voix, tu comprends ? Souvent je me dis que si je n'avais pas tiré dans la vitre, si j'avais suivi ses ordres, peut-être que…

— Désobéir à ses ordres t'a permis de me sauver la vie, lui fit remarquer sa sœur.

Kathleen hocha la tête puis, se mordant la lèvre, fouilla dans son sac en quête d'un mouchoir, avec lequel elle se moucha bruyamment.

— Je suis une idiote, Jen. Nous n'étions que des pions, toutes les deux. Mon erreur a été de tomber dans le panneau et, maintenant, je suis amoureuse de lui !

Elle carra les épaules, décrétant :

— Mais je vais aller de l'avant, maintenant !

Le regard de sa sœur soutint le sien, et Kathleen vit qu'elle en doutait. Mais, avant qu'elle ait pu objecter, l'appel d'embarquement du vol retentit.

Jennie se redressa.

— C'est pour moi.

Une vive tension s'empara de Kathleen. Elle se redressa à son tour, étreignit vivement son aînée.

— Tu vas me manquer horriblement.

— Je t'aime, sœurette, répondit Jennie. Merci. Merci d'être venue me chercher, et de ne pas avoir abandonné.

Les larmes affluèrent aux paupières de Kathleen, qui fut incapable d'articuler un mot. Elle se contenta de hocher la tête, étreignit sa sœur une dernière fois, puis la regarda s'éloigner. Jamais elle ne s'était sentie plus perdue et seule de sa vie.

Le Sahara l'avait changée, ouverte à d'autres horizons, et elle n'était plus sûre d'être à sa place dans sa propre vie. Elle se demanda si elle serait jamais de nouveau heureuse ici. Même le travail qu'elle adorait autrefois lui paraissait aujourd'hui frustrant, l'atmosphère de la bibliothèque trop confinée, trop sombre. Peut-être Jennie avait-elle raison, peut-être avait-elle besoin de partir, de songer à recommencer une nouvelle vie ailleurs.

Elle quitta l'aéroport et, au lieu de retourner travailler, appela sa collègue pour l'informer qu'elle ne reviendrait pas aujourd'hui. Puis elle conduisit jusqu'au front de mer. Une promenade au bord de l'océan l'aiderait certainement à y voir plus clair.

Il était tard en ce vendredi après-midi, et le ciel virait au déprimant gris anthracite des porte-avions. L'océan était houleux. Une fine brume humidifiait sa peau et ses cheveux, et elle sentit que les premières gouttes de pluie étaient imminentes. La corne de brume d'un navire retentit au loin. Kathleen resserra les pans de son manteau autour d'elle, songeant au soleil, à la chaleur. Au désert et aux ciels sans fin.

A lui.

C'était là toute l'histoire de sa vie, songea-t-elle : des rêves idiots ! Des notions idéalistes, et bien trop romantiques pour se concrétiser dans la réalité !

Alors qu'elle atteignait l'extrémité de la promenade, une sombre silhouette émergea de la brume. Son pouls s'accéléra. L'endroit était désert à cette heure tardive, et le crépuscule tombait. Elle s'apprêtait à tourner vivement les talons, lorsque quelque chose, à propos de cette silhouette, l'incita à se figer.

L'homme s'approcha, et son cœur s'emballa. Cette silhouette lui était… familière. Il marchait comme Rashid, était de la même taille…

Assaillie par ses souvenirs, ressuscités dans cette étrange vision, elle demeura comme tétanisée. Les pans de son long manteau noir plaqués sur ses mollets par le vent, tête nue, l'homme s'approchait toujours. Droit sur elle.

Et une onde de choc l'électrisa.

C'était bien lui. C'était bien Rashid Al Barrah qui émergeait de la brume comme dans un rêve !

Sa gorge se noua. Son cœur manqua un battement, puis se remit à battre sourdement. Elle n'osa plus respirer, de crainte de dissiper la vision qu'elle paraissait avoir fait sortir de la brume par sa seule volonté.

Si ce n'est que… ce n'était pas une vision. Il était réel. Et elle entendit sa voix — sa riche, profonde voix ondulante de baryton.

— Kathleen.

Elle ouvrit la bouche, mais ne put parler. Il lui effleura la joue.

— Kathleen, est-ce que tu vas bien ?

Elle secoua la tête, les larmes se déversant brusquement sur ses joues. Il la prit alors dans ses bras, et l'étreignit pendant ce qui lui parut être une éternité.

— Ils m'ont dit, à la bibliothèque, que je te trouverais là, chuchota-t-il au bout d'un long moment à son oreille.

Puis il s'écarta, et plongea intensément son regard dans le sien.

— Je suis tellement désolé, reprit-il. Après ton évacuation, j'ai été renvoyé immédiatement sur le terrain. Ils avaient un indice sur l'identité du Maure, et ils avaient besoin de moi. Nous l'avons eu, Kathleen. Nous avons mis le Maure hors d'état de nuire. C'est un vieil homme, mais un vieil homme particulièrement dangereux.

— Qui est-ce ?

— Le père de Bakkar et de Marwan.

— Ton grand-père ! s'exclama-t-elle dans un souffle.

— Mon grand-père, oui.

— Et Bakkar, et Marwan, Qasim… tous les autres ?

— Marwan et Qasim ont été tués au cours du raid. Bakkar a été capturé et, quand il a appris qui j'étais, s'est résigné à parler. C'est ainsi que nous avons fait notre première percée, pour le Maure.

— J'en suis heureuse, Rashid. Tu… tu m'as tellement manqué. J'ai laissé des messages…

Kathleen se sentit stupide. Evidemment qu'il savait qu'elle avait saturé son répondeur de messages !

Il prit son visage entre ses mains.

— J'ai eu *tous* tes messages.

— Ah ? Désolée, je n'aurais pas dû…

— Kathleen, je ne les ai eus qu'hier. Je viens juste de rentrer, et j'ai appris qu'à cause de la nature hautement sensible de ma mission ils avaient pris la décision de ne pas te dire où j'étais. Pourtant, j'avais spécifiquement requis qu'ils te le fassent savoir, Kathleen, crois-moi !

— J'ai cru…

De nouvelles larmes embuèrent ses yeux.

— Je suis navré, vraiment.

Il leva le visage en direction de la brume, des étincelles de fureur dans ses yeux noirs. Puis il s'empara farouchement de sa bouche. Une vive chaleur crépita en Kathleen, qui sentit ses genoux faiblir.

— Je suis de retour, Kathleen, murmura-t-il tout contre ses lèvres. Et je veux te prouver que ton rêve peut se concrétiser. Si tu me le permets.

Et l'univers tout entier de Kathleen tournoya autour d'elle. Ses rêves d'enfant de trouver son propre, ténébreux prince du désert, son fringant chevalier en armure étincelante, se réalisaient enfin.

— Me le permettras-tu, Kathleen ?

Elle acquiesça d'un hochement de tête, pleurant et riant en même temps puis, les bras noués autour de la nuque de Rashid, se haussa sur la pointe des pieds et embrassa son prince.

Et tout à coup, la brume et la pluie ne lui semblèrent plus froides, et son monde reprit l'éclatante clarté du désert.

OLIVIA GATES

La fiancée de Khumayrah

éditions HARLEQUIN

Cet ouvrage a été publié en langue anglaise
sous le titre :
THE SHEIKH'S BARGAINED BRIDE

Traduction française de
LAURIANE CRETTENAND

83-85, boulevard Vincent-Auriol, 75646 PARIS CEDEX 13.
Service Lectrices — Tél. : 01 45 82 47 47
www.harlequin.fr

1.

Trois semaines auparavant, Sabrina Grant avait épousé l'homme de ses rêves.

Le cheikh Adham ben Khaleel ben Haamed Aal Ferjani était un prince — un vrai prince — qui l'avait charmée, captivée même, dès qu'elle avait posé les yeux sur lui. Il était tout ce qu'une femme pouvait espérer, et elle l'aimait de tout son cœur.

Pourtant, jamais elle n'aurait imaginé être aussi malheureuse.

Comment en était-elle arrivée là ? Comment pouvait-elle se sentir si seule, être à ce point livrée à elle-même ? C'était bien la dernière chose qu'elle avait prévue lorsqu'elle avait dit : « Je le veux. »

De toute manière, tout ce qui s'était passé depuis que son père avait fait cette crise cardiaque, six semaines auparavant, était extraordinaire et absolument imprévisible.

Cela avait eu lieu fin mai, moins d'une semaine après la fin de ses cours à l'université. Elle était sur le point de rentrer chez elle, deux masters en poche, lorsqu'elle avait appris la terrible nouvelle. Elle s'était bien sûr précipitée à son chevet. Elle avait dû à la fois faire face à sa propre angoisse, gérer les inquiétudes de son père, et s'occuper de tous ceux qui étaient venus lui témoigner leur respect. Parmi eux, un multimillionnaire, propriétaire d'un vignoble et de la propriété agricole attenante. Le stress avait bien failli la broyer… jusqu'à ce que cet homme, le meilleur ami de son père vienne lui rendre visite, accompagné de l'homme le plus incroyable qu'elle ait jamais rencontré. Adham.

Elle avait été foudroyée. Et, pour son plus grand plaisir, il semblait tout aussi épris d'elle qu'elle l'était de lui. De plus, elle avait la certitude inébranlable qu'il ne s'intéressait pas à elle pour la fortune de son père, ce qu'elle appréciait plus que tout au monde. Car, non content d'être le deuxième héritier au trône du royaume incroyablement riche de Khumayrah, dans le désert, il possédait le plus grand élevage de chevaux des Etats-Unis, et une fortune à côté de laquelle celle de son père semblait ridicule.

Dès le lendemain de leur rencontre, Adham était revenu la voir, et ainsi chaque jour, la séduisant un peu plus chaque fois. Il lui tenait compagnie tandis qu'elle veillait son père, l'emmenait déjeuner et se promener. Sa compagnie la réconfortait, et il l'enflammait chaque fois qu'il la touchait. Lorsqu'elle le supplia de lui faire l'amour — ce qu'il fit —, cela ne faisait que trois semaines qu'ils se fréquentaient. Mais elle était déjà irrémédiablement amoureuse de lui.

Puis, le lendemain, son père lui annonça deux grandes nouvelles : il sortait de l'hôpital, et Adham lui avait demandé sa main. Elle fut submergée de bonheur et de soulagement. Son père allait bien, et Adham l'aimait autant qu'elle.

Avant de déchanter aussitôt lorsque les docteurs qui avaient suivi son père lui annoncèrent la terrible nouvelle : ils ne laissaient sortir leur patient que parce qu'il avait demandé à mourir chez lui. Une opération à cœur ouvert était inutile, tout comme une greffe, puisque ses autres organes avaient été gravement endommagés par son attaque. Il n'avait plus que quelques jours à vivre.

Adham avait été d'accord avec elle pour que le mariage ait lieu au plus vite, afin que son père puisse être présent. Elle voulait lui offrir tout le bonheur possible durant ses derniers jours, mais cela lui brisait le cœur de savoir qu'il ne la verrait jamais construire une famille avec l'homme de ses rêves.

Quelques heures seulement après le mariage, son père sombra dans le coma. Il mourut vingt-quatre heures plus tard.

Après cette tragédie, elle avait pourtant espéré que les choses iraient mieux, avec le temps. Surtout si elle restait auprès d'Adham. Celui-ci l'avait arrachée à sa maison familiale de Long Island pour l'emmener en Nouvelle-Angleterre, dans l'une de ses luxueuses demeures. Puis il était retourné à ses obligations et à ses devoirs. Il ne rentrait que brièvement chez lui et, visiblement, pas pour elle.

Au début, elle avait pensé qu'il lui laissait du temps et de l'espace pour faire son deuil. Elle lui avait donc fait comprendre que l'intimité avec lui serait le meilleur remède pour soigner son chagrin, qu'elle ne souhaitait que se perdre dans ses bras.

Lorsqu'elle vit que cela ne fonctionnait pas, elle chercha des explications à son éloignement. Jameel, le bras droit d'Adham et qui supervisait également son *hashyah* — son entourage en tant que princesse —, lui fournit une explication plausible : il y avait à Khumayrah une période de deuil de quarante jours, durant laquelle on interrompait le cours normal de la vie pour faire convenablement son deuil.

Mais cela faisait désormais trois semaines que cette période était finie, aussi ne croyait-elle plus à cette explication. Dans leur cas, annuler leur lune de miel se comprenait, mais était-il normal qu'il ne l'approche pas du tout ? Qu'il la traite comme une étrangère et non comme l'épouse qu'il aurait dû avoir hâte, selon elle, de posséder de nouveau ? Non, elle ne comprenait plus rien à tout cela.

Le matin même, elle avait encore essayé de lui parler. Et, de nouveau, il avait esquivé.

Il l'avait emmenée dans les Hamptons pour le lancement de la saison de polo, où il avait des intérêts importants. Non seulement il jouait dans l'une des équipes, mais il en sponsorisait d'autres et fournissait de nombreux chevaux. De plus, il était l'ami et associé des personnes les plus importantes du club de polo de Bridgehampton.

Et elle était là, seule, dans une autre de ses demeures, encore plus impressionnante que la précédente. C'était une propriété spectaculaire de six hectares sur un terrain privilégié dans le sud de Bridgehampton, superbement aménagée, avec des matériaux haut de gamme et des finitions magistrales. Ses trois étages couvraient plus de dix mille mètres carrés et il y avait également un pavillon dans le parc. Adham lui avait dit qu'il avait besoin de sa propre résidence quand il venait chaque année pour les tournois, et tout cet espace était bien utile pour loger son entourage et ses gardes du corps.

Il l'avait installée dans la grande suite, dotée de planchers à la française en noyer, d'une décoration exquise, et d'une magnifique salle de bains attenante, aux meubles en or et aux murs et sol en onyx. Au fond, la seule chose qui, éventuellement, manquait, était un valet.

— Sabrina.

Elle sortit de ses rêvasseries morbides. *Adham.*

La voix venait de la porte du salon. Dans cette voix insondable, irrésistible, les modulations exotiques de son khumayran natif se mêlaient à son accent anglais pour faire de son nom une véritable invocation.

Malgré ses attentes régulièrement déçues et la confusion des semaines qui s'étaient écoulées depuis leur mariage, l'espoir resurgit aussitôt en elle, l'étourdissant presque.

Peut-être viendrait-il enfin à elle ? Peut-être s'était-il réellement mis en retrait pour lui laisser le temps de pleurer son père. Ainsi il aurait reporté leur nuit de noces jusqu'à ce qu'il soit sûr qu'elle était prête à recevoir sa passion ?

Si tel était le cas, elle le remercierait de sa délicatesse et le féliciterait de son respect pour les rituels de sa culture, puis elle le réprimanderait de ne pas avoir compris qu'elle n'avait eu aucune envie de se retrouver seule face à son chagrin. Elle n'avait pas besoin d'espace, ni de temps. Elle avait besoin de *lui*.

Elle s'allongea sur le grand lit double recouvert de dentelle blanche et retint son souffle. Il était tout proche, il allait pénétrer d'une seconde à l'autre dans la chambre, elle en était persuadée.

Les secondes s'étirèrent atrocement. Soudain, elle entendit ses pas s'éloigner.

Elle s'assit sur le lit, stupéfaite. Ainsi, il l'avait appelée uniquement pour qu'elle sorte ? Comme elle n'avait pas bougé, il était parti plutôt que de la rejoindre dans la chambre ? Pourquoi ?

Alors elle devait l'appeler, elle. Découvrir pourquoi il était parti. Une fois pour toutes.

— Adham.

Mais il était trop tard. La porte de ses appartements se referma derrière lui avec un clic.

Elle ne supportait plus cette situation. Elle bondit hors du lit et courut derrière lui.

Alors qu'elle le suivait dans le dédale de sa demeure, elle l'appela encore. Mais, même si elle était presque certaine qu'il l'avait entendue, il continua à avancer sans même ralentir, imperturbable.

Cette fois, elle serait aussi intraitable que lui. Elle devait connaître la vérité. Sinon, elle allait perdre la tête.

Elle sortit derrière lui dans le jardin, et le poursuivit dans un labyrinthe de magnifiques parterres. Ses talons s'enfonçaient dans le chemin de gravier. Elle finit par le rattraper avant qu'il ne s'installe à l'arrière d'une Jaguar noire. Le véhicule était comme un prolongement de son personnage, ils semblaient tous deux aussi puissants et imposants.

Adham se tourna vers elle, les yeux dissimulés derrière des lunettes réfléchissantes, le visage inexpressif.

Bon sang. Son sourire lui manquait.

— Sabrina.

Ce *r* marqué, soulignant ses origines exotiques, la fit de nouveau frémir.

— Je croyais que vous dormiez.

— Je serais gravement malade si je dormais réellement autant que vous le pensez.

Il ne sourit pas. Certainement à cause de l'amertume qui avait pointé dans sa voix.

Il baissa le visage vers elle. Malgré les talons de sept centimètres qu'elle portait, il la dominait d'une vingtaine de centimètres. Ses épais cheveux raides, d'un noir de corbeau, brillaient sous le soleil d'été. Elle faillit gémir : tout en lui la frappait en plein cœur. Son parfum, sa haute taille, sa beauté. Il avait quitté la tenue décontractée qu'il avait passée pour piloter l'hélicoptère jusqu'au domaine et revêtu l'un de ces costumes de marque qui le rendaient presque intimidant. A trente-quatre ans, il était l'incarnation de la masculinité, de la virilité, de tout ce qu'elle n'avait pas cru possible de trouver chez un seul homme. Et il était son époux.

Pourtant, elle avait le sentiment qu'il ne lui appartenait pas le moins du monde.

Soudain, toutes ses pensées s'envolèrent, tout disparut autour d'elle.

Adham retirait ses lunettes de soleil. Ses yeux d'or aux reflets émeraude s'embrasaient dans la lumière. Il tendit la main pour prendre son visage dans sa paume en un geste possessif. Il caressa sa joue du pouce, parcourut ses lèvres tremblantes et pénétra leur intimité, enflammant tout ce qu'il touchait.

— Vous êtes à croquer, *ya jameelati*.

A l'entendre l'appeler « ma beauté » et à la façon dont

il la regardait, comme s'il allait la dévorer, elle frissonna de la tête aux pieds.

Sa réaction était si violente qu'elle sentit une certaine indignation l'envahir.

— Je suis exactement comme ce matin. Je ne me suis même pas changée.

— Alors je vous demande pardon de ne pas l'avoir remarqué. J'avais trop de choses en tête. Mais ce n'est pas une excuse. Rien n'aurait dû me détourner de *kanzi, aroosi* — mon trésor, ma femme.

Avant même qu'elle ne puisse assimiler ces paroles ou enregistrer l'élan de joie qu'elles lui procuraient, il glissa une main sur sa nuque, retenant fermement sa tête prisonnière de sa poigne, tandis qu'il passait l'autre bras autour de sa taille pour la soulever du sol, et la presser contre son corps d'acier.

— Adham…

Ce fut tout ce qu'elle fut capable de souffler avant que les lèvres d'Adham ne s'emparent des siennes.

Il but ses gémissements, plongeant sa langue en elle, occupant son corps, l'enivrant.

— *Aih, gooly esmi haik* — redites mon nom ainsi, comme si vous ne pouviez pas respirer sans me désirer.

— Vous avez raison, je ne le peux pas…

Elle s'abandonnait totalement à sa passion, à lui, sans se soucier du fait qu'ils étaient au grand jour, en public. Elle ne pouvait se retenir. Elle l'avait tant désiré !

Il pivota soudain, et l'appuya contre la porte arrière de la voiture, se plaquant contre elle. Son intimidante érection contre son ventre tendu, tandis que son genou remontait entre ses cuisses tremblantes.

Elle ne pensait plus qu'à une chose, qui tournait en boucle dans sa tête comme une folle litanie.

Il la voulait encore.

— Je vous dirais bien de prendre une chambre, mais la demeure derrière nous comporte seize suites. Et je dirais que vous les avez sans aucun doute toutes scrupuleusement essayées.

Ces quelques mots, prononcés par une voix grave et amusée, s'immiscèrent dans la conscience enfiévrée de Sabrina. Mais elle n'en prit conscience que lorsque Adham mit fin à leur étreinte et la reposa au sol. Elle s'agrippa à lui, craignant qu'il ne s'éloigne encore d'elle.

Cependant, lorsqu'il se retourna vers l'homme qui avait parlé, il la fit passer devant lui sans cesser de la serrer étroitement contre son torse, ses bras croisés scellés sur son ventre.

Elle cligna les yeux pour examiner, à travers la brume de son excitation, le bel homme qui se tenait à quelques mètres d'eux. Grand et sombre, très chic, il avait les mains plongées dans les poches de son pantalon. Une expression manifestement amusée flottait sur son visage.

— Et bonjour à toi, Seb.

Sabrina frémit de nouveau. La voix d'Adham si proche de son oreille faisait surgir une nouvelle vague de chaleur entre ses cuisses. Elle lutta pour ne pas les presser l'une contre l'autre, pour s'efforcer de réduire son rythme cardiaque.

— Tu tombes bien, *ya sudeekin*, dit-il en effleurant le ventre de Sabrina, son membre tressautant contre son dos, j'ai le plaisir de te présenter l'amour de ma vie, mon épouse, ma femme, Sabrina Aal Ferjani.

Comment fit-elle pour rester debout après une telle déclaration ? Cela tenait du miracle.

— *Ameerati*, dit-il ensuite à son oreille, laissez-moi vous présenter Sebastian Hughes, mon ami et associé. Il a pris la suite de son père à la direction du club de polo de Bridgehampton.

Elle tendit une main tremblante à Sebastian, submergée par le fait qu'Adham, non content de la présenter comme « l'amour de sa vie », l'ait appelée « ma princesse ».

Sebastian déposa un baiser galant sur le dos de sa main.

— C'est un honneur, et un plaisir de vous rencontrer, Sabrina.

Il leva vers elle des yeux verts pleins de malice, avant de se redresser. Il était un peu plus petit qu'Adham et son mètre quatre-vingt-dix.

Et un choc ! ajouta t il. Je pensais que jamais Adham ne rentrerait de son plein gré dans la cage dorée du mariage.

— Moi non plus, dit Adham en baissant les yeux vers elle, allumant un nouveau foyer de passion en elle. Jusqu'à ce que je rencontre Sabrina. Et rien alors n'aurait pu m'empêcher de l'épouser. Mais, dorée ou pas, ce n'est pas une cage avec elle ; c'est le paradis.

Sebastian éclata de rire.

— Oh ! Non ! Tu deviens poète ! Vous devez être une puissante magicienne, Sabrina. Je peux vous appeler Sabrina, n'est-ce pas ?

Avant qu'elle ne puisse lui répondre, il tourna ses yeux taquins vers Adham.

— Tu ne vas pas m'obliger à l'appeler « princesse Aal Ferjani », n'est-ce pas, Adham ?

Adham sourit. Et elle vit trouble.

— Il s'amuse à me taquiner, dit Adham. Juste avant de vous rencontrer, je lui ai dit qu'il ne me verrait jamais marié. Mais je peux dire la même chose de lui. Tandis que nous tombions amoureux, vous et moi, le célibataire confirmé qu'il était a lui aussi changé d'avis. Il a fallu que son assistante menace de partir pour qu'il se rende compte qu'il ne pouvait pas vivre sans elle.

Sebastian opina d'un air fantasque.

— Oui. Une chose est sûre, Sabrina. Adham et moi sommes bien chanceux. Et Julia et vous devez être des saintes, non seulement pour nous supporter, mais également pour nous pardonner nos péchés et nous aimer quand même.

— Pourquoi pensez-vous qu'Adham a des péchés à se faire pardonner ?

La question lui avait échappé avant qu'elle ne puisse y réfléchir.

Sebastian lui adressa un étrange sourire.

— Parce que je suis persuadé qu'en tant que loup solitaire invétéré il a dû commettre quelques péchés en luttant pour ne pas succomber à son destin et à ses sentiments pour vous. Je peux vous assurer que ça a été le cas pour moi.

Soudain, elle eut le sentiment que la lumière se faisait dans son esprit.

Etait-ce ce qui s'était passé ces trois dernières semaines ? Adham essayait-il de se faire à l'idée d'être marié, après avoir passé des années et des années à penser que jamais il ne lierait sa vie à celle d'une autre ?

— Alors, qu'est-ce qui t'amène, Seb ? demanda Adham, interrompant les rêveries de Sabrina. J'étais sur le point de me rendre aux écuries.

— Je ne pensais pas que tu viendrais, comme c'est le premier jour de Sabrina ici. Alors je suis venu rencontrer ta femme et lui souhaiter la bienvenue.

— C'est désormais chose faite, dit Adham en posant les yeux sur elle. Maintenant que vous êtes là, *ya ameerati,* voudriez-vous m'accompagner ? J'adorerais vous faire visiter les écuries des Sept Chênes, où ont lieu les tournois du club de polo.

Elle faillit lui sauter au cou.

— Oh ! Oui, s'il vous plaît.

Sebastian se mit à rire.

— Et si jamais les choses s'embrasent au cours de la visite, vous pourrez toujours emprunter mes quartiers personnels aux écuries pour… vous rafraîchir.

Adham secoua la tête.

— Le plus grand des supplices n'est rien lorsqu'on attend le moment parfait.

Elle se tourna vers lui pour scruter son regard, et elle la vit encore. Cette passion pure et intense qui l'avait animé lors de la nuit qui avait changé sa vie, quand il l'avait possédée.

Il pensait ce qu'il disait. Il avait attendu qu'elle se remette de ses émotions. Quel homme incroyable — et pourtant si terriblement malavisé.

Elle sentit alors sa vie commencer. Enfin. Pour de bon.

2.

Le trajet jusqu'aux Sept Chênes fut noyé dans une sorte de brouillard.

Sabrina ne sentait que la présence d'Adham à son côté, et son corps rayonnant de maîtrise et de retenue. Elle ne voyait que son profil sculpté, n'admirait que sa beauté infinie. Cet homme était absolument magnifique.

Elle ne désirait rien d'autre que de reprendre les choses là où ils les avaient laissées lorsque Sebastian les avait interrompus. Lorsqu'il avait demandé à Jameel de les conduire en limousine aux écuries, elle avait pensé qu'Adham avait le même désir qu'elle. Mais la vitre entre le compartiment du chauffeur et celui des passagers était baissée, et les gardes du corps de son mari les précédaient et les suivaient dans d'autres voitures. Elle se sentait exposée. Toutefois, même si elle n'avait pas eu cette impression, elle n'aurait pas donné libre cours aux désirs qui bouillonnaient dans son esprit, consumant son corps.

Pourtant, elle aurait tant voulu remonter la main à l'intérieur de ses cuisses viriles, se pencher pour frôler de la jambe l'érection d'Adham et prendre sa lèvre inférieure si enivrante entre ses dents.

Elle devait l'admettre. Elle manquait d'expérience ; elle ne saurait pas s'y prendre correctement pour le séduire. Pire : même si elle avait été certaine du résultat, elle était trop timide pour essayer. Dans ce domaine, elle avait besoin que ce soit lui qui fasse le premier pas.

Mais elle n'eut pas cette chance. Depuis qu'ils étaient montés dans la limousine, il avait été assailli de coups de téléphone. Elle devait se contenter de l'observer, chaque fibre de son corps vibrant de le savoir si près, et pourtant si loin, et brider son désir.

— *Zain, kaffa*. Ça suffit, fit-il, agacé, en mettant fin à son dernier appel. J'éteins le téléphone. Ils devront apprendre à se débrouiller sans moi.

Il se tourna vers elle.

— *Aassef, ya habibati*. Excusez-moi pour tout cela. Nous ne serons plus interrompus. Alors dites-moi. Que savez-vous du polo ?

Il l'appelait « mon amour ». Elle sentit la chaleur lui monter au visage. Elle avait retenu tout ce qu'il lui avait dit dans sa langue natale et avait cherché la signification des mots dont il n'avait pas donné la traduction. Il ne l'avait appelée « mon amour » qu'une seule fois auparavant — quand il avait été plongé en elle, la renversant de plaisir.

— Euh… pas grand-chose, dit-elle en balbutiant.

— Laissez-moi deviner. Vous pensez que ce sont des hommes à cheval galopant dans un grand champ et tapant avec des bâtons dans une balle minuscule pour la catapulter entre les poteaux de but.

Elle se sentit rougir. C'était exactement comme cela qu'elle voyait le polo. L'indulgence amusée dans les yeux d'Adham mit de l'huile sur le feu de sa passion.

— Et vous n'auriez pas tort. C'est plus ou moins cela. Mais si vous voulez en savoir plus sur ce sport, et sur les événements auxquels je vais participer ces prochaines semaines, je peux vous éclairer.

— Oui, je vous en prie.

Son cœur battait la chamade. Elle avait hâte d'en savoir plus sur ce qu'il aimait, sur ses passions et ses occupations dans la vie de tous les jours.

— Dites-moi tout, dit-elle dans un souffle.

Une lueur qu'elle ne parvint à identifier passa dans ses

yeux. Il détourna la tête quelques secondes, et croisa le regard de Jameel dans le rétroviseur. Mais avant qu'elle ne puisse se poser davantage de questions, les yeux de son mari étaient de nouveau sur elle, cherchant les siens, lui vidant totalement l'esprit pour n'y laisser que le désir ardent qu'elle ressentait pour lui.

— J'ai commencé à jouer au polo à huit ans.

Elle l'imagina à cet âge-là, et son cœur fondit dans sa poitrine. Ce devait être le plus beau, le plus fort et le plus intelligent des petits garçons, et un cavalier déjà si doué qu'il excellait dans ce sport agressif.

— Et j'ai commencé à élever mes propres chevaux à seize ans. Ces dix dernières années, j'ai eu des rôles multiples dans tous les tournois de polo importants dans le monde, à la fois en tant que sponsor et fournisseur de chevaux et en tant que joueur.

» Mais je m'intéresse tout particulièrement à la compétition qui a lieu ici tous les étés, surtout depuis que Sebastian a remplacé son père après qu'on lui a diagnostiqué un cancer. Je suis venu ici au cours des trois dernières semaines pour le tournoi de présaison, la Coupe Clearwater Media. C'est une phase préparatoire de la saison principale. Clearwater Media est l'entreprise dont Sebastian est le cogérant avec Richard Wells, qui lui-même vient de se fiancer à ma meilleure entraîneuse de chevaux, Catherine Lawson. Leurs fiançailles se sont faites presque en même temps que celles de Sebastian et de Julia, son assistante. »

Et que leur mariage à eux. Mais elle hésita à le dire, car elle n'avait pas encore l'impression que leur mariage était réel. Elle se ravisa donc et se contenta de commenter :

— Et la saison n'a même pas encore commencé.

— Mais le tournoi de cet été va être mémorable. Il y a toujours un enjeu élevé quand les meilleurs athlètes du monde disputent l'un des prix les plus appréciés de ce sport, dans le décor magnifique des Hamptons en plein été.

Il prit soudain son visage entre ses mains.

— Mais cette année sera la meilleure de toutes puisque vous êtes là. Avec moi.

Elle faillit s'évanouir tant les émotions la submergeaient et plongea, impuissante, son regard dans ses beaux yeux clairs.

Soudain, un bruit qui semblait très lointain lui parvint. Adham retira sa main de son visage et se redressa. Alors elle identifia le son : c'était le toussotement discret de Jameel qui les prévenait. Ils étaient arrivés.

Elle regarda autour d'elle, hébétée. Ils s'étaient arrêtés à côté d'une rangée de box pour chevaux. Il y avait des gens dehors. Certains semblaient être occupés. D'autres les attendre. Avec des appareils photos.

Elle se tourna vers Adham, tendue, pleine d'appréhension, mais il avait disparu. Quelques secondes plus tard, il apparut de l'autre côté pour l'aider à sortir de la voiture. Elle posa maladroitement pied à terre et se retrouva tout contre lui. La lumière aveuglante et la chaleur de cette belle journée d'été l'assaillirent soudain. Tout comme la cacophonie des journalistes qui se pressaient autour d'eux. Adham la serra contre lui tandis qu'ils entraient dans les écuries, précédés par une foule de visages curieux et impatients. Les journalistes ne cessaient de leur voler des photos et de crier des questions à tue-tête.

Très calmement, Adham confirma la date de leur mariage, et le fait qu'ils l'avaient célébré lors d'une cérémonie privée du fait de l'état de santé du père de Sabrina. Puis il fit un signe de tête discret à Jameel, et des gardes du corps venus de nulle part les débarrassèrent des paparazzis.

Mais Sabrina suffoquait encore. Il restait trop de personnes dans les écuries, trop d'yeux fixés sur Adham et elle. Sous ces regards qui les examinaient tous deux sous toutes les coutures, elle se sentait de plus en plus vulnérable. Elle avait toujours détesté être au centre de l'attention. Mais, à regret, elle se rendit compte qu'elle y serait de plus en plus confrontée maintenant qu'elle était mariée à Adham.

Le savoir était une chose. En faire l'expérience en était une autre.

Un frisson la parcourut. Adham la serra davantage contre lui, lui donnant la sensation d'être enveloppée d'un champ de forces protecteur, comme si elle était la chose la plus précieuse sur terre.

— Je veux que vous rencontriez mes collègues les plus proches.

La seconde suivante, tout malaise s'était évaporé. Pour être remplacé par l'émerveillement.

Ses collègues…

Ses chevaux.

En voyant ces admirables animaux, tous plus superbes les uns que les autres, elle frémit de plaisir. Approcher de telles manifestations de beauté et de splendeur primitive était tout simplement une expérience extraordinaire.

Il lui présenta chaque cheval, lui indiquant son nom, sa race, ses mensurations, son caractère, ses spécificités et ses points forts sur le terrain. Tout au long de ces précisions, des employés des écuries vinrent le saluer et lui témoigner leur admiration, montrant également beaucoup de curiosité pour elle, la femme que ce prince du désert et entrepreneur célèbre avait choisie pour épouse.

Il acceptait leurs félicitations, balayait leur adoration d'un haussement d'épaule, et la présentait avec une immense fierté. Puis, immanquablement, il faisait comprendre qu'il avait besoin d'intimité pour faire visiter les lieux à son épouse.

Une fois que tout le monde fut reparti travailler, restant à une distance acceptable d'eux, il reprit ses explications.

— Mes chevaux voyagent avec moi, où que mon équipe aille. Chaque joueur doit avoir entre six et huit chevaux par match. Mais pour pouvoir gérer les blessures et autres crises, je fais aller et venir entre soixante et soixante-dix chevaux chaque saison.

Alors qu'elle pensait qu'il lui était désormais impossible de voir plus parfait, il lui présenta ses meilleurs chevaux, ceux qui faisaient sa joie et sa fierté.

— Aswad et Layl, « noir » et « nuit » en arabe, sont frères. Leur père était mon tout premier cheval, Hallek, « le sombre le plus sombre ».

Elle caressa leurs cous de velours brillant, adressant un sourire rayonnant à Adham.

— Cela a-t-il un lien avec votre propre nom, « le noir le plus noir » ?

Il éclata de rire.

Toutes les personnes présentes dans les parages tournèrent vivement la tête vers lui, trahissant le fait qu'elles continuaient à surveiller leurs moindres faits et gestes.

— Ma famille s'est toujours demandé s'il n'y avait pas des gènes chevalins en moi, tant je semble ne faire qu'un avec eux ! Il est vrai que je les considère comme ma famille. Ce sont presque mes enfants, même. J'ai supervisé moi-même l'élevage de chacun de mes chevaux. J'ai suivi leur vie avant même qu'ils ne naissent.

— Et vous partagez leur magnificence sans égale.

Ses yeux s'embrasèrent en entendant cette fervente déclaration. Il s'approcha d'elle, plongea les doigts dans la masse des boucles de ses cheveux et prit sa nuque au creux de sa large main, tout en la pressant contre Aswad.

— C'est votre magnificence qui ne peut être égalée, *ya jameelati*.

A la périphérie de sa conscience embrumée, Sabrina entendit un bruissement. Ce ne fut que lorsqu'il retira sa main et tourna la tête vers la source du bruit qu'elle sut de quoi il s'agissait. L'un des paparazzis avait réussi à se faufiler entre les gardes du corps.

Adham le fusilla du regard. L'homme se contenta de sourire et de prendre d'autres photos. Alors Adham s'avança d'un pas furieux et l'homme frêle à l'air louche sortit à la hâte.

Elle posa sa main sur le poing serré d'Adham.

— Aswad et Layl sont des chevaux arabes ?

Il se retourna vivement vers elle. Elle essayait de détendre l'atmosphère, et vit dans ses yeux qu'il le comprenait.

Il exauça son souhait, et il se détendit, un large sourire aux lèvres.

— Tous mes étalons et juments sont des pur-sang arabes. On le voit à ceci, dit-il en caressant avec amour la tête de Layl.

Le cheval frotta son museau contre lui avec plaisir et affection. Elle savait exactement ce que l'animal ressentait.

— Une tête fine et nettement dessinée.

Il prit Sabrina tout contre lui, se pressant de toute sa puissance contre son dos, descendant ses mains le long de ses bras. Puis il entrelaça ses doigts aux siens, avant de les lever pour qu'elle puisse caresser Layl et suivre à mesure qu'il les décrivait les caractéristiques de ces chevaux.

— Ils ont aussi un grand front, de grands yeux et de larges narines, un museau fin, un cou arqué et la queue très haute. La plupart ont une légère bosse sur le front, que l'on appelle *jibbah* à Khumayrah.

Il guida ses doigts pour qu'elle touche cette protubérance.

— C'est un élargissement des sinus qui les aide à supporter notre climat désertique. Et avec leur corps tassé et leur dos court, même les petits chevaux arabes peuvent aisément porter des cavaliers lourds. Ce sont des chevaux durs à la tâche et courageux. Mais jamais je n'en ai vu d'aussi endurants et braves qu'Aswad ou Layl. Je les monte pour les matchs cruciaux. Ils jouent pour gagner.

Elle avait maintenant l'impression qu'il avait exploré chaque recoin de son corps à *elle*. Puis il empira encore les choses en la retournant brusquement vers lui.

— Les tournois de la saison se déroulent sur six

samedis consécutifs, et les recettes sont reversées à des associations caritatives. Un match dure environ deux heures, divisées en six *chukkas* de sept minutes chacun. A chaque mi-temps, les spectateurs, selon la tradition bien connue de la bonne société, remettent les mottes de terre en place pour égaliser le sol pour les joueurs.

Son discours informatif détonnait avec l'appétit qui se lisait dans ses yeux, l'envie qu'elle sentait quand il la touchait. Sabrina ne recouvra son souffle que lorsqu'il lui donna de l'espace pour jouer avec les chevaux.

Puis il la souleva du sol, pressant ses lèvres contre son cou.

— Peut-être pourrions-nous rencontrer mes amis bipèdes maintenant ?

Elle se retourna et leva les yeux vers lui. Son cœur s'emballa à la vue de la fossette qui se creusait dans sa joue.

— Seulement si vous me promettez que je pourrai revoir vos chevaux.

Elle avait l'impression qu'elle venait de courir un mille mètres.

— Je vous promets tout ce que vous voudrez.

Elle voulait crier qu'elle ne voulait qu'une seule chose — lui.

— Tout le monde doit être sous la tente d'honneur, et je suis sûr qu'ils sont tous impatients de vous rencontrer. Vous verrez, c'est un groupe de gens incroyables. Mes amis le sont en tout cas. Ces tournois attirent les célébrités, qui à leur tour attirent toutes sortes de personnes.

Elle hocha la tête. Elle ne connaissait que trop bien les gens fascinés par la gloire et la fortune.

Il la serra de nouveau contre elle, et la conduisit à la tente.

Elle chercha quelque chose à dire. De préférence quelque chose d'intelligent cette fois. Elle avait été une sombre idiote dans ses bras jusqu'à maintenant, et une enfant frivole avec ses chevaux.

— Dites-moi, qu'est-ce qui fait un bon joueur de polo ?

Il plissa les yeux, visiblement ravi de ses efforts pour engager la conversation avec lui.

— La capacité de monter comme un cavalier du désert, de frapper la balle comme un chevalier médiéval et d'engager le jeu comme un champion d'échecs, le tout alors que l'adversaire essaye de vous briser les genoux.

— Aïe !

Il rejeta la tête en arrière en voyant son inquiétude et éclata de rire, véritablement amusé. Elle s'appuya davantage contre lui, heureuse de sentir son corps ferme et puissant contre elle.

— Avez-vous déjà été blessé ?

— Les blessures font partie du jeu. C'est un sport de contact si intense qu'on dit, par euphémisme, que les compétitions sont « sources de contusions ».

Son cœur battit la chamade dans sa poitrine.

— Mais c'est tout, n'est-ce pas ? C'est le pire qui puisse arriver, les contusions ?

Ses yeux s'immobilisèrent sur elle. Avec un air de doute ? D'incrédulité ?

La seconde suivante, elle n'y vit plus que de l'indulgence. Elle avait dû imaginer ce qu'elle avait cru voir.

— Plus un joueur est expérimenté, moins il se blessera. Parfois, tout le monde s'en sort indemne, parfois il y a quelques blessures, mais il est toujours possible qu'il se passe quelque chose de plus grave. Les blessures dans l'histoire du polo vont des lacérations et autres fractures à la mort, en passant par des dommages au cerveau. Les pires blessures ont lieu lorsque la selle lâche, que les chevaux entrent en collision à pleine vitesse, ou que quelqu'un se fait éjecter par sa monture.

— Oh ! Mon Dieu.

Elle eut du mal à respirer à l'idée qu'il se blesse — ou pire.

Son cœur se serra : elle voulait le supplier de ne plus

jamais jouer. Mais elle ne pouvait exprimer sa requête. Elle avait l'impression de n'avoir aucun droit sur lui, car elle n'avait pas acquis de statut d'épouse au sens propre. Non pas qu'elle pense que des époux puissent interférer dans la passion de l'autre. Et elle était certaine qu'il était prudent, qu'il maîtrisait son jeu.

Mais si… ?

Elle ne pouvait le supporter. Elle devait exprimer ses craintes, pour comprendre.

— Mais s'il y a de tels risques, pourquoi jouer ?

Il haussa les épaules.

— La vie est faite de risques. Les gens qui n'en prennent pas sont déjà morts, au fond.

— Mais vous faites très attention, n'est-ce pas ? Vos selles ne vont pas lâcher, et vous prenez toujours garde aux adversaires fougueux ?

Ses yeux se teintèrent de nouveau de cet air mystérieux.

— Ne vous inquiétez pas, je suis tout sauf une tête brûlée. Je suis un calculateur. Un stratège. Je me fixe un but, je passe à l'action, et mes plans se réalisent toujours comme je l'escomptais.

Soudain, une certaine dureté passa dans son regard tandis qu'il ajoutait :

— Mais vous comprenez, puisque vous êtes comme moi.

3.

Sabrina fixa Adham, et un certain malaise s'immisça en elle. La façon dont il avait dit cela…

Elle avait l'impression qu'il ne parlait pas simplement du polo.

Qu'il soit un calculateur s'expliquait parfaitement. C'était un homme d'affaires, qui excellait dans les mondes de l'immobilier et de l'élevage de chevaux.

Mais qu'avait-il voulu dire par « vous êtes comme moi » ? Faisait-il allusion au fait que rien n'aurait pu l'empêcher d'obtenir les diplômes dont elle avait besoin pour prendre la place de son père dans l'entreprise familiale ?

Oui, ce devait être cela. Et son esprit encore agité avait dû lui jouer un autre tour et imaginer la dureté avec laquelle il l'avait dit.

Ce problème résolu, elle revint à sa préoccupation principale.

— Alors vous n'avez jamais été blessé ?

— Je n'ai pas dit ça. Vous vous souvenez de cette cicatrice sur ma cuisse ?

Elle ne l'oublierait jamais. Cette blessure l'avait terrifiée. Elle l'avait effleurée avec appréhension, le simple toucher lui suffisant presque pour ressentir la douleur qu'il avait dû éprouver en se la faisant.

— C'est ma blessure la plus grave. Mon cheval est tombé sur ma jambe. Mon fémur s'est fracturé sur le coup et m'a ouvert la cuisse.

Elle sentit les ténèbres l'envahir alors qu'elle imaginait sa chair en train de se déchirer, faisant couler son sang. Elle s'agrippa à son bras, comme si elle pouvait l'emmener loin de toute souffrance et lui transférer sa propre vitalité pour guérir les douleurs qu'il aurait ressenties au cours de sa vie.

Il la serra plus fort contre lui, acceptant en silence son inquiétude, et la remerciant par cette sensualité pure et réconfortante.

— Mais vous m'avez rendu heureux d'avoir cette cicatrice, dit-il.

Elle sentit le sang réchauffer ses reins et lui monter à la tête en se remémorant la scène. Il s'était laissé faire, la laissant explorer la cicatrice, la caressant en retour. Alors, incapable de résister, elle avait ouvert les lèvres et léché les aspérités de sa peau, comme pour les lisser et faire disparaître cette marque de son corps.

Au même moment, elle avait vu pour la première fois ce à quoi il ressemblait quand il était excité. Jusqu'à cet instant, elle avait été trop timide. Elle s'était contentée de s'ouvrir à lui, de l'accueillir dans son corps. Son érection l'avait fait sangloter à la fois de douleur et de plaisir dans un mélange presque insoutenable de sensations.

Alors il lui avait été nécessaire de sonder son intimidante virilité. Elle avait frémi en l'entendant grogner sauvagement de plaisir alors qu'elle s'occupait tendrement de lui. Puis il l'avait prise à nouveau, lui offrant la chevauchée qu'elle avait tant attendue.

Elle souffrait du même besoin à ce moment-là. Mais elle devait d'abord endurer quelques heures d'abstinence, être son épouse face à la communauté du polo, et le rendre fier de son épouse.

Ils arrivèrent enfin à la tente d'honneur.

Leur entrée fut accompagnée d'un tonnerre de félicitations et de vœux, et de flashes d'appareils photo de journalistes et de nombreux invités.

Elle avait cru y être préparée, mais elle se surprit à souhaiter que le sol s'ouvre sous ses pieds pour l'avaler, la faire disparaître. Dire qu'elle pensait, étant la fille de Thomas Grant, avoir suscité l'attention de ses semblables.

Mais ce qu'elle avait vécu n'était rien à côté de tout cela. Maintenant qu'elle était la femme du cheikh Adham Aal Ferjani, elle avait la sensation de n'avoir vu que la partie émergée de l'iceberg.

Les trente minutes suivantes furent un tourbillon de présentations à des hordes de gens, tous aussi élégants que célèbres. Elle fit de son mieux pour être aussi gracieuse qu'Adham lorsqu'elle acceptait hommages et vœux de prospérité. Tous se précipitaient pour rencontrer l'épouse de leur invité le plus estimé et sponsor le plus précieux.

Malgré ses efforts, elle avait l'impression d'être pitoyable à ce jeu social.

La plupart des femmes présentes dévoraient Adham des yeux et l'ignoraient, elle. Car le cheikh était au cœur de toutes les convoitises et elle incarnait le fait qu'il n'était plus disponible. Cette hostilité diffuse l'attristait, et une seule raison l'aidait à surmonter sa peine : Adham regardait toutes ces femmes avec une indifférence manifeste.

La situation ne la ravissait pas, mais elle prit conscience qu'elle allait devoir s'habituer à cet exercice. Après tout, quelle femme pouvait garder son sang-froid à côté d'un être aussi désirable ?

Elle finit par recouvrer son enthousiasme et son optimisme lorsque Adham lui présenta son groupe d'amis et d'associés les plus proches.

Il y avait Sebastian, bien sûr, et sa fiancée, Julia Fitzgerald, ainsi que l'associé de Sebastian, Richard Wells, avec sa fiancée, Catherine Lawson, l'entraîneuse de chevaux d'Adham. Ils étaient accompagnés de Nicolas Valera, un joueur de polo argentin très célèbre et mannequin à ses heures qui jouait dans les Loups Noirs, l'équipe d'Adham.

Après avoir papoté un instant, Julia s'adressa directement à Sabrina :

— Parlez-nous de vos vignobles et de votre entreprise vinicole, Sabrina. A ma grande honte, je ne savais même pas qu'il y avait des vignes à Long Island.

— Beaucoup de gens l'ignorent. Mon père a été le premier à se rendre compte que le microclimat de Long Island était similaire à celui de Bordeaux. Il a produit ses premiers vins en 1975.

» Ces trente dernières années, l'industrie vinicole de Long Island s'est développée — il y a aujourd'hui des dizaines de vignobles implantés sur des centaines d'hectares. Les vins nécessitent du raisin de bonne qualité, similaire à celui des vignerons français et californiens. Nos vignobles, les Vignobles Grant, produisent du merlot de classe mondiale, du cabernet franc, du cabernet sauvignon et du chardonnay. »

— Waouh ! dit Catherine. Vous savez de quoi vous parlez. Vous avez commencé à travailler avec votre père quand vous étiez jeune ?

Elle sentit son cœur se serrer en se souvenant de sa frustration, car son père l'avait surprotégée durant toute sa jeunesse.

— En fait, il ne voulait pas que je collabore à l'entreprise familiale, j'ai dû insister pour tout apprendre sur les vignobles et l'industrie du vin. J'ai un diplôme de commerce et d'administration, ainsi qu'un diplôme de viticulture. J'étais déterminée à l'aider à faire tourner l'entreprise, et à prendre sa suite lorsqu'il prendrait sa retraite. Mais il n'a pas eu l'occasion de…

Elle ne put achever, et ses yeux se remplirent de larmes. Julia et Catherine la réconfortèrent en silence, l'empathie se lisait sur leur visage. Sabrina leur en fut reconnaissante, mais ce fut surtout Adham, en resserrant son étreinte, qui atténua son angoisse.

Répondant à l'invitation silencieuse d'Adham, Nicolas

changea de sujet. Défiant ce dernier, il se lança dans une joute verbale aussi exaltante et dangereuse que leurs matchs de polo, et fit grandement rire les dames. Sabrina comprit l'intention discrète d'Adham, qui souhaitait soulager sa peine, et se sentit tomber encore plus amoureuse.

Mais, tout en appréciant la compagnie de ses amis, après une heure passée avec eux elle ressentit le besoin de partir. Elle voulait être seule avec Adham, pour savoir où ils en étaient.

Alors qu'elle se demandait comment le lui dire sans passer pour une épouse difficile, il sembla de nouveau percevoir ce dont elle avait besoin. Il remercia poliment de sa part ses amis pour leur accueil fabuleux et ils s'échappèrent.

Il l'emmena à l'autre bout de la tente. Au lieu de lui avouer ce qu'elle avait vraiment sur le cœur, elle bafouilla la première chose qui lui passa par la tête.

— Bon, vous m'avez dit ce qui fait un bon joueur de polo. Mais que faut-il pour être excellent ?

Il la regarda un instant, avant de répondre :

— Si on a des chevaux très bien entraînés et la capacité de les comprendre, ce qui va faire la différence sera la faculté du cavalier à se concentrer.

— Si cela suffit, je suis sûr que vous êtes le meilleur.

Il lui sourit, amusé par son adulation évidente, mais il avait aussi l'air… ravi ? Touché, même ?

— Je ne sais pas si je suis *le* meilleur. Mais je suis l'un des rares privilégiés à avoir été classé avec dix de handicap.

— Qu'est-ce que ça veut dire ?

— Les joueurs de polo sont classés annuellement sur une échelle de deux à dix goals. Le terme « goal » ne se réfère pas au nombre de buts que le joueur marque dans un match, mais il indique la valeur du joueur. Les handicaps des joueurs vont de novice — ou moins deux — à dix, la perfection. Etre classé au-dessus de deux goals indique qu'on est un joueur professionnel.

— Et vous êtes, bien sûr, parfait. Mais je le savais déjà.

Il mit un doigt sous son menton et lui releva la tête. Puis il la couva du regard un long moment, comme si quelque chose d'immense et d'irrépressible vibrait en lui, l'entraînant dans le sillage du désir qui enflammait chaque atome de son corps.

Alors il l'embrassa. Elle se serra contre lui, la tête renversée en arrière, faisant tomber ses lourdes boucles en cascade sur son bras qui entourait sa taille.

Lorsqu'il quitta ses lèvres, avec une insoutenable lenteur, il la laissa désireuse d'en avoir plus. Plongeant son regard dans le sien, elle se sentit grisée, et la reconnaissance qu'elle lut dans ses yeux la rendit impudente.

— Je connais maintenant votre handicap, dit-elle dans un murmure, la voix rauque d'excitation. Mais quelle est votre… position préférée ?

Le sous-entendu était à peine voilé, et les pupilles d'Adham envahirent l'or de ses yeux comme un trou noir engloutirait le soleil.

— J'aime chaque position. Du moment qu'elle répond aux besoins de… la partie.

Elle frissonna. Elle avait un besoin dévorant qu'il lui donne du plaisir dans toutes ces positions. Elle devenait folle en revivant, en esprit, les moments qu'ils avaient partagés ensemble.

— Mais ma position préférée est la numéro trois.

Pendant un instant, elle crut qu'il faisait allusion à la troisième fois qu'il l'avait prise, le lendemain matin de leur nuit folle. Elle l'avait chevauché tandis qu'il la caressait, prenant dans sa bouche ses tétons durcis par le plaisir. Il continua, un sourire diabolique étirant ses lèvres magnifiques.

— Cela consiste à percer l'offensive adverse en attaquant de plein front, cette position est d'ordinaire réservée aux joueurs les plus expérimentés et au handicap le plus élevé. Il s'agit de faire remonter tout le terrain à la balle, ce qui exige un contrôle remarquable du maillet et de la balle et une certaine précision dans le tir à distance.

— Et nous connaissons tous deux votre maîtrise de la chose.

Elle voulait parler de sa capacité à rester distant, loin d'elle, mais il pensa clairement qu'elle parlait de sa maîtrise pendant l'acte sexuel. Ses yeux la dévorèrent. Elle se consumait intérieurement. Incapable de le détromper et, ce faisant, de le mettre dans l'embarras, elle revint au sujet initial.

— Vous n'avez pas hésité, après votre accident, à remonter sur un cheval ? A reprendre le polo ?

— Pas une seule seconde. Il n'y a rien de plus excitant que d'être lancé à soixante kilomètres heure sur un cheval avec lequel vous avez l'impression de ne faire qu'un. C'est un tel plaisir, et un privilège, d'avoir un lien si fort avec un cheval, et de partager avec lui la synergie du jeu. Et il y a cette brise qui vous fouette le visage, le temps qui s'arrête quand vous balancez votre maillet en sachant exactement à quel moment vous allez frapper la balle, et la satisfaction de l'envoyer exactement où vous voulez l'envoyer, pour mettre en place l'action qui va être couronnée par un but.

Elle soupira.

— Vous me donnez presque envie de faire du polo.

— Si vous le voulez, vous pouvez essayer.

Elle secoua la tête avec mélancolie.

— Je ne sais même pas monter à cheval, lui confia-t-elle. Mon père ne me l'autorisait pas. Au début il disait que j'étais trop jeune, trop légère. Puis, après la mort de ma mère, il est devenu encore plus protecteur. Je devais me battre pour chaque bribe d'indépendance. Faire du cheval est l'une des choses auxquelles j'ai dû renoncer pour en avoir d'autres. Il m'a même fait jurer de ne pas monter à cheval quand j'étais loin de lui, à l'université. J'ai toujours eu l'impression d'être… frustrée d'un grand plaisir. Je devais me contenter de saisir toutes les occasions d'aller voir nos chevaux dans le vignoble.

— Cela se voit, que vous aimez les chevaux. Aswad et Layl vous ont immédiatement adoptée. Je suis sûr qu'ils adoreraient profiter de votre compagnie aussi souvent que possible.

Elle soupira de nouveau.

— Maintenant que vous avez évoqué les véritables dangers de l'équitation, je comprends mieux l'inquiétude de mon père.

Une étrange lueur passa de nouveau dans les yeux d'Adham. Qu'était-ce ? Etait-il en colère ? Contre qui ? Contre son père, pour l'avoir ainsi privée ? Ou contre lui-même pour avoir planté dans son esprit l'idée que son sport adoré était dangereux ?

En une seconde, le nuage menaçant disparut de ses yeux et le monde se remit à briller. Il se pencha pour presser la chaleur de ses lèvres magiques contre son cou. Son cœur s'emballa.

— Ne vous inquiétez pas, *ya galbi*. Ne vous inquiétez pas pour moi.

— Je ne supporterais pas s'il vous arrivait quelque chose. Je vous en prie, soyez prudent.

Il la serra tout contre lui.

— Je le suis toujours. Mais j'ai désormais plus de raison que jamais de l'être.

Elle sentit sa conscience lui échapper. Elle avait le sentiment de *tomber en pamoison*, comme l'héroïne d'un roman victorien.

Avant de rencontrer Adham, elle s'était faite à l'idée qu'elle devait être, comme beaucoup d'hommes l'en avaient accusée, frigide. Si ces hommes mesquins et vicieux la voyaient aujourd'hui…

Un toussotement discret se fit entendre derrière Adham. Jameel.

Adham se retourna vers lui. Leur échange en arabe fut bref. Elle n'en comprit pas un mot. Puis il lui fit de nouveau face, les paupières encore lourdes de désir mais une excuse aux lèvres.

— Je suis désolé, *ya ameerati*. Le devoir m'appelle, une urgence. Mais restez, je vous en prie, faites plus ample connaissance avec tout ce monde. Jameel vous ramènera quand vous serez prête à partir.

La déception l'envahit, mais elle s'efforça de lui sourire.

— Oh ! Non, ne vous inquiétez pas. Occupez-vous de votre affaire, je vais rentrer à la maison tout de suite. Je… je vous attendrai.

— Comme vous voudrez.

Il la prit par la main et la fit sortir de la tente, adressant des signes de tête aux autres invités, qui semblaient encore plus curieux qu'avant — si c'était toutefois possible. Elle leur avait donné un spectacle digne de curiosité, c'était certain. Elle avait incarné la mariée rougissante qui avait désormais de quoi rougir.

Trente minutes plus tard, elle était de retour dans la demeure des Hamptons. Elle ne savait absolument pas combien de temps Adham serait retenu, mais elle se prépara aussitôt pour son retour.

Une heure plus tard, elle était prête à le recevoir. Elle avait pris un bain, et avait revêtu un habit qui la rendait — c'était du moins ce qu'elle espérait — irrésistible.

Deux heures plus tard, elle l'appela. Elle tomba directement sur la messagerie.

Que se passait-il ? Où était-il ? Qu'est-ce qui pouvait le retenir loin d'elle après la charmante journée qu'ils avaient passée ensemble ?

Elle était mariée à un homme d'affaires qui était aussi un homme d'Etat, elle ne pouvait contrôler son temps. Elle se répéta cela plusieurs fois.

Cela ne fonctionna pas. Bien que tout cela soit vrai, un simple appel de sa part lui aurait permis d'aller se coucher tranquille, en sachant que leur mariage n'était pas un mirage qui apparaissait et disparaissait selon la bonne volonté du prince. L'idée qu'il soit redevenu l'homme qui ne prenait pas la peine de lui dire où il était ou ce qu'il faisait la fit retomber dans son état de tourmente.

La dernière chose dont elle fut consciente avant de succomber au sommeil était qu'Adham n'était pas rentré.

Ses cauchemars cette nuit-là lui dirent qu'il ne rentrerait jamais.

4.

Sabrina se réveilla seule. Comme elle l'avait fait toute sa vie.

La première chose qui lui vint à l'esprit était une conviction : elle se réveillerait seule pour le restant de ses jours.

Elle était allée se coucher seule. Comme chaque soir depuis qu'elle avait épousé Adham.

Après cette première journée dans les Hamptons, elle avait pensé que cette phase inexplicable d'abstinence était révolue.

Mais non. Cela faisait une semaine que le même schéma se répétait. Adham ne la lâchait pas de la journée et disparaissait la nuit, toujours avec une bonne excuse.

Elle se tira hors du lit. Elle avait l'impression que les couvertures moelleuses et les draps soyeux étaient couverts d'épine.

La chambre était plongée dans un silence froid et sombre. Un nouveau jour chaud et ensoleillé s'était levé dehors, animé par les bruits du personnel d'Adham qui s'affairait sans relâche pour garder les lieux immaculés. Les stores opaques et les portes et fenêtres insonorisées la protégeaient de tout cela. La chambre n'était qu'isolement. Inertie.

Elle avait l'impression de faire des montagnes russes sans ceinture de sécurité. D'être constamment catapultée vers le haut, de s'élever, seulement pour s'écraser ensuite au sol. Ces tours de manèges la laissaient toujours abasourdie, effondrée. Et cela ne cessait de se répéter, chaque jour.

Si ce n'était pour cette seule nuit où il lui avait prouvé qu'il était plus que doué au lit, elle aurait pensé que son manque d'intérêt pour l'intimité venait d'une certaine incompétence. Mais puisque sa virilité était indiscutable, elle avait peur qu'il ait perdu tout intérêt pour *elle*. Pourtant, au cours de la semaine qui venait de s'écouler, il lui avait fourni la preuve, physique et verbale, de son besoin de la posséder. Malgré cela, il l'avait encore laissée seule, chaque nuit, et elle craignait désormais qu'il n'accepte les offres de ces femmes qui lui couraient après.

Elle n'y croyait pas vraiment, mais elle ne trouvait plus aucune explication à son comportement. Ne pas vouloir la rejoindre dans son lit après son deuil n'avait plus aucun sens.

A quel genre de jeu jouait-il ?

Son téléphone portable interrompit le fil de ses pensées. Elle le fixa d'un air indifférent avant de se rendre compte que c'était la sonnerie qu'elle avait attribuée à Adham qui résonnait dans la chambre.

Elle se jeta sur l'appareil et, dans la précipitation, le fit tomber de la table de chevet.

Lorsqu'elle répondit enfin, elle haletait. L'air remplit ses poumons lorsqu'elle entendit sa voix grave.

— *Sabah'al khair, ya galbi.*

Qu'il lui dise bonjour dans sa langue natale aurait suffi. Ou n'importe quoi d'autre, d'ailleurs. Mais lorsqu'il l'appela « son cœur » de cette manière si intime, si possessive…

Avant qu'elle ne puisse exprimer sa confusion, il continua.

— J'espère que vous vous êtes bien… reposée.

Pourquoi avait-il marqué une pause ? Pensait-il donc qu'elle était si bouleversée qu'elle ne pouvait récupérer ? Même quand elle arrivait à s'endormir ?

Non. Elle s'égarait. C'était de la satisfaction qui pointait dans sa voix, non de l'inquiétude. Comme s'il aimait la raison pour laquelle elle devait se reposer. Quelqu'un qui les aurait espionnés aurait pensé qu'il était la raison de son épuisement, et qu'il avait testé son endurance dans une session intense de passion et de possession.

Plus confuse que jamais, elle répondit :

— J'ai dormi. En quelque sorte. Vous… vous m'avez manqué.

— Et vous m'avez manqué encore plus, *ya kanzi*. Mais je dois rester ici toute la journée. J'ai des entraînements. Si vous voulez, Jameel vous conduira. Vous pourrez me regarder m'entraîner ou discutez avec vos nouvelles amies. Vous n'êtes pas obligée de rester très longtemps.

— Je veux venir vous regarder. Je resterai aussi longtemps que vous, et je rentrerai avec vous.

— Alors… venez.

Sa façon de souffler ces mots… Elle sentit la pointe de ses seins la picoter, son cœur se serrer.

Et, soudain, autre chose monta en elle. Elle était en colère. Furieuse même.

Elle avait l'impression d'être une souris qu'un chat capricieux s'amusait à lécher et à taquiner avant de l'envoyer valser. Elle était abattue, désespérée.

C'en était assez.

— A bien y réfléchir, je ne vais pas venir.

Après son soudain changement de ton, il y eut un silence prolongé à l'autre bout de la ligne. Elle sentait la tension se répandre en elle, et envoyer ses tentacules électrisants dans son corps.

Mais lorsqu'il reprit la parole, sa voix ne trahit ni surprise, ni irritation.

— C'est bien ce que je me disais, *ya ameerati*.

Sa voix se fit plus grave, comme elle ne l'avait entendue qu'une seule fois auparavant ; alors qu'il était en elle, grognant de plaisir et la couvrant de louanges.

— Reposez-vous tant que vous le pouvez. Vous en aurez besoin.

Et il raccrocha.

Elle avait l'impression qu'elle allait exploser de frustration. Ce sentiment était si fort qu'elle se mit à trembler. Elle avait envie d'arriver comme une furie aux écuries pour le secouer, lui crier dessus, exiger qu'il explique son attitude exaspérante.

Puis la crise passa. Le calme de la résolution l'envahit doucement.

Elle suivrait son conseil. Elle se reposerait au maximum. Elle *allait* en avoir besoin.

Pour la confrontation.

Elle s'expliquerait avec lui, même si cela serait la goutte d'eau qui mettrait fin à leur mariage. Leur non-mariage.

Ce serait toujours mieux que cette incertitude.

Sabrina ne se reposa pas. Adham devait savoir qu'elle ne le ferait pas. Qu'elle ne le pourrait pas.

Non qu'il s'en soucie. Il était rentré très tard et avait disparu. Comme d'habitude.

A 8 heures du matin, cela faisait deux heures qu'elle était assise dans la grande entrée, attendant qu'il se montre. Elle l'intercepterait avant qu'il ne disparaisse de nouveau.

Elle entendit le bruit de ses pas. Son cœur bondit dans sa poitrine alors qu'il s'approchait. Puis ses battements de cœur se calmèrent lorsque les pas s'éloignèrent. Il faisait un détour. Il était rentré dans son bureau.

Elle se leva, les jambes tremblantes. Elle mettait un pied devant l'autre, le souffle court. Elle avait l'impression de s'approcher d'une mine.

Mais il lui fallait rester forte.

Elle devait en finir. Une fois pour toutes.

Elle serra les dents en tournant la poignée. Puis, prenant une dernière bouffée d'oxygène, elle entra. Elle savait qu'il l'avait sentie rentrer, mais il ne leva pas les yeux du dossier ouvert devant lui sur son bureau en acajou fait main.

Qu'elle soit damnée si elle le laissait l'ignorer encore et jouer ce jeu sadique avec elle !

Cela prenait fin.

Maintenant.

— Adham.

Il ne leva les yeux qu'au bout d'interminables minutes. Malgré le ton sec qu'elle avait employé, le visage d'Adham était absolument dénué d'expression.

Le revoilà.

Il était redevenu l'étranger qu'il était quand ils étaient seuls. Elle prit soudain conscience que, depuis qu'ils étaient mariés, ils n'avaient passé que quelques minutes seuls. Depuis la cérémonie, il avait été très rare qu'ils soient en tête à tête ; il y avait presque toujours eu quelqu'un avec eux.

Pourquoi avait-il cette réaction en privé ? Comme s'il était Jekyll et Hyde. Cela avait-il été déclenché par leur cérémonie de mariage ? Car, auparavant, il n'avait pas été affligé de ce problème.

— Je suis occupé, Sabrina.

Sa voix était aussi inexpressive que son visage.

— Ça peut attendre, dit-il froidement.

Elle ne put plus se retenir. Elle explosa et laissa libre cours à son indignation.

— Non, ça ne peut pas attendre. Vous ne me repousserez pas une nouvelle fois.

Il posa son stylo, et prit la pose de celui qui est dérangé mais subit cette interruption malvenue avec une patience extraordinaire.

— Quand vous ai-je repoussée ?

Elle laissa échapper un rire, lourd de toute sa rage et sa frustration.

— Vous êtes incroyable, dit-elle.

— Je ne comprends pas ce que vous voulez dire. Il doit y avoir un problème de communication dû à notre compréhension différente des nuances de la langue.

— Ne jouez pas la carte de la différence culturelle. Vous avez été instruit ici, et vous y avez longuement vécu depuis votre enfance. La seule personne qui a du mal à comprendre ici, c'est moi. Mais vous allez m'expliquer. Commencez par votre conception du mariage, puisqu'elle ne semble pas coïncider avec la mienne.

Il semblait se réfugier dans une immobilité de statue.

— Et quelle est votre conception du mariage ?

— Celle de presque tout le monde sur cette planète, quelles que soient les cultures. Un homme et une femme qui vivent ensemble, vraiment.

— Je vis avec vous.

— Vous voulez dire que vous honorez chaque demeure dans laquelle vous m'installez de votre présence fugace.

Il haussa les épaules.

— Aux yeux du monde, je vis avec vous. Je rentre ici pour vous retrouver tous les soirs.

— Qu'est-ce que le monde a à voir là-dedans ? Moi, je sais pertinemment que vous ne venez pas me retrouver le soir. Et j'exige de savoir à quoi vous jouez.

Adham se figeait peu à peu : son corps sembla se transformer en pierre tandis que son visage perdait toute expression.

— Je n'apprécie pas votre ton.

Elle fut parcourue par un frisson qui l'avertissait du danger, mais elle l'ignora. Croyait-il vraiment qu'elle allait se laisser intimider par son rejet ou son mécontentement ?

— Tant pis. C'est le seul ton sur lequel je m'adresserai à vous dorénavant puisque vous refusez de répondre à mes questions. Je ne vous laisserai pas me repousser encore, jusqu'à ce que vous vous rappeliez que je suis censée être votre femme. Et non pas seulement en public, bien sûr.

Le regard d'Adham se fit glacial. Puis il s'adressa

à elle de sa voix de baryton, qui traduisait la froideur impitoyable du prince intransigeant.

— Si vous pensez que je songe à revenir sur notre accord, ne vous en faites pas.

Elle le fixa, abasourdie.

— Notre accord ?

— Il tient toujours. Je vais remplir ma part du contrat, vous n'avez rien à craindre. Le décret de mon père reste le même, et j'ai toujours besoin d'un héritier. Vous savez pertinemment que j'ai déjà réglé les dettes de votre père, pour que le nom de Grant reste intact. Et j'assurerai votre avenir en temps voulu.

Il baissa un instant les yeux. Lorsqu'il les releva vers elle, elle eut l'impression qu'il l'empalait tant son regard était glacial.

— Cela dit, je crois comprendre la source de votre trouble. Il semblerait que votre père ne vous ait pas informée des détails de l'accord qu'il a négocié pour vous. Il n'aura peut-être pas eu le temps de vous le dire, à cause de la dégradation rapide de son état de santé. Ou parce qu'il pensait que vous en saviez assez.

Le décret de son père. Un héritier. Les dettes de son père. Le nom de Grant. Son avenir. Elle n'y comprenait rien.

Elle entendit sa propre voix s'élever dans la pièce, éraillée et inquiète.

— Quels détails ?

Il se leva de son fauteuil. Elle avait le sentiment que le bureau rétrécissait à vue d'œil, comme si les murs se refermaient sur elle.

— Le contrat que j'ai signé stipule que je suis le gérant de votre entreprise vinicole et de vos vignobles jusqu'à ce que vous tombiez enceinte. Ce ne sera qu'à ce moment-là que je vous rendrai vos droits. Lorsque vous porterez mon enfant jusqu'à terme, je vous fournirai le capital et les experts dont vous aurez besoin pour maintenir votre affaire à flot. Je garderai l'hectare que votre père n'a jamais exploité. Cependant, comme les termes de *mon* père précisaient que ma femme devait être enceinte un an après le mariage, et puisque nous avons déjà consommé notre relation, je peux me permettre d'attendre de voir si vous êtes déjà enceinte. Si vous ne l'êtes pas dans deux semaines, je partagerai de nouveau votre lit.

Sur ces mots, il s'écarta de son bureau et se dirigea vers la porte, comme pour voler à Sabrina les dernières bouffées d'air qu'il lui restait.

— Maintenant, si c'est tout, je dois m'occuper de choses importantes.

Il avançait droit vers elle, mais elle resta plantée dans l'encadrement de la porte. Elle avait l'impression de voir un train se précipiter sur elle.

Il la frôla en quittant la pièce et la laissa là, submergée par les débris, au milieu de son monde en miettes.

Tout s'était brisé. Ce qu'elle pensait de lui. De son père. D'elle-même.

Tout cela n'avait été qu'un *accord*.

— Je veux tout savoir, monsieur Saunders.

— Je pensais que vous connaissiez l'essentiel de l'affaire, mademoiselle Gra…

Ethan Saunders, l'avocat de son père, fit une pause à l'autre bout du fil.

— Excusez-moi, princesse Aal Ferjani.

Princesse Aal Ferjani. Elle n'avait jamais eu le sentiment que ce nom s'appliquait à elle et avait attribué cela au caractère irréel de son mariage. Elle savait désormais que c'était parce que ce nom n'était pas le sien, tout simplement. Et ce ne serait jamais le cas.

— *Sabrina* suffira, monsieur Saunders, dit-elle fermement. Et je veux en savoir plus. Je veux connaître chaque détail. Légalement, rien ne vous empêche de m'en parler, n'est-ce pas ?

— Présenté ainsi, non, dit l'homme avec précaution. J'ai seulement la sensation que votre père n'a pas voulu vous ennuyer avec ces précisions. J'ai supposé que c'était la raison pour laquelle vous n'étiez pas là pendant les négociations, ni pour signer le contrat.

Elle plongeait toujours plus profondément dans le cauchemar ; elle avait besoin de toucher le fond pour en finir.

— J'exige qu'on m'ennuie avec ces détails, monsieur Saunders. Mon avenir en dépend.

Il y eut un silence prolongé à l'autre bout de la ligne. Puis il finit par soupirer.

— Très bien, Sabrina. Pendant que vous faisiez vos études supérieures, à l'université, la santé de votre père s'est détériorée. Cela l'a plongé dans une profonde dépression. Il prenait des décisions financières catastrophiques — malgré mes conseils, dois-je ajouter. Cela l'a ruiné. C'est à ce moment-là que le cheikh Adham est entré en scène. Il tournait autour de la propriété de votre père, et il avait essayé de l'acheter plus d'une fois. En apprenant l'état de santé de votre père, il a su qu'il pouvait enfin acquérir la terre qu'il convoitait depuis longtemps, et que votre père ne pourrait pas la lui refuser. Le prince avait des projets précis : il comptait fermer l'entreprise vinicole, planter de nouvelles cultures, et transformer le reste des terres, qui n'ont jamais été cultivées, en écuries.

» Mais votre père avait sa propre stratégie. Il a à son tour enquêté sur le cheikh Adham, et appris qu'il voulait à tout prix avoir un héritier, en un temps compté. »

Son cœur se brisa lorsqu'elle eut la confirmation de ses peurs.

— Et il m'a offerte à lui.

— Vous remplissiez toutes les conditions du cheikh, et votre père était un homme d'affaires encore assez malin pour le savoir. Vous êtes d'une lignée, d'un physique, et d'une… réputation impeccables.

Elle sentit une autre lance de feu la traverser.

Ainsi, c'était pour cette raison qu'Adham avait prétendu la désirer. Il avait voulu s'assurer de sa pureté lorsqu'il l'avait prise, avant de décider de l'épouser. Tout cela avait été un simple test. Il avait espéré que cette union porterait ses fruits immédiatement. Voilà pourquoi il n'était plus disposé à rejouer la comédie de la séduction. Son aversion pour la rejoindre au lit, sauf si cela était absolument nécessaire, parlait d'elle-même.

Tout ce temps, il n'avait été qu'un des hommes sélectionnés pour elle par son père.

Mais le prince était allé bien plus loin que les autres. Il l'avait séduite pour s'assurer qu'elle consentirait à l'épouser, à se lancer dans ce marché bénéfique pour les deux familles. Pour son père et pour lui.

Et, bien loin d'être l'héritière de son père, comme elle l'avait pensé jusque-là, elle avait en fait une dette envers le cheikh. Elle ne regagnerait son héritage que lorsqu'elle lui donnerait un enfant. Un enfant qu'il voulait pour satisfaire les exigences de son propre père.

Il n'avait jamais désiré l'épouser. Il ne ressentait rien de sincère à son égard. Elle n'était rien pour lui.

Non. C'était même pire que cela. Elle était un tracas, un fardeau. Dont il se débarrasserait certainement dès qu'il le pourrait.

Au téléphone, M. Saunders continuait à lui donner les détails de l'accord. Elle avait entendu tout ce qu'elle voulait savoir, tout ce qu'elle pouvait supporter. Elle ne remarqua pas lorsque l'appel prit fin. Elle lui avait même peut-être raccroché au nez.

C'était pire qu'elle ne l'avait craint. Elle avait été la seule à croire que c'était un véritable mariage. Tous les autres savaient ce que c'était réellement — un autre projet d'élevage d'Adham.

Elle avait été offerte au cheikh — et acceptée — en tant que jument désirable.

Pire. Tout ce temps Adham avait été persuadé qu'elle était au courant du marché.

La fureur l'envahit de nouveau. Elle essuya ses larmes avec rage.

Ce qu'il avait pensé n'avait pas d'importance. Une seule chose comptait. Il devait savoir qu'elle ne voulait pas prendre part à son plan, qu'elle n'avait rien accepté de tout cela. Elle ne lui prendrait rien. Elle ferait tout, abandonnerait tout, pour le prouver.

Et si le destin voulait qu'elle lui donne cet héritier tant désiré, ce serait selon ses conditions à elle. Elle s'assurerait que son enfant ne devienne pas, comme elle, un simple pion dans un jeu d'échecs royal — ou un manipulateur sans cœur et sans pitié comme lui.

5.

Adham fit tournoyer le maillet avec tant de force qu'il catapulta la balle hors du terrain, envoyant de grosses mottes d'herbe et de boue dans les airs.

Comment osait-elle ?

Jouer à la femme abandonnée, négligée. Lui reprocher de ne pas remplir ses devoirs conjugaux. Comme si elle avait voulu autre chose de lui que son argent et son statut de prince.

Mais il savait qu'il en était autrement.

Elle avait monté ce complot avec son père. C'était pour cela qu'il ne pouvait plus la toucher, même si le désir sexuel qu'il avait ressenti dès qu'il avait posé les yeux sur elle s'intensifiait et qu'il craignait parfois de ne pas pouvoir le contenir. Chaque fois qu'il la voyait, la perfection de sa beauté annihilait sa raison. D'ailleurs, il n'avait même pas besoin de la voir pour la désirer. Il n'avait qu'à fermer les yeux pour voir sa magnifique peau couleur miel, la sentir sous ses mains, sous ses lèvres. Il imaginait la cascade brillante de ses cheveux d'acajou chatouiller ses doigts, se souvenait de ses yeux chocolat hypnotiques étincelant de passion et de ses lèvres rouges tremblant de plaisir. Il se réveillait en sueur toutes les nuits, plein de désir, se rappelant comme son corps voluptueux respirait la sensualité. Une sensualité dont il avait pensé qu'elle était inconsciente, spontanée. Il se souvenait aussi parfaitement comme elle l'en avait enveloppé, comme elle s'était contorsionnée sous lui alors qu'il la prenait. Il lui était presque impossible de ne pas se précipiter dans sa chambre chaque soir pour se perdre une nouvelle fois en elle.

Juste avant de la rencontrer, il comptait dire à son propre père que jamais il ne se marierait ainsi sur commande. Puis elle était entrée dans la chambre d'hôpital de son père et dans sa vie. Soudain, l'idée du mariage ne lui avait plus semblé si abjecte, il n'avait même plus pensé qu'à ça.

Plus il l'avait fréquentée, plus il avait été convaincu que les Parques avaient conspiré pour lui amener sa fiancée, la seule femme avec laquelle il puisse envisager d'avoir des enfants.

Puis il l'avait prise. Après cela il n'avait plus hésité. Elle lui avait donné sa passion sincèrement et sans limites, avait partagé avec lui une intimité sans précédent, et un plaisir inimaginable. Il lui avait rendu sa passion et ses mots tendres, et tout cela avait consolidé sa détermination.

Cela avait scellé son destin.

Le lendemain matin, alors que Sabrina dormait toujours, il était allé voir Thomas Grant pour lui demander la main de sa fille. Mais le vieil homme avait parlé en premier. Et Adham avait compris.

Grant avait vu en lui le mari parfait pour sa fille, mais aussi l'homme qui pourrait éponger ses dettes. Il avait lâché Sabrina sur lui. Sa nature ingénue, son désir d'être avec lui, sa passion, tout cela avait été une insoupçonnable farce. Et cela avait fonctionné.

A merveille.

Mais la maladie avait rendu Grant désespéré. Il ne pouvait plus se permettre de laisser les choses avancer à leur rythme, il n'avait plus le temps de maintenir l'illusion de la spontanéité. Il lui avait donc exposé leur plan, lui présentant les termes déplaisants de ce contrat donnant-donnant.

Soit le pauvre homme était en plus mauvais état que

tout le monde ne le pensait, soit il avait sérieusement sous-estimé le pouvoir de séduction de sa fille. Car il avait demandé bien moins que ce qu'Adham aurait été prêt à offrir lorsqu'il pensait le mariage basé sur un désir mutuel.

Adham avait été si furieux ! Sa première réaction avait été de tout arracher au père et à la fille, de les laisser sans terre, sans accord. Puis il avait eu pitié du désespoir de Grant. Sans parler de son désir pour Sabrina. Il s'était détesté pour cela, mais il ne pensait qu'à répéter cette nuit délirante — et cette matinée encore plus folle.

Puis Grant était mort, et Sabrina avait été dévastée par sa perte. Bien qu'il ait découvert sa tromperie et la manipulation, il savait que sa détresse était réelle. Il n'aurait pu satisfaire son besoin de la posséder, même si cela le rongeait. Pas même lorsqu'elle lui avait fait comprendre qu'il le pouvait. *Surtout* lorsqu'elle le lui avait fait comprendre.

Il avait été écœuré — par elle, par lui-même — et avait douté de la sincérité de sa douleur face au deuil. Mais il avait été également furieux de ses propres décisions, de ses désirs contradictoires. Il avait pensé qu'il était plus sûr de rester loin d'elle jusqu'à ce qu'il recouvre la raison et sache comment gérer tout cela.

Mais plus il laissait passer le temps, plus il prenait conscience que l'épouser avait été une grave erreur. Il la désirait réellement, alors qu'elle ne le désirait qu'en tant que « sponsor » susceptible d'assurer son nom de famille et d'améliorer son train de vie. Il n'avait jamais payé pour son plaisir et qu'il soit damné s'il commençait pour elle. Pas même s'il la désirait ardemment. *Surtout* parce qu'il la désirait.

Mais il ne pouvait pas la laisser partir, se dédouaner de tout ce désordre. Il s'était piégé lui-même pour toujours.

Les hommes de sa famille se mariaient à vie, si possible. Et s'ils se séparaient, cela restait privé, et on présentait le front d'une famille unie, pour le bien de tous — sauf celui du couple. Des considérations plus élevées dirigeaient leur vie. Les traditions de la famille royale, la vénération de Khumayrah, les alliés et rivaux des Aal Ferjani. On ne pouvait pas faire confiance à un homme qui rompait les liens avec la femme qu'il avait choisie et la famille qu'il avait fondée avec elle.

Ce qui l'amenait à cet héritier. Son père lui avait dit qu'un enfant était nécessaire pour aider à stabiliser les affaires internationales trop fluctuantes de leur royaume.

Ne serait-ce que pour cela, il ne pouvait laisser personne penser que leur mariage était un simple accord commercial. Ses ennemis auraient pu s'en servir pour le calomnier.

Comme ils l'avaient fait avec son père, en répandant des rumeurs selon lesquelles Adham et sa jeune sœur n'étaient pas de lui, que sa femme l'avait trompé. Les répercussions étaient allées très loin, et Adham avait passé une grande partie de sa vie à réfuter ces mensonges et à laver leur nom aux yeux de tous.

Cela aurait dû l'empêcher de suivre cette voie. Le mariage de ses parents était devenu un mariage d'amour, mais ce n'était pas son cas. Il aurait dû savoir que si l'on découvrait les conditions de son mariage, cela affecterait la maison royale et la stabilité du royaume.

Telle était la situation. Il était coincé à jouer l'amoureux, le marié heureux. Mais sa colère, son désir pour elle, sa façon de la dévorer des yeux en public, de la toucher, tout cela n'était pas un jeu. Le mensonge, c'était la distance qu'il était obligé de mettre entre eux en privé, l'indifférence et le détachement qu'il avait montrés lorsqu'elle l'avait défié, plus tôt dans la journée.

B'Ellahi, cette confrontation. Il avait puisé dans ses dernières forces pour se retenir de fondre sur elle, de l'allonger au sol et de lui donner ce qu'elle prétendait vouloir d'un ton indigné. Il se demandait encore pourquoi elle l'avait fait.

Mais il arrivait toujours à la même conclusion. Elle s'inquiétait. Elle n'avait pas vu les contrats, et elle se demandait certainement si les termes valaient les efforts qu'elle faisait pour jouer le jeu. Après tout, elle s'en était remarquablement bien sortie jusque-là, dès le moment où ils s'étaient rencontrés, d'ailleurs.

Mais maintenant qu'il l'avait rassurée sur le montant des gains que leur arrangement lui assurait, elle reprendrait son rôle avec plus de ferveur encore. Cette dernière semaine, elle avait dépassé ses espérances et s'était investie de manière extraordinaire dans son rôle. Il l'avait sentie défaillir dans ses bras, elle l'avait submergé d'un désir ardent de tout ce qu'il lui ferait…

Comment faisait-elle pour simuler tout cela ?

Soudain, une idée le frappa avec la force d'un maillet.

Et si elle ne faisait pas semblant ? Et si, malgré l'intérêt financier qu'elle trouvait au mariage, elle le désirait vraiment ?

Si c'était vrai, cela changeait tout.

— Adham, ici la Terre.

Il leva les yeux vers la voix tonitruante. Soudain il reprit conscience du monde autour de lui. Il s'était arrêté au milieu du terrain, et Nicolas le fixait, l'air surpris et inquiet. Comme les autres joueurs, il secouait ses vêtements pour en faire tomber la terre dont ils s'étaient couverts pendant le jeu.

— C'est ici que ça se passe, mon pote, dit Jacob Anders avec un sourire suffisant. Mais tu es ailleurs, visiblement.

— *Sí*, dit Nicolas. Pourquoi ne pas reprendre l'entraînement quand tu auras l'esprit libre ? Le terrain n'est pas le bon endroit pour penser à ce qui te ronge.

Adham leur répondit d'un rictus. Il n'était pas d'humeur à supporter les moqueries de ses coéquipiers. Il fit tourner Layl et sortit du terrain au galop.

Ils avaient raison. Il devait affronter la cause de son trouble.

Sabrina.

Si elle le voulait, elle l'aurait.

S'ils ne pouvaient tirer qu'un plaisir extraordinaire de cet « accord », alors ils le feraient. Ils n'arrêteraient jamais.

Il sortit son téléphone portable et composa son numéro.

Son téléphone sonna longtemps avant de basculer sur la messagerie. Il recomposa immédiatement le numéro. Au bout de quatre fois, il était prêt à commettre un meurtre.

Elle répondit la cinquième fois. Ou plutôt, elle décrocha. Mais ne dit rien.

Pourtant il la sentait à l'autre bout de la ligne. Il aurait juré sentir son souffle frôler son visage de sa chaleur, de sa douceur.

Il grogna, à la fois furieux et excité.

— Pourquoi n'avez-vous pas répondu tout de suite ?

Silence. Puis la respiration irrégulière dans le combiné attaqua son cerveau, durcit son érection. Il se souvenait de ces soupirs brisés qui l'avaient rendu fou alors qu'il plongeait en elle…

— J'ai répondu, là.

Sa voix était sèche, distante. Pourtant, elle était encore cette douce caresse qu'il avait sans cesse repassée dans son esprit, qui lui avait susurré son envie de lui, qui l'avait réclamé alors que le désir se faisait plus pressant, et qu'elle atteignait le sommet du plaisir, puis avait perdu toute inhibition tandis qu'il l'emplissait.

— Vous voulez quelque chose ?

Il aurait pu hurler. Il voulait tout.

Mais il allait tout avoir. A partir de ce soir. Il n'allait plus se retenir. Il allait oublier toute raison. Pour le meilleur et certainement pour bien pire que ce qu'il pouvait imaginer, elle était sa femme. Et il avait l'intention de profiter pleinement des avantages que cela représentait.

Le marché de son père l'avait peut-être aveuglé un moment, mais il voyait très clair maintenant. Il était impossible qu'elle ait simulé ses réactions lorsqu'elle était dans ses bras. Son âme devait être celle d'une intéressée, mais son corps était celui d'une hédoniste. Une seule chose comptait désormais : il était convaincu qu'elle se trouvait dans la même situation délicate que lui, et que cela la faisait souffrir autant que lui. Elle désirait le plaisir que lui seul pouvait lui donner.

— Sebastian organise une soirée de gala ce soir sous la tente pour célébrer notre mariage, dit-il, retenant sa colère. Il est impératif que nous montrions à nos hôtes que nous apprécions leur gentillesse et leurs efforts à leur juste valeur.

Après un autre silence prolongé, elle demanda d'une voix inexpressive :

— Comment suggérez-vous que nous nous y prenions ?

— Sebastian a demandé à ce que nous venions à la soirée en tenue royale. Demandez à Hasnaa de vous conseiller. Je vous enverrai des tenues et des bijoux. Je veux que vous soyez ma princesse ce soir.

Un autre silence s'étira après ses directives. Puis une respiration tremblante émana de lèvres qu'il savait douces comme des pétales, rouges comme des cerises, et couvertes de perles de rosée. Il se sentait durcir atrocement.

— Autre chose ?

— Oui, dit-il, la voix rendue rauque par le désir et l'idée qu'il s'écoulerait des heures insupportables avant qu'il ne puisse l'assouvir. Ne lissez pas vos cheveux, et ne les attachez pas. Gardez vos boucles sauvages.

Elle marmonna ce qu'il prit pour un acquiescement, puis elle raccrocha.

Il fixa le téléphone comme s'il s'attendait à ce qu'elle le rappelle pour en dire davantage. Il savait qu'elle ne le ferait pas.

La dynamique avait changé entre eux. Quelques heures auparavant, leur relation contractuelle était censée ne pas exister. Cette situation était désormais clarifiée, et Sabrina avait arrêté de jouer la femme aimante en privé.

Mais il lui semblait tout de même que l'indignation dont elle avait fait preuve ce matin portait sur autre chose que son inquiétude quant à son avenir — il y avait une véritable frustration. Peu importait ce pourquoi ils étaient mariés, elle avait attendu, *voulu*, qu'il réitère la connexion charnelle qu'ils avaient partagée.

C'était sûrement la raison pour laquelle elle était désormais si froide. Elle devait penser qu'il avait toujours l'intention de la priver de ce dont elle avait besoin.

Elle serait soulagée qu'il ait décidé de ne pas prendre en compte la façon dont son père et elle l'avaient piégé. Il avait désormais l'intention de l'attirer dans les tumultes de la passion. Chaque fois qu'il le pourrait.

Et s'ils avaient atteint autant de plaisir lorsqu'il avait été prudent avec elle, quand il la croyait si innocente, maintenant qu'il pouvait lâcher sa passion… eh bien, il ne pouvait même pas imaginer comment cela serait entre eux. Mieux, la punir par des tourments sensuels créerait des choses explosives.

Dès ce soir.

— Vous avez choisi la tenue qui souligne le mieux votre beauté, *ya ameerati* Sabrina.

Sabrina vit les yeux sympathiques de la femme khumayranne dans le miroir. Hasnaa était une vraie beauté, comme son nom le proclamait. Elle était l'épouse de Jameel, et désormais sa dame d'honneur.

Elle essaya de sourire pour la remercier de son réconfort. Mais ne parvint à faire qu'une grimace.

Heureusement, Hasnaa ne le remarqua pas, car elle s'agitait autour d'elle, ajustant sa tenue. C'était la première fois que Sabrina profitait des services d'Hasnaa. Et c'était seulement parce que Adham l'avait exigé.

Il voulait qu'elle soit sa princesse ce soir. Pour avoir la tête de l'emploi. Elle se sentait obligée de répondre à sa demande. D'honorer le pacte que son père avait fait. Elle ne donnerait pas l'occasion à Adham de dire qu'une Grant ne remplissait pas sa part du marché.

Même si elle avait l'impression qu'il n'y avait plus rien à sauver, même si elle était embourbée dans un cauchemar duquel elle ne se réveillerait jamais. C'était comme si son père et Adham l'avaient jetée en prison avec leurs conspirations.

Elle avait subi de nombreuses pertes dans sa vie, et s'était déjà sentie désespérée. Mais, chaque fois, elle s'était ressaisie parce qu'il y avait toujours eu quelque chose pour laquelle il valait la peine de lutter, quelqu'un qui comptait. Quelqu'un qui serait aussi là pour elle quand elle en aurait besoin.

Quand sa mère était morte alors qu'elle avait douze ans, elle avait transformé son chagrin en amour envers son père, même s'il n'était pas facile d'être sa fille, surtout après son deuil qui l'avait rendu encore plus protecteur. Puis les années avaient passé et elle s'était rendu compte que ce qui rendait les choses difficiles n'avait rien à voir avec son comportement à elle, mais tout avec son père, avec qui il était.

Elle avait pris conscience de l'ampleur du problème lorsqu'elle était entrée à l'université. Elle avait arrêté de compter le nombre d'hommes qui l'avaient courtisée pour l'argent de son père. Et, pour empirer les choses, son père, dans l'espoir de la protéger des opportunistes, s'était mis à lui présenter des célibataires. Elle n'aimait pas plus ces hommes que les vautours, puisqu'ils ne la désiraient que pour les biens de son père, même si c'était pour fusionner plutôt qu'acquérir.

Alors elle avait déclaré que le mariage ne l'intéressait pas, et qu'elle voulait se concentrer sur ses études et sa carrière.

Après avoir répété pendant des années que le mariage devait passer avant la carrière, Thomas Grant avait abandonné et l'avait laissée faire selon ses plans. Elle se rendait compte aujourd'hui seulement que c'était parce qu'il avait sombré dans la dépression et les dettes. Puis, juste après qu'elle eut reçu son diplôme, il avait fait une crise cardiaque.

Malgré ses craintes et son désespoir, elle était restée forte pour lui. Puis il était mort. Mais Adham avait été là, et elle n'était pas seule. Elle l'avait, lui. C'était du moins ce qu'elle avait pensé.

Car elle *était* seule. Elle n'avait personne. Certainement pas Adham.

Elle regarda son reflet dans le grand miroir au cadre doré. Elle avait l'impression de se voir dans une cage dorée. Pour compléter ce tableau de captive de luxe, il y avait les tenues qu'il lui avait envoyées. Elles étaient toutes époustouflantes. Elle n'avait pas choisi la tenue qu'elle portait en pensant que c'était celle qui lui irait le mieux, comme Hasnaa le pensait. Non. Elle l'avait prise au hasard dans le tas.

Elle porta son attention sur ce qu'elle portait, voyant ces vêtements magnifiques pour la première fois. C'était une ravissante tenue rouge qui mélangeait les ornements abondants et travaillés de la culture natale d'Adham avec des touches plus modernes.

La création, faite main, pareille à un sari, finement tissée et décorée, et son *dupatta* — qu'Hasnaa fixait par-dessus ses « boucles sauvages » — étaient de véritables œuvres d'art. Un rêve de soie, de dentelle et d'organza travaillé avec du fil d'or, des pierres semi-précieuses, des sequins, des perles et du cristal.

Pour couronner le tout, elle portait des bijoux qu'Adham lui avait fait parvenir. Hasnaa avait choisi pour elle celui qui, selon elle, allait le mieux avec sa tenue : un ensemble de deux colliers — un tour de cou et un collier plus long qui encadrait remarquablement son décolleté —, des boucles d'oreilles qui tombaient jusqu'à ses épaules, et des bracelets qui couvraient la moitié de son avant-bras droit. Chaque élément comportait des gemmes soigneusement taillées et polies de toutes les couleurs, incrustées dans un or délicat de vingt-quatre carats.

Et dire qu'elle avait pensé qu'il était généreux lorsqu'elle avait découvert l'énorme collection qui remplissait ce grand dressing. Elle s'était sentie mal à l'aise d'accepter tout cela, même de la part d'un mari qui pouvait se permettre des luxes sans fin. Elle aurait voulu qu'il n'y ait pas l'ombre d'une considération matérielle entre eux. Mais elle avait concédé que cela faisait partie des apparences indispensables à son statut de princesse.

Mais elle savait désormais la vérité. Ce n'était pas de la générosité.

Cela faisait partie de son pedigree.

Et elle devait l'arborer, comme sur une étiquette. Une autre preuve de son statut.

Elle fut prise de nausée. Elle remercia Hasnaa et la congédia. Dès que la porte se referma, elle s'écroula sur la chaise la plus proche, baissant la tête entre ses genoux.

Elle lutta contre une vague de nausée qui semblait s'élever de son âme. Soudain, un soupçon la frappa, augmentant sa détresse.

Ce pouvait être ce qu'Adham avait espéré.

Elle était peut-être enceinte. Il serait facile de le savoir.

Elle ne pouvait pas. Pas encore. Elle ne voulait pas savoir quand elle lui demanderait de mettre fin à leur pacte.

Mais d'abord, elle devait de nouveau jouer l'épouse folle de joie.

Cette fois, elle jouerait effectivement un rôle.

Mais ce serait la première et dernière fois.

6.

— Oh ! Ma Sabrina. Tu es su-*perbe* ! dit Julia, ses yeux chocolat écarquillés d'admiration.

— On dirait une princesse sortie d'un conte de fées ! fit Catherine, émerveillée.

— Le verdict vient de tomber ! dit Vanessa Hughes, la sœur de Sebastian, lorsqu'elle eut fini d'inspecter Sabrina.

Elle-même ressemblait à la folle de mode qu'elle était, son corps parfait enveloppé d'une longue robe dorée moulante au décolleté plongeant.

— C'est la tenue la plus incroyable que j'aie jamais vue !

Sabrina sourit à ces femmes qu'elle commençait à apprécier énormément, leur adressant un sourire aussi sincère que sa situation le permettait.

— Vous êtes trop bonnes, mesdames. Je me sens idiote à être parée ainsi, comme pour aller à un bal masqué, alors que vous ressemblez toutes à des mannequins qui viennent de défiler.

— Vous plaisantez ? demanda Vanessa en riant. Je donnerais tout pour avoir une tenue comme la vôtre. Mais je doute que je la porte aussi bien que vous. Vous avez cette nuance exotique qui… réchauffe votre teint — vous allez mettre le feu.

— Vous voyez ? dit Sabrina en souriant. Trop bonnes, je vous dis. Mais laissez-moi vous dire autre chose. J'apprécie énormément vos compliments !

— Comme si vous en aviez besoin, dit Julia en lui

faisant un clin d'œil, alors qu'un homme comme le cheikh Adham, qui fait fantasmer toutes les filles, compose littéralement une ode à vos charmes dès qu'il ouvre la bouche.

— *Et* accompagne chaque mot de son sonnet d'un regard incandescent, dit Vanessa. Il vous noie sous plus de compliments qu'une femme ne saurait supporter.

— Ah, ces princes du désert au sang chaud, dit Julia en soupirant d'un air rêveur. Si seulement nos hommes étaient aussi francs et démonstratifs.

— Mais le cheikh Adham est loin de l'être, dit Catherine qui le connaissait bien. Il est le meilleur employeur au monde, mais, selon moi, Réservé et Renfermé sont ses deuxième et troisième prénoms.

— Alors c'est un témoignage encore plus grand de vos charmes, Sabrina, dit Vanessa, les mains sous le menton dans une posture d'admiration. Et de leurs effets sur lui. C'est la première fois que je vois un homme témoignant aussi ouvertement de son amour !

Chaque mot frappait Sabrina comme un fouet. Elle voulait les supplier d'arrêter, leur dire qu'il ne faisait que jouer un rôle. Qu'il les avait bien eues, ces femmes intelligentes et perspicaces.

Tout comme il l'avait trompée, elle. Jusqu'à ce qu'il lui avoue si sèchement la vérité sur ses véritables sentiments — ou plutôt, sur son absence de sentiments.

Le souvenir du regard indifférent qu'il lui avait lancé alors qu'il réduisait son monde à elle à zéro la transperça de nouveau. Elle sentit son sourire voler en éclats.

Elle dut s'excuser avant que la chaleur qui picotait ses yeux ne se transforme en une cascade de larmes qu'elle ne pourrait arrêter.

Oui, cela écornerait l'image de « sa princesse ».

Peut-être ne devait-elle pas lutter contre les larmes après tout ?

Non. Elle n'était pas seulement sa soi-disant princesse, elle était une Grant. Avant tout, elle était elle-même. Elle ne s'effondrerait pas. Pas en public. Et elle arrêterait de le faire en privé.

Elle n'allait plus le laisser contrôler ses émotions, sa vie. Elle prenait le contrôle, à partir de maintenant.

— Et je pensais que *tu* avais l'air de sortir des *Mille et Une Nuits*, Adham.

En entendant le commentaire amusé de Sebastian, Sabrina se retourna. Mais ce dernier disparut aussitôt de son champ de vision au moment même où elle le vit.

Car Adham était à côté de lui. Resplendissant. Adham, tel qu'elle ne l'avait jamais vu. Dans la tenue qui le montrait tel qu'il était, hors de la modernité, sans le lustre du progrès.

Un voyageur du désert qui prenait ce qu'il voulait, faisant des esclaves enthousiastes lors de ses conquêtes, et dont la cruauté n'avait d'égale que la séduction sans cœur. Un être d'un autre monde, un univers où tout était tissé de mystère et de magie, enveloppé de danger, saturé d'excès, de passion.

Dans son *abaya* noir qui flottait sur ses larges épaules et tourbillonnait autour de lui comme un voile de mystère, sa tunique brodée d'un fil d'or *zari*, un pantalon rentré dans des bottes en cuir, on aurait dit un être surnaturel descendu sur terre pour régner, pour conquérir, un ange vengeur sorti d'un royaume de contes orientaux.

Elle déglutit et eut l'impression d'avaler du verre. Sa beauté, sa majesté… lui faisaient mal.

Mais sa propre stupidité la blessait plus encore, sa naïveté d'avoir cru qu'il était tombé amoureux d'elle autant qu'elle l'avait aimé.

— Je t'avais pourtant bien dit d'attendre de voir Sabrina, Seb, dit Adham dans un murmure.

Puis il passa un bras autour de sa taille, glissant sa main sous son corsage pour enflammer sa peau de la chaleur de ses doigts électriques, ajoutant :

— Mais même moi je n'aurais pu imaginer combien

les ornements de ma culture pouvaient être enchanteurs avant que mon épouse ne s'en pare.

La réaction instinctive de Sabrina fut de se pâmer sous l'extravagance de sa louange, de fondre dans son étreinte. Il lui fallut quelques secondes avant que la réalité ne plante ses griffes en elle et qu'elle ne s'écarte de ses tentacules brûlants.

Les yeux d'Adham ne trahissaient aucune émotion, seule la taille de ses pupilles avait changé. Avec impudence, il la serra plus fort contre lui. Ne s'était-il pas rendu compte qu'elle s'était éloignée ? Ou peut-être ne voulait-il pas la laisser s'échapper devant ceux dont l'opinion comptait tant pour lui.

— J'espère que je ne vous ai pas fait attendre trop longtemps, *ya jameelati*. J'aurais dû vous accompagner jusqu'ici ou au moins être là pour vous accueillir, pour être le premier à poser les yeux sur vous. Vous êtes un véritable ravissement. Mais il y a eu une urgence avec l'un des chevaux.

— Quoi ?

Catherine s'avança vers eux, les yeux écarquillés. Son sourire s'était effacé, l'inquiétude la prenant au dépourvu.

— Que s'est-il passé ? Quel cheval ?

— Rahawan, répondit Adham, lui accordant un regard avant de reposer les yeux sur Sabrina. Il était très malade. J'ai appelé le Dr Lima et suis resté avec lui jusqu'à ce que Rahawan aille mieux.

— Oh ! je vais y aller tout de suite !, dit Catherine, l'air inquiet.

A ces mots, Adham se détourna et tendit un bras devant Catherine, l'arrêtant net alors qu'elle essayait de partir.

— Mais non, Catherine.

— Mais je travaille toujours pour vous jusqu'à la fin de la saison, répondit-elle en protestant. Même si ce n'était pas le cas, vos chevaux seront toujours les miens aussi, cheikh Adham. Je dois m'assurer qu'il va bien.

— Il va bien. Mais merci de vous en inquiéter, et merci de votre engagement. Richard a de la chance d'avoir une femme si loyale et charitable. Maintenant, détendez-vous et profitez de la soirée. Tout comme moi.

Il se retourna vers Sabrina, la serrant contre lui.

— Maintenant que je suis avec vous, je sais que je vais en profiter.

Il regarda les dames.

— Puis-je vous emprunter mon épouse, mesdames ? La journée a été longue sans elle.

Elles gloussèrent et s'éventèrent, lançant un clin d'œil à Sabrina alors qu'il l'emmenait au loin.

Une fois qu'ils furent hors de portée de voix des autres invités, elle essaya de se défaire de son étreinte, tout en s'efforçant de ne pas le repousser trop manifestement.

Mais il ne fit que la serrer encore plus fort contre lui, avec chaleur et voracité. Sa fausse voracité.

Il se pencha pour prendre ses lèvres. Elle tourna la tête au dernier moment. Ses lèvres se refermèrent sur sa joue. Il la brûla de son baiser.

— Je pensais pouvoir attendre, dit-il, mais je ne peux pas.

Elle le repoussa avec plus de force, parvenant à se défaire de son emprise.

— Ecoutez, personne ne peut nous entendre, vous pouvez arrêter.

— Arrêter quoi ?

— De jouer ce rôle. N'en faites pas trop. Vous savez ce qu'on dit, le moins est le plus. Regardez autour de vous et apprenez de vos amis comment un homme est supposé se comporter. Sebastian et Richard ne collent pas leurs femmes ainsi.

— Coller ? dit-il en fronçant les sourcils.

— Oui, coller. Vous feriez mieux de faire attention. Vous êtes en train de passer de celui qui sous-joue en étant convaincant à celui qui sur-joue ridiculement.

Le regard d'Adham se fit plus noir.

Puis, subitement, quelque chose passa sur ses traits, quelque chose de si sexuel et de si sauvage qu'elle sentit son corps y répondre intensément.

— *Suheeh ?*, dit-il d'une voix traînante, lente et dévastatrice. Vraiment ? Les seuls « sous » et « sur » qui m'intéressent sont ceux qui vous impliquent avec moi dans l'acte d'amour. Alors arrêtons de jouer et disons-nous la vérité.

Il était comme un prédateur certain que sa proie était à lui, qu'il pouvait faire durer son supplice et sa satisfaction selon son bon plaisir.

D'une main, il prit la sienne et la plaqua contre son membre dur comme l'acier. Puis il posa une main sur son dos, faisant brûler sa peau exposée par sa tenue à travers le mince *dupatta* qui la couvrait, et il planta l'autre sur sa fesse gauche, la tirant vers lui, la pressant contre sa cuisse avec fermeté.

Elle laissa échapper un gémissement d'excitation involontaire et renversa la tête en arrière, la bouche ouverte, les lèvres brûlantes et gonflées comme s'il les avait déjà prises. Il examinait sa réaction, une satisfaction impitoyable dans les yeux.

— *Voilà* la seule vérité. Vous me désirez. Autant que je vous désire.

Elle essaya de se libérer. Elle avait l'impression de se noyer. Et elle se noyait effectivement — dans les sensations, dans le désir. Chaque syllabe qu'il prononçait, chaque pression de ses doigts, chaque souffle qui effleurait sa peau trop sensible, était une overdose aphrodisiaque. Elle se sentait engloutie par lui, immergée dans son désir pour lui.

Cela augmenta encore sa fureur.

Il ne faisait que la manipuler, sans rien ressentir. Et qu'elle soit damnée si elle le laissait ainsi tirer les ficelles.

Elle se tordit entre ses mains pour se libérer, abandonnant inconsciemment toute tentative de masquer le fait que c'était une véritable lutte.

Car elle luttait. Pour sa santé mentale, pour elle-même. Pour conserver ce qu'il prenait avec tant de facilité, juste parce qu'il le pouvait, non parce qu'il la voulait.

— Oh ! Non, vous ne me désirez pas, dit-elle avec mépris. Vous m'avez dit ce qu'il en était ce matin. Vous ne pouvez pas changer les règles comme bon vous semble. Je ne sais pas pourquoi vous faites ceci, et cela m'est égal. Mais lâchez-moi.

Il l'attira de nouveau contre lui, la pressant avec force contre son corps, ses bras la retenant comme un étau.

— Jamais je ne vous laisserai partir.

Elle s'immobilisa entre ses bras, envahie de chagrin et de gêne.

— Pour l'amour de Dieu, arrêtez. Tout le monde nous regarde.

— Qu'ils nous regardent.

— Mais ce n'est pas ce que vous voulez qu'ils voient. Ou ce ne le sera pas si vous ne me laissez pas sortir.

— Est-ce ainsi que vous voulez jouer maintenant, Sabrina ? Vous voulez que je vous fasse succomber ? Que je vous excite à vous en faire perdre la raison et que je vous prenne, pour que vous ayez ce que vous voulez sans en être responsable ?

» Je serai heureux de le faire. Vous m'avez supplié une fois. Cette fois-ci, je n'aurai pas à faire attention, ni à faire preuve d'indulgence et de patience envers vous et votre manque d'expérience, ou votre malaise. Cette fois-ci, je pourrai vous montrer à quel point vous m'enflammez. Je ne retiendrai rien, je pourrai explorer chaque centimètre de votre corps conçu pour le plaisir, et vous donner tant de satisfaction que vous vous évanouirez. »

Elle sentit le monde se déformer, comme si elle s'était évanouie d'avoir été exposée à trop de testostérone. Elle secoua la tête pour se ressaisir.

— Arrêtez, Adham. Sinon, je fais une scène. Et pas le genre de scène que vous voulez que vos amis et les paparazzis voient.

La sensualité de son visage s'accrut alors qu'il la penchait en arrière, parcourant son corps de ses mains, explorant ses courbes, alimentant le feu qui brûlait en elle. Il s'arrêta sur ses seins, les pétrit et les soupesa, dessinant des cercles étourdissants autour de ses mamelons à travers le tissu léger de son corsage.

— Montrez-moi, Sabrina. Faites la pire scène que vous pouvez.

Une seconde elle eut le sentiment qu'elle allait véritablement s'évanouir, puis elle repoussa violemment ses mains et s'arracha à son étreinte.

Elle n'alla pas très loin. Il la rattrapa à la sortie de la tente, la retourna et la souleva de terre. Les mains serrées contre son dos, contre ses fesses, ses cuisses maintenant ouvertes dans son large *lehenga* et se plaquant contre elle. Il la tenait d'une main tandis que, de l'autre, il retirait son *dupatta* pour plonger dans ses boucles, tenant son visage fermement tourné vers le sien, la tête légèrement en arrière.

Il fondit sur son cou pour poser les lèvres sur sa peau, grognant en sentant son pouls frénétique, et lui dit, la voix rauque :

— Je ne devrais pas vous désirer, je devrais rester froid et professionnel. Mais vous m'avez enflammé, vous m'avez rendu fou, dès que j'ai posé les yeux sur vous pour la première fois.

» *W'hada gabl mat'sallemeeli nafssek* — et c'était avant que vous ne vous donniez à moi. *Men hada'l yaum w'ana fen'nar* — depuis ce jour-là je suis en enfer. Je vous désire comme un forcené, tout en sachant que je ne le devrais pas. La raison pour laquelle nous nous sommes mariés ne m'importe plus. Vous êtes prise dans le même piège, vous me désirez tout autant. Un désir aussi sauvage ne peut être nié. »

Tout s'immobilisa en elle, l'angoisse et le désespoir s'éteignirent comme une bougie dans un ouragan.

Lui aussi la désirait ? Il ne jouait pas un rôle lorsqu'il essayait de la faire succomber à ses charmes ? Il avait essayé de rester professionnel, mais son désir pour elle surpassait ses intentions et son contrôle ?

Si c'était vrai, alors son désir était plus féroce que tout ce qu'elle aurait pu souhaiter. Cela voulait dire qu'il y avait de l'espoir pour leur mariage. Bien plus d'espoir qu'elle n'avait osé l'imaginer.

— Adham… Je ne…

Il interpréta mal ce qu'elle allait dire et la coupa.

— Si. Je ressens votre envie. Votre corps psalmodie son désir pour moi contre votre gré — cherchant, offrant, réclamant le mien. Je sens votre cœur faire battre le mien, votre sang tonner sous mes doigts.

Elle aurait été mortifiée qu'il lise si clairement ses réactions si ses réserves de honte n'avaient pas été épuisées à l'idée du scandale qu'ils étaient en train de créer. Et si elle avait voulu garder secret ce qu'il lui faisait ressentir. Mais elle voulait qu'il le sache désormais. Elle voulait lui crier son désir pour lui et ne souhaitait qu'une chose : qu'il la prenne.

Puis, soudain, tout s'arrêta.

Il retira ses lèvres de son cou. Il leva la tête un instant, mais seulement pour fondre de nouveau sur elle et réclamer sa bouche.

Elle gémit en sentant sa chaleur et sa moiteur, sa langue pénétrant sa bouche, caressant la sienne. Ses halètements la firent frissonner, faisant jaillir des pointes de plaisir dans tout son corps.

Il l'épuisait, l'achevait, l'excitait au plus haut point. Son désir si manifeste pour elle envoyait des éclairs de plaisir dans ses seins, ses entrailles, sa féminité. Elle sentit la chaleur monter en elle et elle se contorsionna de trop d'ardeur, de trop de désir, alors elle s'ouvrit, l'invitant à la dominer, à pénétrer son corps.

Il la souleva, et pressa son érection contre sa féminité en fusion. Les sensations s'exacerbèrent en elle, lui arrachant un cri.

Et malgré le martèlement dans sa tête, et le feu dans ses poumons, elle eut conscience des gens autour d'eux.

Une agitation faite de curiosité, d'amusement et d'incrédulité mêlés. Et le bruit et les flashes des personnes qui se précipitaient pour être témoins du mépris irréfléchi de leur couple envers tout ce qui les entourait. Plus rien ne comptait que de laisser libre cours à l'incendie qui les animait.

Il leva la tête, les yeux presque noirs, ignorant la foule qui s'assemblait autour d'eux. Puis, avec un grognement, il se pencha sur elle.

— Je vous ramène à la maison, Sabrina.

Ses mots étaient pleins de conviction, de puissance, ils étaient une promesse.

— Et je vous ferai mienne, de toutes les façons. Cette nuit, et pour toujours.

7.

Sabrina s'agrippa au cou d'Adham alors qu'il sortait de la tente à grands pas. Le monde entier disparaissait, sa conscience se rétrécissait aux confins de son corps.

Elle n'enregistrait rien d'autre que la puissante perfection d'Adham bougeant contre elle à chaque pas, ses mains qui pétrissaient sa chair en rythme. Elle voyait son visage tendu de volonté et sentit une langueur gagner ses muscles, comme s'il se préparait à laisser sa force se déchaîner sur elle lors de leur union à venir.

Combien de temps marcha-t-il, quelle distance avait-il parcourue ? Le temps était en suspens, l'espace compacté, et elle se retrouva soudain dans une limousine aux vitres teintées avec une séparation insonorisée.

Adham l'allongea délicatement sur la banquette, avant de se coucher au-dessus d'elle. Ses jambes s'ouvrirent d'excitation pour l'accueillir en elle. Il s'étendit sur son corps, lui offrant la sensation de son poids dont elle avait tant besoin, mais se soutenant assez sur les bras pour ne pas l'étouffer. Il dévorait ses lèvres, parcourait sa peau de ses mains, créant des zones érogènes sur tout son corps. Il bougeait les hanches en rythme entre ses cuisses écartées, simulant la possession qu'elle avait tant attendue depuis qu'elle l'avait connu la première fois.

Elle entendit sa propre voix, lourde et saccadée, le supplier. Il se redressa, l'emportant avec lui. Elle se balançait au rythme de la voiture qui filait dans les rues, ressentant le trouble qu'il éveillait en elle. Le feu de son sang la consumerait si elle ne pouvait s'unir à lui.

— Sabrina, *galbi*, je dois ressentir votre désir, goûter votre plaisir.

Avant qu'elle ne comprenne ce qu'il voulait dire ou qu'elle ne puisse lui répondre qu'il pouvait faire d'elle ce qu'il voulait, il la mit dos à lui sur ses genoux, à califourchon sur sa cuisse. Puis il la fit tomber sur le côté, dans la courbe de son bras gauche. Il passa les mains autour d'elle, ouvrant son corsage par-devant.

Elle gémit son nom alors que ses seins s'évadaient de la prison de son corset pour épouser parfaitement ses paumes. Il se pencha sur elle, contournant son corps pour engloutir un mamelon, puis l'autre, dans la chaleur moite de sa bouche. Elle poussa un cri, qui se prolongea en soupir, et se contorsionna entre ses mains. Mais il ne lui laissa pas le temps d'assimiler ces sensations car déjà sa main droite remontait son *lehenga* pour plonger entre ses cuisses dans sa culotte. Puis il la prit au creux de sa paume, la titilla, concentrant les battements de son sang en un point intense de plaisir.

Il la relâcha juste avant que tout ne bascule. Dans son brouillard, elle comprit. Il savait qu'elle avait besoin d'intimité, pas de libération. Et c'était ce qu'il lui donnait. Il possédait sa chair presque aussi intimement qu'elle.

Deux doigts forts et sûrs caressèrent son sexe, explorant le désir qui y coulait pour lui. Il releva la tête de ses seins pour boire sur sa bouche ses sursauts d'excitation. Il glissa dans sa moiteur, de son bouton à sa fente, jusqu'à ce qu'elle n'en puisse plus, qu'elle le supplie. Alors seulement il pénétra en elle, ajoutant un troisième doigt dans sa féminité, et jouant de son pouce sur son bouton. Son gémissement se perdit dans sa bouche. Il retira ses doigts, faisant vriller la tension en elle.

— Prenez votre plaisir, *ya jameelati. Areeni jamalek*

wenti b'jeeli… montrez-moi votre beauté alors que vous jouissez pour moi.

Elle avait essayé de se retenir, car elle désirait jouir avec lui à l'intérieur d'elle. Mais il voulait qu'elle s'abandonne.

Et elle lui donnerait tout ce qu'il voulait.

Il replongea ses doigts en elle, et sa langue dans sa bouche. Et la tension céda, encore et encore, se déroulant et s'enroulant sur elle-même, en un orgasme qui la fit frémir comme le flux et le reflux d'une mer houleuse.

Il la baignait de son regard plein de possessivité, de sa profonde fierté masculine et virile en entendant ses soupirs rauques de plaisir. Elle le suppliait de la mettre à sa merci, d'être prise, d'être satisfaite de toutes les façons auxquelles il pouvait penser.

Il garda les doigts profondément plongés en elle, se délectant du dernier frisson de satisfaction qu'il sentit frémir contre sa peau. Puis il les retira lentement et les porta à sa bouche pour les lécher, en manifestant son plaisir de la goûter.

Il la redressa, l'étreignit, la serra fort dans ses bras. Ses yeux étaient incandescents dans la faible lumière, s'embrasant d'or à la lueur de chaque lampadaire qui filtrait à travers les fenêtres obscurcies.

— Savez-vous ce que c'est, de vous voir et de vous sentir vous remplir du plaisir que je vous donne, *ya hayati* ? De le goûter ? C'est la plus belle chose de mon monde.

Son cœur se gonfla si vite qu'elle en gémit. Elle était incapable de prononcer le moindre mot.

Quelques instants auparavant, elle avait été au plus bas, elle avait baissé les bras. Elle avait essayé d'envisager une vie d'exil émotionnel où elle l'aimerait sans qu'il l'aime en retour.

Et il lui avait offert cela.

Ce n'était pas que du sexe, ni du plaisir. Il s'ouvrait à elle, la laissant voir au plus profond de lui. C'était pour elle, pas pour les yeux et les oreilles du monde. Et c'était sincère. Elle le savait.

Elle fut submergée de tendresse. Elle la sentit déborder et elle couvrit le visage d'Adham de baisers fiévreux et de caresses passionnées. Il bredouilla une série de louanges d'une voix rauque dans sa langue natale alors qu'il lui rendait ses caresses et ses baisers.

La voiture s'arrêta. En quelques secondes, il l'aida à se rhabiller et la fit sortir, la tenant toujours dans ses bras.

Il l'emmena là où elle n'aurait jamais pensé aller — dans la chambre qu'il s'était choisie dans cette demeure tentaculaire.

La pièce n'était pas aussi grande ni aussi luxueusement décorée que celle qu'il lui avait attribuée, mais, parce qu'elle était imprégnée de son odeur et de sa présence, elle était dans une catégorie à part. Tout lieu où il avait choisi de vivre ses instants les plus privés était le meilleur endroit au monde pour elle.

Il l'allongea sur son lit et entreprit de lui retirer ses vêtements et ses bijoux avec une lenteur insoutenable, s'arrêtant à chaque centimètre de chair qu'il découvrait pour la caresser, l'adorer et la louer. Lorsqu'elle fut enfin nue, elle claquait des dents, son cœur battait la chamade, et elle voulait plus que tout mettre fin à cette torture sensuelle en satisfaisant leur désir mutuel.

Alors qu'elle était allongée entre les oreillers et les draps de soie noire, il se redressa pour admirer sa beauté. Puis, comme s'il ne l'avait pas assez tourmentée, il entama son propre effeuillage.

Il commença par se débarrasser de son *abaya* de soie, qui glissa de ses intimidantes épaules et tomba au sol dans un soupir résigné. Sa tunique brodée d'or, sa large ceinture et ses bottes suivirent. Il garda son sarouel.

Avant qu'elle ne puisse protester, il s'agenouilla devant elle. Ses mains remontèrent lentement le long de ses jambes, qui se désintégrèrent dès qu'il les toucha, devenant siennes.

Il pouvait en faire ce qu'il voulait. Il lui plut de les écarter ; puis il la tira brusquement vers lui, pour les poser sur ses épaules.

— *Daheenah adoogek men jedd* — et maintenant je vous goûte pour de vrai. Je suis dépendant de votre goût depuis cette première fois. Je meurs d'envie de vous avoir encore.

Il ouvrit ses lèvres, lécha son intimité, grognant pour répondre à ses gémissements.

— Dites que vous me laisserez toujours vous goûter, que vous le voudrez toujours.

Elle voulait acquiescer mais sa langue se tordit dans sa bouche, paralysée par l'excitation. Elle ne fit qu'opiner, ses cheveux retombant sur son visage tant elle agitait la tête en signe d'assentiment.

Satisfait de sa réponse comme de sa fébrilité, il prit son sexe dans un baiser dévorant. Il léchait et suçait sa chair gonflée, la pénétrait de sa langue, buvait son plaisir. Il l'amena au bord de l'extase encore et encore, seulement pour la faire revenir sur terre, la faire attendre, puis il recommençait sans cesse et recréait sa frustration jusqu'à ce qu'elle sente l'envie en elle atteindre un sommet critique. Elle le suppliait, avec les mains dans ses cheveux, avec son corps qui se tordait de plaisir. Elle essayait de le faire remonter pour qu'il la pénètre, qu'il la prenne, qu'il mette fin à son supplice.

Il lui résista, appuyant de nouveau sur le ressort pour la faire trembler et crier, provoquant de nouveau en elle un orgasme dévastateur.

Il continua à la lécher, l'apaisant, désamorçant le surplus de sensations, jusqu'à ce que sa chair trop sensible se soit calmée.

Elle le désirait plus que jamais.

Elle se redressa péniblement sur les coudes, baissant les

yeux sur la vision magnifique qu'il lui offrait, agenouillé entre ses jambes, sa tête de lion caressant ses cuisses, ses lèvres les adorant. Son cœur se mit à battre follement.

— Adham, cessez de me tourmenter. Ne me faites plus attendre.

Il leva vers elle des yeux brillant de satisfaction devant son agitation renouvelée, sa propre excitation réprimée. Il se leva, la repoussa sur le matelas, ses épaules toujours contre ses jambes, jusqu'à ce qu'elle soit au milieu du lit. Puis il se redressa au-dessus d'elle à quatre pattes.

— Libérez-moi, dit-il dans un souffle.

A son ordre, bien qu'elle ait l'impression de ne plus contrôler ses mains, elle essaya de lui enlever son pantalon, non sans mal. Elle ouvrit la fermeture Eclair et le baissa sur ses cuisses, exposant leur splendeur de bronze. Il le descendit lui-même jusqu'en bas et le retira.

Puis il prit ses mains entre les siennes et les guida pour qu'elle lui enlève son caleçon serré. Elle haletait.

Son érection jaillit soudain, dure et longue et lourde, remontant contre son ventre tant il la désirait. Sa seule vue amplifia l'état de faiblesse de Sabrina.

Il remarqua sa réaction, de ses yeux qui voyaient tout. De nouveau, ses mains et ses lèvres parcouraient son corps.

— Je vous ai satisfaite dans la voiture, et ici encore, dit-il d'une voix rauque, la bouche sur ses mamelons, ses veines, ses lèvres, non seulement parce que je désire ardemment votre plaisir autant que le mien, mais aussi parce que j'ai besoin de savoir que votre désir est tout à moi, que vous avez besoin d'être à moi. Dites-le-moi.

— Je vous veux, dit-elle gémissant. J'en deviens folle. Je vous veux tout le temps, je veux que vous me fassiez tout. Je vous en prie, Adham, *habibi*, prenez-moi.

Il se dressa au-dessus d'elle, tel un dieu de la virilité et de la beauté, presque menaçant dans la violence de sa concentration, l'intensité de son désir. Il la poussa doucement mais puissamment jusqu'à ce qu'elle soit allongée à plat sous la cage de ses muscles et de sa virilité. Il remonta un genou entre les siens, faisant accélérer son sang entre ses cuisses.

— Comment voulez-vous que je vous prenne ? La première fois ?

Elle n'hésita pas une seconde. Elle savait.

— Laissez-moi m'enrouler autour de vous alors que vous me pénétrez.

— Et la deuxième ?

— Couvrez-moi, allongez-vous sur moi, sur mon dos, laissez-moi vous sentir me presser sur le lit.

Il se pencha pour tirer sur son sein de ses lèvres, titillant l'autre de ses doigts.

— Et la troisième et la quatrième et la cinquième fois ?

Son délire s'intensifiait à chaque caresse, chaque toucher.

— Faites-moi tout — tout ce que vous voulez.

Il se redressa au-dessus d'elle.

— Alors donnez-moi tout. Tout ce que vous avez, tout ce que vous êtes. Je prendrai tout.

— Oui. *Oui*.

Elle planta les doigts dans sa crinière et le tira à elle pour un baiser avide. Puis elle s'écarta de ses lèvres, car elle devait savoir.

— Et vous aussi me donnerez tout, n'est-ce pas ?

— Tout ce que j'ai. Tout ce que je suis. Tout vous appartient, *ya malekati*, ma propriétaire. Prenez-le. Prenez-moi. Prenez tout de moi.

Il se cambra entre ses cuisses écartées, son érection palpitant contre son bas-ventre jusqu'à son nombril, lourde et engorgée. Il glissa son sexe entre ses lèvres, effleurant son point sensible encore et encore. Elle se cambra, s'ouvrant à lui. Mais il se souleva sur un genou, mettant son désir hors de portée.

— Montrez-moi ce que vous voulez.

Incapable d'écouter plus longtemps ses inhibitions, d'attendre pour profiter de la liberté qu'il lui offrait, elle tendit une main tremblante vers son érection. Elle ne put la refermer complètement autour de son sexe turgescent. Elle sentit un frisson d'appréhension la transpercer alors qu'une autre pointe de certitude inondait son bas-ventre. Elle caressa le manche de velours et d'acier avec émerveillement, frottant sa tête lisse et le fluide soyeux qui s'échappait de sa fente. Sa langue la démangeant du besoin de le goûter. Elle se promit de réclamer ce privilège plus tard, et tira sur son membre.

Il grogna, d'un râle profond et grave, la regardant avec une vibrante intensité. Il la laissa l'attirer vers son sexe, les yeux toujours dans les siens. Mais dès que leurs sexes se touchèrent, il rejeta la tête en arrière dans un grognement qui complétait le gémissement de Sabrina.

Elle glissa sa virilité contre son sexe. Elle continua, jusqu'à ce qu'il tremble autant qu'elle, que sa respiration soit aussi irrégulière que la sienne. Elle savait qu'elle pouvait tomber dans l'oubli à n'importe quel instant désormais, et elle devait le faire avec lui en elle.

Elle ne pouvait plus se retenir, elle ne pouvait plus amener sa main à se refermer sur lui. Elle retomba sur le lit et écarta les cuisses, s'offrant à son époux. Son érection palpitait contre elle, où elle l'avait laissée avant de perdre tout contrôle.

— S'il vous plaît, dit-elle en haletant.

— S'il vous plaît quoi ?

On aurait dit le rugissement d'un grand félin.

— Dites-le-moi. Laissez-moi vous entendre prononcer les mots.

— Prenez-moi.

Avec un grognement passionné, il pénétra dans son intimité en fusion.

Elle gémit alors que sa chair cédait à son invasion, alors qu'il l'étirait plus qu'elle ne l'aurait cru possible.

Le tourbillon de sensations qui s'était tassé en elle se défit si violemment qu'il transperça tout son corps, la déchirant, la libérant si profondément qu'elle convulsa comme si elle était victime d'une attaque. Telles des explosions en chaîne, des rafales vives de plaisir s'élevèrent de ses profondeurs à chaque détonation.

— *Sabrina.*

Elle le sentit gonfler jusqu'à une taille qu'elle ne pouvait contenir alors qu'il pénétrait plus profondément en elle, se nichant au fond de son corps.

Et tout ce qui restait en elle était ce besoin. Elle gémit.

— Jouissez avec moi… jouissez en moi… remplissez-moi…

Comme s'il avait attendu sa supplication, sa demande, sa semence jaillit en elle. Elle trembla et sanglota alors qu'une nouvelle vague de plaisir s'abattait sur elle alors que son érection frémissait en elle, alors que les rugissements d'Adham s'accordaient avec ses gémissements.

Le temps se dilata. Cette perfection. Cette totalité. Cette unité.

Le plaisir l'emportait si loin qu'elle avait le sentiment qu'Adham l'avait déracinée, et qu'elle volait librement, son corps libéré de l'apesenteur.

Puis elle se lova contre lui. Les répliques du plaisir déferlaient en elle. Elle se sentait irrévocablement assouvie.

Mais elle savait que tel n'était pas le cas. Car il lui murmurerait à l'oreille, il la toucherait du regard, il l'attirerait de ses doigts, et elle brûlerait de nouveau.

Son désir pour lui était infini.

Il se coucha sur elle, la laissant ressentir un instant son poids adoré avant de rouler sur le dos, l'emmenant avec lui, s'enveloppant d'elle comme d'une couverture.

Il lui caressa le dos et les cheveux, toujours dur en elle.

— Heureusement, j'ai vécu ces dernières semaines avec le seul souvenir de notre première nuit ensemble. Si j'avais su que notre nuit de noces tardive serait mille fois mieux, j'aurais perdu la tête.

Elle sourit contre son torse, parcourue de la satisfaction de savoir que ses sentiments faisaient exactement écho aux siens.

— Ou bien vous ne nous auriez pas tourmentés aussi longtemps. Si j'avais su, je vous aurais provoqué bien plus tôt pour que vous perdiez le contrôle.

— Alors vous admettez m'avoir provoqué volontairement.

Elle rit.

— Si seulement je pouvais en être sûre.

Ses petits rires résonnèrent dans sa poitrine tandis qu'il la serrait plus fort dans ses bras. En le sentant remuer en elle, en sentant son propre corps s'épanouir une fois de plus pour lui, elle soupira de satisfaction.

— Vous savez, vous êtes irrésistible de toutes les manières mais, dans la passion, vous êtes écrasant.

— Et c'est vous qui dites cela !

D'un mouvement rapide, il la fit rouler sur le côté, la mettant face contre le lit alors qu'il la prenait par-derrière.

Elle se cambra pour le rencontrer, prête de nouveau, impatiente.

— Je ne me plains pas. J'ai hâte de me faire anéantir, encore et encore.

Et durant la nuit et les heures précoces du matin, elle le fut.

8.

Sabrina ouvrit les yeux dans le lit de son mari.

Adham. Son mari. Pour de vrai. Enfin.

Pendant quelques instants bénis, tranquille et heureuse, elle resta allongée pour savourer cette situation, la douceur de sa satiété.

Ils avaient partagé tellement plus que le sexe. Adham avait de profonds sentiments pour elle. Ils n'étaient peut-être pas aussi entiers que ceux qu'elle avait pour lui, mais ils étaient purs, et puissants. Et ils grandissaient. Elle s'assurerait que jamais ils ne s'arrêtent.

Ils avaient peut-être entamé leur relation de la mauvaise façon, pour de mauvaises raisons. Mais cela n'avait plus d'importance.

Ils étaient faits l'un pour l'autre. Parfaits l'un pour l'autre. Et son amour pour lui avait eu raison des idées préconçues qu'il avait, lui avait fait libérer les émotions qu'il avait essayé de réprimer quand il pensait ne rien devoir ressentir pour elle, son épouse conciliante.

Elle revivait maintenant les instants où elle avait ouvert les yeux quelques heures auparavant, quand elle s'était cambrée dans son étreinte pour s'offrir à lui. Même à moitié endormie, elle avait été déçue de le trouver habillé et non complètement nu contre elle. Il devait aller voir Sebastian, et lui avait dit de se reposer pour se remettre de l'épuisement dont il était la cause. Elle était retombée dans le sommeil dès qu'il avait refermé la porte.

Mais ses batteries étaient rechargées maintenant. Surchargées. Et elle n'avait pas l'intention d'attendre qu'il rentre à la maison.

Elle allait elle-même le ramener dans le lit.

Trente minutes plus tard, elle garait sa voiture dans l'allée de demeure style Tudor de la famille Hughes.

On la fit entrer dans un hall au plafond haut comme celui d'une cathédrale, et le majordome l'informa qu'Adham et Sebastian étaient dans le salon. Elle demanda le chemin, elle s'annoncerait elle-même. Elle voulait voir la réaction d'Adham à sa vue — l'élan de plaisir illuminant ses yeux — en personne.

Elle s'avança vers la porte, hésitante. Devait-elle frapper ou simplement entrer ? La porte était entrouverte, lui évitant d'avoir à prendre la décision. Elle allait manifester sa présence lorsque Sebastian dit quelque chose qui la figea sur place.

— Je dois t'avouer, Adham, que tu nous as offert un sacré spectacle hier. Une publicité pareille, ça ne s'achète pas ! Le club de polo de Bridgehampton était déjà associé à des chevaux hors de prix et aux plus grandes célébrités. Mais maintenant il le sera aussi avec des histoires de passions incontrôlables entre les princes du désert et leurs épouses américaines splendides et rebelles. Grâce à toi, je parie que nous aurons trois fois plus de monde l'année prochaine.

— Je ne suis pas mécontent que le club puisse bénéficier de ma présence, dit Adham, mais c'était bien la dernière chose à laquelle je pensais hier.

— *Si* tu pensais à quoi que ce soit, bien sûr, à part à poursuivre et kidnapper ta femme si rebelle, répondit Sebastian d'un ton rieur. Rebelle au début, en tout cas. Puis tu l'as attrapée, embrassée, et… paf. Elle s'est embrasée en quelques secondes dans tes bras. Je parie que tes ennemis à l'affût d'une preuve que ton mariage n'est pas authentique n'ont plus d'arguments.

Il y eut un long moment de silence.

— Comment sais-tu cela ? demanda lentement Adham.

— Un mec louche se faisant passer pour un journaliste est venu il y a quelques jours pour m'interviewer, mais il m'a surtout posé des questions sur toi et ton mariage tout récent. Il essayait de me faire dire n'importe quoi qui dépeindrait ton mariage comme un accord commercial. Il n'arrêtait pas de répéter que, sur tes terres, il y a une croyance selon laquelle une femme marchandée est une femme insatisfaite qui trompe celui qui l'a acquise pour se venger.

— Ce n'est pas une croyance, lui répondit Adham, c'est une façon de rationaliser les choses, d'expliquer le comportement adultère de certaines femmes. C'est aussi une arme efficace pour calomnier les hommes haut placés, puisque le plus grand déshonneur dans ma culture est d'être trompé. Et si l'infidélité de la femme donne naissance à des enfants qu'elle fait passer pour ceux de son époux, c'est une mise à mort pour la réputation d'un homme. Cela est arrivé à mes propres parents. Les opposants politiques de mon père se sont servis des difficultés conjugales que mes parents ont connues après la naissance de mon grand frère pour mettre en doute le nom de ma jeune sœur Layla et le mien.

Sebastian reprit la parole :

— Quoi qu'il en soit, j'ai enquêté sur cette ordure de fouineur, et j'ai découvert qu'il avait été envoyé par un certain Nedal Aal Ajam. C'est un ennemi connu des Aal Ferjani, adversaire du roi et premier bénéficiaire si jamais la famille royale de Khumayrah était renversée.

— *Aih, hadda suheeh.* C'est vrai. Il aurait été ravi d'être témoin d'une discorde publique entre Sabrina et moi et de pouvoir mettre en doute l'authenticité de notre mariage. Tout comme ils l'ont fait avec ma mère, qui n'était qu'à moitié khumayranne, ils auraient joué sur le fait que Sabrina est étrangère. En ce qui concerne ma mère, ils ont dit qu'elle cherchait une revanche et la liberté sexuelle et émotionnelle hors de cette union sans amour. Le mensonge selon lequel Layla et moi n'étions pas les enfants du roi nous a poursuivis la moitié de notre vie, jusqu'à ce que mon père soit forcé de réfuter toutes ces allégations par des preuves médicales. Bien sûr, sa colère était grande. Il s'est assuré que tous ceux qui avaient aidé à répandre les rumeurs payent le prix fort pour leurs transgressions.

— J'imagine. Forcer le roi d'une culture aussi sensible à la fierté masculine à défendre l'honneur de sa femme et la légitimité de ses enfants — c'est énorme. Mais l'exemple qu'il a fait de ceux qui l'avaient diffamé n'a pas dissuadé les autres de tenter la même chose ?

— Les gains potentiels sont assez importants pour prendre le risque d'une telle tentative. Et ils n'ont pas besoin d'aller aussi loin que pour mon père. S'ils peuvent prouver que l'une des femmes royales est insatisfaite, ils n'auront même pas besoin de mettre en doute la légitimité des enfants du couple. Ridiculiser l'autre suffit : aux yeux de tous, un homme qui ne peut contrôler et satisfaire sa propre femme n'est pas à même de gouverner une nation et de subvenir à ses besoins. Notre situation politique est assez complexe pour le moment pour qu'une lutte sur ce front suffise à faire pencher la balance en faveur de nos ennemis.

— Mais tu n'as pas à t'inquiéter, dit Sebastian. Quoi que ces traîtres essaient de faire, après hier soir, personne ne peut dire que Sabrina n'est pas satisfaite. Cette femme est visiblement folle amoureuse de toi. Le monde entier en a désormais la preuve en photo.

Il y eut un autre moment de silence. Puis Adham poussa un lourd soupir.

— Je suppose que tu as raison.

Sabrina se retourna et s'éloigna d'un pas vacillant, sous le choc.

D'une manière ou d'une autre, elle se retrouva dans sa voiture, une douleur atroce paralysant ses muscles, son cœur palpitant dans sa poitrine comme un oiseau blessé. Elle laissa tomber sa tête sur le volant.

C'était pire que tout ce qu'elle avait cru auparavant.

Elle pensait qu'il l'avait séduite pour ses terres, et pour obtenir d'elle l'héritier exigé par sa famille et pour le trône. Elle avait pensé qu'il n'avait fait que jouer un rôle en public, comme Sebastian l'avait si bien vu, comme mesure préventive contre les langues bien pendues et les nuisances sociales.

Puis, la nuit précédente, elle en était venue à croire qu'il avait toujours été attiré par elle, mais que le marché de son père avait durci son cœur, ce qui l'avait amené à traiter leur mariage comme un simple contrat d'affaires. Elle avait cru qu'il avait perdu le contrôle quand elle s'était éloignée en public, qu'il avait agi spontanément pour la première fois, dévoilant ses véritables désirs, qu'il s'était cachés à lui-même.

Quelle idiote ! Il n'avait pas perdu le contrôle. Il n'avait fait cela que pour *limiter les dégâts*. Une précaution qu'il devrait prendre indéfiniment. Aussi longtemps que ses ennemis le surveilleraient.

Tout ce temps, sa seule angoisse avait été qu'elle le rejette en public, car cela aurait détruit l'illusion d'un mariage heureux, laquelle était vitale à son image, à la stabilité de sa maison.

Alors il l'avait séduite de nouveau, pour la faire tomber dans son piège, pour qu'elle le suive dans ses plans. *Encore*.

Et si elle n'avait pas été si pressée d'être de nouveau dans ses bras, elle serait restée couchée, elle ne serait pas venue le rejoindre, et elle ignorerait encore la vérité. Elle aurait continué à jouer le jeu dont il avait besoin, trompant ses ennemis en se servant de la sincérité de son ardeur.

Et elle serait restée une idiote toute sa vie.

*
* *

Adham avait quitté Sebastian une heure auparavant.

Depuis, il conduisait sans but. Pour la première fois de sa vie, il se sentait perdu.

Il avait besoin de temps pour comprendre ce qui s'était passé la veille au soir. Cela avait été plus qu'explosif. Pas du tout comme la première fois qu'il l'avait prise.

Cette fois-ci, quand il l'avait fait sienne, elle l'avait fait sien.

Selon son père, ce pouvait être le destin, comme cela avait été le cas pour lui — de trouver une femme irremplaçable là où il s'y attendait le moins, de la vouloir de toute son âme, de l'aimer jusqu'à la fin de ses jours.

Mais l'aimait-elle ?

Le doute le mettait sur des charbons ardents.

Car il ne savait vraiment pas.

Il savait, certes, qu'elle le désirait avec chaque fibre de son corps voluptueux.

Mais qu'en était-il de son cœur ?

Trop d'éléments lui faisaient craindre que son cœur ne fût pas impliqué.

Ils s'étaient rencontrés alors qu'elle était au plus bas. Lorsqu'elle était tombée dans ses bras, elle avait besoin de son soutien. Désormais, elle était peut-être toujours sous le choc de la perte de son père, elle avait peut-être besoin de s'accrocher à lui pour qu'il la rassure.

Et si ses sentiments pour lui n'étaient qu'un mélange de gratitude, de besoin, et de désir sexuel ? Il aurait pu se passer de la gratitude, il acceptait le besoin comme son droit car elle était sa femme, et il mourait d'envie de son désir.

Mais rien de tout cela ne constituait de l'amour. Et il ne pouvait vivre en sachant qu'elle ne l'aimait pas aussi sincèrement que lui l'aimait.

Il n'y avait qu'une seule façon de découvrir la vérité. Un test.

Il craignait le résultat. Il ne savait pas s'il pourrait vivre s'il apprenait qu'elle ne l'aimait pas, et qu'elle ne l'aimerait jamais. Mais il devait le faire.

Car il ne pouvait pas vivre sans en être sûr.

Quelques heures plus tard, il rentra chez lui, et il sentit tout de suite que quelque chose avait changé.

Il y avait un vide. Une absence.

Il retourna la maison à la recherche de Sabrina. Mais alors même qu'il courait de pièce en pièce en criant son nom, il le sut.

Elle était partie.

La troisième fois qu'il se rua dans sa chambre, qui n'avait été la leur que pour une nuit unique, il vit quelque chose qu'il n'avait pas vu avant sur la table de chevet.

Un mot.

Il s'en approcha comme si c'était une grenade, et déplia le papier avec la précaution et la délicatesse de celui qui désamorce une bombe.

Mais il n'y avait aucun moyen de désamorcer la charge de destruction de ce qu'elle avait écrit.

Seulement trois mots.

« Je veux divorcer. »

9.

Après avoir dépassé le stade de l'incrédulité et de la désolatiosn, Adham appela Sabrina sur son téléphone portable pendant trente minutes d'affilée.

Chaque fois, il sonnait dans le vide.

Elle ne décrocha pas.

Il traversa la maison, faisant une scène de tous les diables, interrogeant tous ceux qu'il voyait, se fichant de révéler à ses employés qu'il n'avait aucune idée de l'endroit où se trouvait sa femme.

Il était à court d'idée lorsque les gardes du corps, à qui il avait demandé de garder un œil sur elle, et dont il avait totalement oublié l'existence dans sa démence, l'appelèrent. Sabrina était rentrée chez elle. Dans sa maison de famille.

Les deux heures qu'il lui fallut pour rejoindre les vignobles Grant lui apprirent le sens du mot « angoisse ». Il n'avait jamais été aussi tendu.

Lorsqu'il l'aperçut enfin, fine silhouette blanche au loin dans les vignes verdoyantes, il eut l'impression d'avoir vieilli de vingt ans.

Il se rua vers elle. Il traversa les rangées uniformes de vigne qui s'étendaient vers l'infini avec l'impression qu'il ne l'atteindrait jamais. Tant de choses bouillonnaient en lui — colère, peur, peine — qu'il avait l'impression qu'il allait exploser.

On aurait dit que la distance entre eux grandissait au lieu de se réduire. C'en était trop.

Il hurla.

— *Sabrina !*

Son cri sembla tout figer. Elle et le reste du décor s'immobilisèrent soudain, comme si la vie était en pause. Alors il reprit sa course. Ses pieds touchaient à peine le sol alors qu'il avalait la distance qui les séparait.

Il s'arrêta tout près d'elle, vibrant d'émotions. Son parfum le prit à la gorge. Il distinguait chacun de ses cheveux dans les vagues d'acajou brillant qui tombaient en cascade dans son dos ; il sentait chaque pulsation que son cœur envoyait dans ses veines, sous sa peau.

Et alors il sut.

Il était condamné à l'aimer, même sans espoir de retour. Ce qu'elle suscitait en lui était la seule chose qu'il voudrait jamais. Et elle ne ressentait pas la même chose que lui.

Il ne pouvait que l'accepter, et prendre ce qu'il pouvait d'elle.

Se sentant vaincu pour la première fois de sa vie, il annonça sa reddition.

— Voyez-vous maintenant le pouvoir que vous avez sur moi ? dit-il d'une voix éraillée. Faites monter les enchères. Allez-y, Sabrina. Si vous voulez passer un nouveau marché avec de nouveaux termes, allez-y, je vous écoute.

Elle se retourna vers lui, la voix et le visage froids, inanimés.

— Je ne veux qu'une seule chose. Ne jamais vous revoir.

Il s'avança vers elle. Elle essaya de reculer. Mais il ne la laisserait pas faire. Il l'attrapa par le bras, lui collant le dossier qu'il avait apporté dans la main.

Elle referma instinctivement les doigts dessus, les yeux vides, comme si elle ne l'avait même pas vu.

Mais il devait essayer de la forcer à voir, essayer de lui arracher une réponse.

— Je pensais que cela me montrerait si vous ressentiez quoi que ce soit de sincère à mon égard, mais ce n'est plus un test. Je ne peux plus me le permettre. Vous pouvez considérer tout cela comme une prime. Et demander ce que vous voulez en plus. Mais restez avec moi, laissez-nous une chance, je vous en conjure, Sabrina. Je sais que nous sommes mal partis dans cette affaire, mais nous pouvons y arriver. Je le sais.

Elle s'écarta de lui comme si sa main la brûlait.

— Cette comédie ne marchera jamais.

Alors elle n'avait fait que jouer un rôle, tout ce temps ?

Cette pensée fit monter en lui un découragement si profond qu'il prit conscience d'une chose. De la chose la plus importante qui soit.

Même s'il trouvait le bon moyen, ou même le bon prix pour qu'elle reste, cela le tuerait de savoir qu'elle ne ressentait rien pour lui.

Il devait la laisser partir. Peu importait ce que cela lui coûterait à lui, à son cœur, ou à son royaume. Peu importait qu'elle attende déjà son enfant ou pas. Il préférait s'exiler de sa patrie plutôt que de continuer à vivre en sachant qu'il l'avait possédée de toutes les façons, mais qu'il était banni pour toujours de son cœur.

Incapable d'affronter la douleur, il fit demi-tour.

— Qu'est-ce que c'est que ça ?

Son exclamation le frappa de plein fouet. Il se retourna à contrecœur, contre toute raison.

Elle feuilletait les pages du dossier, les sourcils froncés. Le son des pages qui se tournaient l'irritait, faisant lâcher ses nerfs. Il attendit, des épines dans le cœur, que la joie emplisse ses yeux quand elle se rendrait compte que tout ce qu'elle voulait lui appartenait et qu'elle ne lui devait rien en échange.

Cependant, ce ne fut pas la joie qui emplit ses yeux. Mais la rage.

Sa confusion se transforma en stupéfaction lorsqu'il

la vit jeter le dossier au sol et déchirer les contrats et les actes de tout ce qu'il lui avait promis une fois qu'elle aurait rempli sa part du contrat.

— Vous voyez cela, Adham ? criait-elle. C'est ce que je pense du marché que vous avez passé avec mon père ! Vous pouvez garder votre terre, vos biens et aller au diable ! Vous pensez que je veux hériter des terres et de l'entreprise de mon père ? Je veux qu'elles *disparaissent*. Je voudrais même qu'elles n'aient jamais existé. Elles sont la cause de l'aliénation que j'ai ressentie toute ma vie, depuis mon enfance. Tous ceux qui se sont approchés de moi avaient les yeux sur elles, vous y compris. Alors si *vous* ne voulez plus de ces terres, vous pouvez les donner ou laisser la nature reprendre ses droits, je m'en moque.

» Car je n'ai jamais rien voulu de tout cela, moi. La seule chose que je voulais de mon père, c'était de l'amour, la seule chose que je voulais faire, c'était l'aider. J'ai choisi mes domaines d'études afin de pouvoir être le bras droit qu'un *fils* aurait pu être, selon ses propres insinuations. Je vaux mieux qu'un mariage arrangé pour faire des bébés, comme il — et vous — le pensait. Et je n'ai pas besoin que vous subveniez à mes besoins. Je suis une professionnelle que n'importe quelle entreprise vinicole au monde engagerait en un clin d'œil, et au salaire de mon choix. »

Il ne pouvait que la regarder, bouche bée, alors qu'elle continuait sa tirade, furieuse.

— Quant à vous, la seule chose que j'attendais de vous était de l'attention et du respect. Mais ce sont des concepts qui vous sont étrangers. Et la seule chose dont j'aie *besoin* désormais, c'est un divorce !

A chaque mot qui sortait de ses lèvres, il prenait conscience de la situation, et son cœur faillit exploser dans sa poitrine.

Il pensait qu'elle l'avait épousé pour sa fortune et la sécurité que sa situation lui assurerait. Mais elle n'avait jamais rien voulu de tout cela ! Elle n'était pas au courant de l'accord que son père avait mis au point, et elle avait toujours pensé que leur mariage était réel.

Elle avait *voulu* l'épouser. Parce qu'elle le voulait. Parce qu'elle l'aimait !

Alors pourquoi voulait-elle le quitter maintenant ?

— *Arjooki, ya habibati*, je ne comprends pas. Je vous aime…

— Arrêtez ! s'écria-t-elle. Arrêtez de jouer la comédie. Je vous ai entendu, Adham. Aujourd'hui, avec Sebastian. Votre seule préoccupation est de dissiper les doutes sur notre mariage pour que vos ennemis ne renversent pas le pouvoir et la domination de votre famille. Je comprends bien que c'est une cause noble, mais ne comptez pas sur moi. Allez vous trouver une autre femme pour faire le boulot. Je veux — je *mérite* quelqu'un qui n'ait pas à faire semblant de me désirer.

C'était donc ça…

Il se précipita vers elle.

— *Habibati*, je vous en prie, écoutez-moi…

Elle repoussa ses mains.

— Oh ! C'est ce que j'ai fait. Je n'ai fait que vous écouter, vous et vos mensonges, depuis le jour où je vous ai rencontré. Mais j'ai entendu la vérité aujourd'hui, et rien de ce que vous direz ne pourra y changer quoi que ce soit.

Il tremblait encore de l'euphorie de sa découverte : elle partageait ses sentiments ! Mais désormais, l'étendue de la méprise se révélait à lui et, ravivée par l'angoisse de Sabrina, sa propre anxiété menaçait de le submerger.

Il s'empressa de s'expliquer.

— Mais vous avez mal compris. Je parlais *rétrospectivement* de ma situation avec Sebastian, je répondais à ses questions sur ce que mes ennemis espéraient en l'approchant et en le questionnant.

— Oh ! Je vous en prie. La nuit dernière n'a servi qu'à vous assurer que j'étais toujours sous votre charme, à faire de moi une idiote qui vous vénérait sans limite, et à donner à vos ennemis la preuve photographique de ma soumission à vous. Vous avez aussi dû juger nécessaire de coucher avec moi pour travailler sur cet héritier dont vous avez tant besoin.

Il serra les poings. Il avait tant besoin de l'attirer contre lui, de la forcer à l'écouter, à le croire. Son cœur se serra à l'idée qu'elle ne le croie pas, qu'elle lui ferme son cœur, qu'il ait fait trop de dégâts pour réparer ses torts. Mais il ne pouvait l'accepter, il ne l'accepterait jamais. Il ferait en sorte qu'elle le croie.

Il l'aimait trop pour abandonner.

— Non, Sabrina, ce n'est pas ainsi que…

Elle le coupa.

— C'est exactement ce qui s'est passé. Mais ne vous inquiétez pas. Notre divorce n'aura aucune répercussion. Vous avez eu de la chance, les deux fois que vous avez couché avec moi ont été au mauvais moment.

— Même si vous me disiez que vous ne pourrez jamais enfanter, je m'en fiche, dit-il.

— Arrêtez, Adham. Et regardez les choses sous cet angle. Notre divorce amènera plus d'affaires au club. Davantage de gens seront curieux de vous voir la saison prochaine avec une nouvelle conquête.

Il la fixa. Sabrina telle qu'il ne l'avait jamais vue. Un esprit qui n'avait besoin de rien ni de personne, qui ne pouvait pas être dompté, ni acheté, mais qui se donnerait tout entière à un homme par amour. Une tigresse capable de réduire en miettes quiconque violait ses droits.

Il savait qu'il luttait pour sa vie — car elle était sa vie —, mais il ne put contrôler le frisson qui le parcourut alors qu'il découvrait cette nouvelle facette de son épouse. Savoir que sous cette surface soyeuse et docile se cachait un gant de fer le réjouissait. Il avait hâte de découvrir les autres facettes de sa personnalité, car il était sûr qu'elle en possédait bien d'autres. Mais rien de tout cela n'aurait lieu, sa vie serait finie, s'il n'arrivait pas à la convaincre de sa sincérité.

Il devait tout faire pour cela.

Désormais prêt à affronter son amertume, accueillant sa douleur pour expier le mal qu'il lui avait fait, déterminé à effacer sa douleur, il avança vers elle. Il ne supportait pas la distance qu'elle avait mise entre eux.

— C'est Sebastian, pas moi, qui a dit que ce qui était arrivé entre nous hier soir était bon pour les affaires. Mais il n'avait raison que sur une seule chose — je n'avais rien d'autre en tête que vous. J'étais venu vous réclamer, en pensant que si le désir était tout ce que vous ressentiez pour moi, j'étais bien idiot de ne pas vous laisser m'avoir.

» Mais vous vous êtes détournée et j'ai perdu toute notion de l'endroit, toute perspective. J'ai perdu la raison, point. Je devais vous reconquérir, vous faire succomber à l'appétit qui nous rongeait tous deux. »

Elle secoua la tête, s'écarta. Il la rattrapa encore et insista.

— Mais après cette nuit, j'étais à l'agonie. Je ne savais pas si vous profitiez de la situation comme vous le pouviez sans que votre cœur ne soit touché le moins du monde ou si vous étiez totalement sincère. Je suis rentré chez nous pour vous donner ce que je viens de vous donner, et que vous avez déchiré, qui vous aurait ôté tout doute quant à votre avenir. Je m'étais dit que si vous choisissiez de rester avec moi alors que vous n'y étiez plus obligée, cela voudrait dire que vous me vouliez plus que je ne le croyais.

» Mais vous m'avez donné beaucoup plus que je n'aurais pu l'imaginer. Comme vous l'avez fait depuis le premier jour. C'était bon, si incroyable entre nous dès le départ, que quand votre père m'a approché avec son offre, j'ai trouvé plus facile de penser que rien de tout cela n'était vrai, que *vous* étiez trop belle pour être vraie. Mais vous êtes un miracle. Et le fait que vous m'aimiez, après ce que votre père et moi avons fait, est même au-delà du miracle. »

Il vit ses yeux remplis de larmes se durcir.

Son cœur s'arrêta.

— Ne m'aimez-vous plus ?

— Vous jouez encore la comédie. Vous avez seulement besoin d'un enfant pour satisfaire un besoin royal et vous ne voulez pas vous donner la peine de trouver une autre femme. Cela a été une perte de temps, de me trouver. Toutes ces fois où vous avez prétendu que je vous intéressais ont dû être une véritable torture pour vous. Un petit conseil. La prochaine fois, abstenez-vous de prétendre et jouez cartes sur table. Je suis sûre que des hordes de femmes qui vous conviendraient très bien vont s'arracher votre marché.

— Je n'ai voulu que vous. Je ne mentais que lorsque je prétendais ne pas vouloir de vous.

Il s'arrêta en voyant les larmes couler sur ses joues.

— Mais je ne peux pas vous demander de me croire. Les mots ne veulent rien dire. Je dois vous prouver la vérité de mes sentiments par des actes.

Il sortit son téléphone et composa un numéro.

— Angus Henderson ? dit-il lorsqu'on lui répondit. Cheikh Adham Aal Ferjani. J'ai un scoop pour vous. Enregistrez ce que je vais dire pour avoir mes propres mots. Vous êtes prêt ?

Il attendit une seconde, les yeux plongés dans ceux de Sabrina, confus et inquiets. Puis il commença.

— Ici le cheikh Adham Aal Ferjani de Khumayrah, et je suis ici aujourd'hui pour divulguer les véritables circonstances de mon mariage…

Sabrina regarda Adham bouche bée alors qu'il racontait tout depuis le début. Il dépeignait ses actes de la pire des façons, et finit son discours en disant qu'il luttait pour convaincre sa femme, l'amour de sa vie, de lui donner une seconde chance. Il voulait se racheter pour ses péchés, lui prouver son amour et lui consacrer sa vie.

Puis il mit fin à l'appel.

— Comprenez-vous maintenant que tout ce qui m'importe est que vous me croyiez ? Je veux que vous restiez ma femme, mon amante, et mon âme sœur.

Elle ne put que le regarder, sous le choc. Angus Henderson était l'un des journalistes les plus célèbres du pays, il avait animé les émissions les plus suivies de l'histoire des médias modernes. Et Adham venait de tout lui dire sur leur mariage.

Absolument tout.

Qu'il s'expose ainsi ! Que cela lui soit égal de s'offrir aux médias pour qu'ils le mangent tout cru seulement pour lui prouver sa sincérité !

Elle sortit brusquement de sa paralysie ; elle lui arracha le téléphone des mains, et elle recomposa le numéro. Angus répondit à la première sonnerie. Il ne faisait aucun doute que le journaliste était avide de répondre au cas où Adham aurait oublié d'autres détails scabreux pour les ajouter au scoop qu'il venait de décrocher.

— Monsieur Henderson ? Ici Sabrina Grant — princesse Aal Ferjani — Mme Adham Aal Ferjan…

Elle haletait, ses mots et ses pensées s'emmêlaient.

— Oh ! Vous savez qui je suis. Tout ce qu'Adham vous a dit était une plaisanterie. Un défi. Il n'y a *aucune* vérité dans ce qu'il a dit, ne publiez rien, je vous en prie.

Il y eut un moment de silence à l'autre bout de la ligne. Puis la voix rauque reconnaissable entre toutes répondit :

— Je suis désolé de l'entendre, je viens de faire passer l'enregistrement en direct. D'ailleurs, vous aussi êtes à l'antenne en ce moment même.

— Oh ! Mon Dieu, non…

Elle eut l'impression qu'elle allait s'effondrer tant elle était mortifiée. Adham lui prit le téléphone des mains, et assura de nouveau leur public qu'il avait pensé chaque mot qu'il avait dit et qu'il n'allait pas revenir sur sa déclaration. Sabrina protesta, essaya de lui arracher le téléphone des mains, mais il se contenta de lui sourire, et la serra contre lui alors qu'il finissait son appel.

— Me croyez-vous maintenant, *ya rohi* ?

Elle s'écarta de ses bras et recula.

— Vous croire ? Vous avez noirci le tableau plus encore que je ne l'avais fait ! Quelles conséquences cela va-t-il avoir pour vous dans votre royaume ? Je ne peux qu'imaginer le pire.

Puis elle jeta les bras autour de son cou et le couvrit de baisers. Il venait de prouver qu'il était aussi follement amoureux d'elle qu'elle l'était de lui, et qu'il avait eu tout autant peur de la perdre.

— Oh ! *ya habibi*, dit-elle, des sanglots dans la voix. J'avais peut-être du mal à vous croire, mais j'aurais fini par le faire. Vous n'aviez pas à aller aussi loin.

Il secoua la tête.

— Si. Je ne pouvais pas vous laisser douter de mon amour pour vous un instant de plus. Je ne pouvais pas prendre le risque que vous ressentiez la moindre méfiance. Je devais *agt'a ash'shak bel yaqeen* — briser le doute par la certitude, une fois pour toutes.

— Ce n'était pas nécessaire. Jamais plus je ne douterai de vous. Je vous en prie, dites à cet homme d'annoncer votre rétractation.

— Non. C'est ma punition pour ne pas avoir vu la vérité, votre vérité. C'est ma manière de vous remercier pour m'avoir sauvé d'une vie sans vous, d'une vie de détresse.

— Si vous voulez me remercier, ne vous punissez pas. Je ne peux supporter de vous voir souffrir de quelque façon que ce soit. Et que vont penser votre famille, votre père ?

— Cela m'importe bien peu. Je m'occuperai des retombées. La seule chose qui compte pour moi est ce que vous pensez et ressentez. Et je veux que vous me donniez une chance de vous prouver mon amour.

Des larmes roulèrent sur ses joues, des larmes de joie et de gratitude.

— Plus que vous ne venez de le faire ?

Il la serra contre son corps tremblant d'émotion.

— Je n'ai même pas encore commencé. J'ai l'intention de faire tout ce qui est en mon pouvoir, tout ce à quoi je pourrais penser. Et croyez-moi, je pense à des millions de façons de vous prouver mon amour.

— Je vous promets la même chose.

Elle leva les yeux vers lui et sentit son cœur trembler d'adoration pour cet homme fantastique, *son* homme, pour de vrai. Elle lui adressa un sourire coquin.

— Vous voulez parier que je peux penser à plus de façons de vous prouver mon amour que vous ?

— Hum, on dirait bien qu'on a un véritable défi à relever. J'aime ça. Vous me connaissez — je ne perds jamais un défi.

Elle fondit dans ses bras, soupirant de bonheur.

— Et je vous laisserai peut-être gagner…

A paraître le 1er juillet

Best-Sellers n°568 • suspense

La peur sans mémoire - Lori Foster

Intense et bouleversante. La nuit qu'Alani vient de passer avec Jackson Savor résonne en elle comme une révélation. Après son enlèvement à Tijuana, deux ans plus tôt, et les cauchemars qui l'assaillent depuis, jamais elle ne se serait crue capable de s'abandonner ainsi dans les bras d'un homme. Et pourtant, Jackson, ce redoutable mercenaire qui n'a de limites que celles fixées par l'honneur, a su trouver le chemin de son cœur. Hélas, cette parenthèse amoureuse est de courte durée. Au petit matin, à peine sortie de la torpeur du plaisir, Alani comprend qu'il y a un problème : son amant, si empressé un peu plus tôt, a tout oublié de leurs ébats torrides. Pas de doute possible : il a été drogué. Mais par qui ? Et comment ? Le coupable est-il lié aux odieux trafiquants sur lesquels Jackson enquête ? Ces questions sans réponse, ce sentiment d'impuissance, Alani les supporte d'autant plus mal qu'elle y a déjà été confrontée. Mais au côté de Jackson, et pour donner une chance à leur histoire, elle est prête à affronter le danger, et ses peurs…

Best-Sellers n°569 • suspense

Le mystère de Home Valley - Karen Harper

Mille fois, Hannah a imaginé son retour à Home Valley, la communauté amish où elle a grandi et avec laquelle elle a rompu trois ans plus tôt. Mille fois, elle a imaginé ses retrouvailles avec Seth, l'homme qu'elle aurait épousé s'il ne l'avait cruellement trahie. Mais pas un seul instant elle n'aurait pensé que cela se ferait dans des circonstances aussi dramatiques. Car dès son retour, alors qu'elle a décidé sur un coup de tête de se rendre de nuit dans le cimetière de la Home Valley, elle est prise pour cible par un homme armé, qui heureusement ne parvient qu'à la blesser. Pourquoi cet homme a-t-il voulu la tuer ? Va-t-il s'arrêter là ? Pour répondre à ces angoissantes questions, Hannah décide d'apporter toute son aide au ténébreux Linc Armstrong, l'agent du FBI chargé de l'enquête, et qui suscite la méfiance chez les autres membres de la communauté amish — et surtout chez Seth. Ecartelée entre deux mondes, entre deux hommes, Hannah va bientôt être submergée par ses sentiments – des sentiments aussi angoissants que les allées du cimetière plongées dans l'obscurité…

Best-Sellers n°570 • thriller

Piège de neige - Lisa Jackson

Prisonnière du criminel pervers qu'elle traque depuis des semaines dans l'hiver glacial du Montana, l'inspecteur Regan Pescoli n'a plus qu'une obsession : s'échapper coûte que coûte. Aussi essaie-t-elle, dans le cachot obscur et froid où elle est enfermée, de dominer la terreur grandissante qui menace de la paralyser. Car ce n'est pas seulement sa vie qui est en jeu, mais également celle d'autres captives, piégées comme elles et promises à la mort. Pour les sauver, autant que pour retrouver ses enfants et Nate Santana, l'homme qu'elle aime, Regan est déterminée à découvrir le point faible du tueur. Pour cela, il lui faudra aller au bout de son courage, de sa résistance physique… Et vaincre définitivement ce maniaque, avant qu'il ne soit trop tard.

Best-Sellers n°571 • suspense

Les disparues du bayou - Brenda Novak

Depuis l'enlèvement de sa petite sœur Kimberly, seize ans plus tôt, Jasmine Stratford a enfoui ses souffrances au plus profond d'elle-même et s'est dévouée corps et âme à son métier de profileur. Mais son passé ressurgit brutalement lorsqu'elle reçoit un colis anonyme contenant le bracelet qu'elle avait offert à Kimberly pour ses huit ans. Bouleversée, elle se lance alors dans une enquête qui la conduit à La Nouvelle-Orléans. Là, elle ne tarde pas à découvrir un lien effrayant entre le meurtre récent de la fille d'un certain Romain Fornier et le kidnapping de sa petite sœur. Prête à tout pour découvrir la vérité, Jasmine prend contact avec Romain Fornier, seul capable de l'aider à démasquer le criminel. Elle se heurte alors à un homme mystérieux, muré dans le chagrin et vivant dans le bayou comme un ermite. Un homme qu'elle va devoir convaincre de l'aider à affronter le défi que leur a lancé le tueur : *« Arrêtez-moi »*.

Best-Sellers n°572 • roman

L'écho des silences - Heather Gudenkauf

Allison. Brynn. Charm. Claire. Quatre femmes prisonnières d'un secret qui pourrait les détruire… et dont un petit garçon est la clé. Allison garde depuis cinq ans le silence sur le triste drame qu'elle a vécu adolescente et qui l'a conduite en prison pour infanticide. Brynn sait tout ce qui s'est passé cette nuit-là, mais elle s'est murée dans l'oubli pour ne pas sombrer dans la folie. Charm a fait ce qu'elle a pu, bien sûr, pourtant elle a dû renoncer à son rêve et se taire. Alors elle veille en secret sur son petit ange. Claire vit loin du passé pour tenter de bâtir son avenir avec ceux qui comptent pour elle. Et elle gardera tous les secrets pour protéger le petit être qu'elle aime plus que tout au monde. Quatre femmes réfugiées dans le silence, détenant chacune la pièce d'un sombre puzzle.

Best-Sellers n°573 • roman

Un jardin pour l'été - Sherryl Woods

Son cœur qui bat plus vite lorsqu'elle consulte sa messagerie, son imagination qui s'emballe lorsqu'elle revoit en pensée le visage aux traits virils de celui dont elle est tombée amoureuse… Moira doit se rendre à l'évidence : elle ne peut oublier Luke O'Brien. Il faut dire qu'avec ses cheveux bruns en bataille, son regard parfois grave mais pétillant de vie, son sourire irrésistible, cet Américain venu passer ses vacances en Irlande n'a guère eu de mal à la séduire. Sauf qu'après le mois idyllique qu'ils ont passé ensemble, Luke est reparti aux Etats-Unis reprendre le cours de sa vie, et peut-être même retrouver une autre femme. Alors que Moira tente de se persuader que tout est ainsi pour le mieux, son grand-père lui demande de l'accompagner à Chasepeake Shores, la petite ville de la côte Est des Etats-Unis où vit Luke. Moira n'hésite que quelques secondes avant d'accepter. Même si, dès lors, une question l'obsède : saura-t-elle convaincre Luke qu'il y a une place pour elle dans sa vie ?

Best-Sellers n°574 • historique

La maîtresse de l'Irlandais - Nicola Cornick

Londres, 1813.

Autrefois reine de la haute société londonienne, Charlotte Cummings a vu son existence voler en éclats lorsque son époux – las de ses frasques – a mis fin à leur mariage du jour au lendemain. Brusquement exclue des soirées mondaines, ruinée et endettée, Charlotte n'a eu d'autre choix que de renoncer à son honneur en vendant ses charmes chez la cruelle Mme Tong. Jusqu'à ce qu'un jour un troublant gentleman ne lui redonne espoir en lui proposant un pacte aussi tentant que surprenant. Si elle accepte de devenir sa maîtresse, elle retrouvera son statut de lady et les privilèges qui vont avec. D'abord hésitante, Charlotte finit par se soumettre à ce scandaleux marché, même si elle pressent que cet homme mystérieux lui cache quelque chose…

Best-Sellers n°575 • historique

Un secret aux Caraïbes - Shannon Drake

Mer des Caraïbes, 1716.

Roberta Cuthbert ne vit que pour se venger du cruel pirate qui a tué ses parents et anéanti le village de ses ancêtres, en Irlande. Pour cela, elle a tout abandonné, allant jusqu'à se faire passer pour un homme et entrer dans la piraterie, afin de parcourir les mers à la recherche de son ennemi. Pourtant, le jour où elle fait prisonnier le capitaine Logan Haggerty, elle comprend que son déguisement ne sera d'aucune protection contre les sentiments troublants que cet homme éveille en elle. Comment pourrait-elle maintenir son image de pirate impitoyable quand elle ne s'est jamais sentie aussi féminine que sous son regard doré ? Bouleversée, Roberta n'en est pas moins déterminée à ignorer la tentation, coûte que coûte. Jusqu'à ce que le capitaine la sauve de la noyade lors d'une violente tempête, et qu'ils ne s'échouent tous deux sur une île déserte…

Best-Sellers n°576 • érotique

L'éducation de Jane - Charlotte Featherstone

Jane le sait : lord Matthew peut être dur. Cassant. Impitoyable avec ceux qu'il pense faibles. Pourtant, lorsqu'elle l'a trouvé, affreusement blessé, dans l'hôpital où elle travaille, et qu'elle l'a veillé jour et nuit, c'est lui qui, les yeux protégés par un bandage, se trouvait à sa merci. Lui, l'homme à la réputation sulfureuse, qui la suppliait de le laisser toucher son visage, sa peau, ses lèvres, son corps tout entier, comme si ces gestes troublants avaient le pouvoir de le ramener à la vie. Alors aujourd'hui, même s'il a recouvré la vue et risque de la trouver laide, comparée à ses nombreuses maîtresses, même s'il est redevenu l'aristocrate arrogant dont les frasques libertines défrayent la chronique mondaine, Jane est décidée à se livrer à lui, corps et âme. Un choix insensé qui pourrait la détruire, mais devant lequel elle ne reculera pas. Car à l'instant où Matthew a posé les mains sur elle, elle a su qu'elle avait trouvé son maître…

Composé et édité par les

éditions HARLEQUIN

Achevé d'imprimer en juillet 2013

CPI
BRODARD & TAUPIN

La Flèche
Dépôt légal : août 2013
N° d'imprimeur : 72722

Imprimé en France